영화, 현실과 상상의 클리나멘

Cinema, the Clinamen of Reality and Imagination

작가와비평

05

영화,
현실과 상상의
클리나멘

Cinema, the Clinamen of Reality and Imagination

박명진 영화평론집

경진
출판

책머리에

　영화와 관련된 책으로는 이번이 세 번째 출간이다. 한참 만에 내는 영화 평론집이라 마치 처음 책을 낼 때처럼 신기하기도 하고 두렵기도 하다. 영화에 대한 글쓰기가 소위 전문가들의 전유물로 여겨졌던 시절도 지난 지 오래. 영화평론 쓰기 영역에 민주주의가 실현된 시대라고나 할까. 변명 삼아 말하자면, 많은 사람들이 영화 전문가가 되어 인터넷에 글을 발표하는 시대에 영화 평론집 출간이 가당하기나 할까, 요즘 누가 영화 평론집을 펼쳐 읽기나 할까, 하는 우려 때문에 책 출간을 쉽게 결정하지 못했다. 그럼에도 굳이 책을 내기로 한 것은 영화를 바라보는 '글의 힘'을 믿고 싶어서랄까.

　극장에서건 집의 거실에서건, 스마트폰이나 태블릿에서건, 영화들은 감상자와 끊임없이 '마주친다'. 이 마주침은 모종의 사건을 발생시킨다. 너무 재미없고 지루했던 영화라 하더라도 영화와의 마주침이라는 사건의 발생 자체는 지울 수 없다. 그 마주침에서 발생하는 사건의 강도(强度) 차이만 있을 뿐 크고 작은 흔적들이 남기 마련이다. 영화에 대한 나의 글쓰기는 영화와 나의 마주침에서 생긴 사건들을 나름대로 성찰하고 싶었던 욕망에서 시작된 것 같다.

책 제목에서 '현실과 상상의 클리나멘'이란 표현을 쓴 것은 이러한 맥락에서였다. 초등학생 시절 박스형 TV를 통해 '주말의 명화'와 마주쳤던 경험, 또는 학교 단체관람으로 간 극장의 대형 스크린에서 마주쳤던 총천연색 영화들과 마주쳤던 경험. TV 모니터와 극장의 스크린은 무미건조했던 내 유년 시절을 잠시 잊고 환상과 상상의 세계로 날아갈 수 있게 만든 전령(傳令)의 신(神)이자 사거리의 신(神)인 헤르메스(Hermes)가 아니었을까. 돌아보건대 영화는 관객을 가공의 이야기에서 실제 현실로 돌려보낸다는 점에서 꿈을 닮았다. 꿈은 우리가 그 내용을 계산해 낼 수 있는 과학적 대상이 아니다. 꿈은 예기치 않게, 우발적으로, 마주침의 형식으로, 지치지 않고 귀환하며 언제 그랬냐는 듯이 다시 현실에게 그의 자리를 내준다. 영화는 나에게 클리나멘(clinamen)으로 작동되었다.

클리나멘이란 무엇인가. 그리스 철학자 에피쿠로스가 주창한 뒤 루크레티우스의 『사물의 본성에 대하여』에서 다시 소환되고, 맑스의 박사학위 논문에서 핵심 키워드로 사용되고, 알튀세르의 말년의 철학을 대변했던 '마주침', '우발성(偶發性)'의 주인공이 아니던가. 클리나멘의 번역어가 '기울어져 빗겨감' 또는 '궤도에서 벗어남'을 뜻하는 '편위(偏位)'라 했을 때, 만약에 떨어지는 빗방울에 편위 운동이 없었다면 영원히 마주침도 없었으리라. 클리나멘, 즉 편위 운동은 존재의 안정적인 고정성이나 동일성을 풀어헤친다. 편위 운동을 하는 빗방울은 '차이 없는 반복'이 아니라 '차이를 생성하는 반복'에 대한 알레고리라 할 만하다.

적어도 나에게 영화는 현실과 상상이 마주치는 클리나멘의 공간이었다. 영화는 현실 그 자체는 아니고, 그렇다고 현실과 전혀 관계없는 상상 속의 세계도 아닌, 유령으로서의 물질성 또는 마주침과 우발성으로서의 사건이었다. 영화 속 상상의 세계가 현실과 마주치는 사건, 영화 애호가 중의 한 명으로서 영화들과 마주쳤던 사건. 이 사건들은 필연적이거나 선험적이라기보다는 우발적이었으며, 잠재성의 주름을 펼치는 운동성이었고, 무엇보다 나에게 모종의 변신(變身)을 요청했던 목소리이기도 했다. 내가 영화에 대한 글쓰기를 수행했던 것, 부족한 글들을 묶어 출간하기로 한 것은 다음과 같은 생각 때문이었던 것 같다. 영화와 나와의 마주침, 영화와 나와 역사의 마주침, 이 우발적인 마주침이 "맞서 싸우고 저항할 수 있는 원자 가슴 속에 있는 어떤 것"[1]이라는 생각으로, 그리고 "원자들이 편위를 하지 않는다면 어떤 충돌이나 마주침도 일어나지 않을 것이고 세계는 결코 창조되지 못했을 것"[2]이라는 생각으로.

발표한 지 오래된 글들을 검토하면서 어색하거나 부정확한

---

1) 칼 맑스, 고병권 옮김, 『데모크리토스와 에피쿠로스 자연철학의 차이』, 그린비, 2019, 76쪽.
2) 위의 책, 80쪽.

표현들을 대폭 수정했다. 이 소박한 책이, 영화와의 마주침에 대한 이 사소한 발언들이, 혹시 어느 독자에게 또 하나의 작은 클리나멘, 미세한 편위(偏位)를 생성해 줄 수만 있다면 부끄러움이 조금이라도 줄어들 수 있을까.

2024년 8월
박명진

차례

5부 풍경-기계들

6부 영화 스케치, 짧은 생각들

1부 타자에게 말 걸기

타자(他者)의 정치학

: 공포와 경멸의 변증법

1. 영화, 낮에 꾸는 꿈을 위하여

프로이트가 밤에 꾸는 꿈에 집착했었다면, 에른스트 블로흐는 낮에 꾸는 꿈, 즉 백일몽에 주목했다. 밤 꿈에 대한 분석이 과거의 흔적을 탐사하는 고고학적 접근을 시도하고 있다면 백일몽에 대한 관심은 현재와 도래할 미래에 대한 모종의 변화를 꾀하는 것이다. 우리는 블로흐의 백일몽 모티브에 '혁명'을 대입시켜도 좋으리라.

낮 꿈과 밤 꿈은 어떠한 차이점을 지니고 있는가? 그것들은 인간적 폭넓음이라는 차이를 가지고 있다. 잠자는 자는 자기의 보물만을 소유하고 있지만, 열광하는 사람의 자아는 더 이상 내향적이 아니라,

가까운 주위 환경으로 향해 관심을 기울인다면, 어떻게 될까? 그렇게 된다면, 낮 꿈은 공공연한 무엇을 보다 낮게 만들려는 의지를 지니고 있다.[1]

그렇다면 영화야말로 프로이트와 블로흐가 이야기하고자 했었던 '꿈'의 현전(現前)이 아니겠는가. '꿈의 공장'에서 대량 생산되는 상품으로서의 영화는 과거의 상처로, 공포로, 회한으로, 노스텔지어로, 판타지로, 또는 현재와 미래를 위한 강렬한 선언으로 변신한다. 그런 의미에서 영화는 스스로 자신의 정체성을 은폐시키는, 또는 자신의 정체성이 무엇인지도 알지 못하는, 영원히 문제적인 괴물이다.

현실이라고 하기에는 너무나 환상적이고, 거짓말이라고 하기에는 지나치게 현실적인, 분열된 영화의 정체성은 그 자체로 영화의 운명이 된다. 영화는 눈앞을 스쳐 가는 그림자이기도 하다가 어느 순간에는 선명한 깃발이 된다. 그러나 분명한 사실은, 영화는 숙명적으로 자신의 육체에 역사와 사회의 지문(指紋)을 날인(捺印)한다는 것. 이것은 벤야민이 말한 '광학적 무의식'의 방식으로 또는 프레드릭 제임슨이 말한 '정치적 무의식'의 방식으로 내면에 욕망을 감춰 둔다. (또는 은폐한다.) 프랑켄슈타인 박사가 창조한 괴물의 살점들처럼, 영화는 여러 욕망들의 짜깁기로 엉켜 있다. 괴물은 자신의 짝을 찾아놓으라면서 박사를 위

---

1) 에른스트 블로흐, 박설호 옮김, 『희망의 원리 1』, 솔, 1997, 171~172쪽.

협하고 추격한다.

창조주와 피조물 사이의 애증. 괴물은 자신의 창조주인 프랑
켄슈타인 박사보다 더 강력한 힘으로 공포심을 부추긴다. 괴물
이 애타게 찾아 헤매는 짝의 정체가 꿈으로 도피하는 몽유병자
인지, 아니면 생경한 현실 속에서 처절한 투쟁을 벌이는 전사(戰
士)인지 어느 누구도 확신할 수는 없다. 의심할 수 없는 사실은,
프랑켄슈타인 박사의 괴물이 북극의 설원(雪原)을 방황하듯이 영
화는 이 시대의 거친 황야를 끊임없이 배회하고 있다는 것. 메리
셸리의 1818년 소설 『프랑켄슈타인』의 부제(副題)가 '근대의 프
로메테우스(The Modern Prometheus)'였던 것처럼 영화는 그 자체
로 흔들리는 근대성의 프로메테우스이다. 얼기설기 짜깁기된 살
점들처럼 타자(他者)들의 욕망이 영화를 에워싸고 있다. 그렇다
면 영화의 당당한 행진은 각각의 살점들에 각인되어 있는 욕망
의 기원을 찾아 헤매는 고행(苦行)의 다른 면은 아닐까. 그 기원
속에는 공포와 매혹이라는 분열된 무의식이 숨겨져 있다. 우리
속에 은폐된 또 하나의 우리'들'. 이 낯설고 두렵기까지 한 내면
을 찾아 영화의 무의식은 고통스러운 방황을 지속한다. 그것을
'타자(他者)의 정치학'이라 부르자. 버틀러는 이에 대해 다음과
같이 강조한다.

만일 우리가 우리 스스로를 만들어낸다면, 우리는 타자와 함께,
그리고 오직 비슷한 방식으로, 혹은 한 데 수렴되는 방식으로 규범에
맞서는 집단의 형태가 존재한다는 조건 아래에서만 스스로를 생성해

냅니다. 달리 말하자면, 우리는 "영웅적인 단독자로서의 개인"으로서 우리 스스로를 만들어내지 않고, 오직 사회적 존재로서만 스스로를 만들어내는 것입니다. … 중요한 것은 바로 타자들과 함께 서투르게나마 앞으로 나아가는 것입니다. 용기와 비판적 실천을 요구하는 그런 운동으로 나아가는 것, 새로운 체계 속으로 "안주"하지 않으면서 규범들과 타자들에 관계하는 그런 종류의 운동으로 나아가는 것이 중요합니다.[2]

'우리'와 '우리가 아닌 것'의 차이는 무엇인가. 그것은 역사적이고 사회적이고 문화적이고 자의적인 이데올로기의 결과물이 아닌가. 버틀러의 지적처럼 우리와 타자의 관계는 "함께 서투르게나마 앞으로 나아가는" 동반자 관계이어야 하지 않겠는가. 그러나 현실 세계에서 '우리가 아닌 것'에 대한 감정은 극한의 공포심이기도 하고 억제할 수 없는 경멸감이기도 하다. 또한 치명적인 매혹의 대상이기도 하다. 어떤 이들은 낯선 것에 대한 이질감과 공포를 이렇게 표현한다. '불안은 영혼을 잠식한다.'

---

2) 주디스 버틀러·아테나 아타나시오우 지음, 김응산 옮김, 『박탈: 정치적인 것에 있어서의 수행성에 관한 대화』, 자음과모음, 2016, 117~118쪽.

2. 내면의 파시즘, 〈불안은 영혼을 잠식한다〉

파스빈더(Rainer Werner Fassbinder) 감독의 영화 〈불안은 영혼을 잠식한다(Angst Essen Seele Auf)〉(1973)는 '낯선' 사람들과 함께 살아가는 문제에 대해 본질적인 성찰을 요구한다. 50대 후반 가량의 독일인 과부 에미(브리지트 미라 분)는 비 오는 날 술집에서 모로코 출신의 흑인 노동자 청년 알리(엘 헤디 벤 살렘 분)를 만나 춤을 추고, 갈 곳 없는 알리를 자기 집으로 데려가 재워 준다. 고독한 처지에 있던 두 남녀는 나이와 인종의 차이를 뛰어넘어 사랑의 감정을 느끼고 동거하게 된다. 마침내 이들은 결혼하게 되지만 주위의 경계심과 배타심으로 고통을 겪는다. 알리의 친절하고 성실한 태도에 주변 사람들의 태도가 우호적으로 변하기는 하지만, 이는 알리를 대등한 인간으로 받아들이고자 하는 것이 아니라 단지 알리를 이용하기 위해서였다.

그러나 주변의 태도는 에미와 알리 사이에서 자라고 있던 타자 의식에 비하면 심각한 것은 아니었다. 시간이 흐를수록 알리는 에미가 자신을 열등한 인간으로 인식하고 있다는 사실을 느끼게 되고, 알리는 방황하다가 옛 애인을 찾아 떠나간다. 시간이 지난 후 에미와 알리는 처음 만났던 술집에서 재회하지만 알리는 이미 깊은 병으로 고통 받고 있는 중이었다. 둘은 화해하고 다시 합치지만 영화는 알리의 병석을 지키는 에미의 쓸쓸한 엔딩씬으로 끝난다.

'라인강의 기적'으로 독일의 경제가 급성장하고 저개발 국가에서 많은 노동자들이 성공의 꿈을 안고 독일로 이주한다. 모로코, 알제리, 튀니지 등지에서 독일로 이주하여 노동자의 삶을 꾸려나가는 이방인들은 독인인의 눈에는 단지 귀찮고 더러운 존재로 비칠 뿐이다. 파스빈더는 전후(戰後)에도 엄존하고 있는 파시즘의 폭력성과 위선을 냉소적으로 파헤친다.

나치 당원 출신인 에미와 아랍인 청년 알리 사이에도 인종학적 이데올로기가 개입한다. "행복이란 늘 달콤하기만 한 것은 아니다."라는 부제와 함께 시작하는 이 영화는, 에미와 알리의 사랑이 얼마나 깨지기 쉬운 대상이며 실현되기 힘든 꿈일 것인가를 잔인할 정도로 해부한다. 감독은 독일의 전후 상황이 파시즘의 외형적 소멸과 동시에 폭력의 일상화가 편재되어 있음에 주목하고자 한다. 외교적으로는 독일이 전전(戰前)의 인종 혐오적 파시즘을 포기했다 하더라도, 푸코적인 의미에서, 파시즘의 흔적은 일상 속에 폭력을 보편화시킨다. 이때 폭력은 은밀하고 교활하게 표면 아래로 숨어들면서 세상이 안녕하다는 착시현상을 일으킨다.

독일은 패전과 더불어 인종 편견을 철회한 것이 아니라 보다 심각한 차원으로 내면화했을 뿐이다. 일상화된 파시즘 속에서 사랑은 불안 때문에 자신의 영혼을 잠식한다. 따라서 이 영화의 방점은 알리보다는 에미에게 찍혀 있다고 볼 수 있다. 그녀는 가해자임과 동시에 피해자이다. 그녀는 내재화된 인종적 편견 때문에 자신의 가장 소중한 가치인 알리와의 사랑을 지키기 힘들게 된다. 에미는, 또는 에미로 알레고리화된 유럽 국가는 타자를 파괴하면서 동시에 스스로 내파(內破)된다. 우리는 여기에서 알리와 에미의 주변 사람들이 두 남녀에 대해서 갑자기 호감을 갖게 되는 계기에 주목할 필요가 있다.

알리는 성실하고 인간적인 노동자이다. 그는 노동력을 통해 주위 사람들의 욕망을 채워준다. 그들에게 있어 알리는 하나의 상품, 마르크스적 의미에서의 가치(value)라 할 수 있는 노동 시간과 노동 조건이 삭제된 교환가치로서의 상품 이상이 아니다. 이 때 노동자와 자본가의 관계는 이주 노동자와 독일 국민의 관계로 치환된다. 독일 국민이 필요로 했던 것은 인격체로서의 '알리'가 아니라 단지 알리의 '육체', 알리의 '노동력'이었을 뿐이다.

인종과 노동을 관통하는 파시즘적 욕망. 우리는 이 욕망의 코드 위에 스티븐 프리어스(Stephen Frears) 감독의 〈나의 아름다운 세탁소〉(1985), 빅토리아 호치버그(Victoria Hochberg) 감독의 〈열다섯 살의 비밀 일기〉(1990), 켄 로치(Ken Loach) 감독의 〈빵과 장미〉(2000) 등을 기입할 수도 있다. 〈나의 아름다운 세탁소〉는 영국에 거주하는 파키스탄 청년 오마르(고든 워넥키 분)와 그의 영국 친구 죠니(다니엘 데이 루이스 분)의 동성애적 연대의식을 통해 당시 영국의 사회 문제였던 인종차별, 실업 문제, 보수주의, 동성애 등을 건드리고 있다. 〈열다섯 살의 비밀일기〉에서는 미국으로 잠입한 멕시코 출신 불법 체류자들의 애환을, 〈빵과 장미〉 역시 멕시코에서 미국 국경을 넘어 미국 내에서 하층 노동자로 일하는 마야의 눈을 통해 이민족의 차별적 대우를 그려내고 있다. 그러나 이 영화들은 이를테면 장길수 감독의 〈아메리카

아메리카〉(1988), 김호선 감독의 〈에니깽〉(1996), 이석기 감독의 〈낙타는 따로 울지 않는다〉(1991)와 같은 작품들과 같은 궤도에 놓이지 않는다. 왜냐하면 한국 영화들의 정치적 무의식은 아메리칸 드림에 의해 파멸되는 한국민의 정체성에 대한 휴머니즘적 해석에 그치는 감이 상대적으로 강하기 때문이다. 그것은 인종과 (노동)계급에 대한 사회 체제론적 해석이 개입되지 못한 이유이기도 하다.

3. 우리 안의 제국주의, 〈바리케이트〉

식민지 체험을 겪었고 전쟁의 참혹함까지 버텨내야 했던 신생 독립국 한국의 경우는 파스빈더나 켄 로치가 작업했던 경우보다 더 열악한 영화 환경을 거쳐야 했을지도 모른다. 그렇다면 한국 영화는 타자에 대해, 우리의 또 다른 얼굴인 외국인 노동자에 대해 어떤 시선을 던졌을까. 우리는 〈깊고 푸른 밤〉, 〈바리케이트〉, 〈파이란〉 등을 떠올릴 수 있다.

〈깊고 푸른 밤〉이 미국에 대한 동경심으로 불법 이주하려는 한국인의 욕망과 좌절을 표현하고 있다면, 〈파이란〉은 한국에 불법 취업한 중국인 여성의 비인간적 상황을 관찰하고 있다. 그런 의미에서 윤인호 감독의 〈바리케이트〉(1997)는 문제적 시각을 제공해 준다. 이 영화는 미국에 불법 취업하고자 했던 우리들의 우울한 욕망과, 한국에 불법 취업한 방글라데시 노동자들에 대한 한국인의 편견을 모두 보여주고 있기 때문이다.

〈바리케이트〉는 전후 한국인의 분열된 정체성을 가감 없이 해부한다. 주인공 한식(김의성 분)은 무능한 아버지(유순철 분) 때문에 소규모 염색 공장을 전전한다. 아버지는 말보르 담배를 피우며 미국에 대한 동경심을 포기하지 않는다. 한편 한국인 노동자 용승(김정균 분)과 금희(박은정 분)는 방글라데시 노동자인 칸, 자키, 부토를 벌레처럼 멸시한다. 여기에서 일본의 파시즘이 전후에 우리에게 어떻게 내면화되고 일상화되었는지 선명하게 목격하게 된다. 우리는 미국과 유럽을 선망하고 동경할수록 동남아 출신 불법 취업 노동자들을 경멸한다. 그것은 미국과 유럽이라는 거울에 비친 우리들의 초라한 자화상에 대한 낯설음과 두려움에 대한 전도된 욕망의 표현이다.

이렇게 이야기하는 것이 가능하지 않을까. 우리는 일본의 파시즘을 증오한 만큼 그 파시즘에 동화되어 왔다는 것. 이를 '내적 오리엔탈리즘'이라고도 부를 수 있을 것이다. 외국인 노동자에 대한 우리의 편견을 고찰한다는 것은 곧 '우리 안의 파시즘'을 성찰한다는 뜻일진대, 우리 영화는 애써 이러한 문제에 대해 눈을 감았던 것이다. 다시 말해 한국 영화는 '우리 안의 제국주의'를 청산하는데 매우 인색했었다. 이때 우리는 〈바리케이트〉의 작은 미덕을 발견하게 된다. 적어도 이 영화는 영화적 꿈의 달콤함보다는 우리 자신의 참혹한 자화상을 드러내 보이고자 노력하고 있기 때문이다.

대낮에도 백열등을 켜야 하는, 세탁기의 열기로 푹푹 찌는 세탁 공장 안에서 칸과 자키, 한식과 용승은 서로에게 상처를 입히고 스스로 상처를 입는다. 아버지가 미국에 불법 취업 나갔다가 허리가 다쳐서 귀국하는 바람에 대학을 중퇴할 수밖에 없었던 한식, 고아 출신이라는 신분 때문에 자괴감으로 사디즘에 빠져버리는 용승. 이들 한국 노동자들은 방글라데시 노동자 칸과 자키를 경멸하고 학대하지만 '주인과 종'의 변증법으로 환원되지는 않는다. 한식과 용승이 던지는 날카로운 칼날은 기실 자신들의 가슴을 향하게 되기 때문이다.

회교도이기 때문에 돼지고기를 먹지 않는 칸에게 음식을 강요하고, 종교적 신념 때문에 특정 음식을 먹지 않는 그를 구타하는 한국인. 칸은 작업 중에 손가락이 잘려나가도 호소하거나 권리를 주장할 수 없는 이방인이다. 자키는 동생 수술비를 마련하기 위해 온갖 멸시를 감당해야만 한다. 그러나 자키는 돈을 떼이고 술에 중독됨으로써 코리안 드림의 허구성을 되씹는다. 한식은 자키에게 전화 카드를 건네주면서 집에 전화하라고 설득하고 아버지를 위해 말보르 담배 한 갑을 산다. 물론 이 영화의 메시지가 '가족 로망스'의 복원을 통한 대화합에 머물고 있지만, 적어도 이 사회가 직면하고 있는 내적 질병에 대해 정공법으로 돌진하고 있다는 사실만은 기억할 만하다.

4. 아직 의식되지 않은 무엇을 향하여

여기 한 인종이 있다. 그리고 그 옆에 다른 인종들이 있다. 그리고 이들 사이를 가로지르는 젠더와 계급이 있다. 그러나 어떤 의미에서 젠더와 계급은 일종의 판타지이다. 적어도 영화에서는 그렇다. 영화 속에서 계급적 연대 의식은 인종적 편견을 뛰어넘기에 숨이 가쁘다. 파시즘이 공산주의를 그토록 두려워하고 증오했던 사실은 이미 알려져 있던 바, 인종과 국가를 초월하여 계급적 연대 의식을 꿈꾸는 불온한 사상을 파시즘적 권력이 수용할 리 없다.

미국에 불법 취업하러 갔었던 수많은 한국인들의 좌절과 수치심이 곧 바로 한국에서 불법 취업하고 있는 동남아 노동자들의 내면으로 환치될 수 있는 것일진대, 우리는, 또는 우리의 영화들은 얼마나 절실하게 이 문제에 관심을 기울였는가. 어쩌면 우리는 애써 악몽을 망각하고 억지로 단꿈을 소망하고자 노력해 왔을지도 모른다. 그곳에는 마초들의 황당한 모험담이 있고, 선남선녀들의 파스텔풍 연가(戀歌)가 흘러나오고, 출처를 알 수 없는 노스텔지어가 스멀거린다. 에른스트 블로흐는 다음과 같이 말한다.

꿈꾸는 자는 어느 특정한 곳에 결코 머무르지 않는다. 거의 자발적으로 그는 방금 있었던 곳을 떠나 움직인다. … 보다 나은 삶에 대한 꿈은 도피하는 전초병이요, 서서히 명료하게 되는 우리의 갈망을 위한 첫 번째의 숙소나 다름없다. 그 꿈을 통하여 우리는 지금까지

한 번도 체험하지 못한 무엇에 대하여 대화를 나눌 수 있는 기술을 연마하게 된다.[3]

그가 제기하는 '낮 꿈'은 '아직 의식되지 않은 무엇'을 의미하는데, 젊은이들의 꿈, 사회적 전환의 시기, 예술가의 창조적 의지 등에서 발현되는 '희망의 원리'이다. 과연 한국의 영화들은 '낮 꿈'을 통해 어느 정도 '희망의 원리'를 추적했을까. 종군 위안부 문제를 다큐멘터리로 찍은 〈낮은 목소리〉의 감독이 "피해자의 시선으로 현실을 바라보는 것, 피해자의 시각으로 세상을 반영해 영상으로 보여주는 것, 그리하여 현실의 여러 문제들을 영화를 보는 관객들의 1차적인 자기 문제로 전환시켜 내는 영화"를 소망했듯이, 우리는 영화에 대해 다음과 같이 말할 필요가 있다. 영화는 인종적, 계급적 타자와 소수자의 시선으로 세상을 다시 바라보아야 한다고.

(『인천문화비평』 제11호, 2002년 하반기)

---

3) 에른스트 블로흐, 『희망의 원리 1』(앞의 책), 45쪽.

내 민족과 인종의 집은 어디인가, 영화의 인류학적 보고서

1.

〈웰컴투 동막골〉(2005)은 〈휘파람 공주〉(2002), 〈동해물과 백두산이〉(2003), 〈남남북녀〉(2003), 〈그녀를 모르면 간첩〉(2004) 등의 북한 소재 코믹 장르 문법을 따르는 듯하면서도 다른 길을 걷고 있다. 일련의 북한 소재 코믹 영화들은 금단의 지역이었던 금강산과 평양이 관광지로 각광 받는 시대에 등장한 또 하나의 유행 상품이다.

2000년대 초반은 이른바 남북 분단과 관련된 원초적 공포 의식, 이어령이 '에비가 지배하는 문화'라고 명명했던 두려움의 정치학이 급격하게 무너지고 있는 듯한 시대였다. 1960년대 후반 젊은 평론가 이어령은 시인 김수영과 벌인 '불온시(不穩詩) 논쟁'

에서 '가상적인 어떤 금제(禁制)의 힘'을 일컬어 '에비'라 했다. '에비'라는 상상적 강박 관념은 어디에나 있지만 어디에서도 볼 수 없는 유령이다. 이들 일련의 북한 소재 코미디 영화들에게 있어 분단이라는 '에비'는 더 이상 두려워하거나 피해야 할 대상이 아니다.

북한 소재 코믹 영화들은 한없이 가벼워진 북한 이미지를 먹기 좋게 요리한다. 북한이라는 타자는 놀이공원 귀신의 집처럼 그로테스크하게 희화화되기도 하고 스크린 위에서 뜬금없이 요란하게 고적대 퍼레이드를 펼친다. 이 영화들은 분단 영화라는 몸에 빙의(憑依)한 스크루볼 코미디이다. 1930년대 미국에서 유행했던 이 장르가 상류계급에 대한 빈정거림을 목적으로 했었다면, 이 시대의 우리나라 코미디들은 '에비 문화'가 쳐놓은 금단의 경계선을 킬킬대며 비웃는다. 따라서 이들 영화 속에는 위협적인 타자로서의 북한은 없다. 분단 현실의 서사가 코미디의 문법과 어지럽게 엉켜 있을 뿐이다. 그런 의미에서 〈웰컴투 동막골〉은 묘한 분위기를 풍기면서 우리에게 다가온다. 이 영화는 우리를 웃게 만든다. 그러나 쓴맛을 혀끝에서 맴돌게 하면서 웃긴다.

1950년 11월. 강원도 오지 동막골에서 벌어지는 남한, 북한, 미국 병사 그리고 동막골 주민들의 해프닝은 스크루볼 코미디를 경유하여 〈공동경비구역 JSA〉로 발길을 돌린다. 〈공동경비구역 JSA〉에서의 북한 초소 내부가 남과 북의 병사들이 갈구하던 동포애가 엄연한 분단 현실 때문에 파괴되는 정치적 은유 공간이라면 동막골은 신화적 메타포로 치장된 가상현실이다. 동막골은 한국 영화가 아직까지 좀처럼 꿈꿔보지 못한 새로운 알레고리 공간이다. 이곳에서는 남이건 북이건 또는 신선(神仙) 나라의 주민들이건 "우리가 남이가?"를 서로 외치며 어깨동무하고 춤출 수 있다. 수류탄이 옥수수를 팝콘으로 만드는 용도로 쓰이는 동막골에서 이념이나 체제의 물질성은 틈입할 수 없다.

라스트씬에서 미군 폭격기가 주변의 산등성이를 융단 폭격할 때, 동막골은 '민족'이라는 세례명(洗禮名)을 받고 새롭게 태어난다. 만화적 상상력으로 표현된 멧돼지와의 결투 장면은 라스트씬에서 미군의 폭격으로 장렬하게 전사하는 남과 북의 병사들의 장면과 날카롭게 대조된다. 왜냐하면 미군의 상징으로도 읽힐 만한 멧돼지는 남과 북의 단합으로 포획되어 배를 채우는 음식이 되지만, 남과 북의 병사들은 결국 미군 폭격기의 먹잇감으로 귀결되기 때문이다. 이제 한국 영화는 〈웰컴투 동막골〉에 와서 타자의 자리에 북한 대신 미국을 배치하게 된다.

그러나 이러한 배치가 가능해지기 위해 또 하나의 타자가 발견되어야 한다. 그것은 원시적이면서 신비로운 타자인 '동막골'이다. 이는 우리 내부에 숨어있던 타자이다. 넋이 완전히 나간 처녀 여일(강혜정 분)의 알 수 없는 내면처럼 동막골 역시 세상 이치로 접근할 수 없는 미지의 공간이다. 〈웰컴투 동막골〉은 외부와 내부의 타자들을 발견하지만 영화는 철저하게 주관적 시점, 즉 '동막골'의 시점으로 재현해냄으로써 현실 세계를 '초월'하려 한다.

험준하지만 동화적인 '동막골' 바로 옆에는, 남한군과 북한군이 이순신 장군과 힘을 합쳐 오랑캐를 무찌르는 압록강 주변이 놓여 있다. 민준기 감독의 〈천군〉(2005)은 압록강 부근 지하 벙커에서 비밀리에 남한과 북한이 공동 제작한 핵무기가 폐기될 위기에 처하면서 시작된다. 국제 정세의 변화 때문에 위험한 핵무기를 폐기하려 하는데 북한 경비대장 강민길(김승우 분)은 외세에 대처하기 위해서는 핵무기가 필요하다며 이를 훔쳐 달아난다. 남한 경비대장 박정우 소령(황정민 분)은 과학자 김수연(공효진 분)과 함께 강민길 무리를 체포하러 간다. 쫓고 쫓기는 와중에 이들은 갑자기 땅에 떨어진 혜성 때문에 1572년의 과거로 시간 이동(time leap)하게 된다.

〈천군〉은 국가를 초월하는 민족 담론으로 이민족과의 차별성을 부각하고자 한다. 오랑캐와 맞서 싸우는 이순신과 남북 군인들은 외세를 퇴치하는 민족주의자로 설정된다. 영화는 이순신을 압록강 변의 오랑캐와 맞서는 인물로 설정함으로써 중국에 대한 의심과 경계심을 내면화한다. 동막골의 남북한 병사들처럼 이들도 오랑캐를 맞아 장렬하게 산화함으로써 민족의 영원불멸성을 웅변한다. 동막골과 압록강 변에서 민족이라는 원초적인 상상력이 봉화처럼 불타오른다.

스파이크 리 감독의 〈똑바로 살아라(Do The Right Thing)〉(1989), 조엘 슈마허 감독의 〈폴링 다운(Falling Down)〉(1993), 리 타마호리 감독의 〈007 어나더데이(Die Another Day)〉(2002)에서 재현되고 있는 한국, 또는 한민족 이미지는 우리들의 기대를 저버린다. 이 영화들 속에서 한국인들은 돈만 밝히거나 배은망덕한 인종으

로 나타난다. 또는 아예 피에 굶주린 북한군 장교로 등장하기도
한다. 가이 해밀튼(Guy Hamilton) 감독의 〈레모(Remo)〉(1986)에서
무술을 하는 한국 노인(조엘 그레이 분)은 냉장고에서 쌀밥을 꺼
내 먹거나 호랑이 가죽을 바닥에 깔고 TV를 시청한다. 미국인
배우가 한국인으로 분장해서 출연한 것도 그렇다 치더라도, 이
영화 속에서 재현되고 있는 한국 또는 한민족이 잡종적이고 오
염된 이미지로 부유하고 있는 것은 문제적이다. 제국주의가 인
류학의 민속지(民俗誌)를 통해 타자를 제 멋대로 편집하고 윤색
함으로써 편향된 심상지리(心象地理)를 강요한다고 할 때, 영화는
그러한 인류학적 민속지의 역할을 모범적으로 수행하기도 한다.

> 인류학의 '과학적 방법론'은 대화의 소멸이며, 지속적으로 다듬어
> 지고 인식론적으로 강요된 대화의 위축이다. 정신의학이 근대서양
> 의 광기와 비이성에 대한 독백이었던 것처럼, 인류학은 근대서양의
> '타자의 문화'에 대한 독백이다.[1]

대상에 대한 수집, 관찰, 해석으로서의 영화 작업은 때로는
아주 고약한 형태의 문화 번역 행위일 수 있다. 이때 미국인의
시점에서 상상되는 우리의 이미지는 미국인 자신의 내부에 숨겨
둔 공포, 다시 말해 그들 내면의 타자가 치환되어 나타나기 쉽다.

---

1) 버나드 맥그레인, 『인류학을 넘어서』(레이 초우, 정재서 옮김, 『원시적 열정』, 이산, 2004,
263쪽에서 재인용).

그 내면의 타자는 원시적이고, 파렴치하고, 충동적이며, 교활하기까지 하다. 그러나 영화가 반드시 악역만 담당하는 것은 아니다. 때로는 비교적 솔직하고 담담하게 관찰자의 왜곡된 시선을 폭로하는 포즈를 취하기도 한다.

한국계 배우 존조(John Cho)가 주연한 대니 레이너(Danny Leiner) 감독의 〈해롤드와 쿠마(Harold & Kumar Go to White Castle)〉(2005)는 미국 사회 내의 소수 인종 차별에 대해 신랄하게 풍자한 영화이다. 월스트리트의 성실한 투자 전문가 해롤드(존 조 분)는 주말을 여인들과 즐기려는 미국인 직장 동료의 속임수에 넘어가 그들의 업무를 떠안게 된다. 룸메이트이자 인도인 친구 쿠마(칼 펜 분)와 해롤드는 TV에서 선전하는 White Castle 햄버거를 먹기 위해 대도시 탐험에 나선다. 일종의 화장실 유머가 질펀한 이 코미디에서 아시아 인종에 대한 미국인의 편견과 차별이 끊임없이 등장하는데, 두 명의 아시아인은 온갖 역경과 위험을 무릅쓰고 급기야 White Castle 햄버거를 먹게 된다. 친구 쿠마에게 있어 햄버거는 자유와 기회의 땅 미국을 상징한다.

이들은 동네의 백인 불량배들로부터 끈질기게 모욕을 당하고, 해롤드는 미국 경찰로부터 말도 안 되는 이유 때문에 철창에 갇히는 신세가 된다. 해롤드가 갇힌 철창 속에는 흑인이라는 이유로 백인 경찰로부터 강도로 오해받아 몰매 맞고 잡혀 들어온 중년 흑인이 있다.

천신만고 끝에 그토록 원하던 햄버거를 손에 쥔 두 명의 아시아 청년들은 마법에 걸린 것처럼 새로운 인간으로 재탄생한다.

쿠마는 거들떠보지도 않던 의대 진학을 결심하고, 해롤드는 같은 아파트에 사는 미모의 백인 여성 마리아(폴라 가시스 분)의 사랑을 쟁취한다. 쿠마는 의대 진학을 선택함으로써 백인 사회의 상류계급에 진입할 준비를 갖추고, 유능한 투자 전문가인 해롤드는 매혹적인 백인 여성의 사랑을 얻음으로써 당당하게 미국 시민의 자격을 획득한다. 야밤의 뉴욕 시내에서 벌이는 이들의 아라비안나이트는 미국으로 이민 간 소수민족의 아슬아슬한 성공담을 풀어낸다.

엔딩 타이틀이 올라갈 즈음, 스크린은 이들을 부당하게 괴롭히던 동네 불량배들과 폭력적인 경찰들이 체포되는 TV 뉴스가 인서트(insert)되면서 대단원의 막을 내리려 한다. 그러나 영화는 TV 뉴스의 자료화면 형식을 빌려 경찰서에서 탈출한 두 명의 동양인 몽타주를 보여주는데, 두 명의 몽타주는 19세기 말 백인의 동양 여행기 속에나 나옴 직한 전형화된 동양인 그림이다. 그런 의미에서 이 작품은 에드워드 사이드의 오리엔탈리즘 이론을 화장실 유머 영화에 버무린 잡탕 영화이다. 미국 내에서 소수민족에 대한 백인 주류 사회의 편견과 차별을 양념처럼 뿌려대면서도 결국 이 영화는 미국 사회에 온전한 모습으로 동화되어가는 양순한 이방인들을 그리고 있다. 감독이 이 두 명의 동양인들에게 각기 미국 내에서의 안정된 정체성을 안겨주는 대신, 해롤드와 쿠마는 자신들의 민족적 정체성을 국가에 반납해 버린다. 해롤드는 대학교의 동아시아 학생 모임 대표인 한국계 여학생의 애정 공세를 귀찮아하고, 동아시아 학생 모임에서도 어울리지 못하고 거북해한다. 해롤드와 쿠마는 이 동아시아 학생 모임이 주선하는 어수선한 파티장에서 빠져나와 햄버거를 입에 넣을 때 비로소 자신들의 정체성을 발견하게 된다. 이들은 민족적 시민권을 포기한 뒤에야 비로소 당당한 미국 시민 세계에 편입한다.

미국으로 유학 온 한국 학생들의 모임에서, 해롤드의 직업은 이들의 선망 어린 대상이 된다. 해롤드의 주관적 시점으로 처리된 유학생들의 모습은 어수룩한 바보들이고, 파티장에서 여성들의 젖가슴을 탐내는 음탕한 호색한에 불과하다. 이들은 진정으로 햄버거를 동경하고, 의대를 진학하고, 매력적인 백인 여인을 애인으로 사랑해야 시민이 될 수 있다. 〈해롤드와 쿠마〉는 한 민족, 한 국가가 다른 민족과 국가를 상상하고 재현하는 것이 얼마나 어렵고 위험한 것인지 가르쳐 준다.

(『황해문화』, 2005년 겨울호)

인종의 재발견, 또는 타자에 대한 영화적 무의식

　　폴 해기스(Paul Haggis) 감독의 〈크래쉬(Crash)〉(2004)는 로버트 알트만의 〈숏컷(Short Cuts)〉(1993)이나 폴 토마스 앤더슨의 〈매그놀리아(Magnolia)〉(1999), 알레한드로 곤잘레스의 〈아모레스 페로스(Amores Perros)〉(2000)를 떠올리게 한다. 대도시의 평범한 시민들의 일상사가 우연에 의해 서로 얽히는 다양한 에피소드들을 중심으로 현대인의 삭막한 내면 풍경을 콜라주하는 영화의 내러티브 기법에서 그러하다. 그러나 〈크래쉬〉는 〈숏컷〉이나 〈매그놀리아〉와는 매우 다른 색깔의 징후들을 펼쳐놓는다. 그 징후는 인종(race) 또는 에스닉(ethnic)이라는 흔적으로 얼룩져 있다.

　　미국 사회에서 인종 문제에 대한 영화적 발언에 대해서라면, 〈알라바마 이야기(To Kill A Mockingbird)〉(1962), 〈초대받지 않은 손님(Guess Who's Coming To Dinner)〉(1967), 〈미시시피 버닝(Mississippi

Burning)〉(1988), 〈해롤드와 쿠마(Harold and Kumar Go to White Castle)〉(2004) 등을 떠올릴 수도 있다. 앞의 세 영화의 경우 미국의 백인 사회는 흑인에 대해 차별과 폭력을 행사함과 동시에 구원과 화해를 성사시키는 시선으로 미국 내 인종 문제에 접근했지만, 〈해롤드와 쿠마〉는 민감한 소재인 인종 문제에 대해 뻔뻔할 정도로 솔직한 편이다.

〈해롤드와 쿠마〉는 한국계 미국인 해롤드와 인도인 쿠마를 주인공으로 하여 미국 사회에서의 인종 문제가 근본적으로 해결될 수 없는 문제임을 전제하고 시작한다. 이 영화의 두 남자 주인공 해롤드와 쿠마는 '하얀 성(White Castle)'으로 상징되고 있는 햄버거 가게에 가려고 처절하게 분투(奮鬪)하는데, 이때 '하얀 성'이란 미국 사회의 주류를 이루고 있는 백인 사회를 암유(暗喩)하기도 한다.

〈크래쉬〉는 이들 영화보다 훨씬 섬뜩한 느낌을 선사한다. 내러티브 속에 과격한 사건이나 폭력이 난무하기 때문만은 아니다. 이 영화가 그려내고 있는 지극히 일상적이고 평범한 갈등 국면이 그 자체로 섬뜩함을 자아낼 뿐이다. 공포영화가 관객들에게 끊임없이 사랑받는 이유는, 아무리 공포영화의 내러티브가 끔찍하다 하더라도 영화감상이 끝난 후 돌아가야 할 현실 세계가 그보다는 안전하다는 믿음에서 기인한다. 〈크래쉬〉가 섬뜩한 것은, 어쩌면 현실이 영화보다 더 고통스러울지도 모른다는 사실 때문이다. 백인, 흑인, 히스패닉, 이란인, 멕시칸, 한국인 등 여러 인종들은 서로를 오해하고 위협하고 고통을 준다. 그러나 인종차별주의자인 백인 경찰 라이언(맷 딜런 분)은 자신이 과거에 공권력을 이용해 성적 수치심을 안겨주었던 흑인 여인(탠디 뉴턴 분)을 자동차 사고에서 구출해줌으로써 이 영화의 화해 국면을 선사한다. 흑인 양아치들로부터 차에 치인 후 병원 앞에 버려진 한국인 최(그렉 박 분)는 병실을 찾아온 아내 킴 리(알렉시스 리 분)에게 모두 현금으로 바꿔오라고 소리친다. 최가 인신매매하기 위해 붙잡아 둔 동남아인들은 아이러니컬하게도 흑인 양아치에 의해 LA 시가지로 풀려 나온다. 영화가 끝난 후에도 인신매매범 최의 존재는 사회적 갈등의 흔적으로 남는다.

그러나 정말 이 영화가 관객(특히 대한민국의 관객)에게 공포를 안겨준다면 그 이유는 다른 곳에서 나오는 것일 게다. 혹시, 미국 사회 내 인종차별에 대한 비판적 포즈라는 고백성사를 통해 미국이 자신의 국경 밖에서 행하고 있는 국가, 인종, 민족 차원의 불합리한 폭력에 대한 '죄 사함'을 구하고 싶었던 것은 아닐까. 아카데미 영화제가 이 영화에게 제78회 아카데미 작품상을 수여했을 때, 씁쓸하게도 FTA 협상을 빌미로 스크린 쿼터를 폐지하라는 미국의 단호한 표정이 오버랩된다. 만약 이 영화가 토로하고자 하는 것이 '미국이라는 국가의 수치심'이라면 아래와 같은 이유에서 그 정동(情動)의 표출 효과는 착잡한 감정을 불러 일으킨다.

집단적 수치심은 현재를 살아가는 개인과는 무관한 것, 더 나아가 마치 망토나 피부처럼 개인을 둘러싸고 덮어주는 것이 된다. 한편으로 수치심은 과거의 잘못을 인정한다는 의미일 수도 있지만, 다른 한편으로 수치심은 여전히 그러한 잘못이 현재에도 ('우리의') 삶은 형성하고 있다는 사실을 감추기도 한다. 수치심은 문제를 일으키고 골치 아프게 만들며, 어떤 상처는 드러내지만 어떤 상처는 감춰버린 다. 여기서 주목해야 하는 점은 수치심이 타자에게 저지른 부정의를 인정하는 한 가지 방식일 뿐만 아니라 국가를 만드는 방식이기도 하다는 것이다. 수치심이야말로 "우리가 하나의 국가를 이루고 있다 는 정체성을 확고히 하도록" 한다.[1]

일본 영화의 경우로 화제를 돌려보자. 이즈츠 카즈유키(井筒和幸, Kazuyuki Izutsu) 감독의 〈박치기!(Break Through!, We Shall Overcome Someday)〉(2004)는 1968년 당시 일본 내에서 일본인 고등학생과 조총련계 고등학생 사이의 갈등과 화해를 주요 모티브로 삼고 있다. 영화는 재일(在日) 조선인을 중심으로 화면을 구성해 나간 다. 조선인 학교, 조선인 부락과 주택의 내부, 조선인들이 먹는 술과 안주 등. 유키사다 이사오(Isao Yukisada, 行定勲) 감독의 영화 〈GO〉(2001)와 비교한다면, 매우 상세한 민속지학적(民俗誌學的) 보고서라 할 만큼 재일 조선인의 생활사(生活史)를 자세하고 풍 부하게 화면 속에 담고 있다.
　영화는 강(江)을 사이에 두고 마주 보고 있는 조선인 부락과 일본인 부락 사이의 갈등을 모티브로 사용한다. 그 갈등의 구체

---

1) 사라 아메드, 시우 옮김, 『감정의 문화정치』, 오월의봄, 2023, 225~226쪽.

적 현상으로 나타나는 것이 조선인 학교 학생들과 일본인 학교 학생들 사이의 패싸움이다. 코우스케(시오야 슌 분)는 갈등하고 있는 두 민족 사이의 화해를 꿈꾸고 있지만 현실적으로 어려움이 많다는 것을 경험하게 된다.

거의 모든 일본 영화가 그렇겠지만, 이 작품에서도 재일 조선인에 대한 묘사는 우리의 입장에서 낯설게 다가온다. 어색한 한국어 발음은 제외한다 하더라도, 재일 조선인 학교 학생들에 대한 스테레오타입화된 시선은 섬세한 갈등 국면을 이해하는 데 오히려 장애가 된다. 이를테면, 조선인 학교 학생들은 거의 불량배들이고 인상이 험악하다. 유일하게 조선인 여학생 경자(사와지리 에리카 분)만이 예쁘고 마음씨 착하게 재현될 뿐이다. 이때 경자는 일본인 감독이 발견해낸 타자(他者) 속의 감추어진 성적 욕망의 대상이다. 그녀는 야만의 세계에 피어 있는 고독한 꽃이다. 그럼에도 불구하고 경자는 작품 속에서 이렇다 할 캐릭터를 구축하거나 사건을 전개하지 못한다.

반면에 조선인 학생 안성, 재덕, 한호의 캐릭터는 매우 상세하게 그려지고 있다. 이들은 끊임없이 사고를 치고 문제를 일으킨다. 이를테면, 이 영화는 일본인 학생 코우스케가 바라본 재일 조선인 사회의 이전투구(泥田鬪狗) 장면, 즉 무질서한 카오스에 대한 고현학(考現學)이다. 이곳엔 막걸리라는 신기한 술이 있고, 술자리에는 화덕 위에 창자(곱창)가 놓여 있고, 아리랑 노래가 있고 원색의 저고리가 있다. 그러나 안성, 재덕, 한호를 제외한 조선인들은 인물들이라기보다는 스쳐 지나가는 풍경처럼 뭉개

져서 희미해진다.

영화는 코우스케를 통해 조선인과 일본인의 화합을 염원하고 있지만 그 염원은 지나치게 동화적이거나 만화적이다. 화해에 대한 허약한 모티브는 이 영화가 순진한 희망의 표현에서 그칠 수밖에 없는 원인이 된다. 주목할 만한 사실은 조선인 사회에서는 개인 코우스케의 등장으로 인해 많은 변화를 겪게 되지만, 일본인 사회에서는 어떤 변화의 조짐도 보여주지 않는다는 것이다. 만약 변화했다 하더라도 그것은 코우스케 개인일 뿐이고, 그의 변화도 실은 미녀 경자와의 교제를 위해 변화했던 것에 불과하다. 좌우충돌 고등학생들의 난투극 형식을 빌린 이 영화는 끝내 재일 조선인이 처해 있는 경제적, 정치적, 인종적 모순에 대해서는 눈을 감아 버린다.

68혁명이라는 세계적인 변혁은 이 영화에서 정치적으로 해석되지 않는다. 이 영화에서 1968년의 다급했던 사회적, 정치적 혼란은 마치 슬랩스틱 코미디처럼 단편적으로 스쳐 지나간다. '정치'가 사라지고 난 곳에 남는 것은 무엇인가. 그것은 가벼운 '풍속(風俗)'이다. 따라서 이 영화 속에서 68혁명의 의미를 연결하고자 시도하는 것은 쓸모없다. 그보다는 고등학생들을 좌충우돌하도록 만드는 사회적 아노미로서의 68만이 존재한다. 따라서 이때 68은 '혁명'이 아니라 '풍속'이 된다. 이 풍속화(風俗畵) 속에 재일 조선인들이 오브제처럼 진열되고 있을 뿐이다.

우리나라에서 인종 문제에 대해 발언을 시도한 영화로는 윤인호 감독의 〈바리케이트〉(1987), 송해성 감독의 〈파이란〉(2001),

국가인권위원회가 기획, 제작한 옴니버스 영화 〈여섯 개의 시선〉(2003) 중 박찬욱 감독의 〈믿거나 말거나 찬드라의 경우〉 등을 떠올릴 수 있을 정도이다. 영화가 일종의 민속지(民俗誌) 기능을 담당한다고 했을 때, 그 영화는 특정 민족과 인종에 대한 나름대로의 시선을 전경화할 수밖에 없다. 따라서 영화 속에 재현되고 있는 인종 문제를 따로 이야기하는 것은 큰 의미가 없을 수도 있다. 왜냐하면 영화 자체가 이미 특정한 방식으로 인종과 민족을 재현해내는 매체이기 때문이다. 그런 의미에서 〈바리케이트〉와 〈믿거나 말거나 찬드라의 경우〉는 한국 영화에서는 좀처럼 만나기 힘든 감각 체험을 제공한다. 이 작품들은 영화가 자본주의의 상품인 동시에 사회적 발언을 위한 메가폰임을 증명하는 예이다.

한국 사회는 미국 영화가 한국이나 한국인을 비하하거나 왜곡하는 부분에 대해서는 민감하게 반응하면서도, 정작 한국 영화가 한국 내의 인종 문제에 대해 아예 눈감아 버리는 상황에 대해서는 관용적이다. 기껏해야 영화 상연 당시 모 방송국의 〈아시아! 아시아!〉 정도의 프로그램에서 인종 문제를 제기하고 있을 뿐이다. 이 프로그램에는 국제결혼을 한 외국인 여성들의 친정 나들이를 주선해주는 코너가 있다. 이 코너의 근본 취지는 긍정적이라고 할 수 있다. 그러나 외국 새댁들의 귀향을 취재하는 과정에서 그녀들의 친정을 가난으로 피폐해진 후진국으로 묘사하는 경우가 빈번하여 넌지시 한국 사회의 상대적 우월성을 강조하게 되는 결과를 낳는다. 또한 이 프로그램의 기본적인 내러티브 전략은 선진국으로서의 한국이 남성(시댁), 후진국으로서의 아시아 국가가 여성(친정)이라는 왜곡된 짝패 개념을 은연중에 유포하기도 한다. 그러나 이 프로그램은 적어도 한국계 혼혈인 미식축구 선수 하인스 워드(Hines Ward)나 혼혈 배우인 다니엘 헤니((Daniel Henney) 등에 대한 관심, 이른바 성공한 혼혈인에 대한 국민적인 환호와는 다른 맥락에서 발언하고자 시도한다는 점에서 주목을 요한다.

이 와중에 KBS 다큐멘터리 〈인간극장: 노총각 우즈벡 가다〉를 토대로 만든 황병국 감독의 〈나의 결혼 원정기〉(2005)는 매우 복잡한 감정을 불러일으킨다. 이 영화는 30대 후반의 농촌 노총각 홍만택(정재영 분)과 그의 친구 희철(유준상 분)의 결혼 성공담이다. 만택의 할아버지(김성겸 분)는 마을로 시집온 우즈베키스탄 출신의 며느리 이야기를 듣고 희망을 가진다. 만택은 할아버지의 반강제적 요청에 의해 우즈베키스탄으로 날아간다. 우즈베키스탄에 간 만택과 희철은 계속 사고만 치면서 계획했던 신부 구하기를 성사시키지 못한다. 그러나 결국 희철은 고려인 처녀 알로나(신은경 분)와 결혼하고, 만택은 자신의 통역사 겸 커플 매니저로 일했던 탈북 여성 라라(수애 분)와 재회한다.

제목에서 알 수 있듯이 이 영화는 한국의 농촌 총각들이 외국에서 신부를 구하기까지의 원정(遠征) 과정을 대상으로 하고 있다. 따라서 한국으로 시집온 외국인 신부들이 한국 사회에서 겪게 되는 문화적 충돌 문제, 그리고 한국 남성과 외국인 아내 사이에서 태어난 혼혈 아동의 사회적 부적응 문제 등은 전경화되지 않는다.

　'사건'이 언어로 재현된다면, 반드시 재현된 '현실' 외부에 누락된 '사건'의 잉여가 있다는 것, '사건'이란 항상 그와 같은 어떤 과잉됨을 잉태하고 있으며, 그 과잉됨이야말로 '사건'을 '사건'답게 만들고 있는 것일 터이다. 그리고 '사건'의 폭력을 현재형으로 하여 살아가고 있는 사람들은 그러한 이유로 그 사건에 대해 이야기하는 말을 지닐 수 없는 것은 아닐까.2)

　영화 〈나의 결혼 원정기〉는 재현된 '현실' 외부에 누락된 '사건'의 잉여를 지니고 있다. 한국 청년 만택과 희철의 눈물도 소중하지만, 이들과 함께 살아갈 라라와 알로나, 그리고 이들의 자식들이 흘릴 눈물도 소중할 것이다. 외국인 아내들과 혼혈 자녀들의 한국 사회 적응 문제가 풀기 힘든 실타래로 존재하고 있는 현실이지만, 아직 한국 영화의 관객들은 타자들의 눈물보다는 영화의 해학성과 멜로성만을 욕망하고 있는 듯하다. 그러나 영화는 타자를 발견하는 데 그치지 않고 그 타자를 받아들이는 데까지 나아가야 하는 것이 아닐까. 이 영화의 제목 '원정기(遠征記)'가 쟁취(爭取)와 승전(勝戰)의 서사에 머물지 않고, 진정한 의미에서의 타자를 껴안는 곳으로 더 나아가야 하는 이유가 여기에 있는 것일 것이다. 이것은 이 영화가 품었어야 할 덕목이었을

---

2) 오카 마리, 김병구 옮김, 『기억·서사』, 소명출판, 2004, 148쪽.

것인데, 국제결혼의 서사가 '원정(遠征)', 즉 "먼 곳으로 싸우러 나감"과 같은 쟁취나 승리의 서사로 치환되어서는 안 될 것이기 때문이다. '정복'해야 할 '먼 곳'은 국경 외부에 있는 것이 아니라 바로 국경 내부에 존재하는 것이다. 아니, 그 '원정(遠征)'의 대상은 우리 내면 깊숙이 자리 잡은 인종 관념(타자(他者)에 대한 지독한 편견과 증오)이 아닐까.

(『황해문화』, 2006년 여름호)

지하실의 악마성, 또는 멜랑콜리커의 성장기

: 〈화이: 괴물을 삼킨 아이〉

지하실에서 괴물이 꿈틀대며 으르렁거린다. 그 괴물로부터 위협을 받는 자는 자기 자신이 괴물이 되어서야 괴물로부터 자유로워진다. 그 괴물을 '악마성'이라 부르도록 하자. 영화의 주인공 화이(여진구 분)는 그 괴물을 집어삼킨다. 그것은 말 그대로 화이가 괴물을 먹어치웠다는 것을 의미함과 동시에, 자신이 괴물로 변했음을 의미한다. 화이는 괴물이면서 괴물이 아니다. 화이는 선함과 악함을 모두 갖춘 존재이다. 그렇다면 이 영화의 괴물 모티프는 상식적인 관례를 허용하는 것처럼 보인다. 모든 인간에게는 인간적인 면모를 지님과 동시에 무의식 깊은 곳에 악마성을 지니고 있다는 것. 인간의 양면성, 또는 인간의 중층적 성격, 이러한 것들은 이미 귀가 닳도록 들어왔던 이야기일 터. 이제는 상식처럼 굳어버린 무의식으로서의 지하실 이미지 등등.

그러면 오이디푸스 모티프는 어떠한가. 화이는 친부 임형택(이경영 분)을 잔인하게 살해하고, 나중에는 자신을 키워준 다섯 명의 아버지'들'을 죽인다. 이 영화는 아들이 아버지'들'을 죽이는 '살부(殺父) 의식'을 주요 모티프로 활용하고 있다. 이것 또한 너무 진부한 서사 구조가 아니던가. 그렇다면 이 영화는 자식이 애비를 지워버리려고 하는 오이디푸스 서사의 또 다른 판본이라 할 만하다. 화이에게 아버지'들'(생부는 물론이고 그를 키운 다섯 명의 아버지들을 포함하는)은 현존(現存)과 부재(不在) 사이에서 서성거리는 그림자였던 셈이다.

그럼에도 불구하고 이 영화가 인상적이라 한다면 '가족의 불가능성'에 대한 시니컬한 시선 때문이리라. 화이는 생부와 생모 밑에서 자라지 못한다. 그를 기른 것은 다섯 명의 가짜 아버지들이다. 잔인하고 냉혹하기로 이름난 '낮도깨비'파는 한 남자아이를 유괴해서 살인 기계로 기른다. 생부는 친자식이 쏜 총탄에, 그리고 생모는 화이를 기른 가짜 아버지 석태(김윤석 분)의 총알에 희생당한다. 그렇다고 해서 화이가 다섯 아버지'들'과 대안 가족으로 원만하게 지내는 것도 아니다. 이 아버지'들'은 화이에게 괴물 수업을 가르쳐준 것 때문에, 그 수업을 충실히 배운 화이에 의해 살해당한다. 애초부터 화이에게 '가족' 따위는 없었다.

그런 의미에서 영화의 끝부분에서 아파트 건설회사 회장(문성근 분)이 화이의 총알에 죽는 것은 주목할 만하다. 건설회사 회장은 새 아파트를 건설함으로써 많은 가족들이 거주할 수 있는 공간을 만드는 자이다. 회장의 탐욕스러운 꿈은 화이에 의해 훼손당한다. 다섯 명의 아버지'들' 위에 군림하고 있는 자가 바로 회장이다. 그렇다면 화이에게 회장은 대주체(the Subject)이다. 화이는 이 대주체를 제거함으로써 복수극의 대서사를 마감한다. 결국 화이에게는 돌아가야 할 집도, 그를 기다리며 환대해 줄 가족도 없다.

화이와 다섯 아버지'들'이 거주하는 집은 황량한 벌판 위에 덩그러니 내팽개쳐져 있다. 그곳은 가족이 거주하는 집이라기보다는 집으로부터 쫓겨나온 이들이 숨어 사는 게토(ghetto)에 가깝다. 그곳에서는 가족의 사랑 따위는 존재하지 않는다. 마치 소매치기 수법을 배우는 비밀 장소처럼, 그곳은 다섯 명의 아버지'들'이 화이에게 살인의 기술을 전수하는 장소이다. 그런 의미에서 이들이 거주하는 이 공간은 가족 공간이 아니라 범죄인들의 공간이다.

냉혹한 테러리스트이자 팀의 리더인 석태, 운전을 전문으로 맡고 있는 말더듬이 기태(조진웅 분), 차갑고 지적인 범죄 설계자 진성(장현성 분), 총기 암살 전문가 범수(박해준 분), 그리고 칼잡이 행동파 동범(김성균 분), 이들 화이의 다섯 아버지'들'은 화이를 괴물로 사육한다. 이들은 화이에게는 이른바 비뚤어진 '사회적 아버지'이다. 화이의 친부모는 화이를 가정의 울타리 속에서 보호하지 못한다. 대신 화이는 이 다섯 명의 '사회적 아버지'에 의해 유괴된 뒤 괴물로 성장한다. 그렇다면 이 영화는 부모나 가정이 자식을 온전하게 지킬 수 없다는 위기감을 재현한 영화이다. 가정의 외부(外部)는 온갖 악과 폭력으로 오염되어 있다.

화이는 그의 부모로부터 강제로 떼어져 나와 사회적 아버지'들'로부터 악마성을 습득한다.

그렇다고 해서 국가 기관이 화이를 보호할 수 있는 것도 아니다. 영화 속의 경찰들은 무능하거나, 아니면 아예 범죄 집단과 공모할 정도로 부도덕하다. 화이가 선택할 수 있는 길은 두 가지밖에 없다. 이 사회적 아버지'들'처럼 완벽한 괴물이 되든지, 아니면 이 다섯 명의 괴물들을 먹어치움으로써 초월하든지. 화이는 후자의 길을 선택한 것처럼 보인다.

그런 의미에서 친부 임형택의 선택과 죽음은 문제적이다. 그는 유괴된 아들이 다시 집에 찾아올 수 있게 집을 지킨다. 아파트를 건설하기 위해 집을 모두 파괴한 공터에 임형택의 집 한 채만이 쓸쓸하게 남아 있다. 아파트 건설회사 전승기 회장은 조직폭력배를 시켜 임형택을 제거하라고 명령한다. 결국은 화이가 자신의 친부를 살해한다. 화이와 그의 친부모는 집을 지켜내지 못한다.

전 회장은 악(惡)의 먹이사슬에서 제일 윗자리를 차지한다. 화이가 다섯 명의 애비들을 처치하고 영화의 마지막에 전 회장마저 처단하는 것은 사회의 악의 무리에게 복수를 행하는 것을 의미한다. 이를테면 화이는 나쁜 아버지'들'로부터 배운 살인 기술을 이용해 그 아버지'들'을 제거한다. 이러한 서사는 악을 제거하기 위해서는 그 악에 버금가는, 아니 그 악을 넘어서는 악마성을 습득해야만 가능하리라는 사실을 내포하고 있다. 가정과 경찰과 국가가 개인을 지켜주지 못할 때, 그 개인은 악마성을 습득하여 악의 세력들과 맞서야만 한다. 그렇기 때문에 이 영화의 뒷맛은 영 쓸쓸하다. 각자도생(各自圖生), 또는 '모든 책임은 국가가 아니라 개인에게 있다.'는 시대 감각.

화이가 석태에게 "왜 절 키우신 거예요?"라고 질문하는 것은, 악마성을 지닌 개인이 사회에 대해서 "왜 나를 악마로 만든 거예요?"라며 문책하는 것과 유사하다. 영화 〈추격자〉에서도 경찰이나 국가가 개인의 안위를 지켜주지 못했음을 섬뜩하게 보여준 바 있다. 최근 한국 영화는 마치 지그문트 바우만이 『액체근대』에서 말한 바 있는, 국가가 액체처럼 녹아버리는, 국가가 개인을 지켜주지 못하고 개인이 알아서 자신의 안위를 지켜야만 하는 세상을 보여주는 듯하다. 이러한 세상에 온전한 가정이란 존재하지 못한다. 멜랑콜리가 상실된 대상을 향한 억압된 공격으로 묘사되는 것이라면, 화이는 철저하게 '멜랑콜리의 주체'인 멜랑콜리커(Melancholiker)가 된다.

만약 멜랑콜리한 상상력이 상실과 균열에 대한 인간적 경험을 이미지로 바꾸는 능력을 가지고 있다면, 혹은 허무와 씨름해서 괴물을 신으로, 에이리언을 천사로 전환시키는 능력을 가지고 있다면, 이 능력은 다른 어느 시기보다 현대에 가장 필요하다. 현대는 개인적, 이데올로기적, 문화적인 정체성의 위기가 계속 증폭되고 확대되는, 우리 실존의 심연을 노출시키는 시대이기 때문이다. 선택은 여전히 남아 있다. 우리 내면의 어둠에 굴복할 것인가, 아니면 내면의 어둠을 노래로 바꿀 것인가. 자아 파괴인가, 자아 창조인가. 검은 태양은

어느 쪽으로도 흔들릴 수 있다.[1]

멜랑콜리의 형상이 예로부터 신과 괴물이라는 이중의 색채를 지니고 있다고 한다면, 그것은 바로 화이를 이해할 때에도 적용될 수 있을 것이다. 화이는 내면의 어둠에 굴복한 자이기도 하며 동시에 내면의 어둠을 노래로 바꾼 자이기도 하다. 그는 괴물이자 신이고 에이리언이자 천사이다. 그가 예술(그림 그리기)에 소질이 있다는 것은 여러모로 의미심장하다. 왜냐하면 화이는 일종의 멜랑콜리한 예술가일 것이기 때문이다. 그는 스케치북에 장수하늘소, 나무, 그리고 그의 유일한 친구인 유경(남지현 분)의 초상화를 그린다. 그의 그림 그리기는 리처드 커니의 말에 기대면 멜랑콜리의 두 표현 양식인 "비참함과 영감에 가득 찬 상태"[2]에서 하는 행위에 가깝다. 화이는 인생의 비참함 속에서도 영감에 사로잡혀 그림을 그린다. 그렇기에 그의 성장통은 지나치게 끔찍하다.

다시 지그문트 바우만의 성찰에 기대면, 우리는, 사회는, 국가는, 화이라는 개인을 온전하게 지켜내지 못했다. 화이는 스스로 자신의 안위를 책임져야만 한다. 우리는, 사회는, 국가는 완전히 액체처럼 녹아버렸기 때문이다. 그렇다면 우리는 이 영화에서 '왜?'라고 묻기보다는 '어떻게?'라고 질문해야 옳을지도

---

1) 러처드 커니, 이지영 옮김, 『이방인, 신, 괴물』, 개마고원, 2004, 317쪽.
2) 위의 책, 298쪽.

모르겠다.

선량한 아버지를 둔 화이는 친부로부터 약탈되어 악마들에 의해 키워진다. '낮도깨비' 일당 다섯 명은, 선량한 피를 건네받은 화이의 지하실로부터 화이의 악마성을 불러온다. 어떤 의미에서 화이의 악마성은 길러진 것이라기보다는 발명된 것이다. 그리고 아이러니하게도 화이는 나쁜 아버지'들'에 의해 발명된 자신의 악마성을 무기로 하여 아버지'들'을 처단한다. 악마는 그에 걸맞은 악마성을 가졌을 때 복수할 수 있다는 것. 영화 〈화이〉의 뒷맛이 씁쓸하다는 것은, 이 영화의 서사가 화이에게 악마성을 부여함으로써 복수가 가능했다는 모티프 때문이 아니라, 화이의 선택이 우리 사회에서 현실적인 처방전일지도 모르기 때문이다.

한국 사회에서 선한 의도가 악마성'들'을 처치할 수 있을까. 우리는 더 이상 가족이나 사회나 국가의 도움으로 악마성을 물리칠 만한 도덕적 견결함을 지니지 못한 것은 아닐까. 화이는 선함과 악함을 넘나들며 사회의 악들과 싸운다. 경찰과 국가의 도움 없이. 감독은 "영화를 보고 '나는 누구인가', '내 안의 괴물은 어디서 생겨난 걸까', '내 주위에 왜 많은 괴물들이 생긴 걸까' 등에 대한 탐구를 했으면 좋겠다."고 말한 바 있다.

그러면 이렇게 이야기해보자. 이제 한국 사회는 도덕이나 양심으로 정화시키지 못할 정도로 악마성이 편재해 있는 것은 아닐까. 흥미롭게도 화이는 자신의 친부를 잔인하게 살해한 뒤부터 성찰 능력을 갖게 된다. 물론 그 성찰은 악마에게 맞서기 위해서는 자신부터 악마성을 지녀야 한다는 자각에 불과하다. 그럼으로써 영화 〈화이〉는 몇 가지 씁쓸한 여운을 남겨둔다. 개인의 안위는 자신만이 책임질 수 있다는 것, 가족이나 국가가 더 이상 개인을 보호해줄 수 없다는 것. 부도덕한 건설회사 회장, 형사, 조직폭력배, '낮도깨비' 등이 이미 한 통속이라는 것은 이제 더 이상 선한 의지나 상식으로는 대처할 수 없음을 시사해 주고 있다. 감독은 이제 우리가 맨 정신으로는 더 이상 '지구를 지켜라'와 같은 명령을 수행할 수 없다고 말하는 듯하다. 영화 〈화이〉는 관객들을 '멜랑콜리를 삼킨' 주체로 소환한다. 영화 내내 전시되고 있는 '신체의 훼손' 장면은 현재 국민들의 고통 받고 훼손되고 있는 정신의 물질화 또는 물신화이다.

화이가 세상의 악마들을 척결한 것처럼 보이는 엔딩(ending), 그 후 세상은 과연 안녕해졌는가.

(웹진 『문화多』, 2013.12)

국가와 유령에게 말 걸기

: 이상호·안해룡 감독의 다큐영화 〈다이빙 벨〉

> 마셀러스: 호레이쇼. 자네는 학자야. 그것에게 말을
> 걸어 보게.
> 호레이쇼: 하늘에 맹세코, 너에게 명령한다. 말하라!
> 말하라, 말하라! 너에게 명령한다, 말하라!
> (셰익스피어, 〈햄릿〉에서)

셰익스피어의 〈햄릿〉 1막 1장에서 성(城) 위의 망대(望臺)를 지키던 마셀러스와 호레이쇼 앞에 죽은 선왕(先王)의 유령이 나타난다. 여기에서 마셀러스가 말한 '학자'란 "유령에게 말을 걸 수 있을 만큼 학식 있는 사람"(〈햄릿〉, 민음사, 12쪽 각주)을 뜻한다. 마셀러스는 호레이쇼에게 유령에게 무엇을 말하기 위해 출몰했는지 질문하라고 다그친다. 그러나 유령은 흔적도 없이 사라져 버린다. 쫓아내도 끊임없이 우리 앞에 출현하면서 어둠 속에서 우리를 응시하는 유령. 데리다가 『마르크스의 유령들』의 앞부분에서 〈햄릿〉의 위 대사를 인용한 것은, 프로이트가 무의식에 대해서 말했던 바와 같이, 유령이란 아무리 쫓아낸다 하더라도 소멸되지 않고 항상 되돌아온다는 것, 그를 부르는 목소리가 있다면(또는 그를 부르지 않더라도) 언제든지 다시 돌아와 우리 앞에

나타남을 말하기 위해서였다.

그렇기 때문에 호레이쇼는 지속적으로 유령에게 "말하라!"를 외쳐야만 한다. 우리는 여기에서 마셀러스의 '학자'를 "유령에게 말을 걸 수 있을 만큼 용기와 양식이 있는 사람" 정도로 이해하도록 하자. 데리다의 지적처럼 유령은 우리가 아무리 내쫓거나 외면하더라도 항상 우리 앞에 출몰하여 우리를 응시하며 무엇인가 실천하기를 명령한다. 그러니 우리는 유령이 어떤 질문을 받고 싶은지, 그리고 그 유령이 어떤 답변을 할 것인지를 듣기 위해 말을 걸어야 한다.

다큐멘터리 영화 〈다이빙 벨〉은 그 유령에게 말을 걸고자 하는 영화이다. 아니, 더 정확하게 말하자면, 이 영화는 유령들이란 존재하지 않는 것이라고 떠드는 세력들이나, 그 유령들에게 말을 거는 행위 자체를 방해하는 자들에게 건네는 항의의 몸짓이다. 유령들의 존재 자체를 부인하거나, 유령들이 되돌아온다는 사실을 망각하게 만드는 자들에 대한 항변이다. 세월호의 유령들은 망각을 강요받고 있고, 그들에게 말을 걸려는 행위도 방해받고 있다. 〈다이빙 벨〉은 그 유령들에게 말을 걸어보자고, 그들의 말을 들어보자고 권유한다. 자신의 억울한 죽음을 알리기 위해 출몰한 선왕(先王)의 유령처럼, 시도 때도 없이 세월호의 유령들은 우리 곁을 배회하면서 진실을 해명하라고 요청한다.

〈다이빙 벨〉은 마셀러스나 호레이쇼와는 다른 방식으로 유령을 대한다. 〈다이빙 벨〉은 세월호의 유령들에게 답변을 강요하지 않는다. 영화는 그 유령들이 어떻게 침묵을 강요받게 되는지,

그 유령들과의 대화가 어떻게 방해받고 있는지에 대해 심문한다. 감독은 다소 엉뚱하게도 '다이빙 벨'이라는 수중 구조 장비를 통해 우회적으로 질문한다. 이 영화는 '다이빙 벨'이 배 안에 갇혀 있던 사람들을 구조할 수 있는 유일하고 가장 효과적인 장치였다는 것을 말하려는 것이 아니다. 영화는 '다이빙 벨'의 사례를 통해, 왜 국가가 국민을 구조하는 것에 소극적이었는지 밝히고자 한다. 영화 〈다이빙 벨〉에서 해경은 구조 작업에 적극적으로 나서지도 않으면서도, 해군이나 민간 잠수사들의 진입을 통제하거나 방해했다. 결국 해경은, 국가는, 뒤집힌 배 안의 승객 중 단 한 명도 구조해 내지 못했다.

> "정말 당해보지 않은 사람은 모릅니다. 하나부터 열까지 대충대충 빨리빨리 덮어버리고 넘어가는 바람에 진실이 가려지고, 그것을 바라만 보아야 하는 고통을. 둘째 아이를 위해서도 이 나라를 떠나야겠습니다."(김순덕)

1999년 6월 30일 경기도 화성군에서 발생한 '씨랜드' 화재 사건으로 첫째 아들을 잃은 전(前) 필드하키 국가대표 선수 김순덕씨가 훈장을 반납하고 뉴질랜드로 이민을 떠났다. 그녀를 포함한 유족들은 '씨랜드' 화재 사건이 왜 발생하게 되었는지에 대한 진실 규명을 끈질기게 요구했다. 그러나 국가와 정부는 이들의 요청을 묵과한 채 성의 없이 사건을 마무리했다. 아들의 죽음에 대한 진실 규명을 밝혀내지 못하는 어머니로서의 자책감, 그런 부모들의 간절한 소망을 끝내 들어주지 않은 국가에 대한 분노 때문에 김순덕 씨는 국가가 준 훈장들을 내던지고 조국을 등진다.

"얼마나 억울하게 죽었는데 진상도 못 밝히고, 애들이 부모가 얼마나 무능하다고 생각할까. 20대 때엔 열심히 뛰어 국가 포상도 받았는데 너희들을 위해 해줄 수 있는 일은 아무것도 없구나. 내가 외국에서 우리나라가 얼마나 이쁘고 좋은 나라라고 했는데 창피하기 짝이 없구나. 그런 생각이 들어 견딜 수가 없더군요. 그래서 시위가 끝나고 집에 돌아와 바로 훈장을 우체통에 넣어버렸습니다."(김순덕)

그리고 15년 후, 세월호 사건이 벌어진 후 한 방송국이 뉴질랜드에 사는 김순덕 씨와 인터뷰를 하게 된다.

2014년 4월 24일 오후 CBS 라디오 '김현정의 뉴스쇼'와의 전화 인터뷰에서 김순덕 씨는 "(뉴스를 보고 나서) 저희 유족('씨랜드 화재' 사건 유족) 분들과 통화를 했는데, '우리 때와 다를 게 아무것도 없다. 변한 게 없다.'고 말씀하시더라."며 당시 씨랜드 참사로 아이를 잃은 유족들의 생각을 전했다.[1]

그렇다면 앞으로 15년이 흐른 뒤에도 대한민국의 엉터리 안전망 시스템과 국민의 생명을 책임져야만 하는 국가의 의무 방기는

---

1) 『서울신문』, 2014.4.25.

지금과 똑같은 모습으로 재현되는 것은 아닌가. 비극이 반복되는 것을 막기 위해서라도 지금 세월호 사건에 대한 진실 규명을 철저하게 진행해야 하는 것이 아니겠는가. 〈다이빙 벨〉이 고발하고 있는 것은 단지 세월호 사건 그 자체만은 아닐 것이다. '사고'가 아닌 '사건'으로서의 세월호 참사 구조 현장을 밀착 취재함으로써, 무엇 때문에 그 소중한 생명들이 구조받지 못했는가를 심문하는 것이다. 여기에서 세월호 참사를 '사고'가 아니라 '사건'으로 인식하는 것은 매우 중요하다. 그것은 "선박이 침몰한 '사고'이자 국가가 국민을 구조하지 않은 '사건'"[2]이기 때문이다.

> '사고'가 아니라 '사건'으로 세월호를 기억한다는 것은 이 사건을 그 배에 탄 개인들의 불운이 아니라 한국 사회가 처한 현실의 보편성을 드러낸 커다란 사건으로 받아들인다는 것을 의미한다.[3]

그렇다면 세월호 사건은 단지 유병언 일가나, 임시직 근로자였던 선원들에게 죄를 묻는 것만으로 해결되는 것이 아니다. 청와대가 재난 대응의 컨트롤 타워가 아니라고 강변한다고 해서 결코 국가의 책임이 면죄부를 받게 되는 것은 아니기 때문이다. 국가가 국민을 보호하지 않는다면 누가 국민을 보호할 수 있는 것인가. 결국 세월호 사건은 우리에게 '국가란 무엇인가?'라는

---

2) 박민규, 「눈먼 자들의 국가」, 김애란 외, 『눈먼 자들의 국가』, 문학동네, 2014.
3) 엄기호, 「고통, 말할 수 없는 것을 기억하기」, 김진호 외, 『사회적 영성: 세월호 이후에도 '삶'은 가능한가』, 현암사, 2014, 37쪽.

질문을 던지는 결정적인 계기가 될 수밖에 없다.

가슴이 무너지고 삶이 무너진 부모가, 애타고 애끓는 가족들이, 친구들이, 이웃들이, 힘없는 국민들이 참담하게 지켜보아야 했습니다. 이것이 국가냐고 묻고 있습니다. 이것이 인간이냐고 묻고 있습니다. 이것이 언론이냐고 묻고 있습니다. 국가란 무엇인가, 인간이란 무엇인가, 인간의 말이란 무엇인가, 잊고 있었던 가장 근본적인 질문들이 솟구치고 있습니다.[4]

세월호가 기울기 시작하고 완전히 침몰할 때까지 국가와 정부는 우왕좌왕하며 제 의무를 다하지 못했다. 아니, 그보다는 구조 자체에 미온적이었다고 보는 것이 더 정확하다. 해경이 구조의 의지도 없이 해군이나 민간 잠수사들의 협조를 통제하거나 방해하면서 세월호는 점점 더 깊은 바닷물 속으로 가라앉았고, 그 사이에 언론들은 정확하지도 않고 왜곡되기까지 한 정보들을 끊임없이 쏟아내었다. 미디어들은 사상 최대의 구조 작전을 펼치고 있다는 소식을 전달하면서 가슴 졸이고 있는 국민에게 일말의 희망을 건네주었다. 그러나 〈다이빙 벨〉은 미디어들이 거짓된 정보들을 내뱉을 때 팽목항을 누비면서 구조 현장의 맨얼굴을 비춰준다. 카메라는 대한민국이라는 국가의 모럴 헤저드(moral hazard)를 가감 없이 들춰 보여준다.

---

4) 김행숙, 「질문들」, 『눈먼 자들의 국가』(앞의 책), 25~26쪽.

〈다이빙 벨〉은 오프닝씬에서 "2014년 4월 16일 오전 8시 48분 승객 476명을 태운 세월호 침몰. 세월호 침몰 직후 7시간 동안 컨트롤 타워는 없었다. 해경은 골든 타임 72시간이 지나도록 한 사람도 구조하지 못했다"는 자막을 올린다. 그리고 곧이어 사복 경찰들 100여 명이 투입된 팽목항에서 유족들이 "언론은 각성하라! 각성하라!"를 외치며 행진하는 모습을 보여준다. 〈다이빙 벨〉은 미디어들이 앵무새처럼 사상 최대의 구조 활동이 벌어지고 있다고 떠드는 그때, 해수부 장관과 해경 총장 앞에 모여 있던 유족들이 구조 활동은 없었다고 외치는 모습을 비춘다.

세월호의 참사 현장에서 국가의 철저한 무능력, 공권력의 미비한 구조능력이 처절하게 드러났다. 재난 시스템의 총체적인 공백 상태가 지속되며, 이를 은폐하기 위한 선전공작이 난무했다. 불량한 '기레기'들이 양산한 선전의 뉴스, 정권의 지령을 받는 국가재난 방송사가 쏟아낸 오보들 또한 대한민국이라는 신자유주의 체제가 자행한 공적 영역 괴멸, 미디어 공공성 파괴의 현실을 반증한다. 공공(公共)성의 공백(空白), 우리는 그것을 국가권력의 결정적 구멍이라고 했으며, 이 구멍으로 무수한 생명들이 익사했다. 사태에 관한 국가의 기본 책임의 바로 여기에 있는바, 그것은 국가가 구조를 제대로 하지 못한 게 아니라 구조의 기능들을 시장에 팔아먹은 데 있다.[5]

---

5) 전규찬, 「영원한 재난상태: 세월호 이후의 시간은 없다」, 『눈먼 자들의 국가』(위의 책), 163~164쪽.

인천에서 '다이빙 벨'을 끌고 온 이종인 사장은 세월호 구조를 위해 해경과 대화를 시도하지만 구조 작업 요구를 거절당한다. 팽목항을 철수하려는 그에게 감독 이상호 기자가 마지막 말을 해달라고 요청한다. 이종인 사장은 눈물을 글썽이며 주저하다가 다음과 같이 답변한다.

이종인: 한 마디로, 한 마디로 개 같애. 무슨 말인지 알아? 이걸 막는 사람들이 양심이 있는지 없는지 모르지만 (울먹이며) 이, 개 같애. 내가 방송 앞에서 이런 얘기하면 안 되는데. 그러면 안 돼. 자리가, 뭐 그리 체면이 중요해요. 권력이 한없이 갈려구. 그러면 안 돼요. 이러면 안 되는 거였어요. 이러면 안 되는 거야.

울먹이면서 그는 등을 보인 채 카메라 앞을 떠난다. 그리고 '다이빙 벨'을 끌고 팽목항을 떠난다. 그러나 구조 작업은 신통치 않고 유족들이 격렬하게 항의하자 다시 '다이빙 벨'을 팽목항으로 불러들인다. 그러나 사복 경찰들이 이종인 사장을 둘러싸고 무언가 이야기하고, 이상호 감독의 핸드폰에 자기에게 위해를 가할지도 모른다는 첩보가 들어왔다는 이종인 사장의 문자가 도착한다. 이종인 사장은 이상호 감독이 그와 함께 있겠다는 말을 듣고서야 다이빙 벨을 물속으로 내린다. 그러나 다이빙 벨은 인명을 구조하지 못하고 물 밖으로 나온다. 그리고 자막이 뜬다.

평균 잠수 시간

해경 11분

해군 26분

민간 잠수사 33분

다이빙 벨 1시간 57분

이상호 감독은 다이빙 벨 투하가 성공적인 시도였다고 생각하
지만 사태는 그와는 정반대로 흘러갔다. 이종인 사장은 감독에
게, 어느 날 별 두 개짜리 장군이 찾아와서 배를 빼달라는 말만
하고 갔다고 전한다. 그리고 자막이 올라온다.

이종인은 자신이 감당할 수 없는 벽이 있음을 직감했다.

결국 이종인 사장은 몰려든 기자들 앞에서 다이빙 벨 투하
작전이 실패했다고 말한다. 이 장면이 미디어를 통해 전국에 알
려지면서 이종인 사장은 여론의 뭇매를 맞는 신세로 전락한다.
영화는 끝나기 직전 플래카드를 들고 시위하고 있는 사람들을
비춰준다. 플래카드에는 다음과 같은 것이 적혀 있다.

"세월호 유가족과 국민을 우롱한 손석희, 이종인, 이상호 검찰 고
발 기자회견—자유청년연합, 수컷닷컴, 미디어워치, 새마을포럼, 교
육과 학교를 위한 학부모연합"

특정 단체에 의해 이상호 감독은 세월호 유가족과 국민을 우롱한 역적으로 둔갑해 버렸다. 그렇게 세월호 사건에 대한 진실은 묻혀 버리고 마는 것인가. 청와대는 유족들과의 면담을 끝까지 거절하고, 국회는 세월호 사건 진실 규명을 위한 위원회 조직 문제를 지속적으로 회피했다. 국민은 미디어를 통해 전파된 부정확하거나 잘못된 정보들만을 접하고, 세월호 구조 현장의 실상을 정확하게 알 수 없는 상태에서 눈물만 흘릴 수밖에 없었다. 〈다이빙 벨〉은 그 눈물의 원인 제공자를 밝히기 위해 고군분투한다. 그러나 이종인 사장이 자신이 감당할 수 없는 벽을 느꼈던 것과 같이, 세월호 사건의 진실 규명 운동은 거대한 벽 앞에서 주저앉고 있다. 그 벽은 국민이 절대 넘을 수 없는 벽일까. 서병수 부산시장은 〈다이빙 벨〉이 정치적 중립성을 해친다는 이유로 부산국제영화제에서 상영하지 말라고 했다. 그러나 부산국제영화제는 〈다이빙 벨〉을 상영했다. 그 후 부산시는 부산국제영화제 조직위 감사를 실시하고 이용관 집행위원장의 사퇴를 종용했다.

주사위는 조작된다는 걸 누구나 알고 있지
누구나 기도하며 주사위를 굴리지만
모두들 투쟁은 끝났다는 걸 알고 있고
좋은 사람들이 졌다는 걸 알고 있지
누구나 그 싸움이 불공평하다는 걸 알지
가난한 놈은 늘 가난하고 부자는 더 부자가 되지
그게 돌아가는 방식인 것을 누구나 다 알고 있지

배가 가라앉고 있다는 것을

선장이 거짓말을 하고 있다는 것도

다들 알고 있지

모두들 이런 망가진 느낌을 받고 있어

(Leonard Cohen, 〈Everybody Knows〉)

〈다이빙 벨〉의 엔딩씬. 거리에서 진실 규명 촉구 시위를 하면서 행진하고 있는 유가족들 중 한 남자와 인터뷰한다. 그 남자는 자기 아들을 잃은 아빠이다. 기울어진 세월호에서 아들이 마지막 통화를 하면서 어떻게 하면 좋겠냐고 했을 때, 아빠는 배에서 시키는 대로 하라고 답변했다고 말한다. 아빠는 자기가 아들을 죽인 것이라고 하면서 흐느낀다. 그 옆에서 마이크를 들고 같이 걷고 있는 감독은 아무 말도 하지 못한다. 감독이 카메라 앞에서 마지막으로 보여준 것은 뜨거운 눈물뿐이었다. 그리고 영화는 끝난다. 감독의 눈물은, 아빠가 눈물을 흘리도록 만든 사람들이 그 눈물을 닦아주기는커녕 비겁하게 도망쳐 버렸다는 것에 대한 분노의 표현이 아니었을까. 〈다이빙 벨〉은 이처럼 참담하고 어처구니없는 참사의 진실을 밝혀야만 하고, 그래야만 슬픈 표정으로 배회하고 있는 수많은 유령들을 위해 온전한 방식으로 애도할 수 있다는 것을 말하고자 한다. 억울한 유령들의 하소연이, 그 하소연을 애도하고자 하는 수많은 남겨진 자들의 눈물이 반복되는 국가에서 살 수 없는 일은 아닌가.

여러분에게 분명히 요청합니다만

늘상 일어나는 일이라도 자연스러운 것으로 보지 마세요!

피비린내 나는 혼란의 시대

제도화된 무질서, 계획적인 횡포와

인간성을 잃은 인간의 시대에는

아무것도 자연스럽다고 일컬어져서는 안 되니까요.

아무것도 변화 불가능한 것으로 통해서는 안 되니까요.[6]

(웹진 『문화多』, 2015.4)

---

6) 브레히트, 임한순 옮김, 「예외와 관습」, 『四川의 善人』, 한마당, 1987, 135쪽.

2049년으로부터 전송된 시그널

: 〈블레이드 러너 2049〉, 절망과 희망의 메시지

리들리 스콧 감독의 〈블레이드 러너(Blade Runner)〉(1982)는 개봉 당시 시대를 너무 앞서간 실험 정신 때문이었는지 평단과 관객으로부터 차가운 반응을 얻었다. 지나치게 난해한 주제의식과 상징적 영상 기법 때문에 이 영화는 이후 디스토피아적 SF영화의 전범(典範)으로 추앙받으면서도 쉽게 친해질 수 없는 거북한 타자로 인식되었다. '저주 받은 걸작'이라는 별명은 이 영화가 중요한 작품이지만 즐거운 감상의 대상은 아니라는 뜻을 내포한다. 그러나 이 영화가 현대철학과 영화 담론에서 끊임없이 소환되며 재해석되어 온 기념비적 문제작임에는 틀림없다. 2019년의 LA를 배경으로 삼은 이 영화는 감독 특유의 독창적이고 감각적인 미장센과 진지한 주제의식을 통해 미래 사회의 디스토피아적 파국 정서를 유감없이 발휘했다.

그리고 2017년, 〈블레이드 러너〉가 발표되고 35년 후 드니 빌뢰브 감독에 의해 새로운 버전이 등장한다. 〈블레이드 러너 2049〉(이후 〈2049〉로 표기)는 〈블레이드 러너〉의 디제시스 시간인 2019년의 30년 이후를 시대 배경으로 잡는다. 두 영화에서 설정한 미래 시간은 그 자체로 큰 의미를 가지지 않는다. 1982년과 2017년에 두 감독이 '예측할 수 없는 디스토피아적 미래'를 통해 인간의 본질에 대해 질문했다는 모종의 공통점이 중요하다.

이 두 편의 영화를 논평하기 위해 원작 소설인 필립 K. 딕의 〈안드로이드는 전기양(電氣羊)의 꿈을 꾸는가?〉를 꼭 읽을 필요까지는 없다. 영화가 원작 소설의 주요 모티브와 캐릭터와 주제의식을 참조하긴 했지만 결국은 서로 다른 텍스트들에 지나지 않기 때문이다. 그러나 바로 이런 사실이야말로 소설과 영화 텍스트만의 고유한 가치를 인정할 수 있는 가능성이 열릴 수 있는 근거이다. 원작 소설과 각색된 영화가 다르기 때문에 우리는 소설과 영화를 각기 다른 방식으로 풍부하게 감상하고 반응할 수 있기 때문이다.

소설이 '인간/비인간', '현실/비현실'의 두 가지 화두를 중심으로 복잡한 내면세계를 풀어나갔다면, 〈블레이드 러너〉는 '인간/비인간'의 문제만을 선택하고 여기에 연애 서사를 포함시킴으로써 '데커드-레이첼-로이-타이렐'의 4각 관계를 중심으로 하는 '인간성'의 문제를 짚어나간다. 〈2049〉는 〈블레이드 러너〉의 기본적인 문제의식에 '자아 찾기'와 '출생의 비밀' 서사를 포함시키면서 또 다른 분위기를 만들어냈다.

그 동안 〈블레이드 러너〉에 대한 논의들은 주로 '비인간적인 인간/인간적인 레플리컨트(Replicants; 복제인간)', '기억과 인간 정체성', '창조주와 피조물, 또는 아버지－아들의 오이디푸스 콤플렉스' 등을 중심으로 전개된 바 있다. 이는 제어가 불가능할 정도로 발전하는 기계가 미래 사회를 파국으로 몰고 갈 것이라고 경고하는 '기술 혐오주의'적인 SF 영화들과 차별되는 지점이기도 하다. 필립 K. 딕의 소설들을 영화화한 〈마이너리티 리포트(Minority Report)〉(2002), 〈임포스터(Impostor)〉(2002), 〈페이첵(Paycheck)〉(2004), 〈컨트롤러(Controller)〉(2011), 〈토탈 리콜(Total Recall)〉(2012) 등도 〈블레이드 러너〉와는 약간의 차이는 있지만, '인간성, 기억, 과학, 미래(의 시간성)'에 대한 키워드들은 지속적으로 반복해 왔다. 그럼에도 불구하고 이들 영화 중에서 〈블레이드 러너〉가 선명하게 각인되고 있는 것은 리들리 스콧 감독의 실험적인 영화 문법의 시도, 원작에 대한 독창적인 재해석, 미래 사회 풍경의 탁월한 재현 방식 때문일 것이다.

〈2049〉는 영화가 종합예술이라는 점을 다시 한 번 과시한 작품이다. 리들리 스콧의 기획, 드니 빌뇌브의 연출, 로저 디킨스[1]의 촬영, 한스 짐머[2]의 음악 등이 한 데 모인 대작이다. 게다가 영화

---

1) 로저 디킨스(Roger A. Deakins)는 '제21회 LA 영화비평가협회 촬영감독상'(2001), '아메리칸 촬영감독협회 촬영감독상'(2002), '제55회 영국 아카데미 시상식 촬영감독상'(2002), 'AFI 영화제 올해의 촬영감독상'(2002), '제61회 영국 아카데미 시상식 촬영감독상'(2008) 등을 받은 저력 있는 촬영감독이다.

2) 한스 짐머(Hans Zimmer)는 '제67회 미국 아카데미 시상식 음악상'(1995), '제52회 골든 글로브 시상식 음악상'(1995), '그래미 어워드 영화, 텔레비전부문 최우수연주작곡상'(1996), '국제비평가협회상 최우수 영화음악상'(1999), '그래미 어워드 영화부문 최우수사운드트랙앨

〈라라랜드〉(2016)로 확실하게 눈도장을 찍은 라이언 고슬링과 〈블레이드 러너〉의 해리슨 포드 출연까지 더해 제작 이전부터 비상한 관심을 받은 영화이다. 〈블레이드 러너〉가 인간과 레플리컨트를 갈등 관계로 설정함으로써 '인간다움이란 무엇인가?'라는 철학적 주제에 주목했다면, 〈2049〉는 블레이드 러너 'K'(라이언 고슬링 분)의 '자아 정체성 찾기'라는 내적 성찰과 성장 서사에 집중하고 있다. 미하일 바흐친 식으로 말한다면, 〈블레이드 러너〉가 '데커드-로이-레이첼' 등의 시선으로 세계를 바라보는 방식을 교차 편집한 '대화주의적' 영화였다면, 〈2049〉는 'K'의 시점을 중심으로 서사가 전개된다는 점에서 '독백주의적' 영화라고 할 수 있다. 이는 곧 〈2049〉가 'K'의 이야기임을 말해준다.

〈2049〉는 오프닝 신 자막을 통해 〈블레이드 러너〉 이후에 벌어진 사건들을 간략하게 소개하지만 이 영화를 충분하게 이해할 수 있을 정도로 친절한 설명은 아니다. 그래서 관객들은 영화 개봉 전에 공개한 3편의 프리퀄(prequel) 영상들을 챙겨보는 것이 좋을 것 같다. 〈Black Out 2022〉, 〈2036: Nexus Dawn〉, 〈2048: Nowhere to Run〉 3편의 프리퀄은 〈2049〉의 전사(前史)를 다룬다. 첫 영상은 레플리컨트들이 EMP를 LA 상공에서 폭발시켜 전 지구를 정전(停電) 상태로 빠뜨림으로써 지구상에 있는 레플리컨트 관련 자료들을 없애버리는 이야기다. 이 사건 때문에 레플리컨

범상'(2009), '제15회 새틀라이트 어워즈 음악상'(2010), '제37회 새턴 어워즈 최고의 음향상'(2011) 등을 받음으로써 엔니오 모리꼬네와 함께 영화 음악계의 거장 반열에 오른 인물이다.

트들을 더 이상 생산하지 못하게 하는 법률이 제정된다. 두 번째 영상은 유전자 복제 식량 개발로 큰 성공을 거둔 사업가 니앤더 월레스(자레드 레토 분)가 정부 관료 앞에서 인간에게 절대 복종하는 신종 복제인간을 소개하는 장면을 보여준다. 마지막 영상은 〈2049〉의 직전 사건을 다룬다. 사막에 숨어들어 애벌레 농장을 하는 레플리컨트인 새퍼(데이브 바티스타 분)가 물건을 팔러 시장에 왔다가 살인을 저지르고 자신의 정보가 적힌 서류들을 길거리에 흘린 채 도망가는 이야기이다. 이 세 편 중 애니메이션으로 제작된 〈Black Out 2022〉가 가장 〈블레이드 러너〉 미장센의 비주얼에 가깝다. 이 세편의 프리퀄은 〈2049〉의 서사를 이해하는 프롤로그 역할을 함과 동시에, 리들리 스콧과는 다른 드니 빌뇌브만의 비주얼과 문제의식을 보여주겠다는 메시지로도 읽힌다.

리들리 스콧은 〈블레이드 러너〉에서 어두운 하늘과 줄기차게 내리는 빗줄기 그리고 짙은 안개를 통해 특유의 음습하고 우울한 정조를 선보였다. 그러나 〈2049〉는 브라운 톤의 사막과 하늘과 도시 풍경으로 프레임을 채움으로써 낙진이 쌓인 대지와 폐허의 도시를 제시한다. 〈2049〉는 〈블레이드 러너〉에 비해서 보다 건조하고 비인간적이며 황량한 이미지로 가득 차 있다. ‘K’는 경찰용 ‘호버카(Hover Car)’로 공중 이동 중에도, 황폐한 공간에 홀로 서 있을 때에도 누런색의 방사능 미세 먼지 속에 갇혀 있다. ‘K’는 원작 소설에 묘사된 “방사능 미세 먼지가 섞여 회색을 띤, 햇빛마저 흐리게 만드는 아침 공기”,[3] “이전에도 늘 그랬던 것처럼 우중충한 갈색의 언덕, 우중충한 갈색의 하늘로 이루어진 풍경"4) 속에서 방황한다. 이러한 설정은 〈2049〉가 〈블레이드 러너〉보다 원작 소설에 좀 더 충실한 것처럼 보이게 한다. 〈2049〉는 'K'의 정체성 찾기에 집중함으로써 '내면(內面)의 로드무비' 문법을 전경화한다. 이는 소설의 문제의식과 유사하다.

다나 해러웨이는 그녀의 도발적인 글 「사이보그 선언문」에서 "우리의 시대이며, 신화적 시기인 20세기 말에 위치한 우리들은 모두 키메라(chimera)로, 이론과 공정을 통해 합성된 기계와 유기체의 잡종, 곧 사이보그다. 사이보그는 우리의 존재론이며, 정치는 여기서 시작된다."5)고 주장했다. 사이보그인 'K'는 자신의 기억을 통해 과거에 숨겨놓았던 목각 인형을 찾는다. 그러나 월레스에 고용되어 '기억 프로그램 디자이너' 일을 하고 있는 아나 스테리네 박사(카를라 주리 분)를 만나고 난 후 그는 자신의 기억이 아나 스테리네의 기억으로 디자인된 사실을 알게 된다. 영화 후반부에 그녀가 데커드와 레이첼의 딸이라는 것이 밝혀진다. 'K'는 자신이 직접 체험한 기억이 아니라 데커드 딸의 기억을 갖고 살아온 레플리컨트라는 사실을 인정하고 자신의 정체성에 대한 비밀을 깨닫게 된다. 그의 정체성은 이식된 것, 즉 인공적인 프로그램의 구성물이었다. 그는 라캉이 말한 끔찍한 실재(real)를 대면하고 죽음을 받아들이지만 데커드와 그녀의 딸을 상봉시켜

---

3) 필립 K. 딕, 박중서 옮김, 『안드로이드는 전기양의 꿈을 꾸는가?』, 폴라북스, 2015, 21쪽.
4) 위의 책, 42쪽.
5) 도나 해러웨이, 황희선 옮김, 『해러웨이 선언문』, 책세상, 2022, 19쪽.

줌으로써 새로운 정체성을 구축한다. 이는 필립 K. 딕이 소설에서 말한 "적합 정동(情動)"과 "감정이입"을 'K'가 죽기 전에 성취함으로써 레플리컨트로 죽지만 동시에 '인간'으로 재탄생하는, '목숨을 건 도약'의 기적을 보여주는 것이기도 하다.

'K'에게 월레스 회사의 홀로그램 기계에서 나오는 이미지 '조이'(아나 디 아르마스 분)는 유일한 가족이다. 'K'를 너무나 사랑한 '조이'는 그를 위해 창녀 레플리컨트 마리에트(맥켄지 데이비스 분)를 부른다. '조이'는 자신의 홀로그램 이미지를 마리에트에게 투영한 채 'K'와 섹스를 한다. 'K'는 홀로그램 이미지와 섹스를 한 것인가, 레플리컨트와 섹스를 한 것인가. 여기에서 가상과 현실, 인간과 비인간의 경계선은 지워진다.

인간과 레플리컨트, 그리고 홀로그램 이미지. 즉 월레스 회장과 'K'와 '조이'. 이들 중 누가 가장 인간적인가. 홀로그램 이미지인 '조이'는 'K'에게 아주 특별한 존재라고 말하면서 'K'의 제품명 대신 '조'라는 이름을 붙여준다. 허상의 홀로그램 이미지가 레플리컨트를 인간으로 만들어주는 기적. 그럼으로써 인간이 만든 홀로그램 이미지가 가장 인간적이라는 역설적인 메시지를 건넨다. 〈블레이드 러너〉에서 로이가 데커드를 구출해주고 장렬하게 죽음을 맞이하는 것처럼, 〈2049〉의 'K'는 부녀상봉을 위해 '주체적으로' 죽음을 받아들인다. 그러므로 데커드가 인간인지 레플리컨트인지에 대한 논쟁은 무의미하다. 인간이 만든 가상 이미지 '조이'가 가장 사랑스러운 인간적 존재라면, 그리고 'K'가 희생을 통해 인간다움의 윤리학을 실천한 존재라면, 〈2049〉는 사랑과 희생이야말로 인간에게 남은 마지막 희망이라는 메시지를 던지는 영화로 볼 수 있을 것이다.

(『교수신문』, 2017.10)

2부 섹슈얼리티의 고민

너희가 여성의 몸을 아느냐

: 〈301.302〉와 〈에이리언〉에 나타난 섹슈얼리티

1. 영화의 전지성(全知性)

섹슈얼리티(sexuality)를 "성적인 욕망들, 성적인 정체성 및 성적 실천을 의미하는 것으로 성적인 감정과 성적으로 맺게 되는 관계들을 모두 포괄하는 개념"[1]이라고 정의했을 때, 우리는 여성의 육체와 그 육체의 욕망을 재현하는 소통 방식에 관심을 가질 필요가 있다. 대중문화로서 영화는 여성의 섹슈얼리티와 몸을 변형시키고 굴절시키는 이데올로기의 장치이면서 동시에 이에 대한 가장 진보적이고 문제적인 질문을 던지는 장치이기도

---

1) 조영미, 「한국페미니즘 성연구의 현황과 전망」, 한국성폭력연구소 편, 『섹슈얼리티 강의』, 동녘, 1998, 22~27쪽.

하다.

영화 보기란 마치 열쇠 구멍을 통해 방안을 훔쳐보는 것과 흡사한 것. 어둠에 깔린 복도에서 은밀하게 방 열쇠 구멍을 들여다보는 행위는, 시선에 포착되는 그 어떤 매력적인 대상, 즉 소유하고 싶은 욕망의 대상을 관찰자의 욕망 속에 가두고 싶어 하는 행위이다. 근대적 발명품인 영화는 인간의 시각적 능력을 훨씬 뛰어넘는다. 영화는 인간이 볼 수 없는 원거리를 포착하거나, 반대로 인간의 눈으로는 감히 도전할 수 없는 미세한 부분까지도 재현한다.

우리는 발사된 총알의 움직임을 훔쳐볼 수도 있고, 피부에 널려 있는 땀구멍까지도 구경할 수 있다. 영화라는 괴물은 이 세상에 존재하는 모든 것을 카메라 시선 속에 감금할 수 있게 되었다. 영화 속에 여성의 섹슈얼리티와 육체가 빈번하게 등장하는 것은 그런 의미에서 너무나 당연하다. 치명적일 정도로 아름다운 여성의 육체는, 웬만해서는 구경하기 힘든 대상. 터프가이나 마초형 주인공과 모험을 즐기며 뜨겁게 사랑을 나누는 여인들의 섹슈얼리티는 더더욱 경험하기 힘든 대상이다. 영화는 전지전능한 신처럼, 이 모든 치명적 매력들을 관람자에게 퍼줄 수 있다.

2. 음식과 섹슈얼리티

박광수 감독의 〈301.302〉는 음식과 성에 대한 여성의 이야기이다. '새희망 바이오 아파트' 301호와 302호에 살고 있는 송희(방은진 분)와 윤희(황신혜 분)는 정반대의 생활 태도를 보여준다. 송희에게 있어 인생의 목적은 음식을 만드는 것이다. 이때 송희가 만드는 음식은 곧 그녀 자신의 육체에 각인된 섹슈얼리티 그 자체를 상징한다. 송희는 음식과 자신의 육체를 동일시하고 있으며, 맛있는 음식을 강박적으로 만드는 행위는 남편에게 자신의 육체가 매력적으로 보였으면 하는 욕망의 표현이다. 송희의 육체와 섹슈얼리티는 음식이라는 물질로 페티시화 되고, 그녀는 자신의 육체에 대해서 주인이 되지 못한다. 왜냐하면 그녀가 만드는 음식은 남편을 위한 것이고, 이에 따라 송희의 육체는 남편에게 있어 맛있는 음식과도 같은 소비 대상일 뿐이기 때문이다.

반면에 윤희는 거식증에 걸린 인텔리 여성이다. 그녀는 병적으로 음식을 기피하고 있으며, 먹는 대로 변기에 토해 버린다. 윤희에게 '음식=육체'를 추구하는 것은 천박하고 비주체적인 여성의 모습일 뿐이다. 그녀는 철저하게 음식과 자신의 육체성을 거부함으로써 이성적 존재로 거듭나길 추구한다. 그러나 윤희는 자신의 육체를 병적으로 거부하고 있다는 점에서 송희와 같은 위치로 떨어진다. 윤희 역시 육체에 관한 한 구원받기 힘든 죄수이기 때문이다.

이 영화에서 두 여성의 '몸(육체)'은 그들의 정체성을 확인받고 검증하는 장소로 작동한다. 아니 오히려 그녀들의 육체는 그 자체로 이 시대의 가장 치열한 정치적 공간이 된다. 음식이나 육체를 꾸밈으로써 남편에게 인정받으려고 하는 송희나, 자신의 육체를 철저하게 외부의 시선으로부터 단절시키려는 윤희는 모두 남성적 시선의 사회 안에서 자유로운 주체가 아니다. 그들은 완고한 가부장주의적 시선에 감금된, 섹슈얼리티 정치학의 희생양이다.

자신의 몸에 대한 지나친 관심이나, 반대로 자학적일 정도의 무관심은 결코 여성의 섹슈얼리티를 위한 투쟁이 될 수 없다. 왜냐하면 이들의 반항 뒤에는 남성의 관찰자적 시선이 견고하게 버티고 있기 때문이다. 따라서 송희와 윤희의 육체와 섹슈얼리티는 끊임없이 쓰레기통에 버려지고, 변기에 토해버리는 음식물과 동격이다. 이 영화는 자신의 육체에 대한 과도한 집착과 무관심이 결코 바람직한 대항 방식이 아님을 보여준다.

3. 상징으로서의 여성 신체

〈301.302〉가 여성의 식욕을 통해 그녀들의 육체에 각인된 섹슈얼리티와의 갈등 관계를 직설적으로 발언하고 있다면, 〈에이리언〉 시리즈는 보다 비유적이고 상징적인 접근을 시도한다. 우주 화물선 노스트로모호(The Nostromo) 승무원들이 지구로 귀환하는 도중 미지의 혹성에 들르면서 사건이 발생한다. 혹성 LA-426에서 나는 발신음을 조사하기 위해 승무원을 내려 보내는데, 남성 승무원 케인은 자신의 몸속에 에이리언의 씨를 품고 우주선으로 귀환한다.

혹성의 파괴된 우주선 내부 구조는 여성의 신체를 의미하기 위해 짜낼 수 있는 모든 화면효과를 동원했다. 축축하고 음습한 모습의 내부는 자궁, 나팔관과 같은 여성의 질(膣)을 상징한다. 이는 여성의 질에 대한 남성의 혐오감과 공포심이라는 양가감정을 교묘하게 표현한다. 어둡고 축축하고 불결한 이미지의 여성의 신체, 그리고 임신과 분만의 이미지와 모티브가 가져다주는 남성을 향한 위협. 〈에이리언〉에서 구현되고 있는 여성 신체에 대한 이미지는, 이미 리들리 스콧이 〈블레이드 러너〉에서 보여준 바 있듯이, 수동적이고 주변적이다. 여성의 육체와 섹슈얼리티에 대한 감독의 불신감은 주인공 리플리(시고니 위버 분)가 최후의 전사(戰士)로 생존한다고 해도 상쇄될 수 없이 깊다. 퀸 에이리언이 반투명의 관(자궁)을 통해 알을 낳는 장면을 상기해 보자. 이때 출산의 이미지는 불결함과 위협의 의미로 표현된다.

리플리로 하여금 남근(男根)의 상징인 화염총으로 에이리언의 알들을 태워버리는 것은, 남성화된 여성 전사(戰士)의 손을 빌려 여성의 생산력을 파괴하는 것이다. 따라서 〈에이리언〉은 인간과 외계 괴물과의 싸움이 아니라, 두 여성(리플리와 퀸 에이리언)의 섹슈얼리티 사이의 투쟁으로 집약된다.

〈에이리언〉은, 접촉하면 곧 바로 감염되어 죽음에 이른다는 상황 설정에서는 에이즈에 대한 공포심을, 노스트로모호의 승무원들이 회사의 욕심 때문에 외계의 생물체를 탈취해야 하고 이에 따라 자본의 독점 체제의 노예로 죽어간다는 설정에서는 좌파적 비판의식을, 리플리와 퀸 에이리언 사이의 육체적 친밀감을 보여준다는 점에서는 동성애적 코드를 영화적 무의식으로 담고 있다.

4. 육체와 섹슈얼리티

〈301.302〉에서 서로 다른 두 명의 여성은 식욕에 대한 과도한 강박증 때문에 자신들의 성적 정체성을 찾아낼 수 없다. 한 명의 여성은 음식과 육체를 동일시함으로써 스스로 자신의 섹슈얼리티를 물신화한다. 이때의 섹슈얼리티는 남성이 먹고, 맛을 보고, 욕망을 충족시키는 욕망의 찌꺼기이다. 다른 한 명은 아예 자신의 육체를 부정하고 거부한다. 따라서 그녀의 육체는 현실계에 존재하는 것이 아니라 가상 속에서 허우적대고 있을 뿐이다. 〈에이리언〉은 여성의 섹슈얼리티와 육체에 대해 매우 복잡한 양가감정을 숨기고 있다. 남성에게 낯설고 위협적인 여성(퀸 에이리언)의 육체는 불온하거나 파괴적이다. 그런 의미에서 에이리언은 느와르 영화 속 팜므파탈의 SF적 변형이다. 흥미로운 것은, 이처럼 치명적이고 위험한 섹슈얼리티를 물리치는 전사(戰士)로 여성을 내세우고 있다는 사실이다. 그러나 에이리언을 잠재우는 여성 전사는, 리들리 스콧의 또 다른 작품 〈지 아이 제인(G. I. Jane)〉의 해군 중위 조단 오닐(데미 무어 분)처럼 여성의 몸을 지닌 남성일 뿐이다. 리들리 스콧에게 있어서 리플리와 조단 오닐은

〈블레이드 러너〉에 나오는 레플리컨트(인조인간)의 다른 얼굴이다. 성 정체성이 지워진 여성이야말로 리들리 스콧이 꿈꾸는 새로운 여성상일지도 모른다.

불가능한 소통으로서의 에로티시즘

: 들뜬 시대에서 정체성 찾기

2004년 제5회 전주국제영화제 개막작으로 〈가능한 변화들〉이 선택되기 전까지 감독 민병국이라는 이름은 세상에 널리 알려지진 않았다. 대기업에 다니다가 영화를 위해 직장을 만두고, 홍상수 감독의 〈강원도의 힘〉에서 조감독으로 일한 적이 있고, 2001년 『문화일보』 신춘문예 시나리오 부문에서 〈가능한 변화들〉이 당선된 사실만 있을 뿐 우리에게 영화감독 민병국이라는 이름은 낯선 것이었다.

제목 '가능한 변화들'은 이룰 수 없는 인간의 욕망, 그럼에도 불구하고 그 욕망의 덧없음과 함께 포기할 수 없는 어떤 동경심을 내포하고 있다. 그러나 아무래도 이 영화는 '실현 불가능한 변화들'에 대한 쓸쓸한 정서 쪽에 무게 중심을 두고 있다. 감독이 이 영화의 창작에 대해 "인간의 내면적 변화에 회의적이긴 하지만 그 가능성에 대한 동경으로부터 출발했습니다."고 말했을 때, 이미 우리는 깨지기 쉬운 '희망의 원리'를 예측할 수 있다.

〈가능한 변화들〉에서, 전업 작가가 되기 위해 직장을 그만둔 문호(정찬 분)와 연구소에서 연구원으로 일하고 있는 종규(김유석 분)는 오랜 친구 사이이다. 영화 속에서 이 두 남자의 욕구 불만이 구체적으로 나타나지는 않지만, 이들은 굶주린 듯이 여성의 육체를 탐하면서 삶의 허무함을 자학적으로 체험한다. 문호는 헌신적인 아내와 귀여운 딸이 있는 가장이면서도 인터넷 채팅에서 처음 만난 여성과 섹스를 나누는 중에 임신하라고 외치고, 종규는 자신의 애를 임신한 애인과 같은 직장에 다니면서도 첫사랑인 지방대학 여교수를 만나 외도를 즐긴다. 그리고 아무렇지도 않게 자신의 아이를 지우게 한다. 게다가 이들은 칼국수집에서 우연히 만난 여성을 여관으로 데려가 혼음까지 한다. 그러나 이들의 허기진 내면은 여성의 육체를 통해서도 결코 채워지지 않는다.

문호는 채팅한 여자를 임신시킬 수 없고, 종규는 임신한 자기의 아이를 지워 버린다. 이들은 결코 변화할 수 없다. 수많은 여성들이 이들의 고통에 동원된다 하더라도 남성들의 고통에 찬 오디세이를 수정할 수 없다.

홍상수 영화에서 섹스는 너무 빨리 오거나 늦게 온다. 또는 너무 어렵게 성사되거나 너무 쉽게 이루어진다. 이를테면 그의 영화에 있어 섹스는 끊임없이 지연되는 의미이거나 급작스러우면서도 시니컬한 우연성에 불과하다.

그의 일련의 영화들은 성에 굶주린 남성들의 서성거림을 세밀화법(細密畵法)으로 묘사한다. 〈돼지가 우물에 빠진 날〉에서 효섭, 동우, 민수는 여성의 육체를 차지하기 위해 온 정성을 다하면서 집중력을 보여주는 캐릭터이다. 이들은 보경과 민재라는 여성을 매개체로 하여 공허한 자신들의 삶을 보상받으려 한다. 〈강원도의 힘〉에서 상권과 경찰관 역시 지숙의 몸을 얻기 위해 안간힘을 쓴다. 이는 수정의 몸을 열기 위해 집념을 가지고 접근하는, 〈오! 수정〉에서의 재훈과 영수의 욕망으로 이어진다. 〈생활의 발견〉에서는 우울한 연극배우 경수가 춘천과 경주에서 두 명의 여자와 관계한다. 〈여자는 남자의 미래다〉에 와서는 한 여자의 육체를 통해 자신들의 결핍을 채우려고 하는 한심한 두 남자의 영혼이 묘사된다.

　　홍상수가 집요하게 물고 늘어지는 주제는 '기억/망각' 또는 '현실/환상'이다. 그가 생각하는 인간의 기억이란, 믿을 수도 없고 자명하지도 않은 허상에 불과하다. 자의적으로 뜯어 붙인 영화적 서사 구조는 기억의 이름으로 행사되는 환상의 폭력을 의미한다. 기억의 동일성이 인간의 정체성을 증명하는 가장 신뢰할 만한 근거일진대, 홍상수의 인물들은 허구적인 기억을 짜깁기함으로써 자신의 정체성과 삶의 내러티브를 재구성한다. 그의 캐릭터들은 진짜 현실과 영화 속 상상 세계, 기억과 망각의 경계를 넘나들며 자신이 누구인지 정말 모르겠다고 중얼거린다. 그러나 홍상수의 철학적 실험은 남성 내러티브로 환원됨으로써 편파적인 무게 중심만을 고집하게 된다. 홍상수의 남성들은 여성의 육체를 통해 삶의 부조리함을 체험하는 미숙아들이다.

〈극장전〉에서도 상원(이기우 분)과 동수(김상경 분)는 영실(엄지원 분)이라는 여성을 숙주(宿主)로 하여 삶과 죽음의 문제를 고민하고자 한다. 영화 속의 영화에서 상원은 영실과의 섹스가 실패로 끝난 뒤 동반 자살을 기도하지만 이도 실패한다. 동원은 선배가 만든 이 영화를 보고 나오는 길에 우연히 이 영화의 주연을 맡은 영실을 '극장 앞'에서 만나 그녀에게 끈질기게 치근덕거린다. 동수는 상원과 달리 영실과의 섹스에 성공하지만 인간 관계는 실패한다. 두 명의 남자는 영실을 통해 구원받지 못한다. 남성들의 자기 정체성 찾기 수행을 위해 끊임없이 여성들의 육체가 소환되고 섹스가 펼쳐지지만, 그 시도들은 무미건조하게 지연되는 미래를 향해 내던져질 뿐이다.

박철수 감독의 〈녹색의자〉는 또 어떠한가. 〈녹색의자〉는 32세의 유부녀와 19세의 미성년이 벌이는 애욕의 행각을 취재하고 있다. 그림을 그리던 수진(서정 분)은 법적 미성년인 현(심지호 분)을 만나 관계를 맺음으로써 법의 심판을 받게 된다. 수진이 형무소를 나오는 날 현이 그녀를 마중 나오고, 이들을 또다시 격정적인 섹스의 황홀경을 향해 몸을 던진다.

세상과 단절된 공간에서의 둘만의 섹스를 위해 온몸을 던지는 행위. 어쩌면 감독은 보수적이고 자기중심적인 편견과 관습의 폭력성을 고발하기 위해 자극적인 소재를 채택했을지도 모른다. 그것은 마치 오시마 나기사(大島渚) 감독이 〈감각의 제국(In The Realm of The Senses)〉(1976)을 통해 일본 근대의 강압적인 국가 체제를 비아냥거리고 싶었던 것과 같은 사회적 발언일 수도 있다. 그러나 〈녹색의자〉는 무분별한 에로티시즘과 사회에 대한 작가의 비판적 시선 사이에서 제자리를 찾지 못하고 어정쩡하게 서있다. 따라서 이 영화는 에로티시즘에 대한 영상 미학적 완결성을 추구한 것도 아니고, 그렇다고 해서 사회의 왜곡된 무의식을 향한 날카로운 비판의 칼날을 들이대는 것도 아닌, 어설픈 성인 영화에 머물고 만다.

영화 속 감독의 주제의식은 극중극(劇中劇; play-within-a-play) 형식으로 처리된, 현의 성인식 파티 장면에 집약적으로 나타난다. 현의 부모, 현을 짝사랑하는 여학생, 수진의 남편과 어머니, 그리고 수진을 취조했던 형사까지 모두 한자리에 모여 두 남녀의 애정행각에 대한 각자의 생각을 피력한다. 말하자면, 세상의 시선이 이 두 남녀의 사랑을 사랑 그 자체로 순수하게 바라보지 못한다는 사실을 말하고 싶었던 것. 그러나 이 장면은 형식적으로도 지나치게 작위적이었을 뿐만 아니라 주제의식의 전달에 있어서도 상투적이고 계몽주의적인 한계를 넘지 못했다. 결국 개인과 국가 사이에 벌어질 수밖에 없는 갈등 국면을 분석해내지 못하고 성(性)의 일탈성 그 자체에 만족하는 것에 그치고 말았다.

김영하의 동명소설을 영화화한 전수일 감독의 〈나는 나를 파괴할 권리가 있다〉는 섹스와 죽음의 이미지를 지극히 우울하고 차갑게 그린 영화이다. 고민 상담 카운슬러이면서 자살 디자이너인 S(정보석 분)는 영원한 안식을 원하는 사람의 결단을 도와주는 사람이다. '막대사탕을 빠는 여자' 세연(수아 분)은 총알택시기사 동식(김영민 분)과 애인 관계이다. 그러나 그녀는 아무런 죄책감도 느끼지 않고 동식의 형인 비디오 아티스트인 상현(장현성 분)과 섹스를 한다. 알래스카에 가고 싶다던 세연은 S의 도움을 받아 가스를 틀어 놓고 자살한다. S와 친분 관계가 있던 행위예술가 마라(추상미 분)는 상현의 비디오카메라 앞에서 퍼포먼스 도중 손목을 그어 생을 마친다.

전수일은 이미 여러 편의 영화로 세계 영화계에 예술영화 감독으로 알려진 사람이다. 〈내 안에 우는 바람〉(1997)은 1997년 칸 영화제 '주목할 만한 시선' 부문에 초청받은 작품이다. 18분짜리 단편영화 〈길목〉(1997)은 1998년에 제12회 스위스 프리브룩 국제영화제에서 단편부문 대상을 받았고, 같은 해 제3회 부산국제영화제 '와이드 앵글 부문'에 출품한 작품이다. 이 영화들로 전수일은 우리나라에 몇 안 되는 예술영화 감독으로서 자신의 영화적 영역을 구축한다. 감독 자신을 영화의 페르소나로 활용한 〈새는 폐곡선을 그린다〉(2002)는 지방대 영화과 교수인 주인공 '김'(설경구 분)의 내면적 혼란을 통해 현대인의 소외의식을 그려 보인다. 그의 영화 속 주인공들은 타인과의 소통에 어려움을 겪고 있으며, 자신의 삶 자체로부터 극심한 소외감을 느낀다. 동식이나 상현과 나누는 세연의 과격한 섹스는 타나토스(Thanatos, 죽음에 대한 욕망)와 이음동의어(異音同義語)이다. 세연의 성욕은 죽음을 향한, 삶의 파괴를 위한 마지막 제스처이다. 따라서 이 영화 속의 인물들은 세상이나 사회를 온전하게 재현하지 않는다. 사회를 향한 창문을 걸어 잠그고, 그 대신 도무지 알 수 없는 내면을 열어젖힌다.

프레드릭 제임슨(Fredric Jameson)에 따르면, 유럽의 문학이 극히 개인적인 내면을 파헤치는 모더니즘 양식을 지향하는 반면, 제3세계의 문학은 필연적으로 민족적 알레고리의 형식으로 공적 담론을 재현할 수밖에 없다. 그러나 우리는 몇 편의 한국 영화를 통해 '견고한 모든 것은 섹스 속에 녹아 버'리는 징후를 발견한다. 이제 비로소 한국 영화가 본격적으로 개인을 발견하기 시작한 것인가. 아니면 사회와 역사를 서둘러 망각의 늪 속에 가라앉게 하고 있는 것인가. 서사의 위기가 역사에 개입하려는 인간 욕망의 퇴화라고 본다면,[1] 이미 한국 영화는 재현의 위기라는 문턱에 한 발을 올려놓고 있는 셈이다.

(『황해문화』, 2005년 가을호)

---

1) 이택광, 『한국문화의 음란한 판타지』, 이후, 2002, 57쪽.

최선을 다한 자들을 위한 비망록

한국 올림픽 여자 핸드볼 선수들의 이야기를 다루고 있는 임순례 감독의 〈우리 생애 최고의 순간〉(2007)은 그녀의 전작(前作)들인 〈세 친구〉(1997), 〈와이키키 브라더스〉(2001)를 기억하는 관객들에게는 낯선 풍경으로 다가올지도 모른다. 평단으로부터 좋은 호응을 받은 바 있는 이 두 편의 전작 영화들은 모두 한국 사회에서 우울하고 위축된 모습으로 웅크리고 있는 남성들의 내면 풍경을 탐사한 바 있기 때문이다.

〈세 친구〉에서 고등학교를 갓 졸업한 세 명의 남자애들은 각자 체중 때문에, 성적(性的) 취향 때문에, 그리고 기성 문화에 순응하지 못하는 성격 때문에 사회로부터 외면당한다. 이들은 행성의 궤도를 벗어나버린 무인 우주 비행선처럼 사회 변두리에서 표류한다. 그리고 마치 이들의 10년 뒤를 이야기하는 듯한 〈와이키키 브라더스〉역시 사회의 중심부로부터 밀려나간 3류 인생들의 쓸쓸한 뒷모습을 관찰하고 있다. 여성 감독의 시선에 포착된 한국 현대 사회의 남성들은 모두 추레하고 비겁하고 마모(磨耗)되는 캐릭터로 재현된다. 임순례 감독에게 있어 한국의 남성 조직은 우정이나 의리, 또는 대의명분이나 의협심 따위로부터는 애초부터 멀리 떨어져 있다.

그런 의미에서 〈우리 생애 최고의 날〉은 한국의 남성 사회에 메스를 가했던 감독이 이제야 여성들의 문제로 눈을 돌린 것으로 보일 수도 있다. 그러나 그녀의 단편영화 〈우중산책(雨中散策)〉(1994)이나, 여섯 감독들의 단편들을 모은 〈여섯 개의 시선〉(2003) 중 임순례 작품인 〈그녀의 무게〉등을 떠올린다면, 〈우리 생애 최고의 순간〉이 감독의 급작스러운 시선 변화에서 나온 것이 아님을 눈치챌 수 있다. 그녀의 영화들이 관심을 갖는 지점은 남성/여성, 아니면 가부장주의/여성주의 등으로 나뉠 수 있는 섹슈얼리티의 정치학 쪽이 아니다. 그보다는 사회 시스템의 중심 권역(圈域)으로부터 밀려난 하위주체(Subaltern)들의 허접한 존재 방식과 스산한 내면 풍경이 임순례의 관심사이다. 한국의 근대화 과정에서 사정없이 잘려나간 부스러기 인생들은 바야흐로 임순례의 입과 눈을 통해 자신들의 부박(浮薄)한 삶을 발언하기 시작한다. 그리고 그 연장선상에 〈우리 생애 최고의 순간〉이 놓이게 된다.

이 영화에서 카메라의 시선은 세 명의 '아줌마'들에게 집중되어 있다. 미숙(문소리 분), 혜경(김정은 분), 정란(김지영 분)은 모두

30대의 베테랑 노장 선수들이다. 미숙은 12년간 대한민국 핸드볼의 최고 선수로 이름을 날렸지만 소속팀의 전격 해체로 대형마트 계약직으로 야채를 판매하는 신세로 전락한다. 게다가 운동선수였던 남편이 사업 실패로 도피 생활을 시작하자 가정 경제는 파탄 지경에 떨어진다. 미숙의 라이벌이었던 혜경은 일본 실업팀 감독을 접고 한국 대표팀 감독 대행으로 초빙되어 오지만 그녀에게도 이혼의 아픈 과거가 있다. 결국 이혼 경력이 있다는 이유로 감독직을 빼앗긴 그녀는 일본으로 돌아가지 않고 현역 선수로 대표팀에 자진 합류한다. 자상한 남편과 잘나가는 식당 때문에 가장 원만한 삶을 사는 것처럼 보이는 정란에게도 아픔은 있다. 은퇴할 시점에서야 최고조의 실력을 보여준 그녀는 한 번도 대표팀에 낀 적이 없었기 때문이다.

외견상으로 보면 미숙은 빚을 갚기 위해, 혜경은 선수로서의 자존심 회복을 위해, 그리고 정란은 생애 처음 경험하는 대표팀 선수로서의 명예를 위해 팀에 합류한 것처럼 보인다. 그러나 이들이 모두 한물간 '아줌마'들이라는 점, 민족과 국가의 영광을 그토록 외쳤던 국민들로부터 차갑게 외면당한 핸드볼 선수라는 점 때문에 매우 다른 함의(含意)를 띠게 된다. 〈세 친구〉에서의 미래 없는 세 명의 고등학교 졸업생들처럼, 〈와이키키 브라더스〉에서의 3류 밴드 연주자들처럼, 이 영화의 아줌마들도 아무도 주목해 주지 않는, 또는 찬사를 보내다가도 언제 그랬냐는 듯이 쉽게 외면해버리는 세태에 아랑곳하지 않고 그 어떤 삶의 절정을 향해 치닫고 있다. 비록 그 몸짓이 사소하고 하찮은 것일지라도 우리는 그것을 '삶에 대한 진정성(眞正性)'이라 부르도록 하자.

다큐멘터리 축구 영화 〈비상(飛上)〉 역시 주목받지 못하는 신생 프로 축구단 선수들의 애환과 투지를 관심 있게 지켜보고 있다. 그러나 이들의 도전과 고투는 가정이나 실생활의 구차한 질곡들과 밀접하게 맺어져 있다고 보기 어렵다. 이들이 치르는 전투는 소위 남성들의 고유한 영역이라고 알려진 '승부욕, 성취감, 명예 회복, 동지애' 등과 연결되어 있다. 이를테면 무명용사(無名勇士)들의 전쟁 이야기라고나 할까. 〈비상〉의 선수들도 준우승에 그치고 〈우리 생애 최고의 순간〉의 선수들도 은메달에 만족해야 했지만, 이들이 자아내는 '역설적 승리'의 감동은 서로 다른 의미장(意味場)을 형성하고 있다.

남편이 빚 때문에 도피 생활을 하는 바람에 선수촌에서 아들과 같이 생활하고 있는 미숙, 이혼의 아픔을 딛고 일본 프로팀으로의 복귀도 미룬 채 감독 대행에서 선수로의 신분 하락까지도 감수하고 팀에 합류한 혜경, 잘되는 식당 일을 내팽개치고 고통스러운 훈련에 동참한 정란 등은 그들에게 주어진 프로젝트를 성공적으로 수행하기 위해 팀워크를 맞추고 있는 직장 동료들이다. 미숙에게는 프로 핸드볼 팀이나, 대형 마트 계산대 임시직이나, 대한민국 대표팀이나 모두 가정 경제를 책임지기 위한 직장일 뿐이다. 미숙, 혜경, 정란 등 아줌마들에게 '대한민국 대표팀'은 계약직의 임시직장일 뿐이다. 세 명의 주부들이 각기 다른 이유 때문에 임시직에 복무하고 있지만, 미래를 기약할 수 없는 임시직일지언정 자신의 목표 달성을 위해 온 정열을 쏟아 부을 줄 아는 이들은

'삶'의 경영에 있어서 진정한 '프로'들이다.

　우리는 이 영화가 감동을 선사하는 이유로 그녀들의 열정, 투지, 동지애, 단결심, 목표의식 등을 들 수 있을 것이다. 그러나 이들이 우리에게 선사하는 감동의 근원지는 다른 곳에 있지 않을까. 전혀 '지속 가능하지 않은 영광'으로서의 핸드볼 선수 경력, 다시 말해 미래를 보장받지 못하는 직장임에도 불구하고 최선을 다하는 '삶에 대한 진정성'이 그 비밀이 아닐까. 그녀들을 '태극 여전사(女戰士)'라고 부르는 것이야말로 그녀들의 '삶에 대한 진정성'을 모욕하는 일이 아닐까. 그녀들을 결코 한민족이나 대한민국이라는 '상상적 공동체(imagined communities)'의 명예를 위해 자신들의 삶을 희생하는 것이 아니기 때문이다. 그녀들은 국위 선양이나 애국심과 같은 거대담론이나 대의명분에 손쉽게 포섭되지 않고 단지 주부로서, 직장인으로서(그리고 상투적인 표현이지만 '국민의 한 사람'으로서) 자신들의 삶에 충실하며 최선을 다했을 뿐이기 때문이다.

　대한민국 여자 핸드볼 팀 선수라는 임시 프로젝트팀이 해체되면, 미숙은 또 다시 어린 아들과 함께 임시 직장을 전전할 것이고, 혜경은 일본 프로팀을 기웃거릴 것이고, 정란은 식당으로 돌아가 분주하게 밥그릇을 나를 것이다. 게다가 맞선에서 번번이 외면당한 골키퍼 수의(조은지 분)는 가정을 이루기 위해 맞선 보기를 계속해 나갈 것이다. 그리고 십중팔구 2004년 아테네 올림픽에서 보여주었던 이들의 투혼과 집념과 성과는 국민들의 기억으로부터 희미하게 지워질 것이다. 감독이 이 영화의 제목을 '우리 생애 최고의 순간'이라고 명명한 이유도 여기에 있는 것은 아닐까. "마지막 한 방울의 땀과 호흡까지 쏟아내며 최선을 다한 자에게 진정한 승리가 찾아온다는 진실을 말하고 싶다."고 말한 임순례의 의도는, 비록 주목받지 못할 삶의 한 귀퉁이를 부여잡고 있다 하더라도 그 주어진 삶의 진정성을 위해 최선을 다하는 사람들에게 찬사를 보내는 것이리라. C.G와 같이 화려하고 인공적인 테크닉에 기대지 않고 배우들의 땀방울과 거친 호흡을 있는 그대로 받아들이려는 임순례의 카메라는 삶의 리얼리티에 대한 숭배자라 할 만하다.

〈주몽〉, 〈태왕사신기〉, 〈대조영〉 등 TV 대하 사극이 영웅적 남성을 통해 민족의 찬란한 과거를 소환하고 남성적 패권주의에 기댐으로써 국가의 명예를 회복하려고 노력할 때, 임순례는 〈우리 생애 최고의 순간〉을 통해 역사의 판타지를 걷어내려 한다. 결국 역사의 진정한 주인공은 '생애 최고의 순간'을 위해 각자의 삶에서 최선을 다하는 무명(無名)의 전사(戰士)들일 것이기 때문이다. 아니다. 그녀들에게 '전사(戰士)'라는 수식어를 붙이는 것은 온당하지 않다. 그녀들은 각자의 삶에서 최선을 다하는 생활인이다. 임순례는 〈세 친구〉와 〈와이키키 브라더스〉의 막막한 남성들의 세계를 거쳐 이제는 분투하는 아줌마들의 땀 냄새를 통해 낮에 꾸는 꿈을 시도해본다.

(『황해문화』, 2008년 봄호)

얼음 속의 불꽃이 귀환하다, 매혹적인 너무나 매혹적인

: 〈송어〉, 〈오! 수정〉, 〈번지점프를 하다〉

1. 욕망의 모호한 대상, 또는 도래하는 기억

"그 사람을 사랑한 이유가 뭐야?"

"그 사람 자신도 느끼지 못하고 있는 그 사람의 영혼을 본 것 같아 …"

— 토드 브라우닝 감독의 무성영화 〈블랙버드(The blackbird)〉(1926)의 자막

델라: 여자들은 사랑에 빠져 있어요. 남자들은 고독하고요.

의사: 그렇다면 그들은 왜 항상 함께 어울리는 걸까?

사장: 왜냐하면 그들은 서로에게서 고독과 사랑을 훔치거든.

델라: 그 사실을 얼굴에서 알 수 있어요.

— 장 뤽 고다르 감독의 영화 〈누벨 바그(Nouvelle Vague)〉(1990) 대사

배우란 무엇일까? 배우는 과연 어떤 존재란 말인가? 배우는 "이동하고 몸짓을 하는 존재며, 어떤 등장인물에 해당하는 하나의 '몸'이다. 배우란 괴로워하고 표현하는 존재며, 모든 방법을 동원해 자신이 살아 있고 여러 감정에 사로잡혀 있음을 나타내려 애쓰는 존재"[1]라고 했을 때, 우리는 이은주(1980~2005)라는 배우가 어떤 존재였을까 하고 고민해 본다. 그녀는 분명 한 시대를 호령했던 톱스타도 아니었고, 대박을 터트린 대중영화의 히로인도 아니었다. 영화 〈오! 수정〉으로 2001년 제38회 대종상영화제에서 신인여우상을 수상했고, 2004년 드라마 〈불새〉로 MBC 연기대상에서 여자 최우수상을 받은 경력을 뺀다면, 딱히 대중적으로 큰 주목을 끌 만한 필모그래피를 선보이지 못한 배우였다.

그럼에도 불구하고 그녀는 우리 마음속에 지워질 수 없는 선명한 각인(刻印)으로 남아 있는데, 왜냐하면 그녀는 "그 사람 자신도 느끼지 못하고 있는 그 사람의 영혼"을 보여주었던 배우였고, "서로에게서 고독과 사랑을 훔치"는 "사실을 얼굴에서 알 수 있"게 한 배우였기 때문이다. 그녀는 괴로움을 표현하려는 존재였으며, 자신이 살아 있고 여러 감정에 사로잡혀 있음을 나타내려 애썼던 존재였음을 증명해 보인 배우였다. 어쩌면, 그녀는, 우리들에게 있어 "그녀를 사랑한 이유가 뭐야?"라는 질문을 너무 늦게 던진 배우일지도 모른다.

---

1) 자크 오몽, 김호영 옮김, 『영화 속의 얼굴』, 마음산책, 2006, 91쪽.

비록 많은 편수의 작품들은 아니지만, 그녀가 출연한 작품들은 관객과 시청자에게 강한 인상으로 기억된다. 그것은 아마도 대체 불가능한 그녀만의 독특하고 낯설기까지 한 이미지 때문일 것이리라. 한 배우가 영화나 TV 드라마에 출연한다는 것, 그리고 영화 관객이나 시청자들이 그 작품을 감상한다는 것, 우리는 이것을 '사건'이라 부르도록 하자. 이 글은 그 사건을, 더 정확히는 그 사건의 기억을 공유하고자 하지만 과연 그것이 가능한 일인지에 대해서는 확신할 수 없다.

'사건'의 기억을 나누어 갖는다는 것(分有)은 어떻게 하면 가능한 것인가. '사건'의 기억을 타자와 나누어 갖기 위해서 '사건'은 우선 이야기되지 않으면 안 된다. 그것은 전달되어야만 한다. '사건'의 기억을 타자와 공유하지 않으면 안 된다. 그러나 '사건'의 기억을 타자와 진정으로 나누어 갖는 형태로 '사건'의 기억을 이야기한다는 것은 어떠한 것인가. 그와 같은 서사는 과연 가능한가. 존재할 수 있는 것인가.[2]

그런 의미에서 이 글은 '사건'의 기억에 대한 표상 불가능성을 내포하고 있는 것일 게다. 더구나 작품들 속에서 보여준 이은주의 캐릭터들은 명확하게 규정지을 수 없는, 어떤 지독한 모호성을 지니고 있기 때문에 서사화하는 것이 애초부터 불가능한 것

---

2) 오카 마리, 김병구 옮김, 『기억·서사』, 소명출판, 2004, 39쪽.

일지도 모르겠다. 그럼에도 불구하고 이 글에서 배우의 영화 출연과, 그 영화를 관람한다는 모종의 '사건'을 표상하려고 시도하는 것은, "사건은 폭력적으로 사람에게 회귀"하는 것이고 "사람이 사건을 상기하는 게 아니라, 사람의 의사와는 관계없이 도래하는 사건이 사람에게 그것을 상기하게끔 만드는 것"(오카 마리, 『기억·서사』)이기 때문이라고 변명하고 싶다. 만약 도래자(渡來者)가 "그 누구를 막론하고 환대에의 권리나 비호의 권리를 부여받지 못한 경우 손님으로 맞이되지 못"(자크 데리다, 『환대에 대하여』)하는 자라 한다면, 이 글은 한 배우를 환대로써 손님으로 맞이하고자 하는 소박한 몸짓일 것이다. 그녀가, 그녀에 대한 기억이, 우리들 마음속 깊은 곳에 숨겨져 있던 그리움이, 나의 의사와는 관계없이 도래하는 사건이 될 지도 모르므로.

2. 욕망의 늪으로 가는 길, 내 충동의 집은 어디인가
: 〈송어(Rainbow Trout)〉(1999)

사전적(辭典的) 의미로 무지개송어(Rainbow Trout)는 "냉수성 물고기로, 우리나라에 도입된 종은 일생 동안 강에서만 서식하며 강 상류나 산 속의 호수에 서식"하는, "오로지 민물에서만 사는 육봉형(陸封型)" 연어과 어류이다. 동물성 먹이는 무엇이든 먹어치우며, 유독 찬물을 좋아하는 무지개송어는 소리와 작은 충격에도 민감하여 신경이 예민해지면 양식장 벽에 머리를 부딪쳐 자살하는 성향이 있다. 비록 연어과에 속하는 물고기이지만 바다와 강을 오가는 강해형(降海型) 송어와는 달리 육봉형 송어는 모천회귀성(母川回歸性)을 지니지 않는다. 영화 〈송어〉에서 주요 등장인물들이 찾아가는 산골의 송어 양식장은 인간의 존재 방식에 대한 하나의 알레고리로 기능한다. 끊임없이 육식을 탐하면서 작은 충격에도 자멸(自滅)해버리는 송어의 속성은, 애써 숨겨왔던 무의식의 검은 욕망을 마주할 때 광기에 휘말려 자아가 붕괴되고 마는 인간의 본질을 닮았다. 그렇다면 송어양식장은, 우리의 자아와 의식이 빈틈없이 봉인해 두었던 무의식의 세계가 아니겠는가.

영화 〈송어〉가 우리를 이끄는 여정(旅程)은 마음속 깊은 곳에 자리 잡고 있는 무의식의 공간이다. 그곳에는 날것 그대로의 충동이 산다. 영화 속 송어양식장은 문명이, 사회화(社會化)가, 삶에의 적응이 꾹꾹 눌러 버린 원초적 본능을 꿈틀거리게 만드는 공간이다. 그런 의미에서 〈송어〉의 서사구조는 추리 수사극의 그것과 유사하다. 추리를 통한 수사를 통해 과거에 벌어졌던 추악한 욕망들이 하나하나 발가벗겨진다는 의미에서 〈송어〉는 일종의 추리 수사의 기법으로 등장인물들의 내면에서 고통스럽게 몸부림을 친다.

〈송어〉의 줄거리는 서울에 살고 있는 두 가족이 강원도 산골에서 송어양식장을 하고 있는 동창을 만나러 여름 피크닉을 갔다가 상경한다는 이야기가 중심 서사이다. 주로 여행을 모티브로 하는 로드무비가 등장인물들의 성장담을 예견하고 있다면,

〈송어〉의 경우는 그 반대의 길을 걷고 있다. 〈송어〉는 내면 깊숙이 박혀 있는 과거 속으로(또는 어두운 무의식의 심연 속으로) 회귀하는 퇴행적 심리극을 펼쳐 보이고 있다.

이은주의 영화 첫 출연작인 〈송어〉는 산골에서 홀로 송어 양식장을 하고 있는 창현(황인성 분)에게 여름휴가를 이용하여 그의 동창생인 은행원 민수(설경구 분)와 그의 아내 정화(강수연 분), 정화의 여동생 세화(이은주 분) 가족, 그리고 갈빗집 사장 병관(김세동 분)과 그의 아내 영숙(이항나 분) 등 두 가족이 놀러오면서 시작된다. 영화의 오프닝씬과 엔딩씬은 고속도로의 서울 톨게이트로 채워지면서, 이 두 가족이 서울을 떠나 산골에서 휴가를 보내고 난 후 다시 서울로 되돌아오는 여정을 보여주고 있다. 2박 3일의 여름휴가는 시간이 흐를수록 들뜨고 낭만적인 분위기에서 흉측하고 비린내 나는 증오의 분위기로 변질된다.

이 영화의 등장인물들은 크게 보아 서울에서 내려온 손님들과, 산골에 거주하고 있는 원주민들로 나뉠 수 있다. 민수와 병관의 가족들이 전자라면, 창현의 집 앞에서 개들을 키우고 있는 태주(김인권 분), 무례하고 난폭한 성격을 지닌 사냥꾼들이 후자에 속한다. 이 두 종류의 인간형에서 창현은 중간 지대에 머물고 있는 인물이다. 그는 대학 시절 정화와 함께 연극 활동을 하던 촉망받는 연출가이자 정화의 애인이었지만, 정화가 자신을 버리고 민수와 결혼해 버리자 도시를 떠나 산골에서 혼자 송어양식장을 꾸려나가면서 절망감을 곱씹는 인물이기 때문이다. 서울에서 두 가족이 방문하기 전까지 창현은 산골 생활에 적응하며 살아가는 인물이었지만, 방문객들로 인해 그의 산골 생활에 균열이 생기기 시작한다. 창현의 집에 놀러온 두 가족들의 경우도 마찬가지이다. 이 가족들도 창현의 집에 머물면서 도시 생활에 익숙해져 있던 일상들이 서서히 무너지는 경험을 한다.

흥미로운 것은 이 영화에서 이은주의 역할이 조연임에도 불구하고 중심 사건을 발생시키는 주요 인물로 등장한다는 사실이다. 창현의 집을 향해 거친 산길을 달리던 중 병관의 차바퀴가 물구덩이에 빠져 공회전을 할 때, 세화는 근처 나무 밑에서 쭈그리고 앉아 소변을 보려고 한다. 이때 그녀 옆에 사납게 생긴 개가 그녀의 육체를 응시하고, 세화는 겁에 질려 바지를 추스르고 급하게 차로 되돌아온다. 시간이 지난 뒤에야 그 개가 태주의 개였다는 사실이 밝혀진다. 그리고 창현의 집 화장실에서 일을 보고 있던 세화는 자신의 엉덩이를 화장실 틈으로 훔쳐보고 있는 태주를 발견하고 질겁하여 비명을 지른다. 첫눈에 세화에게 반한 태주는 개로 환유되고 있다. 세화는 태주를 낯설고 두려운 존재로만 인식할 뿐 그의 본심을 알고 싶어 하지 않는다. 세화의 관심은 딴 곳에, 즉 언니의 옛 애인이었던 창현에게로 쏠려 있다. 태주가 화장실의 세화를 훔쳐보았다는 이야기를 전해 들은 민수와 병관은 즉시 태주에게 찾아가 모욕을 주면서 폭력을 행사한다.

양식장에서 홀로 소주를 마시고 있는 창현에게 정화가 다가와서 왜 서울로 돌아오지 않는지 묻는다. 창현은 정화가 결혼 전날까지 자기의 방에서 함께 자지 않았냐면서 때늦은 구애를 한다. 정화는 창현의 포옹 속에서 그의 키스를 받아들이려다 거부한다. 이 모습을 몰래 지켜보고 있던 세화는 질투와 욕망의 묘한 시선을 드러낸다. 이후 세화는 창현에게 접근하여 자신의 애정을 전해보려고 시도하지만 창현은 아직 정화에 대한 미련 때문에 세화의 욕망을 받아들이지 못한다.

여행객들이 떠나기로 한 날 아침, 병관의 차바퀴가 모두 펑크 난 사실을 알고 자동차 수리점에 연락하려 하지만 핸드폰 접속이 안 되어 창현이 직접 마을의 카센터에 내려가기로 한다. 세화는 마을로 떠나는 창현의 자전거 뒤에 훌쩍 올라타는데 갑자기 세찬 비바람이 불게 되어 잠시 나무 아래로 몸을 피한다. 이때 세화는 창현에게 노골적인 욕정을 내보이고 창현도 충동적으로 세화의 몸과 하나가 된다. 정화는 세화가 창현과 함께 갔다는 소식을 뒤늦게 듣고 불안해하고 있다가 집으로 돌아온 세화의 옷을 벗겨 그녀의 가녀린 등과 허벅지에 난 상처들을 보고 분노한다. 그 뒤 혼자 옷을 갈아입고 있는 세화의 방에 태주가 틈입해 그녀의 브래지어를 건넨다. 그는 세화와 창현의 섹스를 숲속에서 훔쳐본 목격자이다. 태주는 숲속에 버려진 세화의 브래지어를 주워 돌려주고 세화에 대한 자신의 애정을 고백하려 하지만, 세화는 비명을 지르고 도망친 태주는 민수와 병관에게 붙잡혀 양어장에서 모진 매를 맞는다. 그러다가 태주가 숨을 쉬지 않자 민수와 병관은 그가 죽었다고 생각해서 극도의 공포와 혼란에 빠진다. 이때 민수와 정화, 병관과 영숙 부부는 태주를 죽인 원인에 대해 서로에게 책임을 전가하면서 적대감을 드러낸다. 창현이 뒤처리를 하겠다고 말하자 민수와 병관 가족은 창현의 집을 급하게 떠나려 한다. 그러나 차에 타려는 두 가족에게 총알이 발사된다. 죽은 것으로 알았던 태주가 그들을 향해 총부리를 겨눈 것이다. 양어장으로 쫓겨 온 민수와 병관은 총을 겨누고 있는 태주가 시키는 대로 양어장 물속에서 서로를 때리게 된다. 그러나 창현의 개입으로 민수와 병관이 태수에게 사과를 하고 태수의 분노가 진정되자, 두 가족은 지옥을 벗어나듯이 창현의 집을 떠나 허둥지둥 서울로 향한다. 고속도로에 접어든 차 안에서 이들은 아무런 일도 없었던 것처럼 다시 도시의 시시콜콜한 일상생활 이야기를 하면서 서울 톨게이트를 통과한다. 여름휴가를 마치고 귀경하는 다섯 명의 인물들은 짧은 악몽을 꾼 사람들처럼 금방 일상의 세계로 복귀한다.

이 영화에서 이은주는 서사의 중심인물은 아니다. 그럼에도 불구하고 갈등이 심화되는 지점에는 이은주가 빠짐없이 등장한다. 이를테면 이 영화에서 그녀는 갈등에 불을 지피는 심지와도 같은 존재이다. 숲속에서 소변을 보는 그녀의 옆모습, 그리고 창현의 화장실에서 일을 보고 있는 그녀의 옆모습, 비 오는 숲속에서 창현과 포옹하면서 키스하는 그녀의 옆모습, 창현의 집으로 돌아와 정화에 의해 벗겨진 그녀의 뒷모습. 그녀의 육체를 기점으로 갈등이 증폭되고 인간관계에 균열이 생긴다. 그렇지만 세화의 육체, 즉 이은주의 육체는 성인 멜로 영화에서처럼 나체를 드러냄으로써 관음증을 충족시키는 효과를 지니지 않는다. 그녀는 나뭇잎 사이로, 화장실 문틈으로, 또는 땅바닥에 긁힌 등과 허벅지만으로 다소 야윈 듯한 여인의 육체를 드문드문 보여줄 뿐이다. (이 영화를 찍을 당시 이은주는 음악대학에 진학해서 피아니스트가 되고자 준비하고 있던 고3 학생이었다.) 창현과 격렬하게 몸을 섞고 난 뒤의 세화의 육체는 외설적이라기보다는 오히려 미숙한 소녀의 순수함과 당돌함을 지닌 것처럼 보인다. 그러나 문제는 바로 세화의 불가해(不可解)한 욕망이다. 영화 속에서 드러내고 있는 그녀의 성적 욕망은 그녀의 가녀린 육체성과 묘한 불협화음을 불러일으킨다. 세화와 이은주의 육체, 특히 그녀의 눈에는 미성숙한 소녀의 눈빛과 농익은 여인의 눈빛이 묘하게 섞여 있다. 그녀의 눈 속에는 쉽사리 포착되지 않은 비밀스러운 욕망들이 출렁거리고 있다. 이은주는 세화라는 캐릭터를 통해 어두운 욕망이 꿈틀거리는 곳을 향한 길로 걸어 들어간다. 그리고 아무런 일도 없었던 것처럼 도시의 일상 속으로 되돌아온다.

어떤 의미에서 영화 〈송어〉는 배우 이은주의 존재감을 전면적으로 보여주고 있지는 못하다. 그러나 〈송어〉는 자극적이지는 않지만 중독성이 강한 그녀의 마력(魔力)이 힘찬 도약을 위해 웅크리고 있음을 보여준 영화임에는 틀림없다. 음대에 진학해 피아니스트가 되는 것이 꿈이었던 고3 소녀는 〈송어〉를 찍으면서 연기에 강한 매력을 느껴 배우의 세계로 뛰어들겠다고 결심하게 된다. 〈송어〉를 촬영한 다음 해인 1999년에 그녀는 음대가 아닌 연극영화학과에 진학함으로써 본격적으로 연기자의 길을 걷게 된다. 결국 다음 출연 영화인 〈오! 수정〉에 가서야 배우 이은주만의 모호하면서도 독특한 아우라가 보란 듯이 발휘된다.

3. 므네모시네와 레테의 샘물을 마시며, 또는 뒤엉키는 기억에 대하여
: 〈오! 수정(Virgin Stripped Bare By Her Bachelors)〉(2000)

므네모시네(Mnemosyne)는 하늘의 신 우라노스(Uranus)와 땅의 여신 가이아(Gaia) 사이에서 태어난 '기억의 여신'의 이름이다. 므네모시네와 반대되는 여신의 이름은 레테(Lethe)이다. 레테는 '망각, 혼수상태, 은닉, 망각의 강(江)'을 신격화한 존재이다.

한편 이 두 여신의 이름은 그리스 신화의 건축가 트로포니오스(Trophonios)의 신전(神殿)에서 신탁(神託)을 받을 때 마시는 샘물의 이름이기도 한데, 신탁을 받은 사람은 망각의 샘물 레테와 함께 기억의 샘물 므네모시네를 마셔야 했다. 홍상수 감독의 〈오! 수정〉은 기억과 망각, 또는 불확실한 기억과 그 기억의 조작 가능성에 대해 심문하는 영화이다. 말하자면 〈오! 수정〉은 므네모시네와 레테의 샘물을 번갈아 마시며 기억의 모호한 정체성을 탐사하는 영화이다.

그런 의미에서 〈오! 수정〉은 배우 이은주의 매력을 가장 잘 보여준 영화, 또는 그녀의 묘한 아우라를 가장 성공적으로 재현해 낸 영화로 기억될 만하다. 이 영화에서 이은주는 수정이라는 캐릭터를 통해 순수한 여성과, 내면에 앙큼한 계산을 숨기고 있는 속물 여성의 두 양상을 모두 지니고 있는 혼종적 주체로 등장한다. 〈오! 수정〉은 영화의 제목 그대로 주인공 수정을 전면에 내세우는 작품이다. 과장해서 말한다면 이 영화는 이은주를 위한, 이은주에 의한 영화이다. 앞선 영화 〈송어〉에서 본 바와 같이 이 영화에서도 이은주는 청순함과 앙큼한 성적 욕망을 함께 아우르고 있는 복잡한 내면의 모호성을 유감없이 발휘한다, 아니 정확히 말하자면 그녀가 이 영화에서 그녀만의 마력(魔力)을 폭발시키고 있다는 표현이 맞다. 이를테면 〈오! 수정〉에 와서 그녀가 품고 있던 성녀(聖女)와 탕녀(蕩女)의 복합적인 이미지가 유감없이 발휘되는 것이다.

독립영화를 찍고 있는 감독 영수(문성근 분), 그의 영화사에서 작가로 활동하고 있는 수정(이은주 분), 그리고 영수의 후배이자 갤러리를 운영하고 있는 젊은 부자(富者) 재훈(정보석 분)이 벌이고 있는 삼각관계가 이 영화의 중심 서사이다. 이 영화의 기본적인 서사 동력은 두 남자가 한 여자와 섹스를 하고자 시도하는 노력이다. 아내와 두 딸을 두고 있는 가부장 영수는 영화사 사무실에서 수정과 키스를 하고, 섹스에 대해 이야기를 나누고, 여관에 수정을 끌고 가서 그녀와의 섹스를 시도한다. 그러나 수정의 거부로 인해 영수의 섹스 시도는 성공하지 못한다. 영수는 수정의 젖가슴을 입으로 애무하는 것으로 만족해야만 한다. 그러나 수정과의 섹스를 성사시키려고 하는 재훈의 시도는 집착증에 가까울 정도로 집요하다. 그는 정화라는 여인과 이미 관계를 맺고 있었지만, 수정을 만나고부터는 오로지 수정과의 섹스만을 꿈꾼다. 마침내 영화의 결말 부분에서 재훈은 수정의 육체를 차지하는 데 성공한다. 그러나 재훈과 섹스를 한 수정이 진짜 처녀였는지는 불투명하다. 왜냐하면 수정이 영수와 영화사 사무실에서 자신과 남자 친구와의 두 차례 섹스 시도를 말하는 장면이 있었기 때문이다. 그녀는 영수에게 자신이 페팅(petting)을 해본 적이 있고, 남자 친구와 두 번이나 섹스를 시도했지만 너무 아프고 기분이 나빠서 그만 두었다고 말한 바 있다. 따라서 수정과 재훈의 섹스 장면은 수정이 멘스 기간을 택해서 그와 몸을 섞었을 가능성도 남기고 있다. 전에 호텔에서 재훈이 수정의 팬티를 벗기려 하자 그녀가 그의 손을 밀쳐내며 자신이 멘스 중이라고 말하면서 섹스를 거절했던 적이 있다. 어쩌면 수정은 자신의 멘스 기간을 택해서 재훈과의 섹스를 허용했을 수도 있다.

영화의 구성 방식은 일종의 반복법과 변주곡(變奏曲) 형식을 활용하고 있는데, 전반부에 나왔던 장면들이 후반부에도 재등장하기 때문이다. 그러나 전반부에 나왔던 에피소드들과 후반부에 나오는 에피소드들은 같은 것 같으면서도 조금씩 차이가 난다. 전반부에 의하면, 재훈은 오로지 수정과의 섹스만을 추구하는 속물로 등장하고 수정은 그러한 재훈의 요구를 신중하게 받아들이려고 하는 비교적 정숙하고 신중한 여인으로 묘사된다. 그러나 비슷하면서도 다르게 반복되는 후반부의 에피소드들에서는 수정의 다른 면모들이 새롭게 밝혀진다. 그녀는 영화사 사무실에서 영수와 깊은 키스를 하고, 한밤중에 자신의 방으로 들어온 친오빠의 남근을 손으로 페팅(petting)해 주기도 하고, 영수와 여관방에 들어가 섹스 직전까지 가고, 자신이 영수에게 밝혔듯이 예전의 남자 친구와 두 차례나 여관에 가서 섹스를 시도했던 여자이다. 그럼에도 불구하고 수정은 재훈과 키스한 직후 눈물을 흘리며 자신의 첫 키스라고 거짓말까지 하는 여자이다. 말하자면 수정이라는 여성은 결코 청순한 이미지의 여성인 것만은 아니었다. 영화의 변주곡 형식의 구성 방식은 청순함과 교활함을 공유하고 있는 수정의 정체성을 형상화하는 도구가 된다. 또한 이 방식은 수정을 연기한 배우 이은주의 복합적인 페르소나를 효과적으로 재현해내는데 성공적이었다.

영화의 후반부는 〈어쩌면 의도〉라는 자막과 함께 시작되는데, 이 부분부터는 영화의 전반부 에피소드들이 약간씩 변형되면서 반복된다. 자막에서도 볼 수 있듯이 중반 이후부터 전개되는 수정의 일상들은 누추하고 위선적이며 의도적인 계획을 숨기고 있는 그녀의 내면을 잘 보여준다. 앞 영화 〈송어〉에서와 마찬가지로 〈오! 수정〉에서 배우 이은주는 청순하고 가녀린 처녀의 이미지를 지니고 있으면서 동시에 요부(妖婦)의 이미지도 가지고 있다. 따라서 〈오! 수정〉의 결말 부분에서 수정이 처녀였는지, 아니면 처녀인 것처럼 연기했는지는 중요하지 않다. 이은주라는 배우가 매우 다른 이미지들을 품고 있는 독특한 아우라의 배우라는 점을 기억하는 것이 더 중요하다. 그녀는 청초함과 뜨거운 성적 욕망, 우울과 발랄함, 순수하면서도 교활한 여인의 이미지를 모두 갖추고 있는 매우 독특하고 매력적인 배우임에 틀림없기 때문이다.

영화 〈오! 수정〉은 기억의 자의성과 불확실성을 보여주는 영화이다. 관객은 반복적 구성 방식을 통해 수정과 두 남자와의 삼각관계를 퍼즐 맞추듯이 재조합하면서 이해하려고 하지만, 그럼에도 불구하고 수정, 또는 이은주라는 여성의 정체성은 끝내 성공적인 퍼즐 맞추기를 허용하지 않는다. 깊이를 알 수 없는 우수(憂愁)와 성적 욕망을 품고 있는 눈동자, 순백의 청순한 표정과 함께 계산적인 교활함까지 지니고 있는 얼굴, 그리고 변성기 (變聲期)의 소년처럼 쉰 듯한 그녀의 목소리, 석고상처럼 차가운 피부를 지녔음에도 불구하고 성욕에 굶주려 꿈틀거리는 그녀의 육체 등은 그녀의 정체성을 복잡한 미로 속으로 내동댕이친다. 어쩌면 TV 드라마 〈카이스트〉의 구지원, 〈오! 수정〉에서의 수정 이라는 캐릭터는 이은주라는 배우를 위해 운명처럼 미리 정해져 있던 것은 아니었을까 생각될 정도로 독보적인 매력을 발산한다. 〈카이스트〉가 이은주라는 독특한 배우를 발견한 드라마였다면, 〈오! 수정〉은 그 배우의 매력과 아우라를 유감없이 펼쳐 보인 영화라 할 만하다. 얼음처럼 차가운 얼굴과 건조한 목소리 속에 뜨거운 열정과 욕망을 감추고 있는 이은주의 이미지는 구지원과 수정이라는 인물 속에서 활짝 날개를 펼치게 되기 때문이다. 그런 의미에서 다음 작품인 〈번지점프를 하다〉는 그녀의 또 다른 이미지를 발견할 수 있는 기회를 제공하는 영화라 할 만하다.

이은주라는 여배우는 정말 한 마디로 규정지을 수 없는, 복잡하고 묘한 울림을 퍼트리는 배우임에 틀림없다. 그녀는 〈오! 수정〉에서 므네모시네와 레테의 샘물을 선사하면서 우리로 하여금 기억과 망각 사이에서 방황하게 만든다. 이은주라는 배우는 망각하기에는 너무나 선명하고, 기억하기에는 지나치게 모호한, 미로 같은 배우이다. 한 마디로 규정하기를 망설이게 만드는 이은주만의 독특하고 혼란스러운 모호함이야말로 그녀가 지닌 매력일 것이다.

4. 환생, 또는 사랑의 불멸성에 대하여
: 〈번지점프를 하다(Bungee Jumping Of Their Own)〉(2001)

> 한 줄기 번갯불 … 그러고는 어둠! – 그 눈길로 홀연
> 나를 되살렸던, 종적 없는 미인이여,
> 영원에서밖에는 나는 그대를 다시 보지 못하는가?
>
> 저 세상에서, 아득히 먼! 너무 늦게! 아마도 영영!
> 그대 사라진 곳 내 모르고, 내 가는 곳 그대 알지 못하기에,
> 오 내가 사랑했었을 그대, 오 그것을 알고 있던 그대여!
>
> (보들레르, 〈지나가는 여인에게〉)

〈번지점프를 하다〉는 환생 모티브를 통해 영원한 사랑의 순정(純情)을 선보인 영화이다. 그런 만큼 이 영화에서 그려지고 있는 사랑의 이미지는 순수하고 고결하며 처절하기까지 하다. 〈송어〉의 세화가 청순하면서도 당돌한 욕정(欲情)을 지닌 '소녀—여성'의 이미지를 보여주었다면, 〈오! 수정〉에서 수정은 슬프고 우울한 표정의 속을 알 수 없는 여인의 이미지를 드러냈다. 세화가 충동적이고 앙큼한 소녀의 이미지에 가까웠다면, 수정은 계산적

이고 속물적인 욕망을 가녀린 육체 속에 숨기고 있는 요부(妖婦)의 이미지에 근접해 있다. 그러나 〈번지점프를 하다〉에서 이은주가 맡은 태희는 순애보의 화신(化身)으로 거듭난다. 이 영화에서 이은주는 이전 작품들에서 보여주었던 칙칙하고 우울하며 슬픈 얼굴과는 다른 순백색의 청순함을 드러내 보인다.

　비오는 날 우산을 들고 걸어가는 인후(이병헌 분)에게 첫눈에 반한 태희(이은주 분)는 가게를 뛰쳐나와 그의 우산 속으로 들어간다. 인후 역시 갑자기 마주친 태희에게서 운명적인 사랑을 예감하게 된다. (태희가 의도적으로 인후의 우산 속으로 달려 들어가는 장면은 영화의 후반부에서야 등장한다.) 군 입대를 앞두고 휴학을 하려는 국문과 남학생과, 조소과(彫塑科) 여학생과의 순수한 사랑. 인후는 군 입대를 위한 휴학도 미루고 태희 옆만을 서성거리지만 쉽사리 말을 걸지도 못한다. 결국 같이 떠나게 된 국문과와 조소과의 연합 엠티에서 둘은 본격적으로 사귀게 된다. 엠티 장소인 바닷가 모래 언덕 위에서 태희는 수줍어하는 인후의 손을 잡고 왈츠를 가르쳐준다. 환상적이고 낭만적인 달빛이 비추는 가운데 쇼스타코비치의 왈츠2번(Jazz Suite No.2 (Suite For Promenade Orchestra) - Waltz 2)이 아름답게 울려 퍼진다. 아름다우면서도 우울한 정서가 배어 있는 이 왈츠 선율은 이들의 사랑이 풋풋하고 아름다우면서도 숙명적인 비극성을 지니고 있음을 넌지시 전해준다.

　조소과 강의실에서, 교정의 야외 조소 실습 장소에서, 그리고 엠티 장소인 바닷가 모래사장(沙場)에서 태희는 순백의 아름다움을 보여주면서도 왠지 모를 우수(憂愁)와 슬픔의 이미지를 지워

내지는 못한다. 이러한 슬픔의 이미지는 영화 속 태희가 이승에서 인후와의 사랑을 이루지 못하게 되는 비극적 운명의 서사와 아주 묘하게 잘 맞아떨어진다. 영화 속에서 태희는 과묵하고 조신하며 순정(純情)을 지키는 순애보의 여주인공으로 그려지고 있지만, 그녀의 순수하고 변함없는 사랑은 비극적인 운명의 그림자에 가려 슬픈 정조를 드리우게 된다. 인후와 함께 산에 오른 태희는 절벽 끝에 서서 산 아래를 내려다보며 여기에서 떨어지면 어떻게 될까 하고 묻는다. 인후가 절벽 끝에 다가가기를 두려워하며 여기에서 떨어지면 죽을 거라고 대답하지만 태희는 다음과 같이 말한다. "뛰어내려도 끝이 아닐 것 같애." 그러자 농담처럼 인후가 대꾸한다. "그래, 같이 죽자." 이 대화는 이 작품의 제목과 주제를 암시하는 복선 역할을 한다. 왜냐하면 고등학교 남학생으로 환생한 태희는 인후와 뉴질랜드에 가서 함께 번지점프대에서 동반 투신자살하기 때문이다. 따라서 태희(그리고 인후)는 이승에서 결코 이룰 수 없는 사랑, 즉 사랑의 불가능성이라는 숙명을 타고난 존재이다.

그러나 이은주라는 배우의 슬픔의 정조(情調)는 영화의 후반부까지 지속되지 못한다. 영화가 중반 이후부터 현빈(여현수 분)과 인후와의 관계에 초점을 맞춤으로써 태희의 존재가 희미해지기 때문이다. 현빈과 인후와의 불편한 관계 속에서 태희는 기억의 흔적으로, 즉 떠나보냈지만 사라지지 않고 출몰하는 유령처럼 스쳐 지나갈 뿐이다. 여현수가 연기한 현빈 캐릭터는 영화가 끝날 때까지 태희의 우울을, 슬픔의 정동(情動)을, 비극성을 온전하게 재현해 내지 못한다. 태희는 영화 속에서 사라졌다가 후반부 용산역 플랫폼 기차의 유리창을 통해서야 가까스로 귀환한다.

현빈의 담임선생이었던 인후는 자신도 모르는 사이에 현빈에 게서 태희의 존재를 느끼게 된다. 국어 수업 시간 중에 현빈이 느닷없이 인후에게 던지는 질문, "그런데 숟가락은 왜 ㄷ받침이 에요?"는 과거에 태희와 등산하고 내려와 주막에서 비빔밥을 먹기 전에 태희가 자신에게 던졌던 질문이기도 하다. 그리고 현빈의 핸드폰에서 울리는 벨소리 왈츠2는 엠티 갔을 때 태희가 흥얼거리면서 불렀던 선율이고 태희가 현빈의 손을 잡고 왈츠를 출 때 흘러나왔던 음악이기도 하다. 게다가 인후는 태희가 자신의 얼굴을 직접 새긴 지포라이터를 현빈이 가지고 있는 것을 발견하는데, 이 라이터는 전에 태희가 인후에게 선물했던 것이기도 하다. 인후는 현빈이 환생한 태희임을 확신하게 된다. 인후가 현빈에게 관심을 가지게 되자 학교에서는 인후가 동성애자라는 소문이 퍼지고 결국 그는 사표를 던지게 된다. 아내와도 파경을 맞게 된 인후는 집을 떠나 외지 여관에서 산송장처럼 지내다가 용산역 플랫폼 벤치에 와 앉는다. 이 벤치는 인후가 군 입대하는 날 입영 열차 앞에서 태희를 기다리던 곳이다. 텅 빈 플랫폼. 벤치에 쓸쓸하게 홀로 앉아 있는 인후는 슬픔에 젖어 있다가 계단 쪽을 쳐다보는데, 태희의 기억을 되찾게 된 현빈이 걸어온다. 이후 카메라는 정차해 있는 기차의 유리창을 비추는데, 유리창 속으로 인후가 프레임인(frame in)하자 왼쪽에서 태희도 프레임인한다. 유리창 속 태희가 인후에게 말을 건넨다. "미안해. 너무 늦었지?"

엔딩씬. 뉴질랜드 번지점프장에서 현빈(환생한 태희)과 인후는 몸에 생명선을 묶지 않은 채 손을 꼭 쥐고 뛰어내린다. 다리 위에 있던 사람들이 놀란 듯이 비명을 지르는 가운데 카메라는 새처럼 계곡을 따라 날아간다. 그리고 그 화면과 함께 태희와 인후의 대화가 보이스오버(voice over)로 울려 퍼진다.

태희: 이번엔 여자로 태어나야지.
인후: 근데 나도 여자로 태어나면 어쩌지?
태희: 그럼, 또 사랑해야지 뭐.

이 대화는 인후가 입대하기 전 태희와 여관방에서 함께 나누었던 대화와 연결된다.

인후: 난 다시 태어나도 너만 찾아다닐 거야. 악착같이 너 찾아서 다시 너랑 사랑할 거야.
태희: 정말? 근데 그 사람이 전생의 나라는 걸 어떻게 알아?
인후: 그건 알 수 있지 … 알 수 있어.
태희: 어떻게?
인후: 내가 또 누군가를 사랑하게 될 거 아냐. 그럼 그게 바로 너야.

우리는 인후와 태희가 또 다시 어떤 모습으로 환생하여 사랑하게 될지를 상상하면서 극장을 나서게 된다. 그러나 이들이 각기 다른 모습으로 환생하여 사랑에 빠진다고 해도, 인후와 현빈처럼 그리 평화로운 관계로 맺어지기는 힘들 것이라는 것도 떠올리게 될 것이다. 그럼에도 불구하고 이 두 남녀가 환생을 통해서라도 순수하고 영원한 사랑을 이어나갈 것이라는 희망은 사라지지 않을 것이다. 그러나 그 희망은 고통스러운 사랑에 대한 희망이다.

5. 여러 개의 얼굴들, 그리고 떠나보내지 못한 우상

세상에는 많은 사람들이 존재한다.
그러나 그보다 더 많은 사람들이 존재한다.
왜냐하면 각자가 여러 개의 얼굴을 가지고 있기 때문이다.

(릴케, 『말테의 수기』)

〈번지점프를 하다〉에서, 태희는 인후와 산 절벽 끝에 서서 "뛰어내려도 끝이 아닐 것 같애."라고 말한다. 영화가 끝난 후, 태희는 아직도 계곡을 따라 새처럼 날아가고 있을까. 그녀는 환생해서 〈송어〉의 창현과, 〈오! 수정〉의 재훈과, 〈번지점프를 하다〉의 인후와 다시 사랑에 빠졌을까. 세화는, 수정은, 태희는 다른 어떤 사람으로 환생해서 다른 누군가와 사랑에 빠져 있을지도 모른다. 어쩌면, 우리는, 현빈이 인후를 알아보지 못했던 것처럼, 누군가로 환생한 이은주를 아직 알아채지 못하는 것일지도 모른다.

그녀는 〈카이스트〉의 구지원으로, 〈송어〉의 세화로, 〈오! 수정〉의 수정으로, 〈번지점프를 하다〉의 태희로, 〈주홍글씨〉의 최가희로 환생하여 관객 앞에서 서성댄다. 청초하면서도 슬픈 표정으로, 애처로우면서도 요부같이 농염한 눈빛으로, 변성기의 중학교 남학생처럼 갈라지고 쉰 듯한 목소리로 환생한다. 그래서, 아무래도, 어떤 사람들은 그녀(들)를 아직 애도하지 못하는 것일지도 모르겠다. 프로이트가 애도 작업에 실패한 사람은 멜랑콜리에 빠질 수밖에 없다고 했듯이, 혹시 우리는 그녀를 아직 애도 작업을 통해 떠나보내지 못함으로써 멜랑콜리에 빠져 있는 것은 아닐까.

릴케가 "각자가 여러 개의 얼굴을 가지고" 있다고 했을 때, 이 말은 배우 이은주에게 매우 적절한 표현이 될 것이다. 그러나 여러 개의 얼굴을 가지고 있는 이은주는 여러 장르의 영화와 TV 드라마를 통해 어떤 하나의 공통된 이미지를 유지하고 있는 것처럼 보인다. 그것을 '슬픔의 정서'라 불러보자. 그녀에게는 영화나 TV드라마에서 웃는 표정을 지을 때조차도 지워지지 않는 그림자처럼 슬픔의 이미지가 드리워져 있다. 그녀만의 슬픔의 이미지는 그 흔한 멜로드라마에서 쉽게 볼 수 있는 처량함이나 신파적 정서를 지니지 않는다. 오히려 그녀에게서 배어나오는 슬픔의 정서는 현대적이고 도시적이며 대리석처럼 차갑다. 그러나 이지적이고 냉소적이기까지 한 그녀의 차가운 표정 속에는 여린 정서와 뜨거운 열정이 숨겨져 있다. 〈번지점프를 하다〉에서 인후가 태희와 왈츠를 추기 위해 그녀의 손을 잡았을 때

손이 차갑다고 하자 태희는 이렇게 대답한다. "나 원래 손 차요. 마음이 뜨겁다 보니까." 이 대사는 마치 배우 이은주를 정의하기 위해서 만들어진 대사처럼 들린다.

그런 의미에서 이은주는 모딜리아니(Amedeo Modigliani)가 그린 〈잔 에뷔테른(Jeane Hebuterne)〉 초상화 연작을 떠올리게 한다. 모딜리아니의 마지막 연인이자 비극적인 이별을 하게 되는 잔에게서 그는 꿈과 우수와 위안의 절묘한 조합을 본다. 흥미롭게도, 모딜리아니가 그린 잔의 초상화들에서 그녀의 눈에 눈동자가 그려져 있지 않은 그림들이 많다. 초상화 속에서 눈동자가 없는 잔의 눈은 신비로우면서도 깊이를 알 수 없는 모호함과 우울함으로 채워져 있다.

여배우 이은주. 그녀는 이제 우리 곁에 없지만, 용산역 기차 유리창에 비친 영상처럼, 또는 모딜리아니가 그린 잔의 초상화들처럼, 우리 앞에 환생하여 도무지 알 수 없는 표정으로 우리들을 쳐다본다. 마치 쓰러진 우상도 여전히 신(神)인 것처럼 … 차가우면서도 마음이 뜨거운 여신(女神)의 모습으로 … .

우리는 헤어졌지만, 너의 초상을
나는 가슴에 간직하고 있다.
좋은 날들의 창백한 환영처럼
그것은 내 영혼을 들뜨게 한다.

그래서 새로운 열정에 빠졌어도

나는 그 초상을 그만 사랑할 수는 없었다.

버려진 사원도 여전히 사원이고,

쓰러진 우상도 여전히 신이니까!

(레르몬토프, 〈우리는 헤어졌지만〉)

(박명진 외, 『야누스의 여신 이은주』, 문화다북스, 2016)

〈가여운 것들〉, 혼종(混種)과 생성(生成)의 존재론에 대하여

그리스 출신 요르고스 란티모스 감독의 〈가여운 것들(Poor Things)〉(2023)은 스코틀랜드 작가 앨러스데어 그레이의 동명 소설을 각색한 영화이다. 이 영화로 엠마 스톤은 2024년 제96회 아카데미 여우주연상을 수상했는데 〈라라랜드〉(2016) 이후 두 번째의 아카데미 여우주연상 주인공이 됨으로써 연기파 배우로 각인되었다.

요르고스 란티모스는 소위 유니크한 영화미학을 통해 자신만의 세계를 구축하는 '예술영화' 감독, 신화를 현대적으로 재해석하고 변용시키는 데 능한 감독, 알레고리와 풍자와 냉소주의가 짙게 배어있는 작품의 감독, 또는 관객들의 감정을 한없이 불편하게 만드는 감독 등으로 호명되곤 했다. 〈송곳니〉(2012), 〈더 랍스터〉(2015), 〈킬링 디어〉(2018), 〈더 페이버릿:여왕의 여자〉(2019),

〈가여운 것들〉 등으로 대표되는 그의 필모그래피는 그로테스크한 영상미학과 우화적인 기법 그리고 부조리한 극적 구조를 중심으로 관객에게 껄끄러운 이질감과 정서적 불쾌함을 선사한 영화들로 인식된다. 그의 영화들은 가부장의 폭력성, 인간의 감성을 통제하고 규율하는 사회 시스템의 잔혹함, 인과응보의 잔혹한 숙명에 의해 해체되는 가족의 허약함 등을 냉소적으로 풀어내는 경향을 보여주었다. 그의 영화들이 하나의 메시지로 묶일 수 있는 것은 아니지만 극중 여성 캐릭터의 섹슈얼리티에 대한 고민은 지속되는 것으로 보인다. 이는 〈라라랜드〉, 〈빌리 진 킹: 세기의 대결〉, 〈크루엘라〉 등에서 주체적인 여성상을 구축하려 한 엠마 스톤의 영화적 지향성이 〈더 페이버릿〉과 〈가여운 것들〉의 여성 캐릭터와 연결되어 있음을 시사한다. (토니 맥나마라가 〈크루엘라〉, 〈더 페이버릿〉, 〈가여운 것들〉의 각본 작업으로 요르고스 란티모스, 엠마 스톤과 협업했다는 것도 기억할 만하다.)

〈송곳니〉, 〈더 랍스터〉는 통제된 시스템 속에서 인간에게 자행되는 비인간적인 폭력과 억압을 디스토피아 버전으로 풀어나간다. 〈킬링 디어〉는 한 가족에게 몰아닥친 신의 복수 또는 인과응보로 인해 그 가족이 파괴되는 것을 통해 인간이나 공동체에 남아 있던 판타지를 여지없이 무너뜨린다. 이 세 작품을 '신화변주곡 3부작'으로 설명하는 논의도 있는데,[1] 이 글에서는 신화

---

1) 최여정·배상준, 「요르고스 란티모스의 신화변주곡 3부작 연구: 〈송곳니〉〈더 랍스터〉〈킬링 디어〉」, 『영화연구』 94호, 한국영화학회, 2022.

의 현대적 변용보다는 통제와 억압 그리고 잔인한 숙명에 의해 인간이 어떻게 파괴되는가에 더 주목하고 싶다. 어떤 의미에서 이 3편의 영화들은 숙명론적 구조주의에 포박되어 있다고 평가될 수 있다. 란티모스 영화의 인물들은 시스템의 외부가 존재한다는 상상도 감히 하지 못하고 무기력하게 내파(內破)되곤 한다. 열린 결말 처리와 디스토피아적 세계관에 주목한다면 이 3 작품 옆에 〈더 페이버릿〉도 배치할 수 있을 것이다.

〈송곳니〉에서 큰딸은 독재적이고 폭력적인 아버지의 세계로부터 탈출하기 위해 자신의 송곳니를 뽑아내고 아버지의 차 트렁크에 숨어든다. 큰딸이 사라진 사실을 알게 된 아버지는 큰딸을 찾아 헤매지만 끝내 발견하지 못한다. 영화는 아버지의 회사 앞에 주차된 차 트렁크를 롱샷(long shot)과 롱테이크(long take)로 잡으면서 마무리된다. 이 엔딩씬은 큰딸이 탈출에 성공할 것인지, 아니면 트렁크 속에서 출혈 때문에 죽게 될 것인지에 대해 알려주지 않는다. 〈더 랍스터〉는 감정(특히 '사랑')을 통제하는 사회의 비인간성을 폭로한다. 주인공 데이비드가 사는 도시, 그리고 그가 지내게 된 수상한 호텔에서는 이성을 사귀지 못하는 자들이 동물로 변하는 처벌을 받는다. 호텔 근처 숲속에서 집단생활을 하는 무리는 호텔의 상황과 정반대인데 이성끼리 사랑에 빠지면 혹독한 응징을 받는다. 데이비드는 호텔을 빠져나와 숲속으로 몸을 숨긴다. 숲속에서 데이비드와 사랑에 빠진 여성은 눈을 잃는 처벌을 받게 된다.

이 여성과 숲에서 도망친 주인공은 그녀와 식당 테이블에 앉아 있다가 식사용 칼을 들고 화장실로 간다. 데이비드는 자신의 눈을 찌르고 여성에게 돌아올 것인가, 아니면 식당에서 도망칠 것인가, 또는 눈을 찌른 뒤 죽게 될 것인가? 영화는 식당 의자에 앉아서 남자를 기다리는 여성을 롱테이크로 보여주면서 끝난다.

〈킬링 디어〉 역시 명쾌한 결말을 보여주지 않는다. 성공한 외과 의사 스티븐은 예전에 음주 상태에서 수술을 하다 마틴의 아버지를 죽였다. 마틴은 스티븐이 자기의 아버지를 죽게 했으니 스티븐의 가족 중 한 명이 그 대신 희생되어야 한다고 협박한다. 마틴은 복수의 신, 벌을 주는 신이 되어 스티븐 가족에게 불가항력적인 불행을 안겨준다. 스티븐은 아내, 딸, 아들과 함께 복면을 쓴 뒤, 가족이 앉아 있는 소파 앞에서 빙빙 돌면서 총을 쏜다. 몇 번의 시도 끝에 그가 쏜 총알은 아들의 가슴을 관통한다. 영화의 엔딩씬. 식당에 스티븐, 아내, 딸이 앉아 있다. 뒤이어 마틴이 들어온다. 서로 아무 일도 없었다는 듯이 스티븐의 가족은 식당을 나서고 마틴이 이들의 뒷모습을 무표정하게 지켜보면서 영화가 끝난다. 이 영화도 결말을 명쾌하게 제시하지 않는다. 스티븐 가족의 비극은 종결되었는가?

〈더 페이버릿〉에서 영국의 앤 여왕의 절대 권력을 이용해 신분 상승을 꾀하는 애비게일(엠마 스톤 분)은 그녀의 먼 친척이자 그녀를 여왕에게 소개한 실세 사라 제닝스를 제거하고 여왕의 심복이 된다. 영화는 애비게일이 앤 여왕의 다리를 주물러 주는 장면으로 끝나는데 이 결말이 해피엔딩으로 처리되지 않고 어두운 분위기로 마무리된다. 여왕이건 사라 제닝스이건 애비게일이건 우울함에서 벗어나지 못한 건 마찬가지이다. 란티모스 영화 속의 인물들은 대부분 "공동체의 감성 분할에서 그 어떤 몫도 가지지 않는 자들"[2]로 재현되곤 한다. 그의 인물들은 불안하고 위태롭고 처량하거나 무기력하다. 그렇다면 그의 영화들은 "발터 벤야민이 표명했던 요청, 이름 없는 자들은 노출하라는 요청"[3]에 응답하는 것이라 볼 수 있을 것이다. 그것은 이탈리아 감독 파솔리니의 생각을 떠올리게 한다.

  파솔리니의 예언—실현된—은 다음의 한 문장으로 요약된다. 문화 는 야만으로부터 우리는 방어하는 것도 아니고, 야만으로부터 방어 되어야 하는 것도 아니다. 문화는 새로운 야만의 지능적인 형태들이 번성하는 환경 그 자체이다.[4]

란티모스는 가부장, 통제 사회, 희생양을 요구하는 사회, 권력 의 노예로 전락하는 사회를 "야만의 지능적인 문화 환경"으로 그려낸다. 위에서 서술한 4편의 영화들은 결말이 영 개운하지 않다. 인간관계가 야만성으로 오염되어 있는 세계는 분명 유쾌 한 세계는 아니다. 란티모스는 가족이, 사회가, 국가가 결코 '안 녕하지 않다'고 말한다. 그런데 〈가여운 것들〉에서는 그의 염세 적이고 냉소적인 세계관이 어느 정도 완화된 것으로 보인다. 물

---

2) 자크 랑시에르, 오윤성 옮김, 『감성의 분할』, 도서출판 b, 2008, 116쪽.
3) 조르주 디디-위베르만, 여문주 옮김, 『민중들의 이미지』, 현실문화연구, 2023, 59쪽.
4) 조르주 디디-위베르만, 김홍기 옮김, 『반딧불의 잔존』, 도서출판 길, 2012, 40쪽.

〈가여운 것들〉, 혼종(混種)과 생성(生成)의 존재론에 대하여   123

론 그렇다고 〈가여운 것들〉에서 감독 특유의 난해한 알레고리 장치, 그로테스크한 이미지와 상황들, 냉소주의적 세계관이 완전히 사라진 것은 아니다.

〈가여운 것들〉에서 천재 과학자 갓윈 백스터는 자살한 여인의 시체를 구해 와서 그녀 태중의 아이 뇌를 그녀 머리에 이식시켜 소생시킨다. 벨라 백스터라고 명명된 여주인공은 신체는 성인이지만 인지 능력은 유아적이다. 갓윈 백스터의 저택에는 개 몸에 오리 머리를 이식한 생명체, 성인 여성의 머리 속에 태아의 뇌를 접붙인 잡종 생명체들이 돌아다닌다. 영화 전반부 화면은 기괴한 존재로서의 혼합 생명체들이 득실대는 저택 내부를 벨라 백스터의 시선인 흑백 톤과 어안렌즈로 왜곡해서 표현된다.

벨라는 오리처럼 뒤뚱거리면서 걸어다니거나 선 채로 오줌을 누고, 식탁에서 오이로 자위행위를 한다. 성에 대해 자각하기 시작한 벨라는 바람둥이 변호사 던컨 웨더번과 세계 여행을 떠난다. 여행 내내 웨더번과의 섹스에 병적으로 몰두하던 벨라는 다양한 세상과 다양한 인물들을 만나면서 변화하기 시작한다. 넓은 세상을 처음 접하게 된 벨라의 시선은 영화 화면을 컬러톤의 동화적인 이미지로 표현한다.

여러 나라들을 여행하면서 벨라는 빈민들의 참혹한 현실을 발견하고, 돈을 벌기 위해 자발적으로 매춘업소에 들어간다. 그곳에서 사회주의자인 동료 여인 투아넷을 만나게 되고 그녀와 함께 갓윈 박사의 저택으로 귀가한다.

벨라는 갓윈 박사의 조수인 맥스 맥캔들리스와 결혼식을 올린다. 그런데 결혼식에 갑자기 불청객인 오브리 드 라 폴 블레싱턴 경이 찾아와 벨라가 원래 자신의 아내였기 때문에 결혼식이 무효라고 외친다. 원래 벨라의 몸은 오드리 경의 아내였던 것이다. 오브리 경의 집으로 간 벨라는 다시 갓윈의 저택으로 돌아온다.

엔딩씬, 두뇌 이식 수술을 한 듯한 오드리 경이 정원에서 네 발로 서서 염소처럼 나뭇잎을 뜯어먹는다. 정원 소파에는 벨라, 맥캔들리스, 그리고 사회주의자 여성 투아넷이 평화롭게 앉아 술을 마시고 있다.

이전 작품들에 비해 〈가여운 자들〉은 상대적으로 보다 해학적이고 동화적이며 미래에 대해 낙관적이라 할 수 있다. 그럼에도 불구하고 란티모스의 영화들은 다음과 같은 질문을 관객에게 던지는 것으로 볼 수 있다. "누가 인간으로 간주되는가, 누구의 삶이 삶으로 간주되는가, 끝으로 무엇이 애도할 만한 삶으로 중요한가."[5] 그의 영화들은 인물들이 인간으로 간주되지 않는 상황들, 중요한 삶으로 취급받지 못하는 캐릭터들을 섬뜩하게 그린다. 그의 영화들이 걸치고 있는 세계는 디스토피아의 지옥도(地獄圖)로 재현되곤 한다. 그의 영화 속에는 비관적이고 시니컬하고 암울한 세계가 펼쳐져 있다.

그런 의미에서 〈가여운 것들〉은 이전 작품들의 우울한 세계상을 완화시킨 것으로 보인다. 그 차별성의 지점은 결말에 설치해 놓은 미래 지향적 희망이 아니었을까. 다소 몽환적인 공상과학

---

5) 주디스 버틀러, 양효실 옮김, 『불확실한 삶』, 경성대학교 출판부, 2012, 46쪽.

영화에서처럼 〈가여운 것들〉의 비현실적인 미장센은 이 영화가 끝도 알 수 없는 절망과 공포 속으로 잠식당하게 만들지는 않는다. 앨러스데이 그레이의 소설. 파리의 매춘업소에서 사회주의자인 동료 투아넷을 사귀게 된 벨라가 갓윈 백스터에게 다음과 같은 편지를 보낸다.

"세상 모든 사람들이 아늑한 껍데기를, 주머니 속에 돈이 든 좋은 외투를 둘러야 해요. 나는 확실히 사회주의자인가 봐요."[6]

벨라의 각성과 확신에 찬 선언은 란티모스의 이전 작품들에 등장했던 비극적 인물의 왜소함에서 벗어나 있다. 〈가여운 자들〉의 벨라 서사는, 비유하자면, 〈송곳니〉에서 큰딸이 아버지의 차 트렁크 문을 열고 자신만의 세계를 향해 씩씩하게 걸어가는 식의 유토피아 버전이라 할 수 있지 않을까. 이 영화를 사회주의 경향의 작품이라거나 페미니즘 지향의 작품으로 단정하는 것은 무리일 것이다. 그보다는 감독 란티모스의 철학적 고민과 엠마 스톤의 영화적 지향성이 빚어낸 한편의 성장담 또는 희망 서사로 보는 것이 더 합당할 것 같다. 분명한 것은 란티모스와 엠마 스톤의 협업이 기괴하고 모호하지만 매혹적이고 미래지향적인 여성 섹슈얼리티를 구현해 낸 것이리라. 적어도 〈가여운 것들〉의 벨라는 웃고 있다. 주체적으로, 연대의식을 구축하면서…. 잡

---

6) 앨러스데어 그레이, 이운경 옮김, 『가여운 것들』, 황금가지, 2023, 262쪽.

종이자 생성하는 주체로서의 벨라는, 들뢰즈식으로 말하면, '생성하는 기계', '변이하는 주체'이다.

> 만약 이 새로운 주체가 평범하지 않게 보이고, 느끼고, 들린다면? 그/녀S/he는 괴물이고, 잡종이고, 혼종이고, 아름답고, 그리고 또 어떨까…? 그/녀는 웃고 있다![7]

란티모스는 〈가여운 것들〉에 와서 잡종이어도, 괴물이어도 좋다고 말하기 시작한다. 만약 원작 소설과 영화의 교집합이 있다면 그것은 생성하는 주체의 가능성, 사회를 개선할 수 있다는 희망일 것이다. 이전 영화들에 비해 〈가여운 것들〉이 좀 더 유토피아적으로 보이는 이유는 이 영화가 인간을 끊임없이 변이되고 생성되고 혼종화되고 잡종화되면서 사건을 창조하는 존재로 간주하기 때문일 것이다.

(『현대비평』, 2024년 봄호)

---

7) 로지 브라이도티, 김은주 옮김, 『변신: 무한히 변화하는 몸』, 꿈꾼문고, 2020, 494쪽.

3부 전유된 역사로서의 영화

1980년대를 위한 비망록

1. 영화, 1980년대를 말하는 방식

〈슈퍼스타 감사용〉(2004)은 〈살인의 추억〉(2003)의 휴머니즘 버전이라 할 만하다. 두 작품 모두 1980년대를 재료로 해서 삶의 결 속에 스며들어 있는 부조리와 허탈함을 보여주고 있다. 한편 〈이중간첩〉(2003)은 1980년대에 남한으로 위장 귀순한 이중 간첩을 소재로 한 영화이다. 〈해적, 디스코왕 되다〉(2002)는 1980년대 초 후줄근한 달동네를 통해 마치 후일담을 읽듯이 1980년대를 되새김질한다. 물론 부분적이긴 하지만 〈박하사탕〉(2000)에서 1980년대는 한국 현대사의 질곡이 시작되는 시대가 되기도 한다. 한편 곽경택이 〈친구〉와 〈챔피언〉을 통해 실추되어가고 있는 남성성을 복원시키고자 하거나, 김현성 감독의 〈나비〉(2003)가 볼거리나 복고 취향의 대상으로서의 풍경으로 그 시대를 취재하기도 한다.

이 시대는 폭압적인 군부 독재 정권의 시대로, 완강한 반공주의의 시대로, 희대의 연쇄 살인 사건이 벌어진 시대로, 디스코 열풍 때문에 청춘남녀들이 손가락으로 애꿎은 하늘만 찔러대던 시대로, 그리고 어처구니없는 투구(投球)로 기념비적인 연패(連敗) 신기록을 수립했던 투구 '감사용'의 시대로 재각인된다. 전두환과 노태우, 존 트라볼타, 이소룡, 권인숙, 박종철 등의 이름으로 기억되는 이 시기는 한 마디로 '희(喜), 노(怒), 애(哀), 락(樂), 애(愛), 오(惡), 욕(慾)'의 칠정(七情)이 어지럽게 뒤섞이고 휘몰아치던 시대이다. 그러나 영화가 특정 시대를 온전하게 펴올 수 있다고 믿는 것은 순진하다. 영화는 시대를 각주(脚註)나 인용문 정도로 활용할 수밖에 없기 때문이다. 영화 속에 구현된 과거란 현재를 말하고자 하는 필자가 끌어들인 수사학적 예문(例文)에 불과하다. 따라서 영화 속의 과거는 항상 현재와 복잡한 갈등을 일으킨다. 그것은 일종의 시간(時間)을 두고 벌이는 헤게모니 투쟁과 흡사하다. 이때 '실재'로서의 '역사'는 "중심의 조정 없이 매스미디어의 경쟁에 의해 유통되는 해석과 재구성물과 다양한 이미지의 상호 교차와 감염의 결과물"[1]로서 자신의 존재 방식을 증명한다.

왜 21세기에 1980년대 영화인가. 물론 여기에는 1980년대 당

---

1) 지안니 바티모, 김승현 옮김, 『미디어 사회와 투명성』, 한울 아카데미, 1997, 19쪽.

시 엄혹(嚴酷)했던 청춘기를 보낸 사람들이 이제 여유 있는 중년 계층으로 변해 새로운 잠재적 문화 수용자 계층으로 등장했다는 상업적 배경도 깔려 있을지 모른다. 그러나 무엇보다 중요한 것은 1980년대를 청년으로 보냈을, 또는 이 시기에 대한 추억이 강하게 남아 있는 감독들이 1980년대를 현재로 소환시키려는 욕망과 시선이다.

1990년에 제작된 〈파업전야〉는 비록 1990년대에 선보였지만 1980년대와의 정서적 단절감이 드러나 있지 않았다. 1988년 인천의 동성철강 사업장을 배경으로 노조 결성과 노동자 대량 해고 사건을 줄거리로 한 작품이다. 이은기, 이재구, 장동홍, 장윤현 등 네 명의 감독이 만든 이 영화는 당시 공권력의 강력한 탄압에도 불구하고 대학가를 중심으로 은밀히 상영되어 관객수 30만명이라는 대박을 터뜨린 독립영화이다. 이 영화 속에서 1980년대는 이미 지나가 버린 역사나 회고의 대상이 아니다. 따라서 다음과 같은 선언적인 대사가 가능했던 시기의 영화이기도 했다.

석구: 동성금속 노동자 여러분! 하루 열두 시간씩 뼈 빠지게 일해 준 대가가 해고란 말입니까? 노동조합을 만든 것이 죄가 됩니까? 노동조합은 법에도 명시된 우리 노동자들의 권리입니다. 김칠복 사장은 왜 노동조합을 인정하지 않을까요? 바로 우리의 노동 착취를 은폐하기 위해, 우리들의 정당한 요구를 묵살하기 위해 노동조합을 만든 우릴 해고시킨 겁니다. 우리의 해

고는 무효입니다. <u>우리가 만든 민주노조는 아직도 두 눈 시퍼 렇게 뜨고 살아 있습니다.</u> 이렇게 말입니다. 동성금속 노동자 여러분! 우리 모두 단결해서 저들의 야만적인 술책을 뭉개 버립시다. 유령 노조 해체하고 민주노조 사수하자! (밑줄 강조는 인용자.)

이후 장동홍은 〈크리스마스에 눈이 내리면〉(1998)을 통해, 그리고 장윤현은 〈접속〉(1997)과 〈텔미썸딩〉(1999)을 통해 고통스러운 1980년대와의 결별을 시도한다. 물론 독립영화와 단편영화 부문에서는 아직도 여러 감독들이 사회적, 역사적 비판의식을 접지 않고 지속적으로 실험하고 있지만, 극장의 상영을 목적으로 하는 장편영화 부문에서는 1980년대와의 정서적, 정치적 결별 절차를 밟고 있는 게 확실해 보였다. 그리하여 1980년대적 치열함과 전투성은 〈파업전야〉를 고비로 새로운 국면에 접어들게 된다. 이미 대세는 대중문화의 도저한 흐름이라는 형국으로 흘러가게 된다. 그리고 서서히, 1980년대의 정치성은 대중의 뇌리에서 희미해져갔다.

2. 풍물지(風物誌)로서의 역사

〈해적, 디스코왕 되다〉와 〈나비〉는 1980년대를 말하고 있는 듯이 보이지만 이때 등장하는 과거는 엄밀한 의미에서의 역사는 아니다. 그것은 노스탤지어와 복고 취미로 치장된 이 시대의 상업적 수사법에 불과하다.

〈해적, 디스코왕 되다〉는 일종의 '1980년대 박물관'을 위한 홍보영화 같다. 영화는 달동네(신림동 난곡 지역)를 박물관의 전시 공간으로 삼고 황학동, 인사동, 벼룩시장 등에서 구한 딸딸이 자전거, 불량식품, 주황색 공중전화, 연탄 넣고 데우는 호빵통, 포니2 자동차, 유리 용기 속에 들어 있는 서울우유 등의 소품들을 그 전시장에 진열하고 있다. 게다가 영화 속에서 주인공 임창정이 입고 다니는 파란색 운동복은 이 시대 패션의 상징으로 작용하고, 여기에 퇴폐적인 룸살롱과 디스코 경연대회까지 가세하게 되면 이 영화는 아예 1980년대를 위한 키치풍의 풍물지(風物誌)가 되어 버린다. 이것은 지나간 시대에 대한 무책임한 오마주에 불과하다. 따라서 이 영화는 유하 감독이 〈말죽거리 잔혹사〉(2004)에서 1978년을 통해 그 시대의 폭력성을 회고하는 것과는 다르다. 적어도 〈말죽거리 잔혹사〉에서는 1970년대 후반의 가부장적 완고함과 폭력의 일상화에 대한 성찰이 그려져 있다. 그러나 〈해적, 디스코왕 되다〉는 시대적 격절감(隔絶感)에서 나오는 촌스러움의 상품화를 꾀하고 있을 뿐이다. 이 영화에서 역사는 빛바랜 존 트라볼타(John Travolta)의 타블로이드 사진처럼 공허하게 벽 한쪽을 장식하고 있다.

김현성 감독의 〈나비〉도 이와 크게 다를 바 없다. 1980년대 초반을 배경으로 한 액션 멜로물로서 부동산 투기, 서울로의 상경 붐, 삼청교육대와 같은 시대적 코드들이 등장한다. 그러나 이러한 모티프들은 멜로드라마의 기본 내러티브를 장식하기 위한 수사(修辭)에 불과하다. 또는 옛날 이발소 벽면에 걸려 있는 유치한 풍경화에 그친다. 감독 자신이 "삼청교육대는 부수적인 상황일 뿐이며, 민재와 혜미의 숭고하면서 처절한 사랑을 그리는 것이 영화의 핵심"이라고 연출의 변을 밝혔듯이, 이 영화에서 1980년대의 시대적 징후 따위는 그리 중요한 것이 아니다. 다시 말해 화면을 가득 채운 1980년대적 키워드들은 무의미하게 떠다니는 기표로만 작용한다. 삼청교육대라는 역사적 상처는, 일제강점기 징병이나 징용으로 끌려가거나, 6.25전쟁에 갑자기 군인으로 차출되어 떠나는 이야기 속 멜로드라마의 상투적 장애물 기능으로만 사용된다.

3. 1980년대라는 유령

1980년대라는 시대를 역사로 온전하게 대접하게 된 영화는 〈박하사탕〉에 와서야 가능했던 것으로 보인다. 이 영화는 학생운동, 경찰서에서의 고문 행위, 탐욕과 위선으로 가득 찬 천민자본주의 등으로 얼룩진 현대사를 훑어보고 있다. 감독 이창동은 1980년대라는 어둠의 핵심에 광주민주화항쟁이라는 기원이 존재하고 있음을 역설한다. 그 시대의 무게를 떨어내지 못한 듯 영화는 아주 무거운 발걸음으로 과거로 귀향한다. 그것도 〈파업전야〉처럼 격분한 목소리로 외치는 것이 아니라, 고개를 떨구고 고백성사하는 죄인의 주눅 든 목소리로 한다. 〈박하사탕〉은 1980년대가 백화점 카탈로그에 실린 상품 사진이 될 수 없음을, 편할 때마다 꺼내 펼쳐볼 수 있는 추억의 앨범 사진이 될 수 없음을 강변하고 있다.

이에 비해 봉준호 감독의 〈살인의 추억〉은 1980년대를 바라보는 우울한 시선에서 훨씬 자유로워 보인다. 그는 1980년대에 대한 도덕적 책무감과 정서적 거리감을 유지한다. 봉준호는 1980년대를 분노나 좌절의 직설화법으로 재현하지 않고 알레고리나 풍자로 우회한다.

화성 연쇄살인 사건은 이 영화에서 중심 모티브가 아니다. 이 사건을 중심으로 움직이는 1980년대의 우스꽝스러우면서도 엽기적인 무질서가 내러티브의 꼭짓점에 놓인다. 과학 수사대와 샤머니즘, 이성과 광기, 규율과 일탈 등의 대립항이 어지럽게 교차하고 있다. 그것은 일상 속에 스며든 공포, 허무, 가학과 피학, 도덕적 카오스에 대한, 아니 그것들에 대응하는 자들에 대한 풍자이다. 그런 면에서 〈살인의 추억〉은 〈박하사탕〉과 같이 1980년대를 진지하게 성찰하고 있으면서도 정반대의 포즈를 취한다. 그람시의 표현을 빌어, 〈박하사탕〉이 기동전(機動戰)의 전술을 펴고 있다면 〈살인의 추억〉은 진지전(陣地戰)이라는 형식을 빌리고 있다고나 할까. 이창동이 뒤로 가는 기찻길의 직선을 따라 시대의 핵심으로 돌진하고 있다면, 봉준호는 여기저기에 참호를 파놓고 1980년대의 유령들이 그 수렁에 빠지기를 기다리는 형상이다. 감독에게 포획된 시대의 유령들은 아주 우울하고 섬뜩한 난센스

코미디를 한 판 벌인다.

4. 한 번은 비극으로, 또 한 번은 희극으로

그리고 〈슈퍼스타 감사용〉이 또다시 1980년대에 눈독을 들인다. 1982년 프로야구 원년에 인천을 연고지로 하여 출범한 삼미 슈퍼스타즈는 1할 8리의 전적을 남긴 전설적인 팀이다. 물론 15 승 65패라는 전적은 깨지지 않는 난공불락의 대기록이다. 영화는 원년부터 5년 동안(1982~1986) 삼미 슈퍼스타즈의 좌완투수였으며 1승 15패 1세이브의 참혹한 전적을 남긴 감사용 투수를 주인공으로 한다. 카메라는 패전용 마무리 투수 감사용을 쫓아다니며 보잘것없는 인생의 애환을 시시콜콜히 포착하고 있다.

인천 도원동(桃源洞) 야구장, 자유공원, 동구(東區) 노인복지회관, 해사(海士) 고등학교, 소래 포구 등의 공간이 1980년대를 재현해 내는 무대장치로 활용되었는데, 프로야구 출범이라는 그럴듯한 자본주의 상품화와 구질구질한 서민들의 일상사가 얼기설기 엮인다. 그러나 영화는 전두환 정권이 유포시킨 우민화 정책과 서민들의 비루한 삶 사이의 갈등 양상에 눈을 돌리지 않는다. 이 영화는 더스틴 호프만이 주연으로 나왔던 〈리틀 빅 히어로〉(1992)의 번안(飜案) 작품이라 할 만하다. 박철순, 윤동균, 신경식 등과 같은 야구 스타 앞에 선 삼미 특수강 직업인 야구투수 출신 감사용은 그야말로 '작지만 위대한 영웅'으로 재해석된다. 이는 이 영화가 명백하게 장기적인 경제 불황 속에서 고통 받고 있는 이 시대의 수많은 소시민들을 위로하기 위한 계몽극 임을 시사한다.

뜬금없이 마르크스의 비유가 떠오른다. "역사는 두 번 반복된다. 한 번은 비극으로, 또 한 번은 희극으로." 1980년대를 관통하는 비극이 있었고, 이제 그 시대가 〈살인의 추억〉 화면 속에서 난센스로 귀환한다. 그러나 이때의 난센스는 지독하게 씁쓸하고 우울한 희비극이다. 따라서 진정한 희극은 〈해적, 디스코왕 되다〉나 〈나비〉, 그리고 곽경택 감독의 〈친구〉에게 합당하리라. 그리고 바로 그 옆에 〈슈퍼스타 감사용〉이 자리할 수 있을 것이다. 1991년 봄 박노해는 옥중에서 시 〈그 해 겨울나무〉를 발표한다. 그는 자신의 1980년대가 좌절과 실패의 시간이었음을 고통스럽게 실토한다. 우리는 지나간 시대를 통해 무엇을 기억하고 무엇을 망각할 수 있는가.

살점 에이는 밤바람이 몰아쳤고 그 겨울 내내
뼈아픈 침묵이 내면의 종울림으로 맴놀이쳐갔다.
모두들 말이 없었지만 이 긴 침묵이
새로운 탄생의 첫발임을 굳게 믿고 있었다.
그해 겨울,
나의 패배는 참된 시작이었다.

(『황해문화』, 2005년 봄호)

퓨전 사극의 욕망과 역사적 상상력

　　새로운 문학의 전제는 역사적이지 않을 수 없고 정치적이지 않을
수도 없으며 대중적이지 않을 수도 없다. 새로운 문학은 이미 존재하
는 것을 논쟁적으로, 혹은 다른 다양한 방식으로 일구어내도록 해야
한다. 중요한 것은 새로운 문학이 있는 그대로의 대중문화의 토양에
해당 문화의 심미안과 경향, 그리고 그 도덕적, 지적 세계와 함께
뿌리를 깊이 내리는 것이다.[1]

---

1) 안토니오 그람시, 박상진 옮김, 『대중 문학론』, 책세상, 2003, 100~101쪽.

1. 영화의 역사 그리기

영화는 영상 이미지와 청각 이미지로서의 기표와 역사적 사실과 연관된 특정 이미지 생산과 해석이라는 기의와 연결되어 있는 하나의 기호 체계이다. 이때 이 둘의 관계는 언어 기호에서처럼 철저하게 자의적이다. 감지될 수 있는 시청각적 자질은 현실 그 자체로 환원될 수는 없다. 영상은 현실에 대해 상징적이다. 또한 영화는 영상 이미지 그 자체로 역사성을 담지한다. 사관(史官)이 역사적 사건을 문자로 남기듯이 카메라는 특정 사건을 영상으로 남김으로써 역사화한다. 이때 영화는 역사적 사실과의 관계에 있어 은유적이며 환유적인 기능을 수행한다.

2000년을 전후로 하여 한국영화와 TV 드라마는 역사를 주요 내러티브 전략으로 채택하는 경향을 보였다. 물론 그 이전까지도 영화와 TV 드라마에서 역사를 소재로 하는 작품들이 심심치 않게 발표되곤 했었지만, 2000년 즈음에 와서 상황이 많이 달라졌다. 이전의 작품들은 연산군, 광해군, 장녹수 등 조선 시대 궁궐에서 벌어진 광기, 음모, 복수 등의 궁중(宮中) 드라마, 또는 이순신 등과 같은 영웅 사극이 중심이었다. 적어도 이 작품들은 『조선왕조실록』이라는 공적 역사를 토대로 하여 전개되고 있다는 암묵적인 약속이 지켜졌다. 가끔 역사학자들에 의해 이들 작품이 역사적 사실과 다르다는 이유로 비판받기도 했지만, 대부분의 수용자들은 영상물과 역사적 사실의 동일성(또는 유사성)에 대해 근본적인 의심을 제기하지는 않았다.

2000년대 초반 역사를 소재로 채택한 영상물 중 TV 드라마의 경우, 〈다모〉(2003), 〈천년지애〉(2003), 〈대장금〉(2003), 〈궁〉(2006), 영화의 경우 〈황산벌〉(2003), 〈천군〉(2005), 〈스캔들〉(2003), 〈형사〉(2005), 〈왕의 남자〉(2005), 〈혈의 누〉(2005), 〈음란서생〉(2006) 등을 떠올릴 수 있다. 물론 〈은행나무 침대〉(1996), 〈단적비연수〉(2000), 〈2009 로스트 메모리즈〉(2001) 등과 같은 영화들도 선보였지만, 2003년 직후부터 눈에 띄게 퓨전 사극 형식의 영화들이 등장하기 시작했다. 이러한 소위 퓨전 또는 팩션(faction) 작품들은 전통적인 사극에서처럼 과거 역사를 온전하게 재현하려는 강박증에서 훨씬 자유로워 보인다.

역사학자 김기봉은 포스트모더니즘 역사학의 테제를 떠올리며 사실과 허구 사이의 경계선은 없다고 강조한다. 그는 "사실담론으로서 역사와 허구담론으로서 영화 사이의 경계가 흐려짐으로써 그 둘을 접합한 장르가 유행"[2]한다고 지적한다. 더 나아가 그는 역사가가 기술하는 과거 역사의 사건들은 시뮬라시옹에 불과하다고 단정한다. 그는 "역사란 영화이고, 영화가 역사"라는 결론을 도출하게 되는데, 이때 과거와 현재의 관계는 단지 상상적인 관계에 머물 수밖에 없다. 그가 보기에 최근의 한국 퓨전 사극들은 근대 역사학이 구축한 거대서사와 '과거라는 원본'을 해체시키는 첨병이 된다.

이택광의 지적처럼 소비사회는 확대된 공간과 압축된 시간이

---

2) 김기봉, 『팩션시대, 영화와 역사를 중매하다』, 프로네시스, 2006.

빚어내는 현기증을 견디기 위한 '미학적' 발명품에 속한다. 이 소비사회 미학을 뒷받침하는 주요 재현 방식이 '묘사'라고 한다면, 이 시대는 서사가 위기에 처한 시기 또는 대상에 대한 총체적 인식 능력이 불가능하게 된 시기일 것이다. 실재를 은폐하는 가장 효과적인 무기가 시각적 묘사일 수 있기 때문이다. 이택광은 서사의 구성 욕망은 역사에 개입하려는 욕망이고, 이러한 역사에 참여하려는 의지가 서사의 원동력이라 본다.3)

〈스캔들〉, 〈형사〉, 〈음란서생〉, 〈왕의 남자〉는 김기봉이 지적한, 포스트모던한 역사 그리기의 한 징후로 읽힐 수도 있다. 이들 영화에서 루카치가 주장한 대상의 총체성이나 서술의 충실성에 대한 욕망 따위는 이미 희미해져 있다. 포스트모더니즘에서 주장하듯이, 역사의 기술(記述) 자체가 원본 없는 대상에 대한 상상력의 산물에 불과하다면, 가상 역사물이 공식 역사 기록보다 비사실적이라고 보는 것이 부당할 것이다. 그러나 소위 최근의 퓨전 사극 영화들은 역사적 진술의 한 양상으로 간주되는 것보다는, '역사'에 대한 하나의 메타담론으로 취급되는 것이 더 건설적일 것이다.

---

3) 이택광, 『한국문화의 음란한 판타지』, 이후, 2001, 34~42쪽.

2. 영화, 서술의 역사에서 묘사되는 역사로

〈스캔들〉은 18세기 후반의 조선으로, 좀 더 정확하게는 1794
년에서 1796년 사이의 시기를 배경으로 한다. 〈형사〉는 어지러
운 세상으로, 〈음란서생〉은 조선시대로 시대배경을 설정해 놓고
있다. 〈왕의 남자〉는 연산군 시대를 대상으로 한다. 〈왕의 남자〉
가 조선왕조실록에 있는 몇몇 기록을 토대로 이야기를 진행시키
고 있기는 하지만, 거의 대부분 상상에 의해 재구성된 내러티브
구조를 띠고 있다. 이 영화들은 애초부터 과거 역사의 사실을
가르치고자 하는 의도를 지니고 있지 않다. 따라서 이들 작품들
의 역사적 고증에 대해 시비를 거는 것은 무의미한 것처럼 보인
다. 이 영화들은 역사에 대한 시뮬라시옹에 만족하고 있다. 그렇
다면 이 영화들 속에 흔적처럼 남는 것은 이미지화된 역사, 혹은
현대의 욕망이 호명해낸 추상명사로서의 '역사'이다. 우리는 이
영화들을 조선 시대에 빙의(憑依)한 판타지물이라 부를 수도 있
지 않을까.

〈스캔들〉에서 갈등의 중심축은 조원(배용준 분), 숙부인 정씨
(전도연 분), 조씨 부인(이미숙 분) 사이에서 벌어지는 '게임'이다.
여기에서 세 명의 주인공들은 조선 복장으로 위장하고 가면무도
회에 참가한 18세기말 프랑스 사교계 귀족들이다. 〈스캔들〉은
18세기의 프랑스를 동시대의 조선에 대입시킴으로서 세계사적
보편성을 내세우는 것처럼 보인다. 그러나 영화의 역사적 은유
법은 조선의 역사적 물질성을 놓쳐버리고 '이성(異性)에 대한 성

적 욕망'이라는 보편적 개념으로 환원된다.

  이명세 감독의 이전 영화 〈인정사정 볼 것 없다〉의 사극(史劇) 버전이라 할 만한 〈형사〉는 아예 역사적 구체성을 지워버린 상태에서 시작하고 있다. 이 작품은 화려하고 세련된 영상미를 추구함으로써 역사에 대한 내러티브 욕망을 애써 자제한다. 〈형사〉는 구체적인 역사에 구속되지 않는다는 점에서 탈역사적이다. 이 영화는 현실과 역사에 대한 초월 욕망의 결과물이다.

  〈음란서생〉은 공적인 역사 기록에 기대고 있지 않지만, 대신에 고증에 힘쓴 의상, 소품, 건축물 등을 통해 시각적 신뢰성을 추구한다. 조선시대 유기(鍮器) 상점, 의금부(義禁府), 왕궁 등의 공간 묘사는 작품의 개연성을 높여준다. 그러나 이 영화는 현대와 조선시대라는 두 시대의 욕망들을 불변하는 공통 감각으로 간주한다. 이 영화는 〈스캔들〉이 동시대 조선과 프랑스의 욕망 구조를 동일화했듯이, 21세기 한국과 18세기말 조선의 감정구조를 균질화한다. 〈왕의 남자〉는 동성애 코드를 중심축으로 권력과 육체적 욕망의 관계를 조망하고 있다. 흥미롭게도 〈왕의 남자〉는 〈스캔들〉, 〈음란서생〉과 함께 '몸, 권력, 응시'와 같은 현대적인 문제의식을 환기시킨다. 이 영화들은 "이제 '무엇'을 이야기하고 있는가가 중요한 것이 아니라, 그것을 '어떻게' 보여주고 있는가가 중요하다."고 외치고 있다. 이제 역사는 '서술'되지 않고 '묘사'된다.

3. 영화의 필수불가결한 시대착오

루카치는, 소위 '필수불가결한 시대착오'는 역사적 사실과 현재의 재현 행위 사이에 존재할 수밖에 없는 빈틈을 가리키는 용어라고 정의한 바 있다.[4] 루카치가 보기에 '필수불가결한 시대착오'는 역사적 진실성, 즉 인물의 역사적, 심리적 진실, 그들의 정신적인 동기들과 행위의 진정한 '지금 그리고 여기'에서의 총체성을 향해 가야 한다.

세 편의 영화들은, 루카치가 강조한 총체성을 신뢰하지 않는다. 거대담론이 해체되고, 상품의 물신화가 심화되고, 시각적 이미지의 과잉이 보편화되는 상황에 있어서 전통적인 재현 의지는 약화될 수밖에 없다. 서사적 시간은 지연되고 대상에 대한 묘사가 증폭되어간다. 〈스캔들〉에서 숙부인 정씨에 대한 조원의 탐욕적인 시선, 〈음란서생〉에서 정빈(김민정 분)의 몸에 대한 윤서(한석규 분)와 광헌(이범수 분)의 시선, 〈왕의 남자〉에서 공길(이준기 분)에 대한 연산군(정진영 분)의 시선은 이들 영화들이 점유하고 싶은 대상에의 관음증(觀淫症)과 깊이 연루되어 있음을 시사한다. 더 나아가 이 영화들은 역사마저 관음의 대상으로 배치함으로써 '보고 소비할 수 있는' 상품으로 진열한다.

미디어 테크놀로지의 놀랄 만한 변화는 전통적 의미의 문화를 위기에 처하게 한다. 이때 문화는 '원시적 열정'에 포착되기 쉽

---

4) 게오르그 이영욱 옮김, 루카치, 『역사소설론』, 거름, 1993, 67~69쪽과 192~194쪽 참조.

다. 문화의 위기 시대에 문화는 동물, 야만인, 시골, 토착민, 인민 등과 관련된 기원에 관심을 갖게 되고, 이 회복 불가능한 공유/장소의 모습으로 나타나는 원시적인 것은 언제나 사후(事後) 발명, 즉 포스트(post; 以後) 시기에 프리(pre; 以前)가 만들어지는 것이다. 현재와 미래를 이해하기 위해 과거를 재해석하는 것 자체는 '감성의 구조'에 가장 적합한 표현 매체로서 영화를 선택하게 된다.5)

이들 영화는 역사를 호명하지만, 그 역사는 시대적 특수성을 잃고 원형화된다. 감독의 상상력 속으로 호명된 과거는 마치 포스트모던한 아케이드에 진열된 상품들과 같다. 그 매혹적인 시각적 쾌락은 끝없이 교환됨으로써 가치를 생산한다. 그런 의미에서 이들 영화는 역사에 대한 환유적 욕망보다는 은유적 욕망에 훨씬 가까운 곳에 서 있다. 이 작품들은 철저하게 과거를 현재의 욕망으로 번역해내고 있다. 소위 퓨전 사극이라는 새로운 형식의 영화들은 과거와 현재와 미래에 대해, 그리고 그들 사이의 관계에 대해 진지하게 심문(審問)할 필요가 있지 않을까. 그람시가 말했듯이 '새로운' 경향의 예술은 논쟁적이어야 하기 때문이다.

(『황해문화』, 2006년 가을호)

---

5) 레이 초우, 정재서 옮김, 『원시적 열정』, 이산, 2004, 44~46쪽.

과거를 기억하는 방식,
또는 역사에 연루되는 것의 공포에 대하여

1. 영화와 역사의 알레고리

　과거를 기억한다는 것, 역사를 성찰한다는 것은 크게 두 가지
의 목적을 위해 작동된다. 하나는 과거를 객관화하여 해석하는
일, 다시 말해 역사 밖에 서서 과거에 의미를 부여하는 의미화
실천(signifying practice)인 것이고, 다른 하나는 과거와의 동일시를
통해 현존(現存)하는 주체의 정체성을 확인하는 것이다. 거칠게
말해서, 첫 번째 것이 논리화의 작업에 가깝다면 후자는 정서화
의 작업에 가깝다고 할 수 있다. 그러나 과거를 소환시키는 과정
에서 이 두 가지의 기능이 분리된 채 작동하는 것만은 아니다.
과거는 현재의 모순과 한계를 벼리게 해주는 참조점이 됨과 동
시에, 과거로부터 현재로의 일관성을 통해 개인과 집단(사회, 민

족, 국가 등)의 아이덴티티를 보장해주는 준거가 되기도 하기 때문이다.

영화, TV 드라마, 소설, 연극 등과 같은 가공의 이야기 구조물들은 각기 다른 기호를 사용하여 과거를 재현해내는 방식을 따르고 있기 때문에, 그리고 감상자의 정서에 호소하는 것을 주요 전술로 채택하고 있기 때문에 '동일시' 효과와 밀접한 관계에 놓인 매체로 이해되어 왔다. 특히 영화와 TV 드라마의 경우, 픽션(fiction)에 대한 관객의 정서적 동일시 효과가 뛰어나기 때문에 국가의식이나 민족의식 같은 집단 정체성 형성에 직간접적으로 기여해왔다. 근대 국민 국가의 창출 과정에 있어 미디어가 중심적인 역할을 수행해 온 사실을 떠올린다면 쉽게 이해할 수 있는 대목이다. 그럼에도 불구하고 미디어는 왜곡된 과거의 재현을 통해 현재와 미래를 위한 반성의 토대로서 기능하기도 했다. 영상 미디어의 두 기능, 논리화와 정서화는 서로 겹쳐지기도 하고 때로는 날카롭게 갈라서기도 하면서 꾸준하게 작동되어왔다. 다소 성급한 분류이긴 하지만, 〈꽃잎〉, 〈박하사탕〉, 〈아름다운 청년 전태일〉, 〈오래된 정원〉 등이 전자의 경향을 갖는다면, TV 드라마 〈주몽〉, 〈대조영〉 그리고 영화 〈천군〉, 〈2009 로스트메모리즈〉 등은 후자의 경향에 가깝다고 볼 수 있지 않을까.[1]

---

1) 물론 이 두 가지의 특성을 부여하기 힘든 〈황산벌〉, 〈음란서생〉, 〈스캔들〉, 〈다모〉와 같은 부류의 작품들도 있다. 그러나 이 작품들은 고풍스러운 그릇에 현대적인 음식을 담아냄으로써 소위 퓨전 사극 장르 개척에 치중했기 때문에 역사에 대한 논리화나 정서화 기능과는 애초부터 거리를 둔 것으로 보인다. 이 영화들은 과거를 영화의 미장센에 채우기 위한 시대적 풍경으로만 채택하려는 욕망에 속박되어 있다.

우리는 5.18을 소재로 삼은 영화로 〈오! 꿈의 나라〉(1989), 〈부활의 노래〉(1990), 〈꽃잎〉(1996) 등을 떠올릴 수 있다. 여기에 〈박하사탕〉과 〈오래된 정원〉 정도를 추가해도 큰 무리는 없을 것이다.[2] 〈화려한 휴가〉는 소위 5.18 영화 계보에 새 이름을 올릴 만한 영화라 할 만하다. 이 영화는 5.18에 대한 역사적 복원에 집중함으로써 시대 고발적인 성향을 짙게 드리우고 있다는 점에서 다른 영화들과는 차별성을 갖는다. 예를 들어 〈꽃잎〉이 모더니즘적 실험을 통해 역사를 미학적 성찰의 대상으로 삼았다면, 〈박하사탕〉과 〈오래된 정원〉은 과거와 현재 사이의 불균질성을 보여줌으로써 '산 자'들의 죄책감과 일상의 비루함을 특화하려 했다. 세 영화 모두 5.18이라는 야만적 폭력 사태로 인해 영혼이 찢긴 자들에 대한 연민과 연대의식을 내러티브의 내적 구성 요소로 삼고 있다. 이에 비해 〈화려한 휴가〉는 과거의 실제 사건을 재구성하여 정확한 역사적 사실을 알리고 이를 고발하려는 의도가 앞선다.

---

2) TV 드라마 〈모래시계〉는 광주항쟁을 시대적 배경으로 삼고 있지만, 이 작품 속에서의 광주항쟁이란 주요 인물들의 인생 역정과 애정 관계의 복잡화를 위한 하나의 계기로서만 기능하고 있다. 이 작품의 멜로드라마 구조 속에서 광주항쟁은 역사적 물신(物神)으로 탈바꿈되어 소비되고 교환된다. 이에 따라 역사로서의 광주항쟁은 고유명사에서 보통명사로 탈바꿈한다.

2. 역사에 대한 진정성과 핍진성

〈화려한 휴가〉의 주요 인물들은 금남로와 도청에서 죽는다. 영화의 마지막 부분, 박신애(이요원 분)는 어둠 속에 잠겨 있는 광주 시내를 돌아다니면서 가두 방송을 진행한다. 그녀의 지치고 떨리는 목소리는 집안에서 숨죽이고 있을 광주 시민을 향해, 실제로는 이 영화를 관람하는 관객들을 향해, 시민군을 잊지 말아달라는 애원을 담고 울려 퍼진다. 그리고 판타지로 처리되는 한 장의 단체 사진을 배경으로 엔딩 타이틀이 올라온다.[3]

강민우(김상경 분)와 박신애의 가상적 결혼사진. 이 사진 속에는 이미 사자(死者)가 된 민우와 진우 형제, 신애의 아버지인 박흥수, 하류 인생인 인봉과 용대의 얼굴이 있다. 모두 환한 미소를 띠고 있지만 단 한 사람, 박신애만이 슬픈 표정을 하고 있다. 박신애의 애수에 찬 눈빛은 '산 자'들의 고통과 회환을 환기하려는 감독의 의도라 할 수 있다. 영화는 관객들에게 그때를 잊지 말아달라고 호소한다. 엔딩씬에서 간파할 수 있듯이, 이 영화는 고통에 찬 과거를 잊지 말자고 요청하는 영화이고, 그때 그 사람들과의 정서적 동일시를 요구하는 영화이다.

그러나 우리는 여기에서 아픈 과거를 재현해내는 방식에 대해 심문해 볼 필요가 있다. 〈화려한 휴가〉는 두 개의 풍경을 낯선

---

3) 가상적인 단체 사진으로 엔딩씬을 올리는 사례는 〈공동경비구역 JSA〉에서도 있었다. 이때 가상현실 속의 단체사진은 훼손된 과거에 대한 애도와 연민의 정을 내포하게 된다.

표정으로 동반하고 있는 영화처럼 보인다. 폭력과 야만성으로 피범벅이 된 과거 역사라는 흐름과, 멜로드라마적 인간관계의 내러티브라는 흐름이 그것이다. 멜로드라마적 인간관계 속에는 못 배운 형과 공부 잘하는 동생 사이의 형제애, 청초한 여성과 순진한 남성 사이의 애정, 인봉과 용대 사이에서 벌어지는 밑바닥 인생의 우정이라는 정서적 장치가 배치되어 있다.4) 결국 이 영화는 광주민주화 항쟁이라는 객관적 사건 위에 관객의 정서에 호소하는 인간애라는 그림을 덧칠한 것이 된다. 그러므로 이 영화는 생경한 '날 것'으로서의 역사와 낭만적이고 환상적인 사랑이 불안하게 동거하고 있는 모습을 띤다. 아니, 보다 정확하게 말하자면, 끔찍했던 역사의 물질성이 순수한 사랑, 형제애, 가족애, 그리고 우정이라는 판타지 속으로 빨려 들어간다. 그럼으로써 엄혹했던 역사가 슬픔에 찬 사적(私的) 영역으로 환원되는 경향을 띠게 된다.

역사는 과학이기도 하고 신화이기도 하다. 역사는 객관적 엄밀성과 실증적 사실성에 대한 요구를 받는다. 그래야만 현재의 원인으로서의 과거를 제대로 자리매김할 수 있기 때문이다. 또한 역사는 판타지로 넘치는 신화가 되기도 한다. 이때의 역사는 과거를 꿈꾸는 사람들의 욕망과 환상으로 채색될 수 있다. 그럼으로써 과거 사람과 현재의 자기 자신을, 현재의 나와 내가 속한

---

4) 가난 때문에 학업을 지속하지 못하고 공부 잘하는 동생의 뒷바라지에 인생을 거는 형 캐릭터는 이미 〈태극기 휘날리며〉에 등장했던 익숙한 캐릭터이다. 이는 역사의 폭력 앞에 훼손되는 '가족'을 전경화하기 위해 도입된 한국영화의 상투어이다.

집단을 동일시할 수 있다. 그러나 역사가 과학이건 신화이건 그것이 우리들을 특정한 해석과 실천으로 잡아끌고 있다는 사실은 외면할 수 없다.

영화가 기억공동체를 어떻게 형성하려고 하는가를 살펴보면, 현재에 충격을 가하는 과거에 대해 그 영화가 암묵적이든 명시적이든 어떻게 해석을 내리는지가 전해진다. 영화는 과거의 어느 시대 사람들을 공통의 국민적인 '우리'로서 여기도록, 이 '우리'를 다양한 국민적 목표 가운데 어느 것을 향해 노력을 기울이고 있는 주체라고 여기도록 손을 잡아끌기도 한다.5)

끔찍했던 과거를 취재한 영화가 관객들에게 영향을 끼칠 수밖에 없는 이유는, 관객이 영화를 통해 과거와 깊은 연루(implication) 관계에 놓여 있기 때문이다. 우리가 특정한 과거에 저질러진 폭력의 당사자가 아니라 할지라도 우리는 과거와의 연루 관계에서 벗어날 수 없다. 현재 우리가 몸 담고 있는 구조나 제도, 개념의 그물은 과거의 상상력과 용기, 관용, 탐욕, 잔학 행위에 의해 형성된 역사적 산물이기 때문이다.6) 따라서 과거를 소재로 하는 영화에 대해서 역사 복원의 사실성을 따지는 것은 큰 소득이 없다. 그보다는 과거를 현재로 소환하는 자의 태도, 즉 '역사적 상상력

---

5) 테사 모리스-스즈키, 김경원 옮김, 『우리 안의 과거』, 휴머니스트, 2006, 214쪽.
6) 위의 책, 45쪽.

에 대한 진정성과 핍진성(逼眞性)'을 심문하는 것이 보다 유익하리라. 어느 누구도 과거를 온전하게 복원하거나 완벽하게 재현해낼 수는 없다.

3. 역사에 연루된 자와 영화의 조우

그런 의미에서 〈화려한 휴가〉는 아쉬움을 남기는 영화이다. 5.18의 가해자와 피해자에 대한 실상은 어느 정도 밝혀진 상태이다. 그리고 폭도로 분류되어 실추되었던 시민군의 명예도 부분적으로 복권되었다. 그렇다면 이제 우리는 영화를 통해 5.18이라는 과거에 대해 새로운 질문을 던져도 되지 않을까. 5.18과 관련된 참혹한 실상의 복원을 뛰어넘어, 과거와 현재의 만남이 산출해내는 연루의 윤리학에 대해, 현재가 과거와 미래에 대해 가져야 할 책임에 대해 성찰하는 것도 필요할 것이다. 우리에게 요청되는 것은 역사에 대한 리얼리즘적 재현만이 아닐 것이다. 기억의 리얼리즘도 반드시 요청되는 것이리라. 과거에 대한 공포심과 연민을 끌어와 눈물로 그 과거를 추모하는 것으로는 기억의 리얼리즘을 구축하기 힘들다. 그것은 현재의 나를 과거로 환원시킴으로써 과거를 애도하는 것이고, 그럼으로써 과거와 미래에 대한 현재의 책무감에 면죄부를 줄 수도 있기 때문이다. 지금의 우리는 그때의 가해자와 무엇이 다른가.

화장터는 더 이상 쓰이지 않는다. 나치의 기구들도 이제 녹슬었다. 그러나 900만의 영혼들은 이곳을 떠나지 못하고 있다. 저 기묘한 감시탑에서부터 새로운 사형집행인의 재림을 경고하는 저 사람은 누구인가? 그들의 얼굴은 우리 자신과 정말로 다른가?

　　　　　　—알랭 레네(Alain Resnais)의 영화 〈밤과 안개〉의 내레이션 중에서

영화 〈화려한 휴가〉는 확성기를 통해 흘러나오는 박신애의 호소처럼 그때의 참혹했던 실상을 잊지 말자고 다짐하는 영화이다. 당시 진압군들이 광주시민들에게 얼마나 야만적인 학살을 저질렀는지 잊지 말자고 외치는 것이다. 그 메시지는 영화의 내러티브를 관통하면서 과거로서의 5.18을 복원시킨다. 그만큼 과거로서의 5.18은 역사의 이름으로 고정된다. 이 역사적 자기 완결성은 스크린을 통해 과거와 소통하고자 하는 관객들의 개입을 일정 부분 봉쇄할 수도 있다. 과거는 현재의 산 자들이 연루되어야 할 대상이고, 이에 따라 그 과거는 어떤 방식으로든 현재의 산 자들을 역사에 대한 성찰과 구체적인 실천으로 이끌어가야 할 주체이기도 하다. 그런 의미에서 과거를 호출한다는 것은 두려운 선택일 수밖에 없다. 그것은 현재의 나가 과거의 나를 거울을 통해 응시하는 것을 떠나 과거의 나로 체현(體現)되는 것이기 때문에 그렇다. 그리고 거울 속의 나가 거울을 기어 나와 현재의 나에게 빙의(憑依)할 것이기 때문에 더욱 그렇다. 어쩌면, 그런 의미에서, 역사와 과거란 현재가 끈질기게 구성(構成)해 나가야 하는 대상 또는 현재가 채워나가면서 변이시켜야 하는 잠재태는

아닐까.

    역사성은 과거에 대한 재현도, 미래에 대한 재현도 아니다. 역사성은 우선적으로 역사로서의 현재에 대한 인식으로 정의된다. 즉 그것은 현재와의 관계로서, 이는 어떤 식으로든 현재를 낯설게 하고 우리에게 직접성으로부터의 거리를 허락하는데, 그 거리가 결국 역사적 관점이라 규정되는 것이다. 다시 말해서 지금의 특정 사회와 생산양식 내에서 우리가 역사성을 상상하는 방식, 바로 이런 작업의 역사성을 주장할 필요가 있다.[7]

    결국 〈화려한 휴가〉는 관객들에게 치명적인 질문을 던지는 것 같다. "그때부터 지금까지 그대들은 무엇을 했는가? 역사 속의 가해자들과 지금 그대들은 무엇이 다른가?" 이 질문들은 우리를 공포에 떨게 할 정도로 가혹하다. 그럼에도 불구하고 우리는 이 질문들로부터 결코 도망칠 수 없다. 왜냐하면 우리들은 과거와 깊숙이 연루되어 있기 때문이다. 이 영화는 "현재가 과거를 정리하면 그 과거는 청산될 수 있다."는 문장이 과연 가능할 수 있겠는가, 하고 질문한다. 역사가 두려운 것은 그것이 이미 벌어진 과거이고 변화될 수 없어서가 아닐 것이다. 역사가 두려운 것은 그 과거가 현재의 '속'에서 그리고 현재의 '옆'에서 쉬지

---

7) 프레드릭 제임슨, 임경규 옮김, 『포스트모더니즘, 혹은 후기자본주의 문화 논리』, 문학과지성사, 2022, 524쪽.

않고 꿈틀거리고 있기 때문일 것이다.

(『황해문화』, 2007년 가을호)

식민지의 기억, 또는 낯선 독법(讀法)들에 대하여

1. 몸으로 쓰는 제국주의: 〈색, 계(色, 戒)〉(2007)

리안(李安) 감독의 〈색, 계〉는 민족주의 담론에 익숙한 한국 관객들에게 매우 난해한 독법(讀法)을 요구한다. 왜냐하면 이 영화는 식민지 시대의 민족과 국가의 문제를 몸이라는 화두로 풀어가고 있기 때문이다. 우리에게 식민지 시대란 무엇인가. 제국주의에 의해 국권을 상실하고 인종적 정체성을 박탈당했던 핍박의 시대가 아니었던가. 그렇다면 식민지 시기를 배경으로 하는 서사물은 응당 '민족, 독립, 항일투쟁, 조국, 해방'과 같은 개념어들을 중심으로 진행되어야 하는 것이 아닌가. 그러나 〈색, 계〉는 우리의 이러한 기대감을 보기 좋게 빗겨간다.

식민지 시대를 배경으로 하는 최근 한국 영화들이 그때를 전설이나 풍문의 시대, 또는 현재와 다를 바 없는 욕망과 일상의 시대로 차용하고 있는 것과는 달리, 이 영화는 식민지 현실을 정면으로 맞닥뜨리면서도 낯선 시선으로 바라본다. 이에 따라 일제의 식민지 치하에 놓여 있던 모던 도시 상하이가 새로운 모습으로 다가온다.

1938년에서 1942년까지 홍콩과 상하이에서 벌어졌던 제국의 식민지 통치와 항일투쟁은 왕치아즈(탕웨이 분)와 정보부 대장 '이'(양조위 분)의 격렬한 정사(情事)를 매개로 전개된다. 아니, 식민지 역사가 전개된다기보다는 몸을 통해 재해석된다. 일제의 앞잡이 노릇을 하는 '이'를 제거하기 위해 의도적으로 접근한 왕치아즈는 항일단체의 민족적 사명을 잃고 욕망의 늪에 빠진다. 그러나 이때 '이'와의 육체적 사랑 때문에 본분을 망각한 왕치아즈의 선택에 대해 기존의 민족주의 담론을 개입시키면 혼란에 빠지기 쉽다. 이 영화는 제국주의로서의 남성, 피지배 민족으로서의 여성, 즉 제국주의 정책을 여성에 대한 남성의 성적 폭력으로 해석하는 기존의 접근 방식 옆으로 미끄러져 간다.

대담하고 노골적인 베드신에서, '이'의 욕망 앞에 무너져 내린 왕치아즈의 육체는 제국주의의 폭력성을 온전하게 기입(記入)하지 못한다. 대신에 그녀는 자신의 육체 위에 민족의 사명감이나 항일단체의 명령 따위에 포섭되지 않는 치명적 사랑의 흔적들을 적어놓는다. 따라서 그녀가 대학 연극반에서 알게 된 항일단체 활동 중, '이'에의 접근을 위해 멤버 중 한 남학생과 섹스를 연습할 때 아무런 감정도 느끼지 못한 것은 문제적인 장면이라 할 수 있다. 그녀의 입장에서 항일투쟁이라는 거대한 명분 때문에 섹스를 권유한 항일단체 멤버들이나, 제국주의의 앞잡이로 조국을 갉아먹는 '이'는 동일한 가해자일 것이기 때문이다. 그녀는 민족 서사의 문법보다는 몸의 문법에 따라 움직이는 '욕망하는 주체'이다. 그렇다면 왕치아즈, 결국 그 역할을 맡은 여배우 탕웨이는 중국의 민족 서사 욕망으로부터 추방당할 수밖에 없다. (탕웨이는 이 영화 때문에 중국 본토에서 공식적인 연예 활동을 금지 당하는 상황을 만나기도 했다.)

그런 의미에서 이 영화는 베트남 출신의 여성 감독 트린 민하(Trinh Minh-ha)의 〈성은 비에트, 이름은 남(Surname Viet, Given Name Nam)〉1)(1989)을 상기시킨다. 다큐멘터리와 인터뷰 방식을 혼용한 이 영화는 여성들의 인터뷰를 통해 미국과의 민족해방전쟁에서 어떻게 베트남 여성들이 타자화되고 희생을 강요받았는지를 고발한다. 감독에 의하면, 베트남의 여성들은 베트남 민족주의 남성에 의해 끊임없이 소비되고 탕진되었다. 인터뷰하는 여성들은 미국과의 성전(聖戰)을 '그들(베트남 남성 민족주의자)만의 전쟁과 승리'로 규정한다. 이 영화는 베트남 여성들이 민족과 조국이라는 이름으로, 반제국주의 투쟁과 인민 해방이라는 이름 때문에 얼마나 파괴되어 왔는지 생생하게 증언한다.

---

1) 이 제목에 주목해 보자. 〈성(姓)은 viet(越), 이름은 nam(南)〉에서, 가족의 혈통과 정체성을 말해주는 surname은 viet(越)로서, '월경(越境)'의 의미를 내포하고 있다. 이때 '월경(越境)' 하는 주체로서의 여성 정체성은 이 영화의 기본적인 모토이자 메시지이기도 하다. 트린 민하가 보기에, 베트남의 여성들은 '민족, 제국주의와의 전면 투쟁, 국가' 등의 거대담론에 포획될 수 없는, 끊임없이 '월경(越境)'하는 존재들이다.

물론 〈색, 계〉는 트린 T. 민하의 페미니즘과 탈식민주의적 상
상력까지 나아가지는 못한다. 다만 리안 감독은 조국의 국외자
(局外者)로서 중국의 식민지 역사를 다시 읽고자 했던 것이다.
〈와호장룡〉이나 〈결혼피로연〉에서처럼 리안은 이 영화를 통해
인간과 인간의 소통 방식, 또는 몸과 이념의 관계에 대해 미학적
성찰을 시도했을 뿐이다. 그런 의미에서 〈색, 계〉는 탈정치적,
탈역사적이면서도 가장 정치적이면서 역사적인 영화이다. 이 영
화는 식민지 시대에 대한 기존의 재현 방식을 빗겨나감으로써
급격하게 탈역사화된다. 그러나 동시에 이 영화는 근대적 거대
담론의 서사학(敍事學)에 미세한 균열을 내고 그 틈 속에 억압되
어왔던 것들을 귀환시켜 채워 넣는다. 그것은 몸과 욕망이라는
이름으로 다시 쓰인, 또는 중국계 미국인 감독이 재해석한 중국
근대사이다. 어쩌면 이 영화는 중국 태생 李安의 '戒'와 미국 시민
Lee Ang의 '色'이 벌이는 한 판의 전쟁영화일지도 모른다. 그런
만큼 이 영화는 우리에게 다소 낯, 설, 다.

2. 경성, 고딕 도시의 고성(古城): 〈기담(奇談)〉(2007)

'왕치아즈/막 부인'이 상하이 카페에서 '이'에게 접근하기 위
해 공작을 펼치고 있을 때, 그리고 마침내는 계획이 발각되어
사형당할 때, 식민지 시기 경성의 안생병원(安生病院)에서 기괴한
사건들이 병원 공간을 감염시키고 있다. 〈기담〉은 병원 괴담류

영화의 연장선상에 놓여 있다. 이 영화는 안생병원에서 의과대학생으로 실습했었던 박정남(진구 분)의 회고로부터 시작한다. 1979년, 대학 교수 박정남은 안생병원이 철거될 거라는 소식을 듣는다. 대학교 교정에서는 독재 타도를 외치는 학생 시위대들이 피켓을 들고 그의 곁을 지나가고 있다. 그리고 장면은 1942년 안생병원의 시체실로 옮겨진다. 부산에서 경성까지 군사 문서를 전달하던 일본 병사 한 명이 살해되어 들어온다. 세 번째 에피소드에 가서야 이 연쇄살인의 범인이 김인영(김보경 분)으로 밝혀지는데, 그녀가 일본인을 계속 살해하는 것이 과거에 남편 김동원(김태우 분)이 일본 장교를 수술하다가 죽임을 당한 사건으로 인한 복수심 때문이었다는 사실로 귀결된다.

그렇다고 해도 이 영화는 일제 식민지와 1979년 박정희 독재 정권 말기라는 시대적 배경과는 별 연관성을 맺지 않는다. 영화의 전반부에서 1979년 당시 회고적 서사의 화자(話者)인 박정남 교수 곁을 독재정권 타도를 부르짖는 일군의 대학생들이 나온다고 해서, 또는 연쇄 살인범이 일본 제국주의에 대한 복수심에서 출발했다고 해서 이 영화가 시대적 고민을 충분히 녹여내고 있다고 볼 수는 없다. 다만 1979년과 1942년이라는 시대적 기표(記標)는 병원 공간을 중심으로 벌어지고 있는 초현실적인 기담(奇談)의 그럴듯한 배경 그림으로만 기능할 뿐이다. 〈기담(奇談)〉의 영어식 제목은 〈Epitaph〉이다. 이 영어 단어는 '(특정한 사람, 시대, 사건을 상기시키는 것으로서의) 묘비명'이라는 의미를 지니고 있다. 그렇다면 식민지 시기 서양식 건축 양식으로 지어진 안생병원 건물은 'Epitaph', 즉 1942년 그때의 기괴했던 이야기를 상기시키는 묘비(墓碑)에 다름 아니다. 그런 의미에서 〈기담〉은 고딕 영화(gothic movie) 문법의 한국적 패러디에 속한다. 기괴하고 음산한 고성(古城)의 분위기는 안생병원의 폐쇄적이고 분열적인 공간 이미지와 조응한다.

〈기담〉에서 1942년과 1979년이라는 특정의 역사적 시간은 큰 의미를 지니지 못한다. 기껏해야 1942년은 일제 식민지 체제의 말기였다는 점, 그리고 1979년은 박정희 독재 정권의 마지막 해였다는 점, 결국 두 시기 모두 중앙 집권적인 국가 통제로부터 극한적인 억압을 강제 받았다는 점에서 가까스로 연결될 뿐이다. 물론 감독이 일제 말기와 박정희 독재정권 말기를 안생병원의 고딕 호러 영화 이미지로 읽었을 가능성은 배제할 수 없다. 그렇다 하더라도 이 영화의 중심 내러티브가 세 개의 사랑 모티브로 진행되고 있다는 점, 그리고 시공간적 배경의 핍진성(逼眞性)보다는 영상 이미지의 미학적 완성도에 치중하고 있다는 점에서 시대적 배경의 역사성은 점차 희미해진다.

첫 번째 에피소드는 부모 사이의 혼약으로 얼굴도 모르는 여인과 결혼을 해야 하는 박정남의 공포심을, 두 번째 에피소드는 새아버지를 사랑해서 어머니를 질투하는 바람에 부모를 교통사고로 잃어버린 10살 아사코(고주연 분)의 죄책감을, 그리고 세 번째 에피소드는 남편을 죽인 일본군 장교에게 복수하기 위해 일본인들을 연쇄적으로 살해하는 김인영의 다중인격 장애 증상을 다루고 있다. 세 에피소드 어느 것도 일제 말기나 박정희 정권 말기의 시대적 광기(狂氣)를 온전하게 받아들이지 못한다. 말하자면, 이 영화에 있어서 1942년이나 1979년은 고딕 호러 영화에 등장하는 음습하고 괴기스러운 고성(古城)이나 필름 느와르의 어둡고 축축한 뒷골목을 환기시키는 장식물일 뿐이다.

이때 식민지 말기와 유신 독재 말기라는 역사적 시간들은 거대담론적이거나 구체적인 의미망을 벗어나 중세 시대의 그로테스크 세계로 빠져나간다. 쉽게 말해서 이제 역사는 '민족, 국가, 인종, 계급, 민주주의' 등과 같은 의미론적 무게를 벗어던지고 판타지의 날개를 달고 공중 부양(空中 浮揚)한다. 〈기담〉은 사랑을 지키지 못한 사람들의 피해의식을 고딕 영화 문법으로 풀어나간다. 그럼으로써 식민지 시기는 '역사'라는 명찰을 떼고 '신화'라는 새 이름표를 달게 된다.

3. 참을 수 없는 역사의 가벼움: 〈원스 어폰 어 타임〉(2008)

〈기담〉이 1940년대의 식민지 시기를 낯설고 두려운 타자의 시간으로 호명해냈다면, 정용기 감독의 〈원스 어폰 어 타임〉은 아예 1940년대를 어드벤처 게임의 시대 배경으로 재구성한다. 이미 〈가문의 부활: 가문의 영광3〉(2006)과 〈가문의 족보: 가문의 영광4〉(2007)에서 코미디의 발랄한 상상력을 발휘했던 정용기는 무거운 식민지 시기마저 웃음으로 채운다. 영화 제목이 '옛날 옛적에'를 의미하듯이, 이 영화 속의 1940년대는 우리에게 어떤 실질적인 공감대도 제공하지 않는, 그야말로 '옛날 옛적'의 판타지에 머무른다. 애초부터 영화는 1940년대를 '옛날 옛적에' 있거나 말거나, 또는 믿거나 말거나의 시대로 취급한다.

기실 식민지 시기를 배경으로 한 우리 영화들은 기껏해야 칙칙한 멜로드라마였거나, 상투적으로 애국심을 부추기는 계몽주의 작품, 또는 소설을 각색한 문예영화의 범주 안에 머물렀다. 또는 마초이즘에 물든 남성 의협물에서 벗어나기 힘들었다. 그런 의미에서 일련의 식민지 경성을 모티브로 한 서사물들—TV 드라마 〈경성 스캔들〉이나 영화 〈원스 어폰 어 타임〉, 〈라디오 데이즈〉, 〈모던 보이〉 등—은 기존의 식민지 경성의 무거운 이미지를 벗어던지고 꿈틀거리는 욕망의 도시 경성으로 뛰쳐나간다. 충무로 영화는 경성에 드리워진 식민지라는 칙칙한 겉옷을 벗기고 화려한 힙합 패션으로 갈아입힌다. 물론 이보다 더 늙은 시대를 모델로 한 영화들, 예를 들면 〈스캔들〉, 〈음란서생〉, 〈천군〉 등과 같은 영화들은 조선 시대에 21세기 강남 패션을 입힌 바 있다. 그러나 이 영화들이 기대고 있는 시대가 그야말로 '옛날 옛적에, 호랑이 담배 물던 시절'로 받아들여질 수 있었다면, 1930 ~1940년대 식민지 경성을 배경으로 하는 영화들은 이와는 다른 문맥을 내포하고 있다. 〈원스 어폰 어 타임〉류의 판타지 서사물들은 근과거(近過去)로서의 식민지 시기를 애써 전설의 시대로 밀어버리려는 욕망에 강박되어 있는 듯하다.

〈원스 어폰 어 타임〉은 노골적으로 〈인디애나 존스〉 시리즈나 〈내셔널 트레져〉와 같은 할리우드 장르 영화 문법을 따르고 있다. 어차피 영화는 대중이 기분 좋게 소비할 수 있는 상품일 터이고, 형식과 소재의 개발이 영화로서는 생존 방식의 하나일 것이기 때문에 이 영화의 탈역사적인 상상력만을 탓할 수는 없다. 어쩌면 〈원스 어폰 어 타임〉류의 영화들은 이렇게 항변하고 있는 것일지도 모른다. "강압적인 이데올로기와 턱없이 엄숙한 거대담론으로부터 1940년대를 구출해야 한다. 그 시대에도 현대인과 똑같은 사람들이 숨 쉬며 춤추고 있었음을 보여주어야겠다."

그람시가 말했듯이 역사와 문화는 결코 일괴암(一塊巖; monolith)[2]이 될 수는 없다. 그것은 거대담론이라는 단일 서사로 포획될 수 있는 균질적인 지층(地層)을 이루고 있지 않다. 역사나 문화는 다양한 국면과 양상, 그리고 비균질적인 이데올로기 간의 충돌에 의해 형성되는 성운(星雲)이라 할 수 있다. 〈원스 어폰 어 타임〉류의 퓨전 사극들은 과거로 향하는 민족주의적 서사를 풀어헤치고 후기자본주의적 상상력으로 재무장한다. 이에 따라 1940년대는, 아니 식민지 시기는 기표와 기의의 견고한 매듭이 풀어진 채 교환되고 소비되는 이미지, 휘발되는 기표들의 이미지로 전환된다. 이제 '재현(再現)'이 아니라 '놀이'가 중요해진다.

〈원스 어폰 어 타임〉에서 석굴암 본존불상의 미간백호상(眉間白虎相) 이마에 박혀 있었던 보물 '동방의 빛'을 둘러싸고 일본 총감과 사기꾼 봉구(박용우 분), 경성 제일의 재즈 가수이자 도둑인 춘자(이보영 분)가 벌이는 각축전은 상상 속의 역사이다. 이들

---

2) 안토니오 그람시, 조형준 옮김, 『그람시와 함께 읽는 문화』, 새물결, 1992, 26쪽.

이 펼쳐놓는 식민지 경성의 풍경은 조선이라는 공간성을 뛰어넘어 코스모폴리스(Cosmopolis)를 흉내 낸 대도시의 모습을 띤다. 이 영화 속 경성은 어느 샌가 식민지 도시이자 국제도시였던 상하이처럼 변한다.

그런 의미에서 이 영화는 지나칠 만큼 근대성에의 욕망에 강박되어 있다. 식민지 경성을 통해 할리우드 영화 문법과 호흡을 같이하고 싶은 욕망, 또는 식민지 시기 도쿄나 상하이의 모더니티를 공유하고 싶은 욕망이 숨겨져 있는 것은 아닐까. 봉구와 춘자, 일본군들이 숨 가쁘게 뛰어다니는 경성은 은근슬쩍 황야의 무법자들과 보안관, 카우보이들이 총질을 해대는 미국 서부의 작은 마을로 변한다.

〈원스 어폰 어 타임〉류의 퓨전 사극들이 외면하고 있는 것이 있다. 현재의 우리들이 비록 식민지 시대를 직접 체험했던 세대가 아니라 할지라도, 우리 세대가 그 시대의 역사적 조건과 그 흔적에 깊숙이 연루되어 있다는 사실을. 신화나 전설, 또는 이미지의 세계로 추방당한 역사는 결코 무게가 없는 유령처럼 스쳐 지나가는 것이 아니라, 언젠가는 반드시 출몰하여 우리 곁으로 귀환한다는 사실을. 우리나라 영화가 트린 민하의 〈성은 비에트, 이름은 남〉에서와 같은 탈식민주의적 성찰을 필요로 하는 이유가 바로 여기에 있다.

(『황해문화』, 2008년 여름호)

역사와 이미지 사이,
또는 낯선 시간에 대한 영화적 욕망

1. 설정 쇼트(establishing shot)로서의 역사 공간

영화 〈고고70〉과 〈모던보이〉의 오프닝 크레딧(Opening Credit)
에는 극중 시대 배경을 촬영한 자료 화면이 나온다. 일제 강점기
나 유신 치하의 자료 동영상으로 영화의 문을 여는 이 방식은
넓은 의미에서 일종의 설정 쇼트라 할 만하다. 관객으로 하여금
영화의 스토리나 시공간 배경, 또는 분위기와 세팅 등을 쉽게
이해할 수 있도록 설정해주는 설정 쇼트는 보통 롱쇼트(long shot)
나 풀쇼트(full shot)로 처리한다. 대개는 롱쇼트나 풀쇼트의 설정
화면이 나온 뒤에 미디엄 쇼트(medium shot)에 의한 보다 자세한
화면이 이어진다. 결국 이 두 영화의 경우, 실제 영상 자료 화면
을 설정 쇼트로 소개한 것은 1970년대의 서울이나, 일제 식민지

시기의 경성을 롱쇼트의 설정 화면으로 제시함으로써, 이 영화 속의 콘텐츠가 역사적인 사실과 환유(換喩) 관계에 놓여 있음을 설득하기 위한 것이다.

그렇다면 우리는 이렇게 말해야 좋을 듯싶다. 롱쇼트의 설정 화면으로 제시된 역사적인 영상 자료는 곧이어 〈고고70〉과 〈모던보이〉라는 가공의 이야기를 미디엄 쇼트, 혹은 클로즈업 쇼트로 이어가기 위한 논거(論據) 역할을 한다. 특히나 실제 존재했던 록밴드 데블즈의 이야기를 담고 있는 〈고고70〉의 경우, 엔딩 크레디트에서 음악 앨범에 찍힌 데블즈의 실제 표지 사진과 영화 속 배우들의 사진을 병렬시킴으로써 이 영화가 사실에 기초한 영화임을 재차 확인시키고 있다. 관객들은 〈고고70〉과 〈모던보이〉가 역사적 사실이었음을, 그리고 영화 속의 사건들이 리얼리티를 확보하고 있다는 강한 인상을 받게 된다.

그러나 분명한 사실은 이 두 영화가 다큐멘터리의 정치성과는 깊은 연관성을 갖고 있지 않다는 점이다. 왜냐하면 역사적 영상 자료를 설정 쇼트로 제시한 뒤에 등장하는 영화의 중심 이야기, 즉 미디엄 쇼트나 클로즈업 쇼트로 상세화된 기본 내러티브는 상상적 해석의 매개체로서 기능하기 때문이다. 관객 앞에 호명된 과거는 2000년대 초반이라는 시대적 징후를 통해 재해석되고 재편집된다. 우리 앞에서 재해석되기를 기다리고 있는 그 대상을 일단 사적(史的) 욕망이라 해두자.

2. '밤의 열기' 속으로의 여행, 또는 소리의 고고학

청춘 연애물 〈바이준〉(1998), 〈후아유〉(2002), 액션영화 〈사생결단〉(2006)이라는 필모그라피를 가지고 있는 최호 감독은 젊은이들의 감수성과 범죄 집단의 냉혹함에 주목한다. 〈고고70〉은 최호 감독이 낭만적 연애의 세계에서 남성들의 세계로 이동하고 있음을 보여주는 영화이다. 청춘남녀의 애틋한 연애 감정은 〈바이준〉과 〈후아유〉에서 순수한 무채색으로 그려진다. 각자 상처를 지니고 있는 젊은 남녀는 상대방에게 마음의 문을 쉽게 열지 못하고 자신만의 성(城) 속에 유폐된다. 그러나 감독은 이들에게 소통 가능성을 제공함으로써 관객에게 따뜻한 낙관주의를 선사해 준다.

〈사생결단〉은 좀 다른 길을 선택한다. 여기에는 말랑말랑한 연애 감정이나 젊은이들의 순수한 감수성 따위는 없다. 어두운 욕망, 그것도 남성들의 탐욕스러운 욕망만이 들끓고 있다. 감독은 이 영화에서 극악(極惡)과 차악(此惡) 사이의 투쟁, 다시 말해서 나쁜 악을 퇴치하기 위해 그보다는 좀 나은 악으로 대처한다는 1970년대식 범죄액션영화 문법을 차용하고 있다.[1] 그리고 이 영화는 IMF 사태를 알리는 뉴스 화면, 경기 침체와 실업 사태에 대한 신문 기사, 도시 유흥가의 밤거리 등과 같은 기록화면으로

---

1) 정한석, 「스타일과 리얼함 그 사이, 〈사생결단〉」, 『씨네21』 N. 550, 2006.4.25. (http://www.cine21.com/do/review/article/typeDispatcher?mag_id=37989&menu=M080)

영화를 시작한다. 그렇다고 해서 이 영화가 1970년대라는 시대에 대해 철학적 질문을 던지고 있는 것은 아니다. 시대적 배경은 영화 속 남자들의 욕망을 관객들에게 설명하기 위해 인용된 참고자료일 뿐이다.

그런 의미에서 〈고고70〉은 〈사생결단〉의 끝머리에서 시작되고 있는 영화이다. 1970년대라는 시대적 화두를 기록화면으로부터 풀어나간다는 것과 이야기가 철저하게 남성들의 로망을 중심으로 전개되고 있다는 의미에서 그러하다. 새마을 운동, 장발과 미니스커트 단속, 야간 통행 금지 등 1970년대적 아이콘과 함께 영화는 대구 왜관(倭館) 지역의 미군 부대 주변 술집으로 이동한다. 미군과 양공주, 이들 앞에서 서투르게 미국 대중음악을 연주하는 3류 밴드. 이 술집에서 상규(조승우 분)의 밴드와 만식(차승우 분)의 밴드는 의기투합하여 데블스라는 6인조 밴드를 결성하고 전국 보컬 그룹 경연대회에 참가하기 위해 서울로 상경한다. 이들의 기괴한 해골 복장과 소울 뮤직은 당시 관객들과 심사위원들을 당황하게 만들고 곧 대중의 관심에서 멀어진다. 그러나 1971년에 생긴 클럽 닐바나2)에서 데블스가 공연함으로써 이 밴드는 전성기를 맞게 된다.

닐바나는 1970년대 고고클럽의 탄생을 알리는 계기였고, 이는

---

2) "불교에서 황홀경과 환각상태를 말하는 열반(涅槃)을 표방하고 나선 새로운 클럽이 오리엔탈 호텔에 오픈된다. 클럽 이름도 힌두어 닐바나(Nirvana). 온갖 조류와 맹수의 표본, 환각 조명, 원색 슬라이드 및 블랙 라이트로 장식된 실내에는 국내 톱 그룹들이 사이키델릭 음악으로 '열반'의 상태를 조성해주리라 한다."(「이색 살롱 속출하는 다운타운가: 포 시즌스, 니르바나 등 특색 살려」, 『주간경향』, 1971.4.28)

곧 '미드나이트 레볼루션'의 도래와 '야간생활자'의 집단 문화 결성을 이끄는 선도자였다.[3] 데블스 등의 교주(敎主)와 이들을 추종하는 젊은 신도(信徒)들의 축제는 군사 정권의 엄혹했던 현실 틈새에서 올라온 '밤의 혁명'이었다. 그러나 영화는 실존 그룹이었던 데블스에만 초점을 맞춤으로써, 1970년대의 정치학, 즉 가혹한 정권과 힘없는 음악팬들 사이에서 벌어지는 폭력의 정치학까지 나아가지 않는다. 데블스가 공권력의 위협 앞에서도 금지된 공연을 '내질러버리는 것'은 부당한 폭력에 대한 저항이 아니라, 오로지 보컬 상규의 음악적 자존심 때문이다. 그가 절규하는 것은, 유신정권이 퇴폐풍조 근절을 목적으로 밴드들을 잡아들여 고문하고 머리카락을 잘라버린 횡포 때문이기도 하지만, 궁극적으로는 '소울'을 이해하지 못하는 사회와 상업적이고 상투적인 음악만 강요하는 자본 시스템의 천박함 때문이다. 따라서 공권력에 도전하는 데블스의 결기는 역사적 당파성을 확보하지는 못한다. 그 대신 그것은 자유, 음악, 젊음, 열정 등을 뜻하는 대중문화의 대중적(popular) 욕망에 맞닿아 있다.

군사독재 정권의 장기 집권 야욕과 반민주적 폭력성에 도전한 반정부 투쟁 세력처럼, 젊은이들을 부추겨 퇴폐적인 외래문화에 열광하게 만든 밴드들도 지하 유치장에 끌려가 온갖 고문을 당했다. 그러나 독재정권에 돌을 던지기 위해 길거리로 뛰쳐나간 무리와 야간통금 시간 동안 고고클럽에 모여든 무리는 서로 다

---

3) 신현준 외, 『한국 팝의 고고학 1970』, 한길아트, 2005, 91쪽.

른 역사적 상상력을 꿈꾸었다. 대구의 기지촌, 서울의 시민문화회관, 여관의 옥탑방, 클럽 닐바나, 그리고 고문이 행해지는 철창 속. 이 공간들의 문법적 질서는 결코 인과관계를 갖지 못한다. 영화 속의 공간들은 '그때 그 시절에는' 식의 후일담, 회고(懷古) 취향적인 박물지(博物誌), GP 문화에 대한 모방과 키치로 뒤범벅된 한국 대중 음악사, 제3세계 문화에의 추억에 바치는 감독의 찬사(讚辭)로 환원된다.

1970년대에 대한 추억은 소리의 복원을 통해 재구성된다. 그런 의미에서 〈고고70〉은 조승우를 위한, 조승우에 의한 국산 뮤지컬이나 다름없다. 밴드의 악기들과 조승우의 육체가 내지르는 온갖 소리들은 화면을 압도한다. 그리하여 〈고고70〉은 카메라로 찍은 '1970년대 대중음악사(大衆音樂史)'가 된다.

3. 모던 경성, 또는 '이미지의 제국'을 향한 욕망

그리고 또 하나의 서울, 소리의 물질성보다는 시각적 이미지의 스펙터클로 장식된 경성이 있다. 1937년의 경성은, 리안(李安) 감독의 영화 〈색, 계〉의 상하이가 그랬듯이, 식민지 도시의 어처구니없이 근사한 의사(擬似) 모더니티로 기호화된다. 그런 면에서 정지우 감독의 〈모던보이〉는 〈색, 계〉와 꽤나 닮았다. 1930년대 후반 동아시아적 공포의 대상으로서의 시대 배경, 상품과 욕망으로 흘러넘치는 근대 도시, 친일파와 민족주의자, 총 또는 폭탄,

그리고 이루어질 수 없는 두 남녀의 숙명적이고 치명적인 사랑. 이 치명적인 사랑은 주인공들을 벼랑 끝으로 내몬다. 〈색, 계〉의 비밀 암살 요원 왕치아즈가 친일파 '이(李)'를 제거하려다 그를 너무 사랑한 나머지 동지들을 배신하고 죽음을 맞이한 것처럼, 〈모던보이〉의 독립투사 조난실(김혜수 분) 역시 한심한 플레이보이 이해명(박해일 분)을 대신하여 자살폭탄으로 생을 마친다.

그러나 두 여인의 죽음은 매우 다른 색채감을 지닌다. 왕치아즈는 사랑을 위해 민족주의를 포기하지만, 조난실은 민족주의와 사랑 중 어느 것도 포기하지 못한 채 비련의 여주인공으로 남는다. 〈색, 계〉는 왕치아즈라는 젊은 여성의 정체성을 드러내기 위해 민족, 국가, 인종 등과 같은 거대담론을 회의적으로 지켜본다. 다이아몬드 반지, 화장, 거울, 부채, 또는 상하이의 모던 풍경은 왕치아즈의 여성 정체성을 성찰하기 위한 인식론적 도구가 된다. 그녀에게 민족주의나 반제국주의 '따위'는 그리 중요하지 않다. 영화의 내러티브는 식민지시기를 꿰뚫고 직진하는 여성의 욕망에 맞추어져 있다. 그래서 우리는 거대담론과 미시담론 사이의 풀기 어려운 숙제를 그림자처럼 질질 끌고 다닐 수밖에 없다. 왕치아즈에게 있어 민족주의는 제국주의와 일란성 쌍생아(雙生兒)이다. 남성들의 엄숙하고 거대한 기획은 그녀에게 똑같이 폭력적인 서사일 뿐이다.

조난실은 어떠한가. 그녀에게 민족주의와 사랑은 양자택일의 대상이 아니다. 이해명이라는 남성과 피식민지 조선은 어차피 하나였던 것. 그녀는 조국을 위해, 결국은 이해명을 위해 산화(散

花)한다. 따라서 이해명이라는 남자가 "금욕주의자도 아니고, 계몽주의자 남성 엘리트"도 아니라는 지적은 재고되어야 한다. 왜냐하면 정신적 아동기에서 멈춰버린 이해명은 조난실이 그를 사랑하고 지켜주고, 끝내는 '민족주의적 성인(成人)'으로 계몽시켜주기 때문이다. 그녀가 이해명 대신 폭탄 연미복을 입고 조선총독부 연회장에서 자폭한 뒤, 이해명은 그녀 덕분에 정신적 이유기(離乳期)를 맞이해 독립투사로 변신한다. 팜프파탈 조난실은 결국 순애보의 비극적 여인으로 끝을 맺는다. 그렇다면 영화 〈모던보이〉는 헌신적인 여성의 희생으로 거듭난 이해명의 남성 성장담이 아니겠는가.

따라서 영화 〈모던보이〉는 이해명이라는 한심한 모던보이의 성장 과정을 보여주기 위해 시각적 이미지의 과잉으로 내달릴 수밖에 없다. 사회학자 게오르그 짐멜(Georg Simmel)이 도시의 모더니티는 시각 중심으로 형성된다고 말했던가. 이 근대적 시각장(視覺場) 안에서는 시간마저도 공간으로 포착된다. 근대 도시 경성의 화려한 스펙터클은 이미 그 자체로 미래지향적 시간 의지를 내포하고 있다. 도시 경관의 모더니티는 식민지 주민이 도달해야만 했던 역사적 지향점의 도상(圖像; icon)이다. 이는 곧 모더니티의 매끄러움과 풍요로움을 향한 식민지 주민들의 멈출 수 없는 욕망의 시각적 재현이 아니겠는가.

〈모던보이〉는 1937년 당시의 경성 풍경을 꼼꼼하게 재현하려는 시각적 욕망에 강박되어 있다. 그만큼 이해명이 산책하고 있는 서울역, 명동성당, 조선총독부, 카페 홀, 서구식 개인 주택,

명치좌(明治座) 거리 등은 그의 욕망에 대한 정서적 등가물이다. 그러나 친일파 거부(巨富)의 자식으로 동경대학 출신의 최고 엘리트, 조선총독부 1급 서기관이자 근대적 욕망을 몸으로 체현하는 모더니스트인 이해명은 아직 덜 자란 아동에 불과하다. 근대성으로 치장한 그에게 민족주의라는 또 하나의 근대적 프로젝트가 결여되어 있었기 때문이다. 그의 분신이라고 할 수 있는 경성 공간의 모더니티는 민족주의자이며 독립투사인 조난실의 폭탄 때문에 내파(內破)될 수밖에 없는 운명을 지닌다. 그런 의미에서 영화 속 경성의 풍경은 내용이 텅 빈 기호, 즉 목적성이 결여된 미래지향성일 뿐이다. 조난실의 폭탄에 의해 근대 도시 공간이 폭파되었듯이, 조난실의 민족주의에 의해 이해명의 유아기도 폭파된다.

그렇다면 〈모던보이〉에서 볼 수 있는 경성 공간의 모더니티와 이해명이라는 미성숙한 주체의 모더니티는 계몽되어야 할 대상으로 자리 잡게 된다. 그럼으로써 이 영화의 시각적 광휘, 또는 이미지의 제국(帝國)은 계몽주의라는 성장 내러티브 속에 포섭된다. 정지우의 데뷔 장편영화 〈해피엔드〉(1999)에서 서민기(최민식 분)의 가부장으로서의 정체성을 지켜주기 위해 아내 최보라(전도연 분)의 전격적인 일탈과 그에 따른 그녀의 희생이 필요했듯이, 〈모던보이〉에서도 조난실은 식민지의 탕아(蕩兒) 이해명의 민족적 자아를 세워주기 위해 폭탄을 입고 제국주의의 카니발 속으로 뛰어 들어가야만 한다.

조선총독부 연회에서의 자살폭탄 테러 사건. 그리고 영화는 다급하게 엔딩씬으로 내달린다. 산골 속에 모인 무장투쟁 독립군들. 그들 사이에 의연하고 어른스러운 표정으로 장총을 집어드는 이해명의 얼굴을 바라보면서 영화는 끝난다. 납작한 모더니스트로부터 두꺼운 민족주의자로의 변신이라는 진보주의적 시간 의식, 이 계몽주의적 서사 전략은 문제적 여인 조난실을 단지 순애보적 여주인공이나 투철한 독립투사로 스테레오타입화함으로써 가능했다. 팜므파탈로서의 그녀의 원초적 치명성은 〈모던보이〉의 낭만주의적 역사관 속에서 다소곳한 여성상으로 희석된다.

(『황해문화』, 2008년 겨울호)

지나간 옛사랑의 그림자, '역사'라는 불가해한 재현 대상

1. 자주국방, 또는 민족의 역사적 무의식: 〈신기전(神機箭)〉

감독 김유진은 "대한민국을 다시 한 번 하나 되게 만드는 영화를 만들고 싶다"는 말로 〈신기전〉 연출 의도를 밝힌 바 있다. 감독의 의도는 시의적절했다. 중국이 미국을 제치고 세계 최강의 제국으로 비약하려고 움직이고 있고, 망언을 일삼는 일본은 과거 제국 시대의 위세를 다시 회복하려고 하는 시대에 〈신기전〉의 민족주의적 메시지는 간단명료했다. 중국의 동북공정과 일본의 독도 망언에 시달렸던 한국으로서 〈신기전〉의 내러티브는 '붉은 악마'의 대동단결을 다시 소환하는 역할을 수행할 수도 있었다. 그것은 오우삼 감독의 〈적벽대전〉이나 장이모우 감독의 〈영웅〉에 대한 한국식의 영화적 대응이라 할 만하다.

이 영화는 국력의 필요성을 강조하는 영화이다. 〈신기전〉은 과학의 선진화, 즉 전력(戰力)의 현대화를 통해서만 민족의 생존권을 지킬 수 있다고 역설하고 있다. 대국(大國)과 소국(小國) 사이의 관계에서 소국(小國)이 생존권과 자존심을 지킬 수 있는 도구는 오로지 선진화된 기술력 뿐, 그리고 백성 모두의 평화를 위한다는 대승적 애국주의.

장이모우 감독의 〈영웅〉에서 하늘을 뒤덮는 화살 발사 장면에서처럼 〈신기전〉에서도 통쾌한 스펙터클은 시각적 판타지를 충족시킨다. 시각적 스펙터클과 민족주의적 욕망과의 은밀한 친근성. 이렇게 말해도 좋으리라. 시각적 스펙터클은 그 자체로 민족주의적 욕망의 영화적 잉여(剩餘)라고. 내러티브와 캐릭터의 힘을 뛰어넘는 시각적 효과의 패권주의.

〈모던보이〉의 이해명과 조난실의 관계는 〈신기전〉의 설주(정재영 분)와 홍리(한은정 분)의 관계와 유사하다. 항일단체 비밀결사대 요원인 조난실이 경성의 플레이보이이면서 친일파의 자식인 이해명을 영웅적 민족주의자로 인간 개조시키듯이, 조선 백성에 대한 긍휼심이 투철한 홍리는 천박한 장사꾼 설주를 애국주의자로 키워준다. 〈모던보이〉가 상해 임시정부나 항일투쟁 단체의 민족주의 이데올로기로부터 자유로웠듯이, 〈신기전〉의 설주와 홍리는 세종이나 문종과 같은 왕 앞에서 당당하다. 설주와 홍리는 20세기식의 민족주의적 상상력을 지니고 있으면서도, 그 시대에 온전히 귀속되지 않는 21세기식의 가벼움으로 치장되어 있다. 이러한 상상력을 낭만주의적 민족주의라 부르도록 하자.

이 상상력은 15세기 세종(世宗) 시기에 강박되어 있지도 않고, 21세기 시대에 충실하지도 않다. 이 영화는 세종 시대에 귀속되기에는 지나치게 탈역사적이고, 21세기 초반 상황에 연계되기에는 지나치게 시대착오적이다. 〈신기전〉은 세종 시기와 21세기 초반 한국의 상황 모두를 빗겨가며 역사를 초탈(超脫)한다. 이 영화의 역사 초월적 상상력은 마치 하늘을 수놓는 신기전(神機箭)의 스펙터클처럼 화려하고 가볍다.

영화는 설주와 홍리 같은 엘리트 산업전사(産業戰士), 또는 조선식 방산업체(防産業體)의 개발팀이야말로 동북아 질서 속에서 우리의 민족적 자존심을 지킬 수 있게 해주는 민초(民草)들이라고 주장한다.

2. 흔들리는 젠더 정체성의 불안감: 〈미인도〉

TV 드라마 〈바람의 화원〉과 함께 영화 〈미인도〉는 이른바 조선의 화가 신윤복 신드롬을 불러일으켰다. 중등학교 미술 교과서나 미술관에서 구경할 수 있었던 신윤복과 김홍도 풍경화의 인물들이 움직이는 그림 속으로 환생한다. 더 나아가 그림 속의 인물들뿐만 아니라 혜원과 단원이 풍속화의 세계로 소환되어 움직이기 시작한다. 그런 의미에서 이 작품들은 이른바 〈박물관이 살아있다〉의 한국 사극 버전이라 할 만하다. 역사 속에, 그림 책 속에, 또는 미술관이나 박물관 속에 박제되어 있던 진경산수

화(眞景山水畵) 시대의 민초(民草)들이 가공의 풍경 속에서 되살아
난다.

영화 〈미인도〉는 정사(正史)를 추구하던 기존의 역사극적 욕망
에서 벗어나 있다. 〈미인도〉는 영화 〈천군(天軍)〉이나 〈황산벌〉
등의 팩션(faction)적 욕망에 더 가까이 서있다. 팩션적 욕망은
역사를 마치 패션쇼의 의상처럼 배치하고, 진열하고, 수식하는
욕망이다. 여기에서 역사는 기호들의 놀이, 또는 하나의 의장(儀
裝)이다. 그런 만큼 어깨에 힘이 빠져 있고 심각한 표정은 매우
장난스럽게 변해 있다. 팩션은 역사를 절대적이고 고정적인 기
정사실로 인식하지 않는다. 그와는 반대로 역사를 '상상력을 자
극하는 계기' 또는 '상상하는 행위' 그 자체로 받아들인다. 역사
는 '의미'가 아니라 '형식'이 되어 버린다.

전윤수 감독은 〈미인도〉를 통해 욕망의 형식을 보여주고자
한다. 물론 이때의 욕망은 섹슈얼리티, 또는 젠더에의 욕망이다.
따라서 이 영화는 '몸'의 문제와 긴밀하게 연계되어 있다. 영화가
혜원 신윤복(김규리 분)의 섹슈얼리티, 또는 '그/그녀'의 육체에
관심을 기울이는 것은 당연하다. 카메라의 시각적 욕망이 김홍
도(김영호 분)나 강무(김남길 분)의 육체에 머물기보다는 명백하
게 혜원의 육체에 기울어져 있는 것은, 이 영화가 '역사'라는 의
장(儀裝)을 빌려, 그 어떤 불변의 가치, 즉 육체에서 뿜어져 나오
는 욕망을 말하고 싶어서였다.

이 영화는 남자로서 살아가야 하는 한 여성의 성적 정체성
찾기, 또는 남성과 남성 사이의 애정을 암시하는 동성애적 코드로

가득 차 있다. 물론 조선 정조 시대에도 성 정체성 혼란이나 동성애적 욕망이 존재하지 않았을 리 없다. 그러나 이러한 관심은 명백하게 현대의 시대적 키워드임에는 틀림없다. 따라서 혜원과 단원의 관계나 성 정체성, 또는 정사(正史)에 기록되어 있는 사실(史實)과의 일치성 등은 이 영화에서 그리 중요한 대목은 아니다. 여자의 몸으로 태어났지만, 여성으로서의 육체적 성 정체성을 숨기고 살아가야 하는 한 여인의 혼란스러움이 이 영화의 중심 테마이다. 이때 화공(畵工) 신윤복은 〈커피프린스 1호점〉의 바리스타 고은찬(윤은혜 분)과 이음동의어(異音同義語) 관계이다. 또는 신윤복과 고은찬은 두 몸 사이를 배회하는 도플갱어(doppelgänger)이다.

'교환가치'의 이음동의어로서의 도플갱어. 이들은 존재 가치로서가 아니라 교환되고 배치되고 진열됨으로써 스스로의 가치를 실현하는 자본주의적 욕망의 그림자이다. 그 욕망은 조선시대와 21세기가 교환되고, 한양의 유곽(遊廓)과 서울의 다운타운이 교환되고, 또는 조선시대의 그림 그리기와 현대의 커피 만들기가 교섭되는 욕망은 아닐까. 따라서 우리는 이렇게 말해야 한다. 조선 영정조의 진경(眞景) 시대는 역사적 사실이 아니라 상상 속의 네버 엔딩 스토리일 뿐이다.

3. 민족주의적 상상의 원심력과 구심력

〈신기전〉은 민족에 강박되어 있다. 그것은 명나라라는 대국 (大國), 21세기의 새로운 제국으로서의 중국에 대응해야 하는 우리 민족의 정체성과 관계있다. 거대한 제국과 맞대응했을 때에도 결코 기죽지 않을 만큼의 실력을 키워야 한다는 메시지는 오래 전부터 우리가 외쳐왔던 구호였다. 영화는 신무기 개발의 역사적 위상을 시각적 스펙터클에 환원시킴으로써, 일련의 중국 민족주의적 대작 영화에 대응하려 한다. 그런 만큼 이 영화의 캐릭터들은 미리 정해진 메시지 때문에 주눅 들어 한다. 우리 시대의 청춘상으로도 해석될 수 있는 설주와 홍리만이 민족과 대등한 위치에 서 있을 뿐이지, 세종이나 문종 또는 수많은 민초 들은 지나가는 스토리의 배경 화면으로 진열될 뿐이다. 이 두 주인공의 힘은 막연한 민족주의와 강렬한 이성애(異性愛)가 교묘하게 결합됨으로써 발휘된다.

사회적 관습 때문에 자신의 고유한 성 정체성을 지키며 살지 못하는 사람들. 〈미인도〉는 진경 시대 조선 화공들의 그림에 대한 이야기가 아니다. 우리가 배워온 것처럼 조선 시대가 엄숙한 유교주의와 도덕주의의 시대가 아니었음을, 그리고 단원이나 혜원이 고상한 산수화만 그린 것이 아니라 외설적인 포르노그래피도 그렸다는 사실을 통해 인간 육체의 보편적인 욕망을 보여주고자 한다. 영화에 의하면 혜원은 뛰어난 산수화 작가이면서 포르노그래피 작가이기도 하며, 남장(男裝) 여류 화가이기도 하다.

그/그녀는 도화서 화공이라는 공직(公職)보다는 한 남자의 여인으로 살고 싶어 하는 자유주의자이기도 하다. 동시에 그/그녀는 자신의 전공이나 특기보다도 이성애(異性愛)의 가치를 더 높이 치는 전근대적 낭만주의자이기도 하다. 〈미인도〉는 민족 또는 조선이라는 무거운 개념을 떨쳐버리고 남장 여인의 육체적 욕망을 뒤집어쓴다.

민족을 사이에 두고 벌이는 두 영화의 상반된 듯한 상상력. 〈신기전〉이 민족이라는 핵심을 향해 열혈청년처럼 돌진하고 있는 형국이라면, 〈미인도〉는 행성들의 파편이 떠다니고 있는 우주 공간으로 뛰쳐나가는 형국이다. 우리는 이것을 민족에 대한 구심력(求心力)과 원심력(遠心力)이라 불러도 좋으리라. 그러나 이 민족이라는 자리에 역사를 집어넣었을 때는 두 영화가 같은 포즈를 취하게 된다. 두 영화 모두 역사로부터 원심 운동을 하고 있기 때문이다. 두 영화는 역사라는 끈을 놓아버리고 꿈 꿀 자유를 위해 멀리 날아간다. 당연하게도 허공으로 높이 날아가면 날아갈수록 역사의 물질성은 점점 약화된다.

(『황해문화』, 2009년 봄호)

1980년대를 재구(再構)하는 방식들

: 세 편의 영화 〈강철대오〉, 〈남영동〉, 〈네모난 원〉

모든 영화는 과거시제이다. 카메라가 피사체를 이미지로 저장하는 순간부터 그 피사체는 과거의 사건으로 남겨지기 때문이다. 관객이 응시하고 있는 영화는 '그때－그곳'에서 벌어졌던 어떤 사건에 대한 흔적들이다. 그렇다면 모든 영화는, 설사 그것이 현대물인 경우라 할지라도, 과거의 범주에 속하게 될 터이다. 그러나 이러한 논리는 다소 투박하다. 영화라는 매체가 그 본질상 과거 시제라는 문법을 벗어날 수 없다 하더라도, 과거를 회고하거나 재현하는 방식에는 여러 결들이 존재할 것이기 때문이다. 그렇다면 역사를 사유하는 방식은, 범박하게 말하자면, 크게 두 가지로 나뉠 수 있다고 말해도 좋으리라. 과거를 현재의 문법으로 번역하는 방식, 그리고 과거를 날것 그대로 복원시키는 방식. 우리는 전자의 경우로 〈스캔들〉이나 〈음란서생〉을 떠올릴 수 있고, 〈화려한 휴가〉를 후자의 자리에 놓을 수 있을 것이다. 그러나 이 구분이 절대적으로 작용하는 경우는 드물다. 모든 과거 재현 영화는 영화를 찍는 시대의 감정 구조에 연루된 상태에서 시작될 수밖에 없기 때문이다.

여기 세 편의 영화들이 있다. 〈강철대오: 구국의 철가방〉(2012. 10), 〈남영동 1985〉(2012.11) 그리고 〈네모난 원〉(2012.12)이다. 2012년 하반기에 한 달 차이로 연달아 개봉된 이 영화들은 민주화 열기가 한층 고조되었던 1980년대를 시대 배경으로 한다. 이 영화들은 분명히 1980년대라는 시점에 방점을 찍고 그 시대를 현재로 소환한다. 그런 의미에서 이 세 편의 영화들은 1980년대를 회고하는, 또는 재구성(再構成)하는 시리즈물이라 할 만하다. 우리의 '인식적 지도(認識的 地圖, Cognitive Mapping)' 위에 이 세 편의 영화들을 한 편의 시리즈물처럼 나열해 보자. 만약 〈남영동 1985〉와 〈네모난 원〉을 앞자리에 배치하고 맨 뒤에 〈강철대오〉를 둔다면, 1980년대는 희극인의 시대로 마무리될 것이다. 그러나 〈남영동 1985〉를 관람의 제일 마지막 순서에 배치하는 것도 유의미할 것 같다. 그 이유는 1980년대의 상처들이 아직도 채 아물지 않은 채 현재의 무의식에 웅크리고 있고, 그런 의미에서 1980년대는 아직 완료되지 않은 과거, 어떤 의미에서 아직도 지나가지 않은 시대일지 모르기 때문이다.

한 편의 코미디. 〈강철대오: 구국의 철가방〉은 1980년대의 대학교 민주화 시위 현장을 깃털처럼 가벼운 시선으로 훔쳐본다. 〈강철대오〉는 이렇게 말하고 있는 듯하다. "그때는 그랬지. 인생

뭐 있어? 알고 보면 다 웃긴 일들이었지." 미남(美男)에다 대학생 쯤 되어야 여대생과 연애를 할 수 있다는 속견(俗見)에 대해 도전하고 있다는 점에서 이 영화는 '혁명'의 정의를 재규정하는 것 같다. 영화는 제작 노트에서 "잘생긴 놈만 연애하는 더러운 세상! 연애 민주화 쟁취를 위해 뛰어든 평미남 강대오의 활약이 펼쳐진다!"고 밝힌다. 영화는 중국 요리점에서 배달원으로 일하는 주인공이 미모가 뛰어난 여대생과 사랑을 나눌 수 있는 것이야말로 '혁명'이 아니겠냐며, 이 둘의 사랑을 제외한 나머지, 이를테면 민주화 투쟁 과정 같은 것은 희극적인 감각으로 웃어넘길 만한 것이 아니겠냐며 웅변하는 듯하다.

〈강철대오〉의 포스터는 "웃기는 자가 미인을 얻는다!"는 문구와 함께 체 게바라처럼 분장한 남자 주인공의 얼굴을 전면에 내세운다. 다른 버전의 포스터에는 "미남 독재 타도!"라는 문구가 커다랗게 적혀 있다. 그렇다. 이 영화는 웃자고 만든 영화이다. 그래서 이 영화는 더욱 우울하고 슬프다. 체 게바라와 1980년대 한국 현대사의 신음 소리마저 희화화하고 있는 이 영화의 뒷맛은 씁쓸하다. 그런 만큼 〈강철대오〉는 1980년대로부터 아주 멀리 떨어져 있다. 그러나 동시에 영화는 가끔 1980년대를 실눈 뜨고 훑어보면서도 무엇인가 뚫어지게 응시하고 있다. 주인공 강대오(김인권 분)는 운동권 미녀 여대생 서예린(유다인 분)의 돈을 얻고 그 돈을 응시하거나 냄새까지 맡으면서 그녀를 물신화한다. 강대오의 주관적 시점으로 처리된 카메라의 시선은, 틈틈이 예린의 육체를 탐닉하듯이 관음(觀淫)한다. 대오에게 예린이 애착의 페티시(fetish)였던 것처럼, 이 영화는 1980년대를 가장 우스꽝스러운 페티시로 소환한다. 그럼으로써 영화는 1980년대란 한 편의 희극이라고 말한다. 〈강철대오〉는 1980년대 운동권에 대한 코믹 터치 풍물지(風物誌)이다. 그러나 이때의 풍물지는 1980년대 한국인의 삶과는 별 상관이 없다. 이 영화는 찰리 채플린이 했던 말을 반복하고 있는가? "삶은 가까이서 보면 비극, 멀리서 보면 희극이다(Life is a tragedy when seen in close-up, but a comedy in long-shot)." 그러나 〈강철대오〉는 찰리 채플린의 블랙 코미디(black comedy) 세계관을 오마주한 게 아닐 것이다. 다만 1980년대를 너무 멀리서(in long-shot) 보고 있었던 것은 아닐까.

〈동그란 원〉은 회고담의 서사 방식을 취한다. 회고담은 일종의 애도 양식이다. 그것은 죽은 자를 온전하게 떠나보내는, 또는 과거를 과거로서 정리하고 봉인하고자 하는, 산 자들의 의례이다. 1980년대의 격정적인 민주화 운동 열기가 있던 때로부터 30년 후에 운동권 친구들이 모인다. 그들은 퍼즐 맞추기 하듯 각자의 기억을 통해 30년 전의 사건들을 재구성한다. 이들이 시도하는 퍼즐 맞추기는, 지금은 없는 사자(死者)들을 소환하고 그들의 죽음을 애도하는 방식으로 전개된다. 과거 사건들이 재구성되는 과정에서 살아남은 자들의 신념과 배신과 변절 등이 드러난다. 결국 살아남은 자들이 재구성하는 과거란, 또는 이들이 사자(死者)들을 애도하는 행위란, 현재를 살아가야 하는 자들을 위한 자기 위로일 수 있다. 살아남은 자들은 어떤 방식으로든 고통스러웠던 과거와 화해를 해야 하지 않겠는가.

〈동그란 원〉은 2012년이 1980년대를 애도하고 그 시대와 화해하는 영화이다. 경민(김정학 분)과 용호(정욱 분)가 죽은 뒤 경민의 영정 사진 앞에서 4명의 옛 동지들이 만난다. 경민의 죽음, 그리고 용호와 그의 아내 수정(안미나 분)의 행방에 대해서 각기 다른 기억들을 지니고 있는 4명의 친구들은 풀기 힘든 퍼즐 게임을 하듯이 과거를 하나씩 꿰어 맞춘다. 그러나 국정원에 취직한 또 한 명의 친구가 뒤늦게 모임에 합류하면서 경민, 용호, 수정의 과거사가 재조명된다. 외면상 이 영화가 1980년대 주체사상으로 물든 운동권 학생들의 투쟁사를 재현하는 것처럼 보이지만, 그 속을 들여다보면 경민, 용호, 수정 3명의 남녀가 벌이는 멜로드라마 문법이 서사를 관통하고 있다. 경민과 수정이 애정을 느끼고, 경민이 군대에 끌려간 사이에 용호가 수정과 사귀어서 결혼까지 하고, 그렇지만 수정이 결국은 경민의 애를 낳고, 탈북한 용호가 경민에게 북에 남아 있는 수정과 딸을 구해달라고 부탁하면서 죽을 때, 이 영화는 통속적인 멜로드라마의 색채를 보여준다.

좀 더 가까이에서 1980년대를 노려보도록 하자. 〈남영동 1985〉는 과거 회상 영화라기보다는 과거 고발 영화에 가깝다. 그것은 과거에 대한 강박적일 정도의 생생한 재현을 통해 1980년대의 폭력성에 대해 외치고 있다. 이 영화는 일종의 하드고어(hard gore) 역사극이다. 낭자한 피와 흘러넘치는 신음 소리들. 〈남영동 1985〉는 극사실주의 기법으로 고문(拷問)의 현장을 고스란히 재현해 낸다. 여기에서 주인공의 몸은 고문의 폭력성을 현시(顯示)하는 기표로서 잔혹함에 대한 관객의 인내심을 시험한다. 따라서 〈남영동 1985〉는, 그리고 관객은, 1980년대로부터 또는 1980년대의 폭력성으로부터 거리를 두지 못한다. 영화는 관객의 감각을 고문당하는 자의 찢긴 육체 속으로 쑤셔 박는다.

한국 재야 운동권의 대부인 김종태(박원상 분)는 1985년 9월 4일 남영동 치안본부 대공분실 515호에 불법 감금되어 상상하기도 어려운 모진 고문을 당한다. 그 고문의 클라이맥스는 '장의사'라는 별명을 가지고 있는 고문 기술자 이두한(이경영 분)에 의해 전개된다. 그는 물 고문, 전기 고문, 고춧가루 고문 등 다양하고 잔인한 고문을 통해 한 인간의 육체와 영혼을 짓이겨 놓는다. '장의사'의 고문 행위는 봉준호의 〈살인의 추억〉 속 얼굴 없는 연쇄살인범의 범죄나, 국민을 통제하면서 국민의 안전을 지키지 않는 정권의 통치에서 본 것 같은, 1980년대의 어두운 그림자를 상징한다. 그 그림자에는 광기(狂氣)에 휩싸인 악마들의 형상이 스며들어 있다.

김종태의 실제 인물인 김근태는 후에 범죄에 대한 일체의 무혐의 판정을 받고 보건복지부 장관에까지 오르지만, 고문 후유증으로 오랜 시간 고생하다 2011년에 사망한다. 고문 전문가 이근안은 출옥 후 목사가 되었다가 목사직을 박탈당한다. 영화 〈남영동 1985〉가 상영된 얼마 후 이근안은 『고문 기술자 이근안의 고백』 출판 기념회를 연다.

영화의 엔딩씬에서 1980년대에 불법 고문을 당했던 실제 인물들의 인터뷰 장면들이 나온다. 그것은 과거의 끔찍했던 고문이 결코 시간이 지난다고 해결되는 일이 아님을 말해준다. 영화 〈남영동 1985〉는 화해를 이야기하지 않는다. 단지 심판하고 반성을 촉구할 뿐이다. 영화 속에서 보건복지부 장관 김종태는 고문 혐의로 수감되어 있는 이두한을 면회한다. 용서해달라며 그 앞에 무릎을 꿇은 이두한의 어깨 위에 김종태가 손을 얹으려고 하다가 멈춘다. 극중에서 김종태는 이두한을, 아니 이두한의 범죄를 차마 용서하지 못한다. 영화 말미에 등장하는 인터뷰어들의 증언도 그렇다. 그들은 1980년대의 죄악을 용서할 수 없다. 그것은 용서되어서는 안 될 것이기 때문에.

기억 그 자체는 물론 기억이 불러일으키는 일시적 망각과 착각마저도 역사에 도전장을 던진다. 여전히 생생하고 격한 정서적 반응과 가치 판단이 깊이 개입된 문제를 건드림으로써. 이상적으로 말하자면 역사는 기억을 비판적으로 검증함으로써 아직 떠나보내지 못한 과거를 성찰적으로 극복하려는 포괄적인 시도의 준비 과정이다.[1]

영화는 역사의 희화화(戱畫化)이건, 후일담(後日譚)이건, 고발과 비판이건, 역사라는 과거 시제를 현재 시제로 번역하고 전유하는 의미화 실천의 결과물이다. 그러나 그 영화가 역사에 대한 성찰성을 얼마나 진정성 있게 추구했는지는 각기 다른 문제가 될 것이다.

(웹진 『문화多』, 2013.2)

---

1) 도미니크 라카프라, 육영수 엮음, 『치유의 역사학으로』, 푸른역사, 2008, 66쪽.

4부 영화와 폭력성, 그리고 공간

풍경으로서의 영화

풍경을 우리 외부에 존재하는 자명한 것이 아니라, 우리의 심상에 의해 선택되는 것, 또는 선택되어 온 것이라고 한다면,[1] 그것은 시각 주체에 의해 '발견'되는 어떤 것이다. 따라서 풍경은 근대 시기에 원근법과 시공간의 균질성, 또는 진보론적 시간관을 배경으로 탄생한 새로운 시각적 효과라 할 터. 근대적 주체 형성 과정에서 돌연히 튀어나온 피사체로서의 풍경. 선험론적이고 관념적인 시각 주체의 시선이 새롭게 구성될 때 비로소 풍경이 드러나는 것이라고 할 때, 20세기 후반과 21세기 초기에 발견되는 시간강사의 군상은 이 시대 또 하나의 풍경이라 할 만하다.

물론 한국 영화사에도 〈자유부인〉(1956)의 태연(박암 분), 〈피

---

1) 이효덕, 박성관 옮김, 『표상 공간의 근대』, 소명출판, 2002, 43쪽.

아노가 있는 겨울〉(1995)의 진우, 강석우 감독의 〈지독한 사
랑〉(1996)의 영민(김갑수 분) 등이 대학교수나 시간강사로 등장하
는 예는 있었다. 그러나 이때의 교수나 시간강사는 중세의 산수
화가 그랬듯이 형이상학이나 주관적 시선으로 처리된 비사실적
재현이었다. 적어도 이들 영화에서 등장인물들은 균질적인 시공
간을 돌아다니는, 또는 순수하게 객관적인 질료로서의 풍경으로
인식되지는 못하였다.

　이를테면 〈자유부인〉에서 교수의 이미지는 댄스홀, 양품점,
다방과 같은 근대 도시의 황홀경을 헤집고 다니는 부인의 희미
한 뒷배경일 뿐이다. 〈피아노가 있는 겨울〉이나 〈지독한 사랑〉
에서도 상황은 마찬가지이다. 멜로물이나 광적인 사랑에 대한
풍경화의 한 귀퉁이만을 차지하고 있을 뿐이다. 말하자면 한국
영화가—불완전한 상태이기는 하지만—하나의 풍경으로 교수와
시간강사를 발견하게 된 것은 최근에 와서부터이다.

　우리는 그 풍경의 목록에 〈강원도의 힘〉, 〈세기말〉, 〈아줌마〉,
〈플란다스의 개〉 등을 올려놓을 수 있다. TV 드라마 〈아줌마〉를
제외하고는 대학사회나 시간강사의 문제가 내러티브의 핵심 사
건으로 취급되고 있지는 않지만, 이들 목록은 최근의 한국 사회
를 바라보고자 하는 카메라의 광학적 무의식을 대변하는 것처럼
보인다.

　홍상수는 지식사회에 대해서 삐딱한 시선을 보낸다. 주위로부
터 인정받지 못하는 소설가, 위성방송 PD, 그리고 대학생과 외도
를 하는 시간강사. 홍상수에게 있어 지식, 또는 지식이 구축하는

관념 세계, 그리고 이 관념 세계가 쌓아 올리는 진지함은 일상의 몸짓처럼 무의미하다. 세상은 우연과 반복되는 모방으로 채워지고 있다는 것. 〈강원도의 힘〉에서 시간강사 상권(백상학 분)은 이미 교수가 된 후배와 강원도 여행을 떠나고, 같은 처지의 선배와 함께 대학의 분위기를 비판하고, 일본 방송을 보고 있는 교수의 집에 양주병을 사 들고 인사 간다. 그는 술집으로, 카바레로, 횟집으로, 강원도로, 교수의 집으로, 원서를 제출하는 지방대학교로 끊임없이 돌아다닌다. 그러나 홍상수의 다른 영화들처럼 상권은 참을 수 없는 욕망을 향해 돌진한다. 이를테면 그의 영화들은 수컷이 명예와 성욕을 채우기 위해 부단한 탐색을 벌이는 모험담이다. 상권이 교수가 되었을 때, 선배 교수들과의 회식 자리에서 그는 자연스럽게 섹스 빈도수에 대한 토론을 벌인다. 적어도 그는 대한민국에서 긴 방황을 끝낸 셈이다. 그는 이처럼 무미건조한, 무의미한, 위선적인 삶을 살기 위해 그토록 달려왔던가.

〈세기말〉은 좀 더 폭력적이다. 어떤 의미에서 송능한이 한국의 세기말을 점검하는 시선은 철저하게 1980년대적이다. 세상을 절단하고 재배치하는 내러티브 욕망과 미장센의 무의식에 있어서 투박한 정치성을 지니고 있다는 말이기도 하다. 그러나 투명해야 할 그 정치성에 1990년대 말의 피로감이 덧붙여져서 카메라의 시선은 가끔 갈 길을 잃고 헤맨다. 시간강사 상우(차승원 분)는 세상을 비판하고 조롱하는 재미로 산다. 유부남이면서도 처음 만난 여기자와 격렬한 정사를 나누고, 전망 부재의 역사를 강의실에서 침 튀기며 외쳐댄다. 그는 교수가 된 선배를 만나 술대접을 한다. 그는 선배와 고환의 크기가 성욕과 맺는 관계에 대해서 진지하게 토론하고, 그 선배로부터 찬조금 5,000만 원을 준비해야 한다는 충고를 전해 듣는다. 상우는 상권이 아니다. 상우는 2차 술자리 룸살롱에서 선배에게 주정 부리고 교수가 되지 못한다. 그리고 아내로부터 이혼을 당한다. 그가 강의실에서 우리나라의 근대 100년사가 철저하게 실패한 역사이고, 이렇게 만든 '아비'를 'x할 놈'이라고 저주해도, 추락한 대학사회와 지식인의 존엄성은 회복되지 못한다. 송능한은 상우의 입을 빌려, 이 사회를 이렇게 엉망으로 망쳐놓은 놈들이야말로 상우 같은 지식인이 아니었겠는가, 하고 중얼거린다. 이는 무너지는 근대성, 또는 "물신주의에 근거를 두고 있는 포스트식민 근대성"[2]에 대한 매몰찬 야유가 아니겠는가.

〈플란다스의 개〉에서 아파트에 사는 시간강사 윤주(이성재 분)는 신경쇠약증으로 고통받는다. 어디선가 자신을 비웃듯이 들려오는 개 짖는 소리. 그는 소음 발생의 원인이라고 규정한 강아지 한 마리를 아파트 옥상에서 던져 버린다. 아파트 관리인은 죽은 개를 지하실에서 끓여 먹고, 아파트 옥상에서 부랑자는 잡아온 개를 먹으려고 물을 끓인다. 개를 잃은 할머니나 어린아이들은 사방으로 개를 찾아 헤맨다. 아내의 경제력에 빌붙어 사는 윤주

---

2) 최정무, 「경이로운 식민주의와 매혹된 관객들」, 현실문화연구 편, 『문화 읽기: 삐라에서 사이버문화까지』, 현실문화연구, 2000, 61쪽.

가 피해망상증으로부터 탈출할 수 있는 길은 교수가 되는 길뿐이다. 케이크 상자에 차곡차곡 돈 다발을 집어넣고 교수에게 바침으로써 그는 취직에 성공한다.

　풍경이 풍경다워지려면 이것은 균질 공간과 익명의 시선을 준비해야 한다. 상권, 상우, 윤재 등은 대학 근처를 배회하며 먹을 것을 찾는다. 운이 좋은 이는 썩은 고기라도 발견하지만 다른 이는 그것마저 구하지 못하고 허기를 느낀다. 이들이 찍히거나 그려진 그림은 이 시대의 풍경화인가. 말하자면 이들의 그림은 기존 문화를 세속화하고 개인적인 관조로서의 세계를 생산해내는가. 이들 영화에게는 총체성까지는 아닐지라도, 최소한 사회와 역사의 징후를 드러내는 원근법적 구도가 충실하게 구축되지 못한 듯하다. TV드라마 〈아줌마〉에서 오삼숙(원미경 분)이 장진구(강석우 분)의 머리채를 잡고 흔들어댄다 하더라도 그것이 이 시대의 표상 공간으로 등장하기 위해서는 근대 체제의 모순에 저항할 용기가 필요할 것이다.

(『교수신문』, 2002.4.17)

폭력의 추억, 또는 살아남은 자의 우울함

안성기와 박중훈이 주연을 했던 영화 〈투캅스〉(1993)가 흥행에 큰 성공을 거둔 이후 한국 영화에는 경찰들의 이야기를 주제로 하는 작품들이 뜸했었다. 1990년대 후반, 특히 IMF 이후 한국영화계는 순정 멜로물과 블록버스터 액션물이 양대 산맥을 형성해 왔다. 물론 2001년 '와라나고 보기 운동'의 대상 작품인 〈와이키키 브라더스〉, 〈라이방〉, 〈나비〉, 〈고양이를 부탁해〉와 같이 평론계로부터 호평을 받은 개성 있는 영화들도 있었다.

그러나 〈인정사정 볼 것 없다〉(1999)의 박중훈을 시작으로 〈이것이 법이다〉(2001)의 김민종, 〈공공의 적〉(2002)의 설경구, 〈살인의 추억〉(2003)의 송강호, 〈와일드카드〉(2003)의 양동근 등과 같은 극중 형사들은 가히 형사 영화 신드롬이라 부를 만한 하나의 흐름을 형성했다. 게다가 SBS 드라마 〈선녀와 사기꾼〉(2003)

의 주인공 정유석도 터프가이 경찰 역을 맡았으니 이 시대 영상물에서 경찰이 매우 중요하고 매력적인 코드로 자리 잡고 있음이 틀림없었다. 몇몇 평자들은 20세기 말과 21세기 초 한국영화의 주류를 이루었던 조폭 영화 모티프가 그 여세를 몰아 경찰서와 범죄현장으로 옮겨졌을 뿐이라는 의구심을 숨기지 않는다.

홍행의 보증수표로 작용했던 조폭 영화가 선정적인 폭력 장면과 완성도 낮은 작품성 때문에 보수적인 사회단체와 평단으로부터 꾸준하게 비판받아 왔던 것에 비해, 형사들을 주인공으로 전개되는 일련의 작품들은 평론계와 관객들로부터 골고루 호평을 받고 있다는 점에서 차이점을 보여준다. 소위 조폭 영화가 관객들로 하여금 폭력의 주범들에 동일시되는 것을 유도함으로써 폭력 자체의 비인간성에 대한 비판적 의식을 흐리게 했다는 지적을 받을 수 있다. 관객들은 조폭 영화의 주인공들, 즉 이 시대의 안티 히어로(anti-hero)가 일으키는 범죄를 친숙하고 매력적인 것으로 받아들일 위험성을 안고 있기도 하다.

그렇다면 파렴치한 범죄를 소탕하기 위해 동분서주하는 경찰이나 형사의 시선으로 폭력을 바라보게 하는 일련의 형사 영화들은 좀 더 보수적이고 윤리적인 인식 변화로 간주될 수 있을까. 에르네스트 만델은 『즐거운 살인: 범죄소설의 사회사』에서 자본주의 체제 자체가 범죄와 밀접하게 연루되어 있다는 견해를 펼친다. 그는 모순에 찬 사회 속에서 추리 서사의 사건 해결 내러티브를 통해 상상적인 해결의 감각을 부여한다고 본다. 더 나아가 경찰, 인과응보, 악의 척결 등과 같은 요소들은 만연하는 범죄,

부패의 위협에 처한 부르주아의 사유재산 보존에 대한 위기감을 대표하는 것이라고 주장한다.

그러나 〈와일드카드〉와 〈살인의 추억〉은 만델식의 결연한 비판을 아슬아슬하게 빗겨 나간다. 〈와일드카드〉에서 두 형사는 범인을 잡기 위해 조폭을 접수하여 이들을 동원하고, 〈살인의 추억〉에서는 어설픈 수사로 일관하다가 끝내 범인을 잡지 못한다. 말하자면 이 두 영화는 범죄와 폭력으로부터 자신의 사유재산을 지키고자 하는 부르주아의 욕망을 충족시켜주기 위해 권선징악의 내러티브로 온전하게 환원되지 않는다. 적어도 이들 영화에 등장하는 형사들은 셜록 홈즈, 명탐정 코난, 〈양들의 침묵〉의 스털링(조지 포스터 분)과 같은 근대적 이성주의자가 아니다. 이를테면, 〈살인의 추억〉에서 형사들은 비합리적이고, 어수선하고, 우스꽝스럽고, 가련하기까지 한 캐릭터들이다.

〈와일드카드〉가 범죄자는 반드시 잡혀야만 되고 잡힐 수밖에 없다고 하는 당위(Sollen)의 세계에 머물고 있다면, 〈살인의 추억〉은 범죄를 우리의 삶 속에 스며들어 있는 공포처럼 척결될 수 없는 것으로 인식함으로써 존재(Sein)의 세계에서 어슬렁거리고 있는 것은 아닐까. 〈와일드카드〉의 형사들이 "꿈은 이루어진다"를 외치면서 범인을 쫓아다니건 〈살인의 추억〉의 형사들이 우왕좌왕하면서 씁쓸한 허탈감에 주눅 들건 이들은 모두 카프카의 단편에 등장하는 쥐를 닮았다. 서울 도심의 뒷골목과 화성의 논길을 쉬지 않고 달려가는 형사들은 자신들이 삼면(三面)으로 된 벽과 고양이에 의해 포위되어 있다는 사실을 알아차리지 못한다. 퍽치기를 당해 살해되건 비 오는 날 연쇄살인범에 의해 죽임을 당하건 이 주검들은 살아남은 자들에게 범죄현장의 혈흔(血痕)처럼 시대의 우울함을 남겨둔다. 승률 100%를 보장하는 Wild Card에의 욕망은 우울한 시대가 빚어낸 장밋빛 백일몽은 아니었을까. 인간다운 삶을 죽여 버리는 폭력은 추억이라는 사진첩 속에 곱게 간직된 것이 아니다. 그것은 '지금−여기' 낯 두꺼운 권력들의 욕망 속에서 파렴치하게 활보하고 있다.

(『교수신문』, 2003.7.7)

전쟁과 폭력에 대한 두 개의 시선

: 〈태양의 눈물〉, 〈피아니스트〉

〈블랙 호크 다운〉, 〈진주만〉, 〈글래디에이터〉 등에서 웅장하고 감성적인 음악을 선보였던 한스 짐머(Hans Zimmer)의 배경음악이 〈태양의 눈물〉 화면을 촉촉이 적시면서 나이지리아 내전의 참혹했던 광경들이 펼쳐진다. 아프리카 민속 리듬과 웅장한 오케스트라 반주가 절묘하게 조화된 음악은 디제시스 공간의 비장미와 휴머니즘을 잔뜩 부추긴다. 게다가 섬세한 촬영 기법은 아름다운 자연과 끔찍한 살육 장면을 효과적으로 대비시키면서 공포에 떠는 영혼들의 숨결을 그려내는 듯하다.

아프리카의 '킬링 필드' 나이지리아. 유전 소유권을 둘러싸고 발생한 나이지리아의 내전. 민주주의 정권이 신군부의 쿠데타로 함락된 후, 반군과 민병대는 잔인한 인종 청소 작업을 벌인다. '지구의 바른 생활 사나이'인 미국이 이를 보고 그냥 지나칠 수 없다. '민주주의, 인권, 자유, 정의'는 팍스아메리카의 트레이드마크가 아니던가. 네이비실(Navy SEALs)의 특수부대장인 워터스(브루스 윌리스 분)는 나이지리아에서 의료 봉사 활동을 벌이고 있던 여의사 레나 켄드릭스(모니카 벨루치 분)를 구출해 오라는 특명을 받고 부대원과 함께 밀림 속으로 들어간다. 여의사는 주민들과 함께 가야 한다고 억지 부리고, 냉정한 군인인 워터스는 그리스 비극의 주인공처럼 내적 갈등에 휘말린다. 군의 명령을 따를 것이냐, 인간의 양심에 따를 것이냐. 그러나 브루스 윌리스는 역시 그리스 비극의 영웅이 아니라 미국의 마초적인 영웅이다.

미국 영화가 지금까지 그래 왔듯이, 이 영화의 주인공 워터스 역시 상부의 명령을 어기고 여의사와 주민들을 국경 너머 카메룬까지 인솔하기로 결정함으로써 정의로운 마초 영웅을 그려낸다. 이때 위기에 빠진 주민들을 인도하는 워터스는 애굽을 탈출하여 젖과 꿀이 흐른다는 가나안땅으로 백성을 이끌고 가던 모세를 닮았다. 워터스는 인도주의를 실현하기 위해 악의 땅 나이지리아에서 유토피아 카메룬으로 어린양들을 인도한다.

이 때문에 따라나섰던 주민들은 물론이고 워터스의 유능한 부하들이 추적하던 반군과의 전투 과정에서 희생된다. 그러나 영화의 내러티브 속에서 수없이 희생당한 생명들의 비극은 엑소더스의 환희와 함께 굳게 봉합된다. 엔딩 타이틀이 나오기 직전 화면에 새겨지는 "선의 방관은 악의 승리를 꽃 피운다"(에드먼드 버크)는 인용문은 이 영화의 궁극적인 메시지를 직접적으로 내세운다. 워터스는 세계 경찰답게 나이지리아의 온갖 죄악을 방관

할 수 없어 출전한다. 워터스가 중얼거렸듯이, 외교적 마찰 따위
는 아무런 의미가 없다. 미국적 휴머니티는 세속적이고 현실적
인 규범을 훌쩍 뛰어넘는 초월적이고 본질적인 진리체계가 아니
었던가.

적도(赤道) 기니와 가봉은 유전지역 영유권 분쟁 중이고, 아프
리카 최대 유전지대 나이지리아 니제르강 유전지대에서도 반정
부 무장 세력이 유전시설을 장악, 정부 측과 대치 중이다. 흥미롭
게도 미국이 독재정권 타도와 인권 옹호를 위해 개입하는 전쟁
뒤에는 석유가 있다. 영화 〈태양의 눈물〉에서 관객의 심금을 자
극하는 여의사 켄드릭스, 네이비실 행동대장 워터스, 함장의 휴
머니즘은 감상적이다 못해 어설프기까지 하다. 이들에게 전쟁은
어설픈 휴머니즘을 위한 하나의 게임일 뿐이다.

이에 비한다면 로만 폴란스키 감독의 〈피아니스트〉는 전쟁과
폭력에 대해 좀 더 진지하다. 〈비터문〉, 〈차이나타운〉, 〈시고니
위버의 진실〉과 같은 영화를 알고 있는 관객은 폴란스키와 〈피
아니스트〉의 관계를 낯설어할지도 모른다. 그러나 폴란스키의
일관된 주제의식이 '개인의 은밀한 충동과 욕망, 일상 속의 개인
내면, 본능으로서의 폭력'이라고 했을 때, 〈피아니스트〉는 자신
의 필모그라피를 제대로 채워나가고 있다는 증거로 볼 수 있다.

2002년 깐느 영화제 황금종려상, 2003년 아카데미 감독상이라
고 하는 화려한 이 영화의 수상 경력은 〈피아니스트〉가 주제의
식이나 영화적 완성도에 있어 납득할 만한 수준에 도달했음을
말해준다. 2차 세계대전 중 독일의 유대인 학살을 소재로 한 영

화는 〈쉰들러 리스트〉, 〈인생은 아름다워〉, 〈소피의 선택〉, 〈안네의 일기〉 등을 떠올려도 충분할 것이다. 나치의 광기를 섬뜩한 시선으로 응시하는 것은 〈쉰들러 리스트〉와 비슷하지만, 〈피아니스트〉에 스필버그식의 현대판 영웅은 존재하지 않는다. 유대계 폴란드 피아니스트인 블라디슬로프 스필만(애드리안 브로디 분)은 궁색할 정도로 비겁하고 소심하고 나약하다. 이성으로는 도저히 이해될 수 없는 인간의 광기와 폭력성, 이것들을 벌벌 떨면서 지켜볼 수밖에 없는 무력한 예술가. 스필만은 용감하지도 비장하지도 심각하지도 않은 인물이다. 그는 자신의 목숨을 지키기 위해 공포에 질린 채 어둠 속에서 웅크리고 있을 뿐이다. 그는 지하 반군도 아니고 게릴라도 아니고 그렇다고 나치 협력자도 아니다. 폭력의 광기 속에서 그는 아무것도 아니다. 끔찍한 폭력 앞에 내던져진, 아니 폭력을 훔쳐볼 수밖에 없는 먼지 같은 존재일 뿐이다. 그럼에도 불구하고 무력한 그의 눈에 포착된 폭력의 이미지는 역사와 기억에 대한 우리들의 성찰을 꾸준하게 요구한다.

이미지는, 역사와 마찬가지로, '전혀 아무것도 부활시키지 않는다'. 그러나 이미지는 "구원한다". 이미지는 지식을 구한다. 이미지는 자신이 할 수 있는 얼마 안 되는 것에도 불구하고, '모든 것을 무릅쓰고' 시간들에 대한 기억을 '늘어놓는다'.[1]

---

1) 조르주 디디-위베르만, 오윤성 옮김, 『모든 것을 무릅쓴 이미지들』, 도서출판 레베카, 2017,

만약 〈피아니스트〉가 전쟁과 폭력과 살육과 비인간성에 대한 강력한 항의일 수 있다면, 그것은 아마 주인공 스필만의 보잘것 없는 존재 방식, 또는 "자신이 할 수 있는 얼마 안 되는 것에도 불구하고, 모든 것을 무릅쓰고 시간들에 대한 기억을 늘어놓"는 이미지들 때문이었을 것이다. 그는 아무것도 하지 못하고 다만 학살당하는 생명들을 지켜볼 뿐이다. 그것은 오만할 정도로 당당한 '야만의 역사'에 대해서 직접적인 반항을 할 수 없는 감독 폴란스키의 우울한 시선을 상징한다. 그의 시선에 포착된 인간은 시대와 체제와 상황에 구속된 실존적 자아에 한정된다. 폴란스키에 있어 '악의 매커니즘'은 의지대로 절단할 수 있거나 종결시킬 수 있는 딱딱한 대상이 아니다. 그것은 마치 〈에일리언〉의 리플리(시고니 위버 분)가 자신의 몸속에 들어온 괴물의 씨앗을 증오하면서도 연민을 가질 수밖에 없는 처지를 연상시킨다. 폭력은 에이리언처럼 내 의지와 관계없이 내 몸속에 들어와 스스로 번식한다. 그러나 폴란스키는, 스필만의 피아노 연주를 감상하고 그를 도와주는 독일 장교를 통해 실낱같은 희망을 남겨둔다. 영화 〈글루미 선데이(Gloomy Sunday)〉에서 자살 소동을 일으킨 저주의 노래 '글루미 선데이'가 음울하게 들려온다면, 〈피아니스트〉에서는 쇼팽의 야상곡이 아름답고 몽환적으로, 아주 희미한 희망의 빛을 품고 울려 퍼진다.

서로 밀접한 관계를 맺지 않는 두 개의 영화를 통해 전쟁을

273쪽.

바라보는 각기 다른 표정을 읽을 수 있다. 폴란스키의 〈피아니스트〉는 전쟁의 광기에 대한 공포를 우울하게 바라보고 있다. 그것은 마치 〈지옥의 묵시록〉에서 커츠 대령(말론 브란도 분)이 자신을 제거하러 온 윌라드 대위(마틴 쉰 분)에게 음산하게 읊조리는 말, "The horror, the horror"를 듣는 듯하다. 그러나 폴란스키는 영화의 틈 속에 가까스로 용서와 화해라는 키워드를 숨겨 놓는다. 세상이 아무리 절망스럽다 하더라도 인간과 인간의 관계가 한 줄기 희망의 빛으로 다가올 수 있다는 메타포를 남겨 둔다.

그러나 〈태양의 눈물〉은 이와는 전혀 다르다. 어쩌면 이 영화는 결코 전쟁영화라는 장르에 포함할 수도 없을 것이다. 이 영화는 〈아마겟돈〉, 〈인디펜던스 데이〉, 〈람보〉, 〈007 어나더데이〉와 같은 황당무계한 미국산 자기과시용 홍보영화 대열에 끼어야 한다. 선과 악, 광명과 암흑이라는 절대적인 이원론을 신봉한다는 점에서 이들은 마니교주의(Manicheism)의 맹렬 신자들이다. 아니다, 그들은 마니교의 현대판 교주들이다. 〈태양의 눈물〉에서 나이지리아는 하나의 스쳐 지나가는 기표이다. 이 기표는 끊임없이 기의를 미끄러져 도망친다. 소련에서 중동으로, 중동에서 북한으로, 북한에서 나이지리아로 끊임없이 옮겨 다닌다. 새로운 기표를 찾아다니는 할리우드의 시선은 먹이를 찾아 분주하게 돌아다니는 하이에나를 닮았다.

(『황해문화』, 2003년 여름호)

'집'의 광학적 무의식, 불온하고 위험한

스탠리 큐브릭의 〈샤이닝(The Shining)〉(1980), 알레한드로 아메나바르의 〈디 아더스(The Others)〉(2001)는 폐쇄된 공간, 또는 공간 그 자체가 뿜어내는 공포를 중심으로 전개되는 영화들이다. 공포영화의 새로운 분수령을 만든 〈샤이닝〉에서 잭 토란스(잭 니콜슨 분)는 교사 생활을 정리하고 전업 작가가 된다. 그는 겨울 비수기 텅텅 빈 리조트 호텔 관리직을 맡으면서 창작 생활에 몰두한다. 아내와 아들은 넓은 호텔 안에서 그들의 가장과 오붓하게 지낼 꿈에 부풀어 있지만, 잭에게 악령이 스며들면서 폭설로 고립된 호텔 공간은 끔찍한 공포의 늪으로 변한다. 〈디 아더스〉는 젊은 과부와 두 아이가 외진 저택에서 겪는 불가사의한 공포를 그리고 있다. 아무도 없는 방에서 발자국 소리가 들리거나 피아노 소리가 새어 나온다. 이때 '귀신 들린 집'들은 살아

숨 쉬는 공간이다. 집에 귀신이 들린 것이 아니라 집 자체가 유령이 된다. 이러한 집의 활유법(活喩法)은, 집은 외부와 단절되는 폐쇄적인 공간이라는 점, 인간의 가장 원초적인 인간관계로 엮인 가족의 공간이라는 점, 따라서 집은 위험하고 거친 외부로부터 보호받을 수 있는 가장 안전한 공간이라는 점을 역설적으로 강조하기 위한 것이다. 가장 안전하고 포근한 공간이 역설적으로 위험과 공포의 불청객을 받아들일 때, 집은 가장 불온하고 의심스러운 공간, 말하자면 발톱을 세운 채 집안사람들을 쫓아다니는 생물체가 된다.

우리나라의 경우 이미 김기영의 〈하녀(下女)〉(1960)에서 중산층 가정의 집 안에서 벌어지는 불길한 징후들을 선보인 바 있다. 부르주아의 안락함으로 충만해야 할 2층집은 하녀의 등장으로 날카롭게 균열하고 비명을 지른다. 김기영은 내친 김에 〈살인나비를 쫓는 여자〉(1978), 〈육식동물〉(1984)에서도 음침한 폐쇄성을 통해 집 공간이라는 안전지대를 야만적이고 충동적인 욕망의 늪 속에 던져 버린다. 하길종 감독의 〈화분(花粉)〉(1972) 역시 서양적인 가구들로 채워진 전통 한옥이 기괴한 신음 소리를 내며 몸을 비튼다. 히치콕의 〈사이코〉(1960)에 대한 오마주 같은 김성홍 감독의 〈올가미〉(1997)에서는 살아있는 자의 광기 때문에 핏빛으로 얼룩지는 집이 등장한다. 이 영화들은 각기 다른 방식으로 한국의 사회적 변화에 대해 불안한 심기를 드러내고 있다. 따라서 신음하고, 절규하고, 음산하게 웃고 있는 집은 하나의 상징, 한국사회의 어떤 징후에 대한 환유(換喩)가 된다.

2003년 여름 즈음, 김지운 감독의 〈장화, 홍련〉, 시미즈 다카시 감독의 〈주온(呪怨)〉, 자우메 발라게로 감독의 〈다크니스(Darkness)〉, 이수연 감독의 〈4인용 식탁〉을 통해 또 다시 집의 공포가 도래한다. 오컬트영화로 이해되는 이러한 일련의 공포영화들은 안락한 집의 일상성을 낯설고 끔찍한 저주로 할퀸다. TV, 소파, 침대, 이불, 싱크대, 옷장, 층계, 방문은 이제 더 이상 가족의 손때가 묻은 친근한 가구가 아니다. 이 가구들은 악령이 빙의(憑依)한 괴물들이다. 아니다. 이 가구들을 흔들어 깨워 광란극을 벌이게 부추기는 진짜 괴물이 있다. 그 괴물은 집이다.

〈주온〉은 불륜에 의해 가족이 어떻게 파괴되고 저주받는지 섬뜩하게 그린다. 불결한 욕망으로 오염된 인간들은 결국 악령에 사로잡힌다. 〈다크니스〉에서 마르코 가족은 스페인의 한적한 시골 주택으로 이주하여 희망에 찬 생활을 시작한다. 그러나 아름다운 집에 서린 어둠의 저주는 아버지의 정신질환, 가족에 대한 어머니의 무관심, 목이 잘린 아이들의 그림을 그려대는 동생의 광기를 '입주선물'로 준다. 어둠 속에 고립된 가족을 구해줄 수 있는 것은 무엇인가. 〈4인용 식탁〉에서는 신혼부부의 식탁에까지 음산한 공포의 그림자가 드리운다. 정원(박신양 분)과 연(전지현 분)은 인생에서 가장 황홀해야 신혼기의 4인용 식탁에서 초청하지도 않은 악령과 고통스러운 식사를 해야 한다.

2000년에 쏟아져 나온 공포영화 네 편은 모두 학교라는 공적(公的) 공간을 중심으로 공포의 실마리를 풀어나간 바 있다. 〈하피〉에서는 고등학교 영화 동아리들이 산장에서 영화를 찍다가,

〈가위〉에서는 '어퓨굿맨'이라는 명칭의 대학생 모임 사이에서, 〈해변으로 가다〉에서는 컴퓨터 통신 '바다 사랑 동호회'의 회원들이 해변으로 여름 여행을 떠나면서, 〈찍히면 죽는다〉에서는 왕따 당하던 주인공이 친구들과 여행 중에 끔찍한 살인극을 경험하게 된다. 이들에게 가족이나 집의 흔적은 별로 드러나지 않는다. 집을 떠난 외부 공간은 불합리한 폭력과 편견의 희생양을 필요로 하는 공포의 공간이다. 이 영화들은 아직 집이 안락한 공간임을 믿고 싶어한다. 상투적인 지적이긴 하지만, 우리는 이 영화들이 남긴 흔적들에서, IMF 이후의 절망감과 세기말의 불안함, 그리고 전혀 희망적이지 않은 새 밀레니엄 시기의 초조함을 선명하게 볼 수 있다. 이 일련의 공포영화들은, 작품의 완성도와는 전혀 상관없이, 시대의 불안을 가정 외부로부터 기인하는 것으로 인식한다. 이보다 약간 먼저 나온 〈여고괴담〉 시리즈 역시 가정 밖 학교 공간에서 벌어지는 지옥도(地獄圖)를 선보이고 있다. 가정의 울타리를 벗어난 젊은이들은 시대의 광기에 노출되어 치명적인 위험에 빠질 수 있다는 강박증. 그것은 시대에 대한 지독한 공포와 불신감을 말해주는 것이면서, 동시에 아직도 가정이라는 절대 안전지대가 존속하고 있다는 희망을 갖게 만든다. 가족, 집, 혈연은 그래도 우리가 놓치지 않고 부여잡고 있는 마지막 은신처가 아니겠는가. 그런 의미에서 김지운의 〈장화, 홍련〉은 매우 불길하다.

  〈조용한 가족〉(1998)으로 데뷔한 김지운은 〈반칙왕〉(1999), 〈커밍아웃〉(2000), 〈쓰리〉(2002) 등의 작품을 통해 독특한 실험성과 감수성으로 작가만의 영화 세계를 구축하였다. 잔혹 코믹극인 〈조용한 가족〉은 여섯 가족이 IMF를 맞아 직장에서 쫓겨난 아버지의 퇴직금을 가지고 산장을 개업하면서 벌이는 한판의 난장(亂場)을 보여준다. 예기치 않은 불상사 때문에 이들 가족들은 어이없는 살인극을 벌이게 되는데, 외진 곳에 위치한 이 산장에 음습한 죽음의 기운이 감돌고 있다 하더라도 큰 문제는 발생하지 않는다. 왜냐하면 이 산장에 거주하고 있는 여섯 명의 인물들은 모름지기 가족, 그것도 팀워크가 아주 잘 맞는 가족이기 때문이다. 이들 가족 앞에 놓인 현실이 비록 거칠고 절망적이라 할지라도, 이들은 산장 근처에 묻어놓은 시체들을 기회로 삼아 위기 상황을 잘 넘길 것이다. 이들은 괴물 같고 기괴하긴 하지만 서로를 잡아먹지는 않는다. 따라서 보수적인 의미에서, 이들은 가족이다.

그러나 김지운의 가족들은 서서히 유전자 변화를 모색한다. 〈반칙왕〉에서 은행원 임대호(송강호 분)는, 울트라 마스크를 쓴 아들을 전혀 용납할 수 없는 아버지와 한 집에서 타인처럼 동거한다. 임대호는 〈조용한 가족〉에서 본 가족의 끈끈한 유대감을 가지고 있지 않다. 임대호가 영화의 마지막 장면에서 은행 부지점장과 한 판 붙기 위해 달려가다 길바닥에 자빠지더라도 그의 아버지는 도와줄 수 없다. 아니, 도와줄 생각도 없다.

〈쓰리〉에 와서는 가족과 집이 심하게 부패하기 시작한다. 〈쓰리〉의 첫 번째 이야기 '메모리즈(Memories)'에서 신도시 아파트로 이사 온 중산층 성민(정보석 분)과 그의 아내(김혜수 분)는 기이한 상황에 내던져진다. 어느 날 아내가 아파트에서 사라지고, 성민은 아내를 찾아 헤매지만 아파트 단지는 그에게 낯선 공간으로 위협해 온다. 어느 음습한 거리에서 깨어난 아내는 집을 찾아 돌아다니지만 자신이 왜 길 위에 있었는지 기억하지 못한다. 아파트와 길이 이들에게 낯선 것처럼 이 부부는 서로에게 타자일 뿐이다.

그리고 조금 뒤에 한 가족이 매우 한적한 시골의 일본식 2층 목조 건물에 모인다. 〈장화, 홍련〉에서는 그나마 지금까지 희미하게 남아 있던 가족 서사가 완전하게 지워진다. 감독이 이 영화를 만들면서 "가족 관계 속에 도사리는 죄의식과 공포"를 보여주고 싶었다고 말한 것을 상기한다면, 〈장화, 홍련〉은 현대사회의 균열이 이들 가족에게까지 손을 뻗치고 있음을 보여주려는 영화임을 알아챌 수 있다. 한밤중에 2층 복도를 뛰어다니는 수상한 발소리가 들리고, 침대 위로 기어오르는 귀신의 창백한 얼굴이 누워있는 자를 노려보고 있다. 이유 없이 방문이 열리고, 발을 디디는 마룻바닥 사이로 피가 새어 나온다. 계모와 아버지와 두 딸의 수상한 동거(同居), 이 의사가족(擬似家族; pseudo-family)의 비극은 우리의 마지막 안전핀을 사정없이 뽑아낸다.

조폭영화와 형사영화의 마초적 폭력성을 통해 대체가족(代替家族)을 꿈꿔온 한국 영화는 이제 '가족은 없다'고 외치게 된다. 아니, 어쩌면 우리의 경박한 근대성, 남성적 유대감과 정의감으로 훼손된 정체성을 회복하려 몸부림치던 국민−국가적 욕망이 무의미한('무능력'이 아니다.) 아비, 〈장화, 홍련〉의 유령 같은 아버지(김갑수 분)를 상상해 낸 것일지도 모른다. 집 밖에서 상처받고 "혓바닥 늘어뜨린 병든 수캐마냥 헐떡거리며"(서정주, 〈자화상〉) 돌아온 가족들은 살기(殺氣)에 찬 집의 협박에 못 이겨 다시 집 밖으로 쫓겨나고 있다. 귀신 들린 집을 우리는 어떻게 되찾을 수 있을까. 아니, 언제쯤 집이 악령에서 벗어나 우리를 맞아줄 수 있을까.

(『황해문화』, 2003년 가을호)

한국 영화 속의 리저널리즘(Regionalism)

: 인천성(仁川性)으로서의 지역

오정희의 기억 속에 묻어있는 1950년대의 인천은, 소설 〈중국인 거리〉에서 그저 낯설고 남루한 해안 도시에 불과했다. "큰 덩치에 비해 지붕의 물매가 싸고 용마루가 밭아서 이상하게 눈에 설고 불균형해 뵈는 양식의 집들이 모여 있는" 이 도시는 바닷바람에 쓸리고 낡아버린 옛 도시에 지나지 않았다. 이른 새벽에 부두로 해산물 따위를 받으러 가는 이들의 자전거 페달 소리로 하루를 시작하고, 동네 아이들은 제분공장에서 떼 지어 놀면서 석탄 공장에서 훔친 석탄을 군고구마, 딱지, 사탕 등으로 바꾸며 지낸다. 소설 속 중국인 거리는 양공주들의 숙소가 즐비했고, 주인공의 친구 치옥은 장차 커서 양갈보가 되리라는 희망을 안고 살아간다. 흑인과 동거하고 있는 매기 언니의 방에는 화장품, 속눈썹, 패티코트(petticoat) 등이 어린 소녀들의 호기심을 자극한다. 이 거리의 아이들을 일찌감치 더럽고 치사한 세상사를 알아챈 조숙아들이다. 더럽고, 음습하고, 끈적끈적하고, 보잘 것없는 도시 풍경. 오정희가 〈중국인 거리〉에서 회고하고 있는 인천의 풍광은 더할 나위 없이 누추하다.

한국 영화가 상상하는 '인천', 또는 '인천성(仁川性, Incheonness)'은 오정희가 게워낸 추억담(追憶談)의 이미지에서 크게 변화하지 않는다. 인천은 매우 남루하고, 무질서하고, 원초적이고, 척박한 변두리로 환기된다. 〈파이란〉이 그렇고 〈고양이를 부탁해〉가 그렇다. 좀 더 낭만적으로 인천을 그려본 TV 드라마 〈내 마음을 뺏어봐〉도 사정은 별반 다르지 않다. 부산이나 목포, 또는 군산이나 속초 등이 아니라 유독 인천이 시선에 들어온 이유는 매우 착잡한 일이다. 우리는 여기에서 인천을 리저널리즘(Regionalism)의 대상으로 설정해 볼 필요가 있다. 특정한 지역(region)을 하나의 주의(主義; ism)로서 사유하는 것은 어떤 효용성을 지니는가.

한 가지 말할 수 있는 것은 '지역'이라는 방법에 대한 관심을 틀림없이 지리 공간(아울러 문화 공간)의 경계를 확정하는 문제로 집중되리라는 사실이다. 그로써 자타를 가르는 경계를 영구한 것으로 상정하지 않고, 그 경계 설정을 광의의 지적, 전략적 활동의 일환으로 다룰 수 있게 될 것이다.[1]

---

1) 마루카와 데쓰기, 백지운·윤여일 옮김, 『리저널리즘』, 그린비, 2008, 20쪽.

인천은 짙은 향토성이 배어나는 타향 이미지도 아니고, 그렇다고 서울과 같이 대도시의 이미지도 아니다. 사투리도 쓰지 않고, 독특한 전설이나 민담으로 환기될 수도 없으면서, 지극히 촌스러운 풍경은 서울이 발견해 낸 또 하나의 타향이다. 인천은 서울말을 쓰되 촌스럽고 전근대적인 사람들로 우글거리고, 인천은 항구이되 걸쭉한 향토성을 드러내지도 않는다. 인천은 온전한 도시도 아니고 그렇다고 온전한 항구도 아닌, 서울의 타자일 뿐이다. 이때 '인천성', 또는 인천이라는 지역을 말할 때, 지역이라는 단어에서 "정치적, 군사적 지배 및 통제의 어감을 떼어 내기란 어려우며, 그 점을 배제하거나 망각한 채 '리저널리즘'을 논하거나 '리저널리즘'을 통해 무언가를 말해서는 안 된다."[2] 그러나 동시에 인천의 '리저널리즘'이라는 말 속에는 "여전히 느슨하게나마 근대 이전이라는 시간의 '그림자'가 드리워져"[3] 있음을 외면해서도 안 된다. 이는 인천이 서울이나 다른 지역과 나누어지는 경계선을 지니고 있음을 뜻한다. 이 경계선은 서울이라는 대도시와의 변별성, 즉 서울의 정치적, 문화적인 영향 하에 인천이 놓일 수밖에 없다는 지정학적 의미와 함께, 식민지 지배를 맨살로 받아들여야만 했던 개항 도시 인천이라는 역사성도 지니고 있음을 뜻한다.

한국 영화에서 인천이 공간적 배경으로 나오는 경우는 그리

---

2) 위의 책, 19쪽.

3) 위의 책, 같은 쪽.

흔하지 않다. 〈파업전야〉(1990), 〈북경반점〉(1999), 〈시월애〉(2000), 〈엽기적인 그녀〉(2001), 〈파이란〉(2001), 〈고양이를 부탁해〉(2001), 〈패밀리〉(2002) 등의 영화가 인천을 배경으로 만든 것들이다. 물론 〈파이란〉과 〈고양이를 부탁해〉를 제외하고는, 부분적으로 인천을 대상으로 삼고 있거나 인천 문제와 거의 관련이 없는 경우에 속한다. 〈실미도〉는 인천의 부근 섬인 실미도에서 촬영했지만, 이 공간은 인천의 특색이 두드러지지 않는 편이다. 한편 1998년에 TV 드라마로 선보였던 〈내 마음을 뺏어봐〉도 많은 부분을 인천에서 촬영했던 드라마였다.

〈파업전야〉는 1990년 세계 노동절 101주년을 기념하기 위해 '장산곶매'에서 만든 영화이다. 〈텔미썸딩〉의 장윤현이 공동 감독을 맡기도 했던 이 영화는 상영 금지 처분을 받자 대학가를 중심으로 은밀하게 전파되었다. 이 영화는 1987년 인천 남동공단에서 노동조합 결성과 관련된 노사 갈등을 주요 모티브로 삼고 있다. 인천 남동공단의 금속공장. 이 공장의 노동자들은 열악한 노동환경과 비인간적 처우에 맞서 민주노조 결성을 시도한다. 16mm로 촬영되었던 이 영화는 비록 거칠고 투박한 화면과 직설적인 주제 표출 때문에 소위 충무로 영화의 매끈함을 지니고 있지는 못하지만, 황량하고 음습한 인천의 공장 지대를 진지하게 관찰함으로써, 1980년대 사회 모순의 핵심을 관통하고자 한다. 이때 인천은 그 특유의 공간성을 초월하여 1980년대라는 시대성을 확보한다. 〈아름다운 청년 전태일〉이 청계천 피복 공장 주변을 노동자의 공간으로 형상화했듯이, 〈파업전야〉는 인천을 노동투쟁의 핵심 공간으로 구축해 낸다.

인천 자유공원(自由公園)에서 하인천(下仁川)으로 내려가는 비탈길 중간, 이른바 북성동(北城洞) 차이나타운(Chinatown)에서 촬영한 〈북경반점〉은 중국 요리점을 배경으로 한다. 100년 전쯤에 건축되었던 한의원(韓醫院) 건물을 개조한 세트장 '북경반점'은 인천 차이나타운의 아이콘으로 활용된다. 1992년 청나라와의 '조청상민수륙무역장정(朝淸商民水陸貿易章程)'이 맺어지고 임오군란 때 청나라 군대를 따라온 상인들이 상륙하면서부터 인천 화교사(華僑史)가 시작된다. 자장면하면 화교(華僑)가 연상되고, 화교하면 인천의 차이나타운이 연상되는 것은 매우 상식적이다. 왜냐하면 자장면이 탄생한 곳이 바로 이곳이기 때문이다. 그러나 이 영화에서 북성동 차이나타운의 중국 요리점이라는 공간 자체는 사실 인천성(仁川性)과 거의 상관이 없다. 그것은 TV 드라마 〈맛있는 청혼〉의 배경이 되었던, 연세대학교 후문에 위치한 중국집과 공간적 의미에 있어 큰 차이가 없기 때문이다. 이 영화에서 차이나타운은 그저 옛스러운 골목 풍경을 소개하고 전시하는 것에 지나지 않는다.

TV 드라마 〈내 마음을 뺏어봐〉도 북성동 차이나타운에서 촬영한 작품이다. 비탈지고 좁은 골목, 일제 강점기를 연상시키는 낡은 주택들, 카메라의 눈에 포착되는 중국식 집들. 브라운관을 통해 전해지는 인천의 골목 씬(scene)은 시간이 정지된 듯한, 아예 시간 자체가 존재하지도 않는 듯한 그림처럼 표현된다. 말괄량이 가영(전지현 분)의 집은 작은 중국 요리점을 한다. 그 옆집은 한원장의 집이다. 명문대 의대를 졸업한 외과 레지던트 1년차 석찬(박신양 분)은 한원장의 딸 예린(김남주 분)을 좋아한다. 석찬은 가영과 예린 사이에서 삼각관계를 형성하는데, 카메라는 가영의 중국 요리점과 한원장의 고풍스러운 주택 내부를 끊임없이 보여준다. 그리고 서기조(한재석 분)와 서은조(허영란 분)의 옥탑방. 아름다운 밤하늘을 올려다볼 수 있는 이 건물의 옥상에서는 멀리 동인천역의 야경이 보이고, 가까이는 축현 초등학교와 대동문구사, 그리고 골목길 분식점이 한눈에 내려다보인다. 이때 인천 중구(中區)의 인현동(仁峴洞)과 북성동은 젊은 남녀의 사랑과 방황, 고독과 환희를 표현해 주기 위해 장식적인 밑그림으로 활용된다. 북성동 골목 고택(古宅)의 복고적 취향, 그리고 동인천역 앞 야경(夜景)의 센티멘털리즘. 인천은 이때 존재하지 않는 듯하면서도 존재하는, '부재(不在)하는 현존(現存)'의 시공간이 된다. 그것은 관객들이 추억 속에 깊이 접어두었던 과거의 영상들을 불러일으키기 때문이다.

〈시월애(時越愛: Il mare)〉는 강화도 석모도 갯벌에서 찍은 영화이다. 석양이 아름다운 석모도 갯벌은 영화 속 공간인 '일마레'의 낭만성을 도와주기 위한 하나의 소품에 그치고 만다. 이 공간은 인천에 속한 섬이라기보다는 동화적 상상력으로 치장된 신화 세계에 속한다.

〈엽기적인 그녀〉에서는 지하철 1호선, 부평역 앞 광장, 하인천역 앞 등이 화면에 등장한다. '그녀'(전지현 분)는 이름이 없다. 영화를 보는 내내 그녀의 이름은 불리지 않는다. 속을 알 수 없는 이 정체불명의 '그녀' 때문에 견우(차태현 분)는 온갖 죽을 고생을 다 감수해야 한다. 견우는 인천으로 가는 전철 안에서 '그녀'가 경로석에 앉아 있던 노인의 머리 위에 음식물을 토해내는 장면을 목격해야 하고, 또한 전철에 함께 앉아 그녀로부터 사정없이 뺨을 맞아야 한다. 견우가 술에 취해 하인천까지 왔을 때, 그는 집에 돌아갈 방법이 없어 역전 벤치에서 새우잠을 자며 '그녀'를 기다린다. 그러나 '그녀'는 견우가 경찰서 임시 구치소에 갇힌 다음날에야 아무런 일도 없었다는 듯이 찾아온다. '그녀'는 버릇 없고, 무식하고, 폭력적이고, 정신 사나운 여성이다. 한 마리의 야생 동물이라 할 수 있는 '그녀'는 인천의 부평에 산다.

〈패밀리〉에서 목포 출신의 형제 깡패인 차성준(윤다훈 분)과 차성대(김민종 분)는 중국으로 진출하기 위한 교두보로 인천을 택한다. 이들은 이 지역을 접수하기 위해 인천의 토착 조직들을 차례로 무너뜨린다. 이들의 인천행은 맥아더의 인천상륙작전을 방불케 한다. 자신감을 얻은 이 형제 깡패는 인천 최고의 룸살롱 '패밀리아'를 방문한다. 이들 앞에 두 명의 만만치 않은 여성이 등장하는데, 인천의 토종 조직 보스인 최무영(이경영 분)의 애인 오마담(황신혜 분)과 이 룸살롱의 간판급 호스티스인 초희(황인영 분)가 그들이다. 이때 목포와 인천은 동일한 의미소를 지닌다. 그것은 깡패와 호스티스와 폭력의 공간으로서의 항구 도시이다. 이 영화가 재현하고 있는 인천의 이미지에 기댄다면, 관객의 입장에서 인천은 매우 위험하면서 동시에 쾌락을 유발하는 장소이다. 폭력과 욕설이 난무하는 곳이기도 하면서 관음증

을 충족시켜주는 섹슈얼리티의 공간이기도 하다. 〈신라의 달밤〉
이 경주를 희화화했듯이, 〈패밀리〉는 인천을 자극적이면서도 웃
기는 동네로 만들어 버린다.

이상의 영화, TV 드라마는 인천을 배경으로 촬영했으되, 정작
인천 자체는 존재하지 않는, 괴물 같은 화합물을 생성해 냈다.
아니, 인천 신(scene)은 카메라의 탐욕스런 관음증에 의해 인천에
서 떼어져서 아주 낯선 미장센들의 콜라주로 붙여졌다. 빛바랜
흑백 사진처럼, 신문 사회면을 채우는 폭력의 현장처럼, 또는
국적을 알 수 없는 낯선 땅처럼 인천은 스크린과 브라운관에서
어색한 포즈를 취하고 있다. 이들이 호명해 낸 인천은 스스로
자신의 이야기를 토설(吐說)할 수 없기 때문이다. 그런 의미에서
〈고양이를 부탁해〉와 〈파이란〉 두 영화는 인천에 대한 성찰을
어느 정도 유도하고 있다.

〈파이란〉에서 강재(최민식 분)는 인천의 3류 깡패, 양아치이다.
친구 조직 밑에 빌붙어 살면서 자존심과 체면을 모두 버리면서
도 자신의 삶에 만족한다. 강재가 감옥에 가게 되는 원인이 되는
포르노 비디오 판매점은 동인천역 뒷골목을 연상시킨다. 그리고
'파이란(白蘭, Failan)'이 돈 벌기 위해 한국 땅에 첫발을 디디는
인천항은 수많은 외국인 노동자에게 있어 희망의 관문이다. 불
법 복제 포르노, 포르노 잡지, 음습한 뒷골목, 인생역전을 꿈꾸며
입국하는 항구. 이때 인천은 욕망으로서의 육체성을 지닌다. 그
러나 이 육체성은 수태 능력이 없다. 사실혼과 법률혼의 갈등.
파이란(장백지 분)은 한국에서 안정적으로 노동하기 위해 위장

결혼을 한다. 강재의 이름을 빌려 혼인신고를 한 파이란은 강재와 마주한 적이 없다. 파이란의 주검을 보고서야 강재는 도시에서의 삶이 허구였음을 깨닫고 귀향하려 한다. 그러나 그는 결국 조직에 의해 죽임을 당한다.

파이란과 강재에게 있어 인천항은 하나의 출입구이다. 그러나 두 사람 모두 탈출에 실패한다. 북성동 중국인 거리 부근의 한 창고를 개조하여 만든 강재의 비디오 대여점. 이 장소는 한 세기 전 개화 문물의 거리로 그 화려한 근대성의 광휘가 밤을 밝히던 곳이었다. 강재의 파멸은, 100년 동안 정체되어 온 인천의 운명, 또는 대한민국의 근대성에 대한 하나의 알레고리가 된다.

〈고양이를 부탁해〉는 인천 소재 여상 졸업생들의 입사식(入社式)을 그려 보인다. 이들은 소위 엘리트도 아니고, 남성도 아니고, 서울 한복판의 도시 여성도 아니다. 이들의 젊음은 그래서 누추하고 창백하다. 아버지의 찜질방에서 무보수로 일하는 태희(배두나 분), 인천에서 서울까지 전철로 출퇴근하며 증권회사에서 성공하려고 애쓰는 혜주(이요원 분), 그림을 그리면서 유학을 꿈꾸는 지영(옥지영 분), 구슬 액세서리를 직접 만들어 길가에서 파는 쌍둥이 자매 비류와 온조(이은실 분, 이은주 분)는 각기 고통스러운 '어른 되기' 과정을 거친다.

사회에 첫발을 내딛는 5명의 여자 아이들은 만석동의 고가도로, 만석 부두, 북성 부두, 만석동 9번지, 만석동 철길, 차이나타운, 연안부두 여객 터미널 등을 배회하며 쓸쓸한 청춘을 위로한다. 칙칙한 느낌의 배경들은 중심에서 벗어난 다섯 여성들의 타자성을 비유한다. 이 영화는 인천에 대한 영화는 아니되 인천을 생각하게 해 주는 작품이다. 인천에 대한 정재은 감독의 시선과 해석이 과연 옳았는지에 대한 문제를 떠나서, 우선 감독이 인천의 풍경을 영화의 주제의식과 연결하려 했다는 점에서 주목할 만하다. 이 영화를 통해서 인천이 어떻게 의미화되고 맥락화될 수 있는지에 대한 좋은 자료를 얻을 수도 있을 것이다. 그러나 우리는 인천, 인천성 그 자체가 본격적으로 성찰적 대상이 된 영화를 만날 때까지 좀 더 기다려야 할지도 모른다.

(『인천문화비평』 제14호, 2003년 하반기)

영화와 공간

1.

파리 근교의 그랜드 카페에서 뤼미에르 형제가 〈기차의 도착〉이라는 50초짜리 릴을 상영한 것은 1895년이었다. 당시 그랜드 카페에 몰려 있던 관객들은 기차가 다가오는 화면을 보고 혼비백산했다. 이때 스크린 위에 영사된 이미지로서의 기차역 공간은 2차원의 화면 위에 구축된 또 하나의 3차원 공간이었다. 빛의 흔적으로서의 스크린 이미지는, 장 보드리야르가 지적한 바 있는 시뮬라크르(simulacre),1) '사실보다 더 사실 같은 가상 이미지'의 운명에서 완전히 자유로운 존재는 아니었다. 뤼미에르 형제

---

1) 장 보드리야르, 하태환 옮김, 『시뮬라시옹』, 민음사, 2015, 9~20쪽 참조.

는 이후 〈리옹의 뤼미에르 공장 출구(出口)〉, 〈물고기를 낚는 아기〉 등의 릴을 상연함으로써 파리 시민들의 새로운 시각 체험을 유도했다. 파리 시민들이 받아들인 스크린의 공간 이미지는 현실 공간의 복제라고 여겨지는 매우 강력한 재현 결과였다. 이렇게 영화는 관객들에게 매우 새로운 차원의 가공된 공간 이미지를 선사했다. 말하자면, 영화에 의해 하나의 공간이 발명되었다.

새로운 발명품으로서의 공간. 그러나 사실 이 공간은 현실을 복제하거나 재현한 것이라 보기 힘들다. 스크린 위에 펼쳐진 공간 이미지는 현실 그 자체라기보다는 현실에 대한 하나의 상징, 또는 현실에 대한 욕망의 흔적에 가깝다. 안토니오니 감독의 〈욕망(Blow up)〉(1967)에서처럼 사진이나 영화는 화학적 처리에 의해 2차원 위에 남겨진 입자들의 흔적일 뿐이다. 그것은 현실을 입증하지 못한다. 영화 속의 공간은 차라리 인공적인 구조물이다. 영화는 현실 속의 공간을 퍼오는 것이 아니라 그 공간을 패러디한다. 그런 의미에서 영화가 구현해 내는 공간은 현실 공간에 대한 인간의 욕망과 해석과 이데올로기적 선택에 대한 상상적 구조물이다. 2004년의 한국 영화는 도시로서의 서울을 어떻게 담고 있는가.

2.

　1950년 종로. 두 형제가 전차를 타고 집으로 돌아간다. 진태(장동건 분)는 동생 진석(원빈 분)의 서울대 진학만을 꿈꾸며 가족의 생계를 책임지고 있다. 종로는 전국에서 몰려든 사람들로 부산하고, 전차와 자동차들이 인파를 헤치고 질주한다. 카메라는 6.25 직전 분주하게 돌아가는 서울 시내의 일상을 담아낸다. 이후 카메라는 서울역, 대구역을 지켜보다가 음성지구, 328 고지, 756 고지, 평양 시내, 운산, 청천강 부근, 파주 석현리 등에서의 전투 장면을 클로즈업한다.

　전쟁이 짓밟고 간 한반도 공간이 스크린 위에서 처연하게, 황량하게, 또는 서글프도록 아름답게 펼쳐진다. 스크린은 진태와 진석이 서울에서 멀어짐에 따라 황량한 풍경과 함께 광기(狂氣)에 물들어가는 진태의 모습을 병치시킨다. 이를테면 영화 〈태극기 휘날리며〉(2004)가 포착해 내는 전장(戰場)의 이미지는 두 형제의 피폐해지는 내면 풍경에 대한 하나의 상징이라 할 만하다. 영화는 포탄이 비 오듯이 떨어지고, 병사들의 신체가 찢어지는 장면을 들이대며 전쟁의 참혹함을 이야기한다. 그렇다면 이 영화에 등장하는 '역사적 공간'은 진태와 진석으로 대표되는 '한민족'의 내면 공간과 이음동의어(異音同義語)라 할 만하다.

　그리고 10년쯤 뒤 서울의 효자동. 평범하고 선량한 시민 성한모(송강호 분)가 효자동에서 이발소를 운영한다. 서울이라고 하기에는 너무 시골스러운 이 동네 풍경은 전쟁의 참혹함이 그래도 많이 치유된 듯한 안정감을 보여준다. 그러나 영화 〈효자동 이발사〉(2004)는 평화롭게 보이는 서울 시내가 또 다른 혼란과 참혹함의 현장임을 드러내 보인다.

3.15 부정선거와 대학생들의 데모 행렬, 그리고 곧이어 등장하는 탱크 행진의 무거운 그림자. 이 영화 속에 포착되는 서울 효자동 일대는 거의 전쟁에 비견될 만한 혼란과 비극이 짙게 드리워져 있음을 보여준다. 선량하지만 성숙한 시민의식을 지니지 못했던 한 이발사의 눈에 비친 서울 풍경은 부조리하고 냉소적인 대상이었다. 〈태극기 휘날리며〉가 전쟁의 이름으로 공간을 투사하고 있다면, 〈효자동 이발사〉는 정치의 얼굴을 한 희비극적인 서울 풍경을 조감한다. 〈효자동 이발사〉에서 서울은 부정 투표지를 야산에 묻어버리고, 남파간첩이 전염시킨 설사병 '마루구스(Marx)'병에 걸린 사람을 신고하고, 설사병에 걸린 성한모의 아들이 중앙정보부 고문실에 끌려가 전기 고문을 받는 곳이다. 그리고 마침내 대통령이 중앙정보부장이 쏜 총알에 죽음을 맞이하는 공간이기도 하다.

독재자가 부하의 총탄에 사라지던 때로부터 약 1년 전, 서울 강남의 말죽거리에서는 또 다른 격변의 역사가 내달리고 있었다. 유하 감독의 〈말죽거리 잔혹사〉(2004)는 1978년 강남의 한 남자 고등학교를 중심으로 시대상을 조명하고 있다. 강남 개발로 이 지역의 땅값이 오른다는 정보를 입수하여 강남의 정문고등학교로 전학 온 현수(권상우 분)는 군대보다도 더 폭력적인 학교 분위기에 적응하지 못한다. 현수는 반항아 우식(이정진 분)과

모범 여학생 은주(한가인 분) 사이에서 갈피를 잡지 못한다. 현수는 은주를 짝사랑하지만 은주는 문제 학생 우식을 좋아한다. 이 소룡을 신처럼 생각하는 현수는 학교 폭력(정확하게는 1970년대의 폭력성)에 노출되어 있고, 은주는 그에게서 점점 멀어져만 간다. 교문에서의 복장 검사, 군복을 입은 교련 선생, 교실에서 폭력을 행사하는 교사, 디스코장, 떡볶기집, 독서실, FM 심야 음악 프로, 입시 학원. 마치 이 시기를 복원시키려고 시도하는 역사 탐방 기획처럼 잡다한 풍속도가 펼쳐진다.

〈말죽거리 잔혹사〉는 1970년대 서울에서의 청춘에 대한 유하 감독의 풍자시(諷刺詩)이다. 지나칠 정도로 시대적 고증에 몰두한 부분이 거슬리기도 하지만, 이 시대의 서울 공간이 폭력에 포획되었음을 보여주려는 감독의 노력은 성실했다. 버스 차장이 있는 시내버스 풍경. 그리고 걸핏하면 학교 짱을 겨루는 주먹다짐. 이 풍경은 〈효자동 이발사〉가 그려내는 것과는 또 다른 이 시대의 풍속도(風俗圖)를 대표한다. 그리고 끊임없이 화면을 적시고 있는 팝송의 멜로디. 말하자면 감독은 스크린을 통해 자신이 관통해 온 1978년 서울 강남의 한 고등학교 공간을 되새김질함으로써 아련한 후일담(後日譚)을 적어 내려간다.

우리는 세 편의 영화를 통해 기억 속에 희미하게 가라앉은 그 시대의 공간을 추적한다. 그러나 우리가 영화를 보는 내내, 무릎을 탁 치면서, "맞아, 그 때는 저랬어!"라고 외친다고 해서, 영화가 그 현실 자체가 될 수 있는 것은 아니다. 지나가 버린 과거를 재구성할 때 영화는 마치 역사학자처럼 표정을 짓게 되는데, 역사는, 또는 역사 쓰기는 현실 그 자체가 아니다. 역사는 그 현실에 대한 어떤 욕망의 투사이다. 그것은 이야기를 재현한다기보다 이야기를 구성하는 것이다. 따라서 역사를 욕망하는 과거 재현 의지는 현재를 해석하고 싶은 자의 자기 암시일 뿐이다. 그리하여 과거를 상상하는 그 행위 자체가 '역사'가 된다.

이 세 영화들은 화면 속에서 공간 이미지를 통해 1950년대에서 1980년대까지의 한국 현대사를 기술하려 한다. 그것은 살의(殺意)에 가득 찬 광기(狂氣)의 공간이기도 하고, 폭력적인 독재와 완고한 반공주의에 물든 공간이기도 하고, 폭력성이 일상 깊숙이 스며들어 있는 유신(維新) 시대의 공간이기도 하다. 그러나 지금까지의 한국 영화가 그랬듯이, 이 세 영화 역시 한국 현대사를 폭력과 좌절의 공간에 내던져진 남성의 역사로 되새김질한다. 이 영화들은 현대사의 공간 속에 남성들의 투쟁, 고통, 절규, 환희, 격정 등을 차곡차곡 채워 넣는다.

3.

〈올드보이〉(2003), 〈쓰리, 몬스터〉(2004), 〈사마리아〉(2004) 등과 같은 영화는 도시 공간 위에 디스토피아적 우울함을 잔뜩 칠해 놓는다.

〈올드보이〉는 일본 만화를 원작으로 하여 각색한 작품이다. 술 먹기를 좋아하는 평범한 샐러리맨 오대수(최민식 분)는 어느 날 영문도 모른 채 15년 동안 밀실에 감금당한다. 갇히자마자 TV 뉴스를 통해 아내가 살해되었고 그 살해범으로 자신이 지목되었음을 알게 된다. 15년 내내 군만두만을 먹게 되는 오대수는 복수의 칼날을 갈게 된다. 한편 오대수를 감금시킨 이우진(유지태 분)의 펜트하우스. 한 면 전체가 통유리로 되어 있는 우진의 펜트하우스는 건물의 꼭대기에 있다. 유리창을 통해 도시의 야경이 찬란하게 빛난다. 음습하고 밀폐된 오대수의 공간과 화려하고 시야가 열려 있는 이우진의 펜트하우스는 21세기 한국 서울의 그로테스크한 양면성에 대한 시각적 상징이다.

오대수가 감금된 밀실, 미도(강혜정 분)의 옆동 아파트, 모텔 등 오대수가 등장하는 공간에는 예외 없이 격자무늬의 벽지가 등장한다. 이는 오대수뿐만 아니라 미도와 우진조차도 사방이 가로막힌 폐쇄회로 안에 갇혀 있음을 암시한다. 〈올드보이〉는 서울이라는 도시 공간을 통해 현대인의 전망 부재의 밀폐된 내면 공간을 감각적으로 그려내고 있다.

미장센 구축에 있어 남다른 재능을 보이고 있는 박찬욱의 또 다른 영화 〈쓰리, 몬스터〉의 〈증오〉는 블루(blue) 톤의 화면을 통해 화사하고 평온하게 보일 것 같은 고급 주택의 섬뜩한 공포를 보여준다. 잘 나가는 공포 영화 감독 류지호(이병헌 분)의 집에 한 남자(임원희 분)가 불법 침입한다. 세트장처럼 장식된 류지호의 실내 공간은 그가 흡혈귀 영화를 찍던 세트장과 동일하다. 피아니스트인 그의 아내 최미란(강혜정 분)이 피아노 앞에 묶인 채로 앉아 있고, 류지호도 끈으로 허리가 묶여 있다. 남자는 류지호의 영화에 엑스트라로 출연한 바 있는 하류 인생이다. 남자는 류지호가 실력 있고, 성실하고, 착하다는 이유 때문에 증오심을 갖는다. 〈복수는 나의 것〉에서부터 지속되고 있는 증오와 복수의 잔혹극은 이 영화에서도 반복되고 있다. 박찬욱이 구축하고 있는 도시 공간은 현실과 다름없으면서도 매우 비현실적이고 그로테스크하다.

〈사마리아〉의 경우 카메라는 도심의 모텔 주변을 서성거린다. 유럽 여행 경비를 마련하기 위해 원조교제를 하는 여고생 여진(곽지민 분)과 재영(한여름 분). 여진이 남성들과 통화하면 재영이 모텔로 가서 원조교제를 해서 돈을 번다. 경찰의 긴급 수색으로 모텔에서 뛰어내린 재영의 죽음에 충격을 받은 여진은 재영의 수첩에 적혀 있는 남자들을 만나 몸을 준다. 그리고 여진은 그 남자들에게 이전에 재영이 받았던 돈을 다시 돌려준다. 여진의 아버지 영기(이얼 분)는 사건 현장에 나갔다가 옆 모텔에 있는 딸을 발견하고 경악한다. 그는 딸과 관계를 맺은 남자들을 차례차례 응징한다.

이 영화는 황량한 모텔촌을 포착하면서 어두운 도시에서의 희생, 복수, 용서에 대한 신학적 고민을 풀어놓는다. 서울이라는 타락한 도시가 신학적 메타포로 윤색되면서 묘한 부조화를 발생시킨다. 김기덕 감독은 천박한 자본주의에 물든 도시 공간을 통해 증오와 용서라는 변증법적 지양을 꿈꾼다. 그러나 여진이 남자들에게 희생함으로써 그 남자들을 정화(淨化)하고 구원한다는 모티브는 지나치게 초월적이어서 쉽게 다가서기 힘들다. 그런 만큼 김기덕 영화의 뒷맛은 항상 우울하다. 오히려 그 우울함이야말로 김기덕이 포착한 도시 공간의 내적 정체성이 아니었을까.

4.

그러나 도시 공간에 대한 전혀 다른 표정도 존재한다. 이를테면 〈어린 신부〉, 〈아라한 장풍 대작전〉 등의 영화에서 도시는 말랑말랑한 멜로드라마나 황당무계한 무협지나 슬립스틱 코미디의 세트장으로 변신한다.

〈어린 신부〉는 여고생 보은(문근영 분)과 남자 대학생 상민(김래원 분)을 부부로 엮어줌으로써 일어나는 에피소드들을 열거한다. 이때 보은의 집인 사진관과 보은이 다니는 고등학교 교정, 야구장 등이 카메라에 잡히는데, 이 공간은 얼치기 부부의 사랑 싸움을 보조해 주는 가설 무대 역할을 한다. 여고생 관객을 주요 대상으로 기획한 이 영화는 서울을 온통 연애 장소로 바꿔놓는다. 그리고 극적인 해피엔딩. 보은의 학교에 교생으로 실습 나간 상민이 학생이 모인 강당에서 보은에 대한 사랑을 고백할 때 나이 든 관객은 닭살이 돋는 것을 경험한다. 〈어린 신부〉는 도시를 철저하게 여고생과 남자 대학생의 가벼운 연정으로 색칠한다.

〈메트릭스〉의 한국 버전이라고나 할까. 〈아라한 장풍 대작전〉에서 서울은 도인들이 하늘을 날아다니고 장풍을 날리는 공간이다. 이때 물리적인 시공간은 무협지의 상상력에 해체되어 전설의 시공간이 된다. 퍽퍽하고 살맛 안 나는 현대의 도시 생활에 대한 탈출 욕망인가. 마루치 상환(류승범 분)은 동네 조폭에게까지 뺨을 맞는 시시한 경관이다. 그에게 동료 여경(女警)인 아라치 의진(윤소이 분)과 도인(道人)인 자운(안성기 분)의 등장은 새로운 삶의 탈출구가 된다. 상환은 전설적인 무술을 연마하고 슈퍼맨이 된다. 유쾌하고 가벼운 화면은 도시 공간을 만화책의 컷으로 대체해 버리고, 근대적인 시공간 체험은 낡은 교과서처럼 휴지통 속에 버려진다. 영화적 상상력은 현실의 끈을 벗어 던지고 하늘을 날아다니며 자유를 만끽한다. 그런 만큼 이 영화는 자유롭고, 또 그런 만큼 무책임하기도 하다. 그러나 상상은 자유라고 했던가.

5.

영화는 정신과 의사와 면담을 하고 있는 환자의 내면을 닮았다. 의사에게 보여주는 그의 말, 표정, 억양, 기억 등은 그 자체로 과거의 물질적 실재를 보장해주지는 못한다. 그가 표현하는 온갖 포즈들은 일종의 '징후(徵候)'이다. 또는 '욕망'의 흔적이다.

2004년 한국 영화는 각기 다른 방식으로 도시 공간을 포착하여 이미지로 표현했다. 어떤 경우에는 역사책에 적힌 문장처럼, 또 어떤 경우에는 무협지나 순정 만화책에 기록된 문장처럼 다양한 방식으로 관객에게 다가섰다. 어느 쪽의 방식이 현실에 더 가깝다고 속단할 수는 없다. 영화는 시간과 공간을 바라보는 하나의 방식, 하나의 입장일 뿐이기 때문이다.

영화들의 묘사로서도 결코 채워질 수 없는 현실의 공간들. 이 공간에 헤아릴 수 없이 많은 틈들이 존재하기 때문에 영화를 계속 찍고, 그 영화를 계속 보아야 하는 것은 아닐까.

영화의 정치성

: 폭력에 대한 카메라의 수사학

1. 영화와 재현

영상은 카메라가 피사체에 시선을 던진 물리적 결과이다. 카메라가 피사체를 바라보고 그 흔적은 남긴 결과물은 인간의 눈이 사물을 관찰한 시각적 반응과 매우 유사하다. 결론부터 말하자면, 카메라와 인간의 시선 사이에 존재하는 유사함, 그럼에도 불구하고 존재할 수밖에 없는 차이점, 이 두 개의 시선이 빚어내는 차이점에서 시선의 정치성이 발생한다.

영화 쪽에서 말하자면, 인간의 시선이 포착하는 영상과는 매우 다른 방식으로 카메라가 피사체를 점유하고자 한다는 점에서 영화는 '정치적'이다. 그것은 인간의 일상적인 시선의 문법을 새롭게 재편성하기 때문이다. 그렇다면 영화는 인간의 시선보다 더 재현적인가. 증명사진이 한 인간을 '증명'하고 폐쇄회로에 기록된 동영상이 어떤 상황에 대한 진실을 '증명'한다고 인정한다면 영화는 가장 완벽한 재현 장치이다.

영화 속의 내러티브(또는 영상의 시각성)는 현실을 얼마나 정확하게 재현하고 있는가. 극영화보다 다큐멘터리물이 더 현실적인가. 역사학자의 역사 쓰기와 영화감독의 카메라 연출은 어떻게 다른가. 다음 세 편의 영화는 피로 얼룩진 사건 현장의 핵심으로 카메라를 들이댐으로써, 영화의 재현성과 정치성에 대한 성찰을 유도한다.

2. 〈볼링 포 콜럼바인(Bowling For Columbine)〉(2003)

이 작품은 〈로저와 나〉(1989), 〈화씨 911〉(2004)과 같이 논쟁을 불러일으킨 다큐멘터리 영화 감독 마이클 무어의 작품이라는 사실만으로도 관심을 불러일으킨다. 〈화씨 911〉에서 대통령 부시가 세상에서 가장 멍청한 인물로 희화화되었다면, 〈볼링 포 콜럼바인〉에서는 영화 〈벤허〉(1959)의 스타 배우 찰턴 헤스턴이 우스꽝스러운 피에로로 등장한다. 정확히 말해서 이 작품은 콜럼바인 고교에서 벌어진 총격 사건에 대한 영화가 아니다. 마이클 무어는 끔찍한 총기 사건을 빌어 더 큰 이야기를 하고 싶어한다. 그가 겨누고 있는 표적은 '미국' 그 자체이다. 무어는 두 영화를 통해 끈질기게 미국의 질병을 지적한다. 그 질병의 이름은 '공포'이다.

마이클 무어에게 75회 아카데미 장편 다큐멘터리상을 거머쥐게 한 〈볼링 포 콜럼바인〉은 에릭과 딜란이라는 두 명의 고등학생이 왜 그토록 끔찍한 살육을 벌였는지 그 원인을 추적해 나간다. 이 사건에 대해 각계의 전문가들이 각각 '헤비 메탈, 폭력 영화, 사우스 파크, 비디오 게임, 록 가수 마릴린 맨슨' 등이 그 원인이라고 진단하지만, 감독은 이들의 판단에 대해 코웃음 친다.

그 당시 연간 총기 피살자수 11,127명이라는 기록적인 수치를 보여주고 있던 미국 사회의 병폐는 감독이 진단한 1차 병인(病因)이다. 그러나 이웃한 나라 캐나다가 미국보다 더 많은 총기를 소지하고 있음에도 불구하고 매우 낮은 총기 살인 사건이 발생했다는 점에서 마이클 무어는 다른 원인을 찾을 수밖에 없게 된다. 문제는 미국의 정치가들과 기업가들이 미국 시민들에게 끊임없이 주입하고 있는 '공포' 이미지였다. 다소 산만하게 보일 정도로 감독은 카메라를 끌고 여기저기를 헤매고 다니지만, 결국 영화 스타 찰턴 헤스턴을 만나서야 그 진실을 깨닫게 된다. NRA(미국 총기 협회)의 회장직을 맡고 있는 찰턴 헤스턴과의 면담에서, 찰턴 헤스턴은 장전된 무기를 소지하고 있어야 할 어떤 위협적인 상황이 아님에도 불구하고 총기 소지를 합리화하고 있다. 누군가 자신을 해칠지도 모른다고 생각하는 막연한 '공포심'이 그로 하여금 총기 숭배자로 만든 것이다.

마이클 무어는 콜럼바인 고교 총기 사건을 통해 미국 사회 깊숙이 자리 잡은 '공포' 콤플렉스를 파헤친다. 그리고 무능하고 바보 같고 겁 많은 미국인이야말로 폭력과 공포를 생산해내는 진짜 원인임을 까발린다. 그런 만큼 그의 영화는 정치적 직설화법을 따르고 있다. 그러나 우리는 그의 다큐멘터리 영화가 사실 그 자체를 온전하게 재현해 낸다고 결론지어서는 안 된다. 그의 다큐멘터리 영화도 매우 치밀하게 편집되고 구성된, 넓은 의미에서 또 하나의 극영화에 속할 것이기 때문이다. 감독에 의해 사후 편집된 것임에도 불구하고 이 영화가 미국의 모순과 불합리성을 응시하고 고발함으로써 현실을 재해석하고 재구성했음은 인정될 만하다.

3. 〈엘리펀트(Elephant)〉(2004)

감독 구스 반 산트의 작품 이력을 보면 혼란이 온다. 1991년 〈아이다호〉라는 한 편의 영화로 세계 평론가들의 주목을 받더니, 〈투 다이 포〉(1995), 〈굿 윌 헌팅〉(1997), 〈싸이코〉(1998) 등과 같은 대중적이고 통속적인 영화를 만들어 냈기 때문이다. 그는 〈엘리펀트〉로 〈아이다호〉의 명성을 되찾게 된 셈인데, 마이클 무어가 콜럼바인 총기 사건의 원인을 추적해냈다면, 구스 반 산트는 어느 날 시골 고등학교에서 벌어진 우연적인 사건을 차분하게 그려내고 있다.

구스 반 산트는 애초부터 이 사건의 배경이나 원인에 대해 관심이 없었다. 너무나 평범한 하루, 너무나 평범한 시골 고등학교, 너무나 평범한 교사와 학생들이 만나게 되는 어떤 우연성 그 자체에 시선을 집중한다. 영화는 시종일관 아름다운 화면과 부드러운 음악으로 고등학교의 하루를 포착한다.

오프닝 씬에 등장하는, 너무나 푸르고 아름다운 잔디밭과 하늘. 지루할 정도로 반복되는 복도 씬. 영화는 여러 학생들의 시점으로 변주되면서 동일한 시간대의 공간을 반복적으로 보여준다. 소설에서 말하는 초점화자(焦點話者) 따위와 같은 주동 인물의 시선은 존재하지 않는다. 로버트 알트만의 〈숏컷〉(1993), 폴 토마스 앤서슨의 〈매그놀리아〉(1999), 알레한드로 곤잘레스 이냐리투의 〈아모레스 페레스〉(2000), 〈21그램〉(2003)의 경우와 같이 〈엘리펀트〉는 다초점 플롯을 취함으로써 사건에 대한 성찰적인 접근을 유도한다. 〈엘리펀트〉는 주제가 숨어있는 클라이막스를 향해 내러티브가 숨 가쁘게 달려가는 직선적 시간 구조의 영화 틀을 벗어난다.

그렇게 구스 반 산트는 마이클 무어와 대척점에 서게 된다. 그날의 사건은 그냥 사건일 뿐 원인이 없다. 존재하는 것은 어떤 하루, 시골 고등학교 교정의 아름다운 오후 풍경. 끊임없이 만났다 헤어지며 분자 운동을 하는 인간 군상이 우연적으로 마주치게 된 어이없는 사건. 고전주의적 회화풍의 화면은 눈이 시리도록 아픈 어느 오후의 나른하고 아름다운 정경을 감정 없이 펼쳐 보인다. 감독이 의도한 것이 역설법이었을까. 지나치게 고운 화면은 내러티브 속 끔찍한 사건과 극단적인 갈등을 빚는다. 그 갈등의 깊이만큼 관객의 분노와 한탄과 반성을 유도한다. 미학의 정치화(政治化)라고나 할까. 아름다운 영상에 대한 기억은 엔딩타이틀과 함께 관객의 마음속에 가라앉는다. 그리고 역설적이게도 깊은 분노와 공포가 서서히 스며든다.

4. 〈블러디 선데이(Bloody Sunday)〉(2002)

북아일랜드 데리 시(Derry city) 시민권 협의회 대표이자 의회 하원의원인 아이반 쿠퍼는 영국에 대한 무력적 대응 방식에 반대하여 평화적 행진을 주도한다. 그러나 영국 정부는 이러한 평화적 시위조차도 폭력 사태로 간주하여 공수부대를 파견하여 시민들의 정당한 시위 행위를 원천봉쇄한다.

아이반 쿠퍼를 선두로 하여 시민들은 평화적 행진을 하게 되지만 일부 청년들이 이 대열에서 이탈해 영국군에게 돌을 던지게 되면서 사태가 급박하게 악화된다. 공수부대 대원들은 평화 시위에 참가한 시민들을 모두 폭도로 규정하고, 이들에 대한 경멸감과 증오심을 불태운다. 공수부대 대원들의 내면을 괴롭히고 있던 것은 '공포'였다. 그것은 타자(他者)를 인정하지 않는, 타자(他者)에 대한 어떠한 경험도 없는 사람들이 느끼는 두려움이다.

핸드 헬드로 찍은 이 영화는 뉴스 자료 화면처럼 사건 현장의 급박함을 재구성한다. 그러나 카메라는 북아일랜드 시민들과 영국 공수부대 병사들 중 어느 누구의 시선에 기대지 않고 냉정하게 피사체를 관찰한다. 감독 폴 그린그라스는 북아일랜드 시민과 영국 공수부대의 입장을 교차 편집으로 병렬시킴으로써 역사 해석에 대한 균형 잡힌 감각을 유지하려 노력한다. 그러나 특별한 이유 없이 무장하지 않는 시민들을 향해 무차별 사격을 가해 13명을 사살하고 14명을 다치게 한 사건에 대한 해석은 관객의 몫으로 넘겨진다. 특히 영국군의 잔인한 살육에 분노한 북아일랜드의 젊은이들이 IRA에 가입하는 엔딩씬은 감독의 정치적 해석으로 남게 된다.

5. 증오, 폭력, 그리고 영화

3편의 영화들은 각기 다른 시선으로 타자에 대한 증오심과 폭력성을 다룬다. 이 영화들은 직간접적으로 당대 현실에 개입하고 정치적인 질문을 던진다. 영화는 현실 그 자체는 될 수 없다. 그러나 영화는, 현실 옆에서, 또는 현실 속에서, 피사체를 지켜보고 피사체에게 말을 걸고, 관객을 향해 몸을 돌린다. 영화에 의해 클로즈업된 현실과 사건의 이미지들은 관객 앞에서, 또는 관객 속에서, 정치적 상상력을 발산한다. 마치 증오와 폭력과 공포로 가득 찬 이 세계를 영화가 직접 멈추게 하지는 못할지라도, 영화와 관객의 치열한 만남이 이 세계의 고통을 멈추게 할 수도 있지 않겠냐고 말하는 것처럼.

(『황해문화』, 2004년 겨울호)

역사의 미적(美的) 회고, 또는 애도를 위한 시선

: 오멸 감독의 〈지슬: 끝나지 않은 세월 2〉

〈지슬: 끝나지 않은 세월 2〉(이하 〈지슬〉로 표기)은 '사회적 슬픔'을 시적(詩的)으로 승화시킨 역사 영화이다. 〈지슬〉이 끄집어낸 '사회적 슬픔'은 한국민의 정서 구조에서 추방되어 억압되었던 것, 또는 애써 외면해 왔던 것으로서의 무의식적 슬픔이라 할 만하다. 따라서 슬픔을 전경화하기 위해서는 우선 혼령들을 우리 앞에 불러들여야만 한다. 이는 〈지슬〉이 초혼(招魂) 의식(儀式)과 애도의 절차를 밟아야 하는 이유이기도 하다.

〈지슬〉는 제주 4.3 사건 때 희생당한 자들을 위한 제사 형식의 구성을 취하고 있다. '신위(神位), 신묘(神廟), 음복(飮福), 소지(燒紙)' 등의 제목을 단 총 4개의 시퀀스는 이 영화가 사자(死者)들의 혼령을 위로하기 위해 만들어진 것이라는 사실을 말해준다. 이 사자(死者)들 중에는 〈끝나지 않은 세월〉(2005)을 마지막 작품으로 생을 마감한 고 김경률 감독도 포함되어 있다. 그런 의미에서 〈지슬〉은 일종의 제의극(祭儀劇)이라 할 수 있다.

그런 맥락에서 영화 〈지슬〉에 등장하는 제기(祭器)는 중요한 소재이다. 영화는 시작 부분 폐가에 널브러진 제기들을 비춰준다. 그리고 영화는 이 제기들을 말없이 응시하는 장면에서 막을 내린다. 애도의 형식으로서의 제의(祭儀). 그것은 한국 현대사에서 일종의 망각, 또는 의도적인 누락에 의해 타자화되어 왔던 제주 현대사에 대한 기억 행위이기도 하다. 따라서 영화 속 한글 자막과 함께 등장하는 제주도 방언은 중요한 지점을 가리키고 있다. 4.3 사건이 우리 현대사에서 제외되어 온 것처럼, 제주도 언어 역시 우리에게는 망실된 대상이었기 때문이다.

3만여 명이나 되는 제주도 주민들이 희생된 이 역사는 온전하게 소환된 적이 거의 없다. 〈지슬〉은 우리들의 역사적 기억에서 지워졌던 그때의 비극적 사건을 본격적으로 소환시킨 작업이라는 의미를 지닌다. 그러나 이 영화의 의미는 묻혀 있었던 과거사를 생생하게 재현하는 것에 있지 않다. 〈지슬〉은 '학살' 사건에 대해 '정서적 거리'를 둔 채 담담한 시선으로 그려나가고 있다. 그것은 일종의 역사 재현에 대한 차분한 시선을 의미한다. 〈지슬〉은 〈화려한 휴가〉나 〈남영동 1985〉에서와 같은 격정적인 기억 방식과는 사뭇 다른 입장을 취한다. '그 때 그 사건'에 대한 분노를 절제하고 텍스트의 미적 완성도를 추구하는 것. 그러나 이것이 제주 4.3 사건에 대한 탈정치화, 탈역사화를 의미하는 것은 결코 아니다. 〈지슬〉은 역사의식을 강요하는 방식을 지양하고 과거에의 진지한 성찰로 인도하는 길을 택하고 있기 때문이다.

제주 4.3 사건을 바라보는 〈지슬〉의 시선은 은유적이기보다는 환유적이다. 영화는 참혹했던 학살 장면을 생생하게 재현하는 방식을 취하지 않고, 흑백 영상을 통해 학살의 주변부를 제시한다. 살육의 장면을 컬러로 포착하는 세밀화법(細密畵法)이 관객에게 사실감과 생생함을 부여한다는 사실은 충분히 예측할 수 있다. 충격적인 장면의 사실적인 묘사와 전경화(前景化)는 영상 이미지가 '그때-그곳'의 사건을 그대로 재현했음을 강변하는 방식이 아니었던가. 과거 사건을 세밀하게 복원하려는 욕망은 실재와 표현된 것 사이의 동일시를 꿈꾸는 은유적 욕망을 닮았다. 끔찍했던 과거를 현재화함으로써 관객으로 하여금 공분(公憤)을 유발하는 것. 이는 역사 고발 영화의 전형적인 문법이라 할 만하다.

그러나 〈지슬〉은 이와는 다른 길을 선택한다. 오멸 감독의 카메라는 흑백 톤의 화면을 통해 사건에 대한 과열과 흥분을 진정시킬 뿐만 아니라, 살육의 현장을 간접화법으로 제시함으로써 과거를 객관화시킨다. 이를테면, 영화 앞부분에서 피신한 마을 남정네들이 모여드는 웅덩이, 토벌대가 마을에서 포획한 돼지를 삶은 큰 솥, 토벌대의 방화로 인해 타버린 집터, 마을 주민들이 급하게 피신해 간 좁은 동굴, 그리고 무엇보다도 이 영화의 제목이기도 한 감자(지슬) 등의 상징성을 통해 사건을 환기시키는 방식이 그것이다.

이 소재들은 4.3 양민 학살 사건에 대한 분노와 슬픔을 대체하는 객관적 상관물이다. 이 소재들의 이미지들은 4.3을 직접 제시하지 않으면서도 그 사건을 강력하게 상기시킨다. 소재들의 이러한 처리 방식은 환유적 욕망에서 산출된 것이라 할 수 있을 것이다. 물론 거의 모든 영화들에서는 주제나 극중 상황을 암시하는 소재들이 사용된다. 주목할 만한 것은 이러한 소재들에 대한 〈지슬〉의 시선이다. 〈지슬〉의 카메라는 피사체를 관음(觀淫)함으로써 대상을 점유하려는 태도를 취하지 않는다. 숨 막힐 듯이 아름다운 시적(詩的) 영상과, 도저히 알아들을 수 없는 제주도 언어의 생경한 음감(音感), 그리고 순박한 등장인물들이 빚어내는 유머러스하고 해학적인 상황과 양민 학살 사건의 불균질한 조합, 이것들은 관객에게 잊지 못할 정서적 충격을 남겨준다. 그것이 충격인 것은 우리가 까맣게 잊고 살았던 어느 시절의 과거가 뜬금없이 우리 앞에 나타나기 때문이다. 그러나 이 충격은 격정적이거나 소란스러운 모습으로 오는 것이 아니라 극한적인 절제와 여백의 아름다움으로 등장한다.

사건은 폭력적으로 사람에게 회귀한다. 사람이 사건을 상기하는 게 아니라, 사람의 의사와는 관계없이 도래하는 사건이 사람에게 그것을 상기하게끔 만드는 것이다.[1]

오카 마리의 말이 맞다면, 〈지슬〉은 우리가 상기(想起)한 사건

---

1) 오카 마리, 김병구 옮김, 『기억·서사』, 소명출판, 2004, 54쪽.

이 아니다. 오히려 4.3 제주 양민 학살이라는 고통스러운 과거가 우리에게 폭력적으로 귀환한 것일 터. 영화의 엔딩씬, 죽은 자들 앞에 등장하는 소지(燒紙)들이야말로 그들을 온당하게 애도하는 매개체이면서 우리들에게 폭력적으로 귀환한 어떤 것이 아니었을까. 또한 그것은 '기억의 암살자'들에 의해 망실되었던 '사건'이 보란 듯이 우리 앞에 나타난 것은 아니었을까.

우리가 이 영화를 보면서 당황하는 것은 우리에게 다가선 사건의 낯섦 때문이리라. 이것은 우리들을 역사의 핵심으로 인도한다. 여기에서 소지(燒紙)들이 가해자와 피해자 모두의 시신 앞에서 불타오르는 것은 주목할 만하다. 영화는 제주 4.3 양민 학살의 가해자들이나, 폭력적 사건의 잔혹함을 고발하고자 하지 않기 때문이다. 극중 대사에도 나오지만, 영화는 토벌대 군인이라고 해서 모두 나쁜 사람은 아니라고 이야기한다. 오멸 감독이 4.3 사건에 대해 취한 것은 비난이나 고발이 아니라 애도의 양식이다.

"과거에 대한 특정한 표현이 어디까지 '진실'인가—절대적이고 궁극적인 리얼리티에 어디까지 육박해 왔는가—를 논의하기보다는, 사람들이 과거의 의미를 창조하는 가운데 보여주는 '진지함'을 검토하고 평가하는 쪽이 유익"[2]할 것이라는 테사 모리스-스즈키의 의견은 이 영화를 이해하는 데 도움을 준다. 영화 〈지슬〉은 1947년 즈음 제주도라는 섬 안에서 벌어졌던 끔찍한

---

2) 테사 모리스-스즈키, 김경원 옮김, 『우리 안의 과거』, 휴머니스트, 2006, 46~47쪽.

과거를 모두 재현하지 않는다. 아니, 원래 인간은 기억 행위를 통해 과거를 온전하게 재현해 낼 수도 없는 존재가 아니겠는가. 따라서 우리는 영화 〈지슬〉에게 과거를 얼마나 있는 그대로 재현해 냈는가 질문해서는 안 된다. 그보다는 과거를 기억해 내는 태도, 다시 말해서 과거 사건을 재현함에 있어서의 '진정성'과 '진지함'에 대해 물어보아야 한다.

〈지슬〉은 과거를 재생하기보다는, 주술사처럼 죽은 자들의 영혼을 수습하려 한다. 이때 〈지슬〉은 흑백 영상으로 표현된 이야기들을 통해 가해자와 피해자 모두에게 손을 내민다. 그것은 과거의 폭력에 대해 오멸 감독이 취하는 특정의 태도일진대, 〈지슬〉은 가해자들에 대한 심판이나 피해자들에 대한 위로를 성급하게 행하지 않는다. 가해자와 피해자의 이항대립적 서사 구조가 해체되면서 부각되는 것은 사건의 폭력성이다. 이 폭력성과의 해후는 우리의 현재를 과거와의 '연루(implication)' 관계에 놓이게 한다.

지금 우리가 푹 뒤집어쓰고 있는 구조나 제도, 개념의 그물은 과거의 상상력과 용기, 관용, 탐욕, 잔학 행위에 의해 형성된 역사적 산물이다. 그런데도 이러한 구조나 개념이 어떻게 성립되어 존재하는지 거의 의식하지 못한다. 우리의 삶은 과거의 폭력 행위를 통해 구축된 억압적인 제도에 의해 형성되어 왔으며, 이를 변혁시키기 위한 행동을 취하지 않는 한 앞으로도 계속 그럴 것이다.[3]

어느 날 갑자기 〈지슬〉이, 4.3 양민 학살 사건의 진실이 우리 앞에 다가왔다. 이 다가옴은 우리의 무관심, 또는 의도적인 망각에 의해 우리의 기억 속에서 지워졌던 '사건'들의 귀환 같은 것, 그토록 억압하고 배제했던 무의식이 귀환하듯이 우리에게 나타나는 것이라 할 만하다. 〈지슬〉은 우리 앞에 회귀한 유령 그 자체이다. 이 유령은 우리에게 그때 그 사건을 상기하라고 속삭인다. 아니, 더 나아가 유령은 우리에게 참혹했던 과거의 사건과, 그 사건에 의해 형성되어온 우리 현대사를 변혁시키는 행동을 취하라고 권유한다.

(웹진 『문화多』, 2013.4)

---

3) 위의 책, 45쪽.

슬픈 역사의 이미지'들' 그리고 어떤 기원(祈願)

: 임흥순 감독의 〈비념〉

#1. 초혼(招魂)

이번 작업이 4.3의 진실을 설명하고자 한 것은 아니다. 이 흔적, 이 사건의 기억을 체험하고 이해하고자 하는 마음을 통해 지금의 삶 또한 과거와 다르지 않음을 인식하고자 함이다. 그것이 고통의 미래를 만들지 않는 유일한 방법이지 않을까 하는 이유이다. 타자에 대한 '연민'과 죽은 자에 대한 '애도'는 인간의 본성이고 기본적 예의이다.[1]

임흥순 감독의 영화 〈비념〉(2013)은 관람하기도 어렵고 그 줄

---

1) 임흥순, 『비는 마음』, 포럼에이, 2012, 16쪽.

거리를 정리하기도 곤란하다. 대부분의 다큐멘터리 영화가 극영화의 스토리 방식을 취하고 있지 않기 때문에 줄거리 요약이 쉽지 않지만, 특히 〈비념〉의 경우는 그 어려움이 더욱 심하다. 〈비념〉은 이미지들의 나열에 기대고 있는 영화이기 때문이다. 할리우드식 스토리 전개 방식에 익숙한 우리로서는 이 영화의 내러티브를 쫓아가기가 여간 수월치 않다. (2013년 5월 10일 '인디스토리'에서 〈비념〉 특별 상영회가 있었고, 영화가 끝난 후 감독과 관객과의 대화 시간이 있었다. 이 자리에서 임흥순 감독은 자신의 영화가 관객들로부터 정서적 거리감을 유지되길 바랐다고 밝혔다.) 영화는 우리에게 친절하게 말하기를 거부하고 다소 거친 방식의 보여주기로서 일관하고 있다.

밤. 두껍게 쌓인 눈. 거친 호흡 소리와 함께 눈 위를 걷는 카메라. 눈밭 위엔 신발 자국도 있고 맨발 자국도 있다. 카메라는 60여 년 전에 이 길을 걸었을 어떤 사람들의 고통스런 여정을 좇는다. 감독은 이 장면을 다음과 같이 말한다. "당시 산에 올라갔던 사람들의 상황과 심리를 체험하기 위해 야간 산행과 숲속을 찾아다녔다. 산 자와 죽은 자가 교감할 수 있는 방법이며, 산 자가 할 수 있는 최소한의 애도가 되지 않을까 생각했다. 그동안 몰랐던 숨겨진 역사를 만나러 가는 통로이기도 했다. … '이름 없는 풍경'은 그렇게 보고자 하는 사람에게는 보이지만 보고자 하지 않는 사람에게는 보이지 않는 풍경이다."[2] 앞서간 사람들

---

2) 위의 책, 14~15쪽.

의 발자국을 추체험하는 카메라. 이렇게 하여 산 자는 죽은 자를 만나게 되며 이로 인해 접신(接神)의 신비로움이 탄생한다.

영화 〈비념〉은 굿거리장단과 함께 시작한다. 얼굴에 기이한 종이탈을 뒤집어쓴 남자들이 우울한 굿판을 벌인다. '비념'은 제주도에서 무당 한 사람이 요령만 흔들며 기원하는 작은 규모의 굿을 말한다. 제목 '비념'은 이 영화가 제주도에서 한을 품고 죽은 자들을 위한 진혼곡임을 말해준다.

영화 〈비념〉의 도입부, 영화는 김포공항을 떠나 제주공항에 도착하는 장면을 보여준다. 비행기가 제주공항에 착륙했을 때 비행기 창밖으로 마치 지상에 내려온 사자(死者)들의 혼령처럼 작은 불빛들이 스쳐 지나간다. 카메라는 강상희가 거주하고 있는 제주시 애월읍 남읍리로 향한다. 차창 밖으로 어둠에 쌓인 도로의 가로등이 주마등처럼 흘러간다. 그리고 헤드라이트에 비친 붉고 낡은 표지판. "교통사고 잦은 곳. 속도를 줄입시다." 표지판은 이 영화가 불길한 징후를 좇아 길을 떠나고 있음을 알려준다. 이어서 강상희의 집에서 그녀의 남편 김봉수의 제사를 하는 장면. 김봉수는 1949년 4.3 사건으로 희생된 사람이다. 그는 단지 초등학교 교원이었다는 것 때문에 어처구니없는 죽임을 당한다.

그리고 10년 만에 김봉수의 묘를 찾아가는 강상희와 그녀의 딸 김순자. (김순자는 이 영화의 공동기획과 프로듀서를 맡고 있는 김민경의 어머니이다.) 제주 풍속에 따르면 벌초는 철저하게 남자들만 할 수 있는 일이어서 강상희와 김순자는 그 동안 성묘도 오지 못했다. 무덤을 찾지 못해 우왕좌왕하던 두 모녀는 우여곡

절 끝에 김봉수의 묘를 찾는다. 그런데 영화는 이 장면을 스틸 컷으로 처리한다. 느린 속도로 교체되는 스틸 컷 뒤로 들려오는 두 모녀의 목소리들. 이 장면은 이 영화 전체를 관통하는 감독의 메시지를 암시하고 있다. 10년 만에 찾아온 묘. 강상희와 김순자의 기억은 희미해졌으며 그나마 남아 있는 기억도 쉴 새 없이 끊어진다. 이는 제주 4.3 사건에 대한 기억과 망각의 정치학을 발언하고 있는 장면이다. 끊어진 기억들, 또는 끊어지도록 강요당한 기억들. 제주도는, 4.3 사건은 우리에게 마치 끊어진 스틸 컷처럼 불완전하게 소환된다, 또는 소환되어 왔다.

#2. 숭시[3]

그때에 일어났던 일들 혹은 사건을 체험한 사람들의 이야기를 듣는 것이 중요했다. 무엇보다도 이유 없이 죽음으로 내몰리고 죽어간 그들을 되살려 억울함을 들어보는 것이 가장 좋은 방법일 것이다. 그러나 그것은 불가능한 일이었다. 가능한 방법이 있다면 현실적이지 못한 방법이 있다. 나무에게, 숲에게, 죽은 자에게 말을 걸고 듣는 것이다. 말로 설명할 수 없는, 눈으로 볼 수 없는 상처가 흙과 돌, 나무, 바람 등 제주 구석구석 새겨져 있기 때문이다.[4]

---

3) '불안한 징조'를 뜻하는 제주도 방언.
4) 임흥순, 앞의 책, 14쪽.

〈비념〉은 과거 사건을 재현하는 영화가 아니다. 영화는 뜬금없이 제주도 4계절의 아름다운 풍광들을 나열한다. 나무, 숲, 흙, 돌, 바람, 창문 열린 빈방에서 바람에 날아다니는 비닐봉지, 눈 덮인 산기슭을 무리 지어 뛰어가는 사슴들 … 너무나 아름다운 제주도의 풍경들은 띄엄띄엄 등장하는 생존 인물들의 회고담에 의해 형질(形質) 변형을 시도한다. 그것은 아름다운 슬픔, 역설법이 아니면 설명할 길이 없는 제주도의 아픈 역사를 환기한다. 물론 섬뜩한 이미지의 장면들도 있다. 이를테면 빈 밭에 세워져 있는 허수아비들, 붉은 땅에서 뒹구는 말들, 땅 위에 떨어진 귤, 덩그러니 누워있는 바위들, 이들은 4.3 사건 때 희생당한 사람들의 비극적 육체성을 연상시킨다.

〈비념〉은 다큐멘터리 영화이면서도 통상적인 다큐멘터리 영화의 문법을 벗어난다. 영화는 고발이나 현장 재현의 방식을 버리고, 인과관계가 느슨해진 이미지 연결 방식을 채택한다. 현존하는 제주도 풍경의 아름다움, 이 눈이 시리도록 아름다운 현존과 극명하게 대비되는 고통의 역사. 감독은 관객과의 대화 시간에서, 과거와 현재의 이미지 병치 효과를 데칼코마니 장치였다고 말했다. 불행했던 과거의 반복. 제주도의 아름다운 자연 풍경을 반으로 접으면 반대 면에 같은 모양으로 찍히는 데칼코마니. 이는 현재의 제주도에는 과거의 상처가 음화(陰畵)의 형태로 남아 있다는 감독의 생각을 암시한다.

이 지점에서 〈비념〉은 영화 〈지슬〉과 갈라선다. 〈지슬〉은 극한적인 비극을 해학과 유머로 극복하고자 했던 영화가 아니던

가. 그러나 〈비념〉은 쉽게 웃거나 쉽게 울지 않는다. 아니 그렇게 할 수 없다. 왜냐하면 영화 〈비념〉은 망자(亡者)의 시선으로 제주도를 훑어나가고 있기 때문이다. 영화는 킬킬대거나 꺼이꺼이 울지 않고 산 자들의 삶을, 또는 죽은 자들의 흔적들을 말없이 응시한다. 그 흔적은 어쩌면 허구의 우주, 그 깊은 속을 드러내고 있는 것일지도 모른다. "임홍순은 이처럼 모든 이야기를 하나의 작품으로 완성시키며, 결국 한국 현대사의 비극적인 이야기를 다룬 새로운 서사시를 써 내려간 것이다. 그리고 그는 그렇게 누군가가 만들어 놓은 허구의 우주, 그 속을 깊숙이 들여다보았다. 그리고 눈을 들어 이제 우리가 무엇을 보았는지 묻고 있다."5)

영화는 제주도가 유네스코가 지정한 세계자연유산에 선정된 뉴스를 슬쩍 보여준다. 그리고 관광 도시로서의 제주도 모습도 무심하게 내보인다. 〈비념〉은 제주도가 세계자연유산이나 올레 길로 대표되는 관광지로 간단하게 치환될 수 없음을 강변하고 있다. 제주도는 관광지라기보다는 차라리 하나의 '역사'이다. 그리고 그 '역사'는 지금도 지속되고 있다.

#3. 소지(燒紙), 공동체의 복원을 꿈꾸며

현재 주민들은 또 다른 4.3의 '잃어버린 마을'의 참화를 겪지 않기

---

5) 강수정, 「허구의 우주_그 속을 바라보다」(위의 책), 50쪽.

위해 5년이 넘는 긴 시간 동안 외로운 투쟁을 지속하고 있다. 역사는 현재의 권력과 망각에서 자유롭지 못할 때가 많고, 지금의 제주도 강정 마을이 그것을 정확히 보여주고 있다. 이러한 의미에서 4.3은 유령이며 동시에 현재 진행형인 실체이다.

(임흥순, 『비는 마음』)

이미지의 나열로 서사의 전개를 극도로 자제했던 영화는 강정 마을에서 벌어지고 있는 일련의 사건들을 삽입함으로써 모종의 서사 전략을 펼쳐나간다. 임흥순 감독은 강정 마을 사태를 제주 4.3 사건의 연장선상에서 바라본다. 제주 4.3이 제주도민의 자체적인 문제 때문이 아니라 외지에서 온 권력자들에 의해 발생했던 것처럼, 강정 마을 사태도 제주도 외부 세력 때문에 발생한 비극으로 본다. 두 사건 모두 제주도만이 가지고 있던 샤머니즘과 공동체 의식을 철저하게 붕괴시키는 사건이다. 강정마을의 구럼비 바위는 이 마을 사람들이 함께 제사를 올리던 신성한 곳이다. 그러나 강정마을에 해군기지를 건설한다는 국가의 의지 앞에서 구럼비 바위는 허무하게 폭파된다. 이 사건은, 감독이 보기에, 제주도를 끈끈하게 이어주고 있었던 공동체 의식이 파괴되는 사건이기도 하다.

영화 〈비념〉은 제주 4.3 사건 이후 현재까지 이어져 내려오는 한국 현대사의 서사를 이미지 연결로 풀어내고 있다. 그렇다면 이 영화의 극중 시간은 무려 60여 년이라는 서사 시간을 내포하고 있는 것이며, 그 서사적 시간은 앞으로도 계속 이어질 것이다.

영화는 강상희 노파의 집, 고 김봉수를 기리는 '비념'이 끝난 후 앞마당에서 소지(燒紙)하는 장면으로 끝을 맺는다. 암흑에 갇힌 밤하늘을 향해 피어오르는 불씨들. 카메라는 이 소지(燒紙) 장면을 물끄러미 내다보는 모습을 응시하다가, 하늘로 솟아 올라가는 불씨들을 향한다. 눈밭의 한 무리 사슴들이 산 속을 향해 멀어지듯이, 불씨들도 암흑의 하늘로 사라진다. 그렇게 제주도의 망자들을 위한 굿판이 마무리된다. 밤하늘의 어둠 속에서 날아다니는 소지(燒紙)의 불씨들은 위베르만이 강조했던 민중(民衆)의 이미지, 즉 하나의 미광(微光), 하나의 섬광(閃光), 하나의 반딧불은 아니었을까.

더도 말고 덜도 말고 우리의 고유한 '희망의 원리'를 다시금 사유해야 하고, 그 사유는 '예전'이 '지금'을 만나서 우리의 '장래' 자체를 위한 어떤 형식이 마련되는 하나의 미광, 하나의 섬광, 하나의 별자리를 형성하는 방식을 거쳐 진행되어야 한다. 비록 지면(地面)에 바짝 붙어 지나가고, 비록 아주 약한 빛을 발산하고, 비록 느리게 이동하지만, 엄밀하게 말해서 반딧불들이 그런 별자리를 보여주고 있지 않은가? 반딧불이라는 작디작은 사례와 관련해서 이런 사실을 긍정하는 것은 곧 우리의 상상하는 방식 속에 근본적으로 우리의 정치하는 방식을 위한 조건이 놓여 있음을 긍정하는 것이다.[6]

---

6) 조르주 디디-위베르만, 김홍기 옮김, 『반딧불의 잔존: 이미지의 정치학』, 도서출판 길, 2012, 59~60쪽.

임흥순이 그의 글 「비는 마음」 첫머리에 인용한 헤이너 뮐러의 다음과 같은 말은 이 영화가 지향하고 있는 정신이기도 하다. "죽은 것이라고 해서 역사에서까지 죽은 것은 아니다. 드라마의 역할은 초혼이다. 사자가 자신들과 묻어버린 미래를 우리에게 되돌려 줄 때까지 사자와의 대화는 끊어져서는 안 된다."[7] 임흥순은, 제주 4.3은 우리에게 유령이며 동시에 현재 진행형인 실체라고 말한다. 그 유령은 제주도를 감싸고 있는 '관광지'라는 포장지를 벗겨낼 때 현재 진행형인 '역사'로 나타난다. 4.3은 지금도 제주도에서 진행 중에 있다.

(웹진 『문화多』, 2013.5)

---

7) 임흥순, 앞의 책, 12쪽.

경계의 공간, 영화 속 인천의 이미지들

'장산곶매'가 〈오! 꿈의 나라〉(1989)에 이어 두 번째 작품으로 〈파업전야〉(1990)를 선보인 것은 의미심장하다. 그것은 영화가 재현해 내는 공간성의 의미 차원에서 그렇다. 〈오! 꿈의 나라〉가 광주에서 벌어졌던 민주화 항쟁을 그려낸 것이라면, 〈파업전야〉는 인천 남동 공단을 배경으로 한 노동조합의 결성 과정을 재현하고 있다. 앞의 것이 광주라는 공간을 통해 민족을 소구하는 것이라면 뒤의 것은 인천 공간에서 계급의 함의를 읽어내고 있는 것이다.

인천은 〈파업전야〉에 의해 정치적 공간 또는 거대담론의 장 속으로 소환돼 재해석된다. 이 영화는 공단 도시로서의 인천의 정체성을 직설화법으로 풀어나가고 있다. 이때 인천의 남동 공단이라는 공간은 "미래에 올 시간에 대한 내기"의 공간이 된다.

공간의 존재 양식, 공간의 실천적 현실(형태를 포함하는)은 글로 쓰인 대상, 책 등의 현실(현 존재)과는 전적으로 다르다. 결과이면서 이유, 생산물이면서 생산하는 것으로서의 공간은 계획과 행위의 장소이면서 이 행위(전략)에 의해 부각되는 장소, 즉 관건이기도 하다. 다시 말해서 미래에 올 시간에 대한 내기, 절대 완전하게 자신을 드러내보이지 않는 내기의 대상인 것이다.[1]

어떤 의미에서 〈파업전야〉는 1980년대 거대담론의 역사 끝머리를 장식하는 마지막 불꽃같은 것이 아니었을까. 〈파업전야〉 이후 영화나 TV 드라마 속의 인천은 더 이상 첨예한 정치성을 추구하지 않는다. 2000년대에 접어들면서 바야흐로 인천은 거대담론의 담론장에서 걸어 나와 마이너리티의 권역으로 흘러 들어간다. 〈파이란〉(2001)과 〈고양이를 부탁해〉(2001), 그리고 〈슈퍼스타 감사용〉(2004), 〈비상〉(2006), 〈천하장사 마돈나〉(2006) 등이 그것이다. 3류 깡패 강재(최민식 분), 성장통을 겪는 다섯 명의 여상 졸업생들, 프로야구 통산 최대 연패의 주인공 투수 감사용(이범수 분), 무명들로 이뤄진 인천 유나이티드 프로 축구 선수들, 그리고 여자가 되고 싶어 하는 남자 고등학교 씨름 선수 오동구(류덕환 분) 등은 인천 공간의 어떤 결핍성을 가리키고 있다.

이 영화들은 주류에서 벗어나거나 정상에 오르지 못하는 마이너리티들의 삶을 조망한다. 〈파이란〉에서 강재가 비굴한 발걸음

1) 앙리 르페브르, 양영란 옮김, 『공간의 생산』, 에코리브르, 2011, 228쪽.

을 옮기고 있는 인천항과 자유공원 밑 북성동 주변은 이 영화의 또 하나의 주인공이다. 〈고양이를 부탁해〉의 만석동, 만석부두, 차이나타운, 연안부두 터미널 등의 공간성은 극중 인물들이 처한 상황에 대한 강력한 알레고리로 작동하고 있다. 다큐멘터리 영화 〈비상〉은 어떠한가. 마치 외인부대원들처럼 무명 선수들로만 구성된 인천 유나이티드 축구단은 이렇다 할 명성도 경력도 갖추지 못한 선수들의 모임이다.

〈슈퍼스타 감사용〉에서 주인공 감사용이 던지는 야구공은 과녁에 정확하게 도달하기도 전에 상대편의 방망이질에 난타 당한다. 영화 속 주인공들은 2류, 또는 3류 인생을 살면서 누추한 공간을 배회한다. 2010년대를 넘어서면서 인천 공간은 한국 영화와 TV 드라마에서 인기 있는 촬영지로 각광을 받게 된다. 이 시기의 영화와 드라마들은 인천의 착종성(錯綜性), 즉 근대건축물과 빈민촌과 차이나타운과 국제신도시가 어지럽게 공존하고 있는 공간의 숨결을 포착해 낸다. 인천의 금창동과 신흥동 부근에서 찍은 〈도가니〉(2011), 서구 가정동과 영종도 공항 북로 일대에서 촬영한 〈통증〉(2011), 인천 테크노파크 IT센터에서 로케이션한 〈더 타워〉(2012) 등이 그 예가 될 것이다.

〈신세계〉(2012)는 인천국제공항, 인천항, 제물포 시장, 연안부두, 차이나타운 등에서 촬영했고, 〈남자사용설명서〉(2012)는 중구의 자유공원 및 홍예문, 그리고 아트 플랫폼 등지에서 찍었다. 바야흐로 인천이 영화 촬영지의 적격지로 주목받았던 양상이다. 그런데 도심재생사업구역인 루원시티(Lu 1 City)에서 촬영한 영화들이 적지 않다는 점은 주목을 요한다. 인천 서구 지역 재개발 사업의 차질 때문에 건물 철거가 지연되면서 유령 도시가 돼버린 루원시티 현장은 촬영 현장으로 관심을 받았다. 주민들이 모두 이주해 버린 가정동 일대는 폐가들만 남아 있어 폭파 장면 촬영이나 범죄 사건을 재현하기에는 적격이었기 때문이다.

〈카운트다운〉(2011), 〈모비딕〉(2011), 〈도둑들〉(2012), 〈나는 살인범이다〉(2012) 등의 영화들과, KBS 2 드라마 〈강력반〉(2011)이 루원시티에서 촬영된 것도 그러한 사정에서였다. 신도시 재생사업이라는 도시 근대화가 지연된 후 음산하고 누추한 공간으로 몰락해 버린 루원시티가 음울한 표정으로 카메라에 포착된다. 인천 공간은 〈친구〉나 〈해운대〉의 부산 공간이 지니는 짙은 지방색과 향토성을 지니지는 못한다. 그보다는 대도시이면서도 속은 텅텅 빈 폐허의 공간으로서, 그리고 문명의 풍요로운 이미지보다는 결핍과 야만성의 아이콘으로 재현되곤 했다.

이와는 달리 MBC 드라마 〈로얄 패밀리〉(2011)는 인천 송도 국제도시의 잭니클라우스 골프장과 포스코 건설 송도 사옥을 주요 배경으로 삼았고, KBS 2 드라마 〈드림하이〉(2011)는 인천 해안동의 인천아트플랫폼을 배경으로 했다. 영화 〈더 타워〉는 인천 테크노파크 IT센터에서 촬영했다. 이들 작품들은 국제 도시 인천의 어두운 풍광들을 카메라에 담지 않고 현대적인 건축물과 예술적인 분위기가 풍기는 장소를 포착하고 있다. 그럼에도 불구하고 〈로얄 패밀리〉와 〈더 타워〉는 화려한 경관 속에서 벌어지는 암투와 재난을 재현하고 있다.

말하자면 인천 공간은 웬만해서는 로맨틱하고 따뜻한 공간으로 받아들여지지 않았던 것이다. 충무로에게 인천 공간은 지나치게 누추하거나 허접하고 냉혹하면서 부조리하게 받아들여졌다. 쓸쓸한 항구와 낡은 골목길, 차이나타운과 일제 강점기 시대의 근대 건축물, 폐허가 된 동네와 글로벌한 최첨단 국제 도시. 영화 속에서, 인천은 '비동시성(非同時性)의 동시성(同時性)'이라는 심한 분열증으로 흔들리고 있다. 충무로가 발명한 인천 공간이란, 육지도 아닌 그렇다고 바다도 아닌, 항구 도시로서의 문지방 공간 혹은 경계 공간이었던 것이다.

(『교수신문』, 2013.6.3)

오락으로서의 범죄, 또는 권선징악의 윤리학

: 류승완 감독의 영화 〈베테랑〉

〈베테랑〉(2015)의 서사는 의외로 간단하다. 의협심에 불타는 광역수사대 형사가 소시오패스(Sociopath)인 재벌 3세를 붙잡는다는 이야기이다. 사건도 복잡하지 않고 인물들의 갈등 관계도 최대한 축소되어 있다. 즉 〈베테랑〉은 정의의 사도 서도철 형사(황정민 분)가 잔혹한 성격의 안하무인 재벌 3세 조태오(유아인 분)의 죄를 벌하는 권선징악의 명료한 서사 구조를 보여준다. 나쁜 재벌의 생태와 그에 대한 징벌 이야기는 그리 새로울 것도 도발적인 소재가 아니다. 이런 스토리와 주제의식은 이미 TV 드라마 〈미세스 캅〉이나 〈용팔이〉에서도 쉽게 볼 수 있던 것이기 때문이다. 〈미세스 캅〉과 〈용팔이〉에 등장하는 재벌들은 범죄와 연루되어 있거나, 아니면 그 자신이 파렴치하고 잔인한 폭력배이다. 〈미세스 캅〉의 강태유 회장(손병호 분)은 조폭 출신의 재벌 CEO이다. 그의 부하 직원들도 거의 대부분 조폭들이다. 〈용팔이〉의 한도준 회장(조현재 분)은 비록 조폭 출신은 아니지만, 강태유 회장처럼 아무런 죄책감 없이 살인을 지휘한다. 우선 이 세 작품만 살펴보더라도, 우리나라의 영상문화가 이른바 '마피아 자본주의'를 소재로 하고 있음을 쉽게 알아챌 수 있다.

이는 감독이 현재 대한민국의 평범한 시민들의 정서를 포착하고 그에 응답하는 형식으로 작품을 구상하고 제작했음을 말해준다. 그렇다면 이 영화는 한국 사회의 이데올로기적 판타지, 즉 인과응보의 법칙이 자연스럽고 필연적인 대상이라는 판타지를 증명하려는 시도일 것이다.

> 상징적 행위에 의해 그 자체의 방식으로는 극복할 수 없는 실제의 사회적 모순이 미학적 영역에서 순전히 형식적인 해결을 발견하는 것이다. … 이데올로기는 상징적 생산에 내용과 형식을 부여하는 그 무엇이 아니다. 오히려 미적 행위 자체가 이데올로기적인 것이고, 미적 형식이나 서사 형식의 생산 역시 해결 불가능한 사회적 모순들에 상상적 또는 형식적 '해결들'을 제공하는 기능을 지닌, 그 자체로 이데올로기적인 행위라고 말할 수 있다.[1]

〈베테랑〉은 위에서 제임슨이 설명한 내용의 충실한 결과물로 보인다. 그렇다면 이때의 '상상적인 해결' 방식은 들뢰즈가 말했

---

1) 프레드릭 제임슨, 이경덕·서강목 옮김, 『정치적 무의식』, 민음사, 2015, 59쪽.

던 '정동(情動, affect)'과 밀접한 관계를 맺게 될 터인데, 과연 〈베테랑〉은 대한민국의 시민들이 지니고 있는 '정동'을 재현해내고 있는 것일까? 결론부터 말하자면, 들뢰즈가 '정동'을 이행(移行), 즉 절단되는, 두 개의 연속적인 정서들, 한 상태에서 다른 상태로의 생생한 변이(變移)로 정의를 내리고 있는 한,[2] 〈베테랑〉은 들뢰즈식의 '정동'을 재현하거나 실천하지 못하는 것처럼 보인다. 왜냐하면, 적어도 정동을 특이하고 보편적인 '행동할 능력', 변형할 능력, 자기 가치화의 능력, 전유(專有)의 능력으로 간주할 때, 〈베테랑〉이 재현하고 있는 것은 단지 '상상적인 해결'에 머물고 있기 때문이다. 〈베테랑〉은 21세기 '헬조선(Hell朝鮮)'에서 거주하고 있는 시민들의 '정동'을 자극하지 못한다.

여러 학자들이 21세기 신자유주의 체제의 비인간화 상황에 대한 키워드로 다양한 주장을 펼치고 있지만, 이 글에서는 '불안'이라는 키워드를 선택하도록 하겠다. '불안'의 원인은 현재의 비참함을 극복할 수 없다는 느낌, 결국 미래가 현재보다 더 나아질 것이라는 희망이 증발된 절망의 정서가 아니겠는가. 여기에서 신자유주의 체제 하에서 벌어지고 있는 사회 현상, 즉 고용의 불안정, 국가 안전망의 해체, 인간의 육체뿐 아니라 영혼까지도 상품화시키는 금융자본주의 시스템 등을 일일이 나열할 필요까지는 없을 듯하다. 왜냐하면 〈베테랑〉은 그러한 사회 현실(라캉

---

2) 질 들뢰즈, 「정동이란 무엇인가?」, 질 들뢰즈 외, 서창현 외 옮김, 『비물질 노동과 다중』, 갈무리, 2014, 91쪽.

이었다면 '실재', 알튀세르였다면 '최종심급'이라고 불렀을)에 대한 비판이나 성찰을 목적으로 하고 있지 않기 때문이다. 그럼에도 불구하고, 감독 유승완과 영화 〈베테랑〉은 자신도 모르는 사이에, 마치 억압된 무의식의 귀환처럼, 앞서 이야기한 대한민국의 잿빛 삶을 그림자처럼 질질 끌고 다니게 된다.

　그런 의미에서 우리는 감독 유승완보다 주인공 황정민에게 주목하는 것이 더 의미 있을지도 모른다. 황정민은 정윤철 감독의 〈슈퍼맨이었던 사나이〉(2008)의 슈퍼맨에서 윤제균 감독의 〈국제시장〉(2014)의 윤덕수를 거쳐 〈베테랑〉의 서도철 형사로 옮겨간다. 어떤 의미에서 서도철이라는 인물은 슈퍼맨의 우울증을 벗겨낸 윤덕수의 코믹 영웅 서사 버전이라 할 만하다. 슈퍼맨은 사회 정의를 위해, 또는 과거(1980년 5.18 광주민주화항쟁)에 대한 죄책감 때문에 이타주의를 남발하다 죽음을 맞이한다. 윤덕수는 6.25 전쟁과 파독 광부 활동, 그리고 베트남전 파병 등의 과정을 밟으며 가족(윤제균 감독은 '가족' 대신에 '민족'이나 '국가'를 말하고 싶을 것이다)을 지켜낸다. 최소한 슈퍼맨과 윤덕수에게는 모종의 실천을 감행해야 하는 원인으로서의 현실과 역사가 뒷배경으로 존재한다. 그러나 서도철에게는 그러한 배경이 없다. 굳이 그것을 들라면 '가오'뿐이다. (일본어 가오(顔, かお)는 얼굴을 뜻하는데 한국에서는 '폼(form)'를 속되게 이르는 말로 사용된다.) 서도철은 조태오의 돈에 매수된 형사의 손목을 꺾으며 "우리가 돈이 없지 가오가 없냐?"고 하면서 자신의 존재 가치를 증명한다. 그렇다. 〈베테랑〉은, 비록 돈은 없지만 '가오'만큼은 포기할 수 없

는 남자의 자존심이 사건과 갈등 전개의 원인으로 작동할 뿐이다. 서도철을 움직이게 하는 동력은 지구 평화도 아니고 가족 지키기도 아니다. 그에게는 지구도, 가족도, 민족도, 국가도 존재하지 않는다. 단지 '가오'를 지키는 것이 중요하다.

그런 의미에서 〈베테랑〉의 오프닝씬에 나오는 중고차 국제 밀수출 범죄 집단을 소탕하는 에피소드는 베테랑으로서의 서도철 형사의 '가오'를 돋보이게 하는 사족(蛇足)에 머물게 된다. 내러티브 상 승용차 밀수출 사건과, 이 영화의 중심 사건 사이에는 인과관계가 성립되지 않는다. 조태오 상무의 회사 하청업체에서 일하는 트럭 운전사 배기사(정웅인 분)가 아무런 통보도 없이 해고당하고, 받지 못한 월급을 해결하기 위해 회사 앞에서 1인 시위를 하고, 이를 발견한 조태오가 배기사를 사무실로 불러 폭력을 사주하고, 더 나아가 자살로 위장시키는 범죄를 행하는 중심 서사와 밀수출 에피소드는 연결되지 않는다. 이는 서도철의 정의로운 투쟁이 강제 해고당하고 밀린 임금도 받지 못한 해고 노동자를 위한 것이 아니었음을 시사한다. 서도철은 '가오' 있게 범죄자를 체포하는 것을 인생의 목표로 삼고 있는 베테랑에 불과하다. 조태오가 서도철을 분노하게 만든 것은 배기사의 불행이 아니라, 조태오가 서도철의 '가오'를 건드렸기 때문이다. 영화 〈베테랑〉은 폼생폼사 서도철 형사의 폼 잡는 이야기를 폼 내면서 풀어간 영화이다.

따라서 임금도 못 받고 일방적으로 해고당한 배기사의 억울한 처지, 1인 시위하던 배기사가 조태오의 사무실로 불려가 죽도록 얻어맞은 사건, 억울해서 조태오의 사무실로 다시 찾아가 맷값으로 쥐어준 돈을 뿌린 뒤 조태오의 폭력으로 뇌진탕을 당한 뒤, 회사 비상 계단 밑으로 내던져 자살로 위장된 사건 등은 사실 서도철의 분노를 불러일으키는 결정적인 원인이 될 수 없다. 그보다는 조태오의 관할 경찰서 형사들이 돈으로 매수당했다는 것, 조태오의 사촌형인 최상무(유해진 분)가 서도철의 아내(진경 분)를 찾아가 돈다발을 내민 것 때문에 서도철의 '가오'가 결정적으로 훼손당했다는 것이 원인이다. 최상무로부터 뇌물로 돈다발을 받은 아내는 경찰서로 찾아와 서도철에게 소리친다. "잘 살지는 못하더라도 쪽팔리게는 살지 말자!" 조태오는 서도철을 아내에게 "쪽팔리는" 남편이 되게 만든다. 사정이 이러하니 어찌 서도철이 조태오를 잡기 위해 안간힘을 쓰지 않겠는가.

유승완은 제작 노트에서 이렇게 밝힌 바 있다. "영화 〈베테랑〉은 해봐야 안 될 싸움을 기어이 해볼 만한 판으로 만들어 버리는 베테랑 형사들의 이야기다. '우리에게 이런 형사 한 명쯤 있는 거 좋잖아? 서도철 형사 같은 사람 하나 있었으면 좋겠다.' 〈베테랑〉은 이런 생각에서 시작되었다. 집에서 사고뭉치라고 구박 받지만 항상 내 편이었던 삼촌 같은 그런 존재. 함께 응원하고 싶어지는 그들의 시원하고 통쾌한 활약을 즐기시길 바란다." 영화 〈베테랑〉은 감독의 기획 의도대로 순진하게 전개되는 것처럼 보인다. 영화는 유승완 감독이 대한민국 시민들에게 주는 선물, 즉 현실에서는 이루어질 수 없는 것을 위로하기 위한 '기원서사(祈願敍事)'이다. 〈베테랑〉은 그것으로 충분히 제 몫을 다한 영화이다. 추석 연휴를 통해 가족들이나 연인들에게 선사할 수 있는 기획 상품으로 이보다 더 신나는 선물이 어디 있겠는가. 유승완 감독이 선사한 선물의 품목들은 폼 나게 잘 연출된 액션신, 숨 쉴 틈 없이 이어지는 사건 전개, 틈틈이 개입하는 해학적인 상황들, 게다가 평범한 일개 형사 나부랭이가 나쁜 재벌을 혼내주는 권선징악의 결말구조까지 화려하다.

철학자와 사회학자들이 진단하는 21세기의 징후들, 즉 불안, 우울, 정신분열, 분노, 좌절, 공포, 불안, 박탈감, 소외, 피로 등을 날려버리기에 이 영화처럼 유효한 작품은 그리 많지 않으리라. 〈베테랑〉은 관객들에게 공분(公憤)을 불러일으키고, 그 공분을 '가오' 있게 한방에 날려 보낸다. 부도덕한 정치인과 재벌들에게 신물이 난 대한민국 시민들에게 이보다 더 통쾌한 서사가 어디 있겠는가. 비행을 일삼던 재벌 3세 조태오는 법의 심판을 받게 되고, 게다가 영화의 엔딩씬에서 사경을 헤매던 배기사가 생명줄을 붙잡는 장면이 나옴으로써 우리는 안도의 한숨과 통쾌함을 느끼며 극장문을 나선다. 그러나 우리 뒤에는 뭔지 모를 불안감의 그림자가 길게 따라 나온다.

죽음을 면한 배기사는 정상적인 일상생활을 할 수 있을까. 그는 완쾌되어 복직한 뒤, 마치 〈국제시장〉의 윤덕수가 자신의 가족을 지켜낸 것처럼, 자신의 가족을 지켜낼 수 있을까. 그를 포함한 강제 해고당한 트럭 운전사들은 재취업의 기회를 잡을 수 있을까. 조태오와 최상무, 전 소장(정만식 분)과 조선족 깡패들이 모두 체포되었지만, 조 회장(송영창 분)이 이끌고 있는 재벌의 횡포는 중단될 수 있을까. 불안하게도, 정의파 베테랑 형사 서도철은 이제 더 이상 배기사들의 억울함을 풀기 위해 '가오'를 지키며 범죄 현장으로 달려갈 것 같지는 않다. 아마 이 불안감이야말로 영화 〈베테랑〉의 카타르시스 효과가 내재할 수밖에 없는 사회학적 상상력의 한계를 예감하는 것이 될 것이다. 이 영화가 내세우고 있는 '범죄오락액션'이라는 장르 명칭은 범죄마저도 오락의 소재로 활용될 수 있다는 이 시대의 감정구조에 기초하고 있다. 범죄를 오락화한다고 해서, '마피아 자본주의'가 지배하는 우리 시대 '실재의 사막'이 존재하지 않는다고 말할 수는 없다. "인간들을 통째로 갈아서 무차별의 떼거리로 만들어 버린 그 '사탄의 맷돌(satanic mill)'"[3]은 우리 앞에 위협적으로 서 있다.

오락과 액션의 페스티벌이 끝난 후, 배기사와 그의 동료들은, 길거리로 내쫓긴 사람들은, 그 사막에서 어떻게 생존을 유지할 수 있을까.

(웹진 『문화多』, 2015.10)

---

3) 칼 폴라니, 홍기빈 옮김, 『거대한 전환』, 도서출판 길, 2014, 163쪽.

5부 풍경-기계들

2001년 한국 영화의 몇 가지 코드

〈초록물고기〉와 〈넘버3〉가 상연되었을 때, 영화 속의 폭력은 적어도 한국 사회의 천민자본주의적 모순을 진지하게 검색하는 키워드였다. 그러나 2001년의 한국 영화계에 있어서 폭력, 조폭, 깡패와 같은 소재는 가장 강력하고 확실한 상품 코드로 작용했다. 〈친구〉(3월), 〈파이란〉(4월), 〈신라의 달밤〉(6월), 〈조폭 마누라〉(9월), 〈킬러들의 수다〉(10월) 등으로 열거되는 이른바 조폭 영화 계열은 당시 영화계의 대표적인 성향을 보여준다. 이 영화들은 흥행에서 큰 성과를 거둠으로써 한국 영화 산업의 흐름을 바꿔놓을 정도로 그 영향력을 발휘했다. 특히 〈조폭 마누라〉의 경우, 시나리오, 연출, 연기 등 거의 모든 부분에서 완성도 문제를 지적받았지만, 평론가들의 차가운 시선에도 불구하고 성공적인 관객 동원을 이루어냈다. 같은 날에 개봉된 〈고양이를 부탁

해〉를 철저하게 외면한 관객은 〈조폭 마누라〉에 전적인 동의를
보낸 것이다.

이 조폭 영화(또는 조폭이 등장하는 영화)들 중에서 〈파이란〉을
제외한다면, 폭력배의 소재 채택은 다분히 영화의 상품성 확대
를 위해 자의적이고 관행에 따라 행사되었다는 점에서 문제적이
다. 영화 예술이 그 태생부터 대중성과 통속성을 지니고 있었다
는 사실에 대해서는 이견이 없을 것이다. 다만 영화가 매력적인
상품이면서 동시에 특정한 사회의 정신적 산물임을 잊어서는
곤란하다. 단적으로 말해서 영화는 대중의 취향에 민감해질 수
밖에 없는 문화 상품이면서 시대를 증언하고 성찰케 하는 비판
예술이기도 한 것이다. 그런 의미에서 당시 두드러지게 특성화
된 조폭 영화는 21세기 초반 한국의 대중적 무의식을 다소 우울
하게 대변하는 것이라 할 수 있다.

IMF 사태와 혼탁하게 돌아가는 정치판, 총체적인 국면으로
확산되는 사회적 모순. 미래를 전망할 수 없는 불투명한 시대에,
사회적 요인에 의해 국민의 삶의 질이 급격하게 하락하는 시대
에, 폭력 영화의 등장과 인기는 어쩌면 당연한 결과일지도 모른
다. 그러나 중요한 것은 조폭 모티브의 무분별한 채택이 시대를
직시하고 분석해 낼 수 있는 최소한의 비판의식마저도 봉쇄할
수 있다는 사실이다. 1970~80년대 홍콩 느와르의 폭력성이 이
시대에 더 이상 지배적인 문화 코드가 아니라는 사실을 기억할
필요가 있다.

롤랑 바르트는 사진과 영화에 대해서 '죽은 자의 흔적'이라고

말한 적이 있다. 사진이나 영화는 피사체를 찍는 그 순간부터 피사체를 현실로부터 분리시킨다. 빛바랜 앨범이나 오래된 영화를 볼 때 느끼는 독특한 향수(鄕愁). 어떤 의미에서 영화는 가장 최첨단의 기술로 SF를 찍었다 하더라도 본질적인 속성상 모종의 향수를 불러일으킨다. 따라서 과거 시절을 회상하는 영화는 매우 강력한 노스탤지어를 생산할 수밖에 없다.

〈친구〉, 〈신라의 달밤〉, 〈수취인 불명〉, 〈번지점프를 하다〉, 〈와이키키 브라더스〉 등과 같은 영화들은 스크린 위로 과거를 소환시킴으로써 지나간 시간의 애상감을 고조시킨다. 폭력 영화와 시대적 상황 사이의 관계처럼, 노스탤지어를 환기시키는 영화가 사회와 맺는 관계는 매우 징후적이다. 궁핍한 사회일수록, 전망이 불투명할수록, 삶이 고단할수록 과거를 향해 달리는 대중의 내면 심리는 가속화된다. 그것은 고통스러운 현실로부터 아늑한 과거로 일탈하려는 무의식을 대표한다. 그러나 〈수취인 불명〉과 〈와이키키 브라더스〉는 매우 다른 색채의 과거 회상을 보여준다. 미군 기지에서 일어나는 주변부 삶의 곤혹스러움, 그리고 삼류 밴드의 고단한 일상 등을 들추는 것은 단순한 회고 취미가 아니다. 그것은 과거를 불러와 현재를 질문하는 방식을 의미한다. 엽기적인 영화 미학을 주 종목으로 하던 김기덕은 〈수취인불명〉에서 시공간적 구체성을 다소나마 확보했고, 이미 〈세 친구〉에서 이 시대의 소외된 계층을 리얼리즘 화법으로 설명했던 임순례는 〈와이키키 브라더스〉를 통해 삶의 고통을 진지하게 응시한다.

이 시기 한국 영화계는 멜로드라마 장르가 인기 있는 레퍼토리로 자리 잡은 때이다. 한국 영화의 가장 인기 높은 장르로서의 멜로드라마 영화는 여성 관객층을 대상으로 꾸준하게 사랑받아 온 장르라 할 만하다. 〈나도 아내가 있었으면 좋겠다〉, 〈하루〉, 〈인디언썸머〉, 〈선물〉, 〈번지점프를 하다〉, 〈불후의 명작〉, 〈순애보〉, 〈봄날은 간다〉, 〈잎새〉와 같은 작품들이 그 예이다. 그런데 이 시기 멜로드라마 영화는 대박을 터트리지 못하고 가까스로 관객 동원이라는 목표에 다가간 것이 변화라면 변화라 할 만하다. 〈나도 아내가 있었으면 좋겠다〉와 〈봄날은 간다〉 정도가 체면치레했을 정도였는데, 이것도 〈친구〉나 〈조폭 마누라〉, 〈킬러들의 수다〉와 같은 영화에 비하면 초라할 정도의 흥행 수입을 올렸을 뿐이다. 말랑말랑한 멜로드라마 영화를 통해 카타르시스를 경험하기에는 그 시대가 지나치게 거칠고 혼란스럽다는 한 징표는 아니었을까.

2000년 12월 30일에 상연된 〈대학로에서 매춘하다가 토막 살해당한 여고생 아직 대학로에 있다〉는 21세기의 새로운 문화 코드로서 디지털 영화의 가능성을 선보였다. 이후 임상수의 〈눈물〉, 문승욱의 〈나비〉, 박철수의 〈봉자〉, 김소영의 〈거류〉, 송일곤의 〈꽃섬〉과 같은 영화들이 디지털 방식으로 영화의 새로운 화법(話法)을 모색하기 시작했다. 이른바 대안 영화의 한 방편으로서의 디지털 영화는 소규모 제작 방식, 작가주의 정신 추구, 실험 영화를 위한 모색 등을 그 특징으로 한다. 2000년에 류승완의 〈다찌마와 Lee〉가 기대 이상의 호응을 얻기 시작하면서 디지털 방식의 영화 제작에 대한 무한한 가능성이 보편화되기 시작했다. 비교적 저렴한 비용으로 영화 제작을 할 수 있다는 점 때문에 디지털 영화는 제작사의 상업적 주문에 종속되지 않고 감독이 자유롭게 자신의 세계관과 미학을 펼쳐 보일 수 있다는 점에서 매력적이었다.

블록버스터 영화가 보편화된 시기에 있어서 작가주의 영화를 표방하는 진지한 작품들이 선을 보였다는 것은 무척 반가운 일이다. 물론 이러한 종류의 영화들이 자본주의적 상품 논리를 의식적으로 견제했다고는 하지만, 아직도 한국 관객들이 다양한 영화를 감상할 수 있는 문화적 포용력을 갖추지 못했다는 점은 아쉬움으로 남는다. 윤종찬의 〈소름〉, 문승욱의 〈나비〉, 임순례의 〈와이키키 브라더스〉, 허진호의 〈봄날은 간다〉, 송일곤의 〈꽃섬〉, 정재은의 〈고양이를 부탁해〉 등은 작품의 완성도와 작가정신의 치열함을 인정받았다. 다만 〈봄날은 간다〉를 제외하고는 관객들로부터 철저하게 외면당했다는 사실이 불길한 예감으로 남았다. 작품성과 작가정신을 충실하게 다져놓아야만 영화 산업이 발전할 수 있다는 대명제를 생각해 볼 때, 21세기 초 한국 대박 영화의 지형도는 심히 불안하기까지 하다. 고부가가치를 생산하는 문화 상품으로서의 영화는 인프라를 충실하게 구축해야 하는 대상이다. 눈앞의 경제적 이익만을 추구하기 위해 관객의 취향에 타협하는 오락용 영화 생산 환경은 장기적인 대책이 결코 될 수 없다. 멀티플렉스의 급격한 확산이 다양한 영화 관람의 기회 확대로 이어질 수 있으리라는 기대는 물거품이 된 지

오래. 오히려 멀티플렉스와 같은 대형 극장 제도가 진지하고 실험적인 영화들에 대해서 노골적인 적대감을 보임에 따라 관객의 관람 기회와 감독의 실험 정신 실현에 걸림돌로 작용하기 시작했다. 그나마 다행스러운 것은 이처럼 철저하게 자본의 논리에 따라 영화를 생산하는 체제에서도 장희선의 〈고추 말리기〉, 김소영의 〈거류(去留)〉, 그리고 디지털 독립영화들이 꾸준하게 발표되고 있었다는 사실이다.

관객에게는 〈엽기적인 그녀〉나 〈킬러들의 수다〉 또는 〈친구〉처럼 재미있고 가벼운 이야기를 즐길 권리가 있다. 그리고 대중예술로서의 영화가 대중의 욕망과 취향을 무시하고 고답적인 작가정신을 고집할 수도 없다. 다만 영화는 수출선에 선적해 놓은 상품임과 동시에 우리나라의 정서와 역사를 기록하는 언어이기도 하다는 사실을 기억해야 한다. 관객은 〈전함 포템친〉으로 러시아 역사를 성찰하고, 〈시민 케인〉을 통해 미국을 이해하며, 〈네멋대로 해라〉를 통해 프랑스 누벨바그 정신을 읽을 수 있다. 영화산업은 상품으로서의 영화를 단순 판매하는 것이 아니라, 한 민족의 역사와 정서와 언어를 소개하는 것이기도 하다. 그런 의미에서 21세기 초의 한국 영화 풍경은 화려하면서도 불안했다.

(2001)

'즐거운 죽음'을 위한 내셔널리즘

: 〈007 어나더데이(007 Die Another Day)〉

007 시리즈의 20번째 영화인 〈007 어나더데이〉(2002)가 한국 관객의 냉대 속에 조기 종영 사태를 맞았다. 이안 플레밍(Ian Fleming) 원작의 스파이 소설 'Dr. No'가 1962년도에 처음 영화로 만들어진 뒤 40주년을 기념하는 이 작품은 역대 007 영화보다 더 화려한 스케일을 자랑한다. 누적 관객 20억 명, 흥행 수입 30억 달러라는 전무후무한 대기록을 세운 바 있는 007 영화가, 그것도 역대 007 영화 시리즈 중에서 가장 완성도를 높였다는 이 영화가 한국에서 찬밥 신세를 면치 못했다.

움베르토 에코는 이안 플레밍의 007 시리즈 소설의 서사구조를 다섯 가지 차원에 걸쳐 분석한 바 있다. 첫째, 인물과 가치의 대립, 둘째, 놀이 상황과 '게임'으로서의 이야기, 셋째, 마니교적 선악 이데올로기, 넷째, 문학적 기교, 다섯째, 콜라주로서의 문학

이 그것이다.[1)]

널리 알려져 있다시피, 007 시리즈는 선과 악의 선명한 대립 구도를 통해 타협 불가능한 두 개의 세계를 제시하고 있다. 특히 악한은 편집증에 사로잡힌 욕망, 완벽한 기술을 동원한 계획, 지칠 줄 모르는 허영, 육체적-물리적 남용, 도덕적 도착증을 특징으로 하고 있다. 이러한 악당 이미지는 〈007 어나더데이〉에서도 변함없이 지속되고 있다. 본드는 괴물 같은 인물이 꾸미는 공상과학적 음모를 저지하기 위해 특정한 장소로 파견된다. 그곳은 어둠에 묻힌 곳으로서 제임스 본드의 영웅담에 의해 빛을 되찾는다. 이때 제임스 본드가 잠입하는 공간은 영화 〈드라큘라〉의 중심 공간인, 트란실바니아 국경의 칼파치아 산맥에 위치한 드라큘라 백작의 성(城)과 등가(等價)이다.

냉전 시대를 소재적 원천으로 삼고 있는 이안 플레밍은 기본적으로 반공주의자이다. 게다가 그는 과학의 우월성을 찬양하는 근대주의자이기도 하다. 그는 기본적이고 일반적인 힘의 충돌을 형상화하기 위해 다양한 클리셰(Cliché)에 의존한다. 국제적 긴장이 고조되는 시기에 세계적 여론을 참조함으로써 절대선과 절대악을 구축한다. 도식화와 이분법적 세계관은 소설과 영화가 쇼비니즘을 극복하지 못하고 있음을 보여준다.

북한에서 비밀 임무를 수행 중이던 제임스 본드(피어스 브로스넌 분)는 배신자로 인해 위기에 처한다. 동료 요원들이 죽임을

---

1) 움베르토 에코, 조형준 옮김, 『대중의 영웅』, 새물결, 1994, 161~162쪽.

당하고, 본드 자신은 북한군에 포로로 잡혀 수개월 간 고문에 시달린다. 결국 북한 요원 자오(Zao, 릭 윤 분)와 포로교환 협상으로 풀려난다. 그러나 영국 정보국의 M은 정보누설 혐의로 007의 살인면허를 박탈한다. (여기에서 제임스 본드는 세계 평화의 수호라는 거창한 목적을 위해 움직이는 '전쟁-기계'가 아니라 자신의 실추된 자존심을 되찾고 개인적인 복수심에 불타는 소시민의 양상마저 보인다.) 제임스 본드는 홍콩, 쿠바, 런던 등을 오가며 베일에 싸인 배신자의 정체를 찾아 나선다. 그러던 중 사건의 열쇠를 쥔 미국 특수요원 징크스(JinX, 할리 베리 분)를 만나고, 전 세계를 불바다로 만들 수 있는 신종 무기를 구스타프(토비 스티븐스 분)가 개발하고 있음이 밝혀진다. 구스타프는 북한에 잠입한 본드에 의해 폭포에 떨어져 죽은 것으로 알고 있었던 문대령(윌 윤 리 분)이 쿠바에서 DNA 치료를 받고 변신한 자이다. (백인으로 성형 수술한 구스타프 이미지를 미국으로 이민해 미국 사회에 동화된 유색인종에의 미국적 공포심으로 읽으면 지나친 것일까.) 제임스 본드는 구스타프와 그의 심복 자오가 음모를 꾸미고 있는 아이슬란드 얼음 궁전으로 가서 '악의 축(axis of evil)'과 파괴의 축제를 벌인다.

의문의 여지도 없이 영화는 현실 그 자체가 아니다. 또한 영화가 현실을 변화시키는 직접적인 실행 주체도 아니다. 그러니 〈007 어나더데이〉에 대해 안 보기 운동을 벌이거나 이 영화의 고약한 세계관을 비판하는 것이 큰 의미 없는 소란일지도 모른다. 어차피 영화가 만들어 내는 미장센과 내러티브는 허구의 시뮬라크라가 아니던가. 게다가 지금까지의 007 시리즈를 아무런 반성 없이 관람하다가, 영화 속에서 한반도의 상황이 불쾌하게 그려졌다고 분개하는 것은 이치에 맞지 않는 것이기도 하다. 아무리 이 영화에서 한반도 상황을 고약하게 묘사했다고 해도, 그것은 영화적 상상력일 뿐 어느 누구도 여기에 속지 않을 것이라고 자위할 수도 있다. 이미지는 현실이 아니므로.

그러나 영화를 영화 그 자체로서만 받아들여야 한다고 주장하는, 자칭 영화 애호가들의 입장은 철저하게 영화를 탈정치화, 탈역사화하는 무리수를 둘 수밖에 없다. 영화 속에서 특수 요원들이 입은 군복이 남한의 예비군복이었다거나, 한국의 농촌에서 인도 물소가 밭을 갈고 있다거나, 본드와 징크스가 중국풍으로 지어진 사찰 속 불상 앞에서 정사(情事)를 벌인다는 것 등은 사실 그리 중요한 것이 아니다. 지구상에 존재하는 거의 모든 국민-국가(nation-state)는 자신과 다른 타자들을 제 마음대로 상상하고 왜곡하기를 좋아한다. 우리는 이 영화를 통해 미국이 한반도(또는 타자)를 어떻게 바라보고 이해하고 싶은가에 대해 선명한 근거를 확보하게 된다. 그것은 미국이 자신의 정치적 욕망을 어떻게 영상으로 재현해 내며, 그 영화의 담론을 어떻게 미국의 세계 패권 욕망에 복무시키는가를 가르쳐준다. 미국은 그들의 공포와 불안과 낭패감을 한반도에 투사함으로써 홀가분해지려고 한다.

효율적이라고 믿어 온 오래된 경제 질서가 금이 가고 깨지고 급기야 붕괴의 위험에 처하게 될 때, 사회문화적 영역 안에서 그 질서의 수혜자들의 공포, 낭패감, 두려움을 보여주는 일련의 기호들은 반드시 등장한다. … 그들은 자신들이 겪는 어려움과 자신들을 덮친 불행의 원인을 설명하는 이유를 다른 곳에서 찾으려 한다.[2]

훼손당한 민족적 자존심 때문에 이 영화를 비난하는 것은 자유이다. 그러나 우리는 신중해질 필요가 있다. 한국 영화사의 흥행률을 혁명적으로 갈아 치운 〈쉬리〉의 경우, 내러티브 속에서 재현된 박무영(최민식 분), 이방희(박은숙 분)는 문대령, 자오의 이미지와 얼마나 흡사하게 그려지고 있는가. 3D 산업현장에서 일하고 있는 불법 이민 취업자들의 각국 전통의상을 우리는 분별해 낼 수 있는가. 우리는 영화와 TV에서 타자들을 얼마나 사려 깊게 재현해 내고 있는가. 따라서 우리는 관심의 방향을 약간 다른 곳으로 돌려야 할 것 같다.

문제는 영화 〈007 어나더데이〉의 뻔뻔한 상상력이 아니라, 우리가 지금까지 아무런 반성도 없이 수용해 왔던 미국적 자본주의, 신자유주의 경제 체제의 폭력성일 것이다. 그리고 이러한 욕망의 실현과 재생산을 위해 이미지 산업을 작동시키는 시스템일 것이다. 그렇다면 여기에서 우리는 에르네스트 만델이 지적한 바 있는 범죄소설의 이데올로기를 떠올려도 좋을 것이다.

개인적인 복수, 범죄자에 대한 개인적인 폭력을 이상적으로 그린다는 것은 극도로 불길한 징조이다. 이와 같은 상상력의 산물들은

---

2) 이냐시오 라모네, 주형일 옮김, 『소리 없는 프로파간다』, 상형문자, 2002, 101쪽.

자경단이나 '자기방어적' 폭력이 무시무시할 정도로 확산되고 있는 현실에 부합하고 있기 때문이다. 이 산물들은 이런 종류의 폭력을 지켜주고 정당화해주며, 파시스트가 되기 이전의, 혹은 파시스트의 원형에 가까운 내용들을 담게 될 것이며, 명백히 외국인을 혐오하고 인종을 차별하는 공격을 차례차례 불러일으킬 것이다.[3]

그런 의미에서 영화 〈007 어나더데이〉는 이미 영화의 세계를 떠나 하나의 정치적 선언이 된다. 그것은 미국의 공포를 완화하거나 근거 없는 오리엔탈리즘을 충족하는 만병통치 치료제로서, 세계 질서 구축을 위한 정치적 청사진으로서, 절대선과 절대악이 본질적이며 선험적이라고 주장하는 보수적 자국 중심주의로 작동한다. 미국이 이 영화를 통해 자신들의 정체성과 존재 이유를 밝혀보고자 욕망했던 것처럼, 우리도 이 영화를 들여다보며 우리의 자화상을 차갑게 그려보아야 한다. 미국이 타자를 왜곡하면서 응시할 때, 그 응시의 대상으로서의 타자인 우리는 그 응시를 어떻게 응시해야 하는가. 미국과 그 외의 나라가 이 영화에 찬사를 보낼 때, 우리는 이 영화의 판타지가 한국의 현실과 길항하는 접경지역을 그들과 다른 방식으로 탐색할 필요가 있다. 이 세상천지 어디에도 중립이란 존재하지 않을 것이므로. 영화가 하나의 꿈에 불과하다 할지라도 꿈은 현실에 대한 또 하나의 역설적 재현일 것이므로.

---

3) 에르네스트 만델, 이동연 옮김, 『즐거운 살인』, 이후, 2001, 238쪽.

한 국가의 영화는 어떤 예술 매체보다 더 해당 국가 국민의 심성을 잘 반영하는데, 그것은 다음과 같은 두 가지 이유에서이다. 첫째, 영화는 결코 한 개인이 만들 수 없다. … 두 번째 이유로, 영화는 익명의 다수를 향하고 있고, 또 그들에게 말을 걸기 때문이다. 그렇기에 대중영화는―보다 엄밀히 말해 스크린에 구현된 대중적 모티브는―대중이 가장 절실하게 바라는 욕구를 충족시킨다고 볼 수 있다.4)

우리는 대중 영화 〈007 어나더데이〉를 어떤 '대중'의 위치에서 받아들여야 할까. 우리는 어떤 욕구를 충족시키기 위해 이 영화를 해석하고 분석하고 평가해야 할까. 영화가 익명의 다수에게 말을 걸어왔듯이, 이제는 우리가 이 영화에 대해 말을 걸 차례이다.

(『황해문화』, 2003년 봄호)

---

4) 지그프리드 크라카우어, 장희권 옮김, 『칼리가리에서 히틀러로』, 새물결, 2022, 15~16쪽.

남조선 놀쇠들, 스트립쇼를 보다

미국의 이라크 침공, 그리고 이에 따른 한국군 파병 요청, 핵을 볼모로 미국과 신경전을 벌이는 북한, 남한 사회를 온통 진보와 보수의 담론 투쟁의 장으로 만든 송두율 교수의 입국, IMF 때보다 훨씬 고통스럽게 체감되는 불경기의 절망감.

2003년 대한민국의 국내외 정세는 할리우드 블록버스터 액션물보다 더 숨 가쁘고 초조하게 전개되고 있었다. 급기야 대통령이 스스로 재신임 문제를 거론하고 나서는 국면에 와서는 마치 재난 영화의 클라이맥스를 지켜보고 있는 느낌마저 주었다. 그러한 당혹감은 2002년 시청 앞 광장을 가득 메웠던 이 나라 젊은이들의 들뜬 가슴을 급속하게 냉각시키기에 부족함이 없었을 것 같다. 그 시기 난세(亂世)를 관통하는 불안감의 핵심에는 아무래도 북한의 존재가 자리 잡고 있다고 보아야 할 듯하다. 핵 문제라든지, 이라크 파병을 강요하는 미국과의 관계 설정이라든지, 하다못해 송두율 교수의 사법적 처리 문제에 이르기까지 북한을 제쳐두고 그 시대의 어수선함을 이야기할 수 없다. '어수선함', 맞다. 그것은 희망이기도 하고 공포이기도 한, 친근하기도 하고 거부감이 들기도 하는, 다중인격체, 복화술사의 심각한 병적 징후를 나타낸다.

이런 와중에도 남한과 북한과의 관계 맺기는 꾸준하게 전개되어 왔는데, 2002 부산 아시안 게임과 2003 대구 하계 유니버시아드, 연예인 평양 방문 공연, 금강산 관광, 이산가족 상봉 등이 그것이다. 바다를 경유하는 금강산 관광 코스가 육로를 통해 가능해지고, 개성 및 평양 시내까지도 관광 목록에 첨가되는 마당에 북한은 그리 먼 곳에 위치하고 있지 않는 것처럼 보이기도 했다. 남북관계의 화해 국면 중에는 북한 주민은 온 몸이 빨간 피부를 가진 괴물도 아니고, 머리에 뿔이 나 있는 도깨비도 아니며, 지옥에 거주하고 있는 저승사자도 아니라고 받아들여졌다. 생활환경이 약간 다른 우리의 이웃일 뿐이라고 보았다고나 할까. 게다가 그 당시 북한의 젊은 여인들에 대한 반응은 어떠했는가.

아시안 게임과 대구 유니버시아드 때 남한을 찾아온 미녀 응원단은 북한에 대한 남한의 욕망을 가장 잘 보여주는 기표가 되었다. 일사불란하게 응원에 열중하던 미녀 응원단은, 자본주의적 느끼함을 제거한 여배우들이나 다름없었다. 떼로 몰려온 북한의 '연예인'들은 순수하고, 정갈하고, 예의 바르고, 신비롭고, 게다가 색다른 섹시함을 지닌 여성들로 소구되었다. 말하자면 북한 미녀 응원단은 자신들의 의지와 아무런 상관없이 남한 주민들의 욕망에 의해 재구성되고 이미지화된 상품으로 유통되고 소비되었다.

그 당시 북한에 대한 남한의 욕망을 영화처럼 잘 보여주는 매체가 또 있었을까. 그 숱한 반공 영화들. 그것은 북한을 주적(主敵)으로 상정한 냉전 시대 우리의 공포가 투사된 판타지이다. 국방군과 인민군은 스크린을 통해 상투적인 이미지로 구현되고 역사화되곤 했다. 〈성벽을 뚫고〉(한형모 감독, 1949), 〈나는 고발한다〉(김묵 감독, 1959), 〈철조망〉(조긍하 감독, 1960), 〈돌아오지 않는 해병〉(이만희 감독, 1963), 〈빨간 마후라〉(신상옥 감독, 1964), 〈전우가 남긴 한 마디〉(이원세 감독, 1979) 등을 떠올려보아도 좋을 것 같다. 감독에 따라 실존주의나 휴머니즘의 색채를 가미함으로써 극단적인 반공 이데올로기로부터의 일탈을 꿈꾸기도 하지만, 그 몸짓이 그림 퍼즐의 마니교적 이항대립주의를 뒤집을 만큼 강력한 것은 아니었다.

〈쉬리〉와 〈공동경비구역 JSA〉는 북한에 대해 생각할 기회를 제공하는 영화들이다. 그러나 〈쉬리〉의 경우, 이 영화는 기존의 반공 영화 계보를 성실하게 답습한 채 할리우드의 블록버스터 양식으로 매끄럽게 외장(外裝)한 상업영화에 더 가까웠다. 오히려 이 영화는 뒤에 나온 〈007-어나더데이〉의 편향된 타자의식(他者意識)과 큰 차이점을 보여주지 못함으로써, 양식뿐만 아니라 세계관마저도 미국적인 것에 안주하는 아쉬움을 남기고 있다. 〈공동경비 JSA〉는 이보다 좀 더 유연한 시선을 견지하고 있다. 감독은 휴머니즘을 키워드로 선택하여 이데올로기적인 편협성에서 가까스로 벗어나고자 한다. 그러나 감독은 중립국 소피 소령(이영애 분)의 제3자적 시선을 채택함으로써 남한과 북한에 대한 양비론과 양시론 사이를 아슬아슬하게 곡예하고 있다. 〈쉬리〉의 페르소나인 한석규는 내친 김에 〈이중간첩〉에서도 '참을 수 없는 조국의 무거움'을 밀어붙이고 있는데, 국민-국가(nation-state)와 이데올로기에 대한 피해망상증이 더 심화된 것처럼 보인다.

〈쉬리〉(1999), 〈공동경비구역 JSA〉(2000), 〈흑수선〉(2001), 〈이중간첩〉(2002)과 같은 일련의 남북 관계 소재 영화들은 전쟁 체험과 분단 상황이라는 끔찍한 망령에게 쫓기는 자의 선명한 트라우마를 보여주고 있다. 이 영화들의 엄숙주의는 그 당시 극한의 가벼움을 향해 몸부림치고 있는 충무로 영화 문법에서 다소 예외적인 지점을 가리킨다. 딱딱하게 굳은 표정은 〈유령〉(1999), 〈2009 로스트 메모리즈〉(2002)와 같은 영화에서도 발견되곤 했는데, 이 두 영화에 나타난 남북문제 영화의 메타포는 일본을 경유한 경우이다. 이 영화들은 언제나처럼 민족이나 국가라는 유령을 어깨 위에 얹어 놓고 있다.

그러나 새털처럼 가벼운 상상력을 욕망하는 충무로 상업주의와 대중의 취향은 이 엄숙주의를 과감하게 빗겨 달아난다. 북한을 소재로 만들어졌던 일련의 영화들은 조폭과 형사들을 코믹하게 그려내는 문화 코드에 눈높이를 맞추고 있다. 이를테면 〈휘파람 공주〉(2002), 〈남남북녀〉(2003), 〈동해물과 백두산이〉(2003), 〈그녀를 모르면 간첩〉(2004) 등이 그것인데, 이 영화들은 북한에 대한 우리의 감정을 한없이 가볍게 휘발시키는 오락영화들이다. 이미 〈간첩 리철진〉에서 포문을 연 바 있듯이, 이 영화들은 북한을 우리식 시추에이션 코미디로 변형시킨 결과물이다.

〈휘파람 공주〉에서 북한 최고 지도자의 딸인 지은(김현수 분)은 평양예술단 단원으로 남한 공연을 온다. 호기심 많은 지은이 지방 나이트클럽 공연을 가던 중 치한에게 걸려 곤경에 빠지자 3류 락밴드 리더 준호(지성 분)에 의해 구출된다. 남북한 평화 분위기가 무르익자 이를 저지하려던 미국 CIA는 지은을 암살하기 위해 잠입한다. 준호가 지은을 지키기 위해 동분서주하는 스토리를 중심으로 이 영화는 〈로마의 휴일〉의 대한민국식 버전이다. 한국의 NIS(국가정보원) 요원 석진(박상민 분)과 북한의 정보요원 상철(성지루 분)이 서로 공조하여 미국 CIA의 음모를 저지한다는 상황 설정은 반미 정서가 고조되어 가던 민심에 대한 응답이라 할 만하다. 그런 만큼 이 영화의 상상력은 황당하고 위험하기까지 하다. 남한 사회의 부조리함을 풍자하기 위해 아무런 성찰 없이 북한을 끌어들이는 방식은, 보수적인 반공 영화가 남과 북을 재현해 내는 것만큼이나 과장적일 수 있기 때문이다. 그래도 〈휘파람 공주〉는 〈남남북녀〉에 비하면 온건한 편이다.

〈남남북녀〉에서 대학생 철수는 여자를 유혹하는 일에만 관심이 있는 한심한 청춘이다. 중국 연변에서 열리는 남북한 대학생 고구려 고분발굴단 국가정보원장인 그의 아버지는 졸업 학점을 따주기 위해 철수를 연변으로 보내고, 이곳에서 북한 인민무력부장의 딸인 영희(김사랑 분)에게 한눈에 반한다. 고구려 상통고 분 발굴을 위해 모인 남북한 대학생들, 특히 '연변의 로미오와 줄리엣'은 쫓기듯이 사랑 게임에 빠져든다. 그런데 철수가 품에 지니고 간 죽은 어머니의 사진과 영희의 모습이 닮았다는 설정은 억지스럽다 못해 우스꽝스럽기까지 하다. 감독과, 감독의 페르소나인 철수에게 있어 북한과 북한 여성은 근거를 알 수 없는 모성(母性)으로 둔갑해 버린다.

우리는 여기에서 코믹 터치의 남북한 소재 영화들이 북한과 북한 여성을 전유하는 방식에 주목해야 한다. 〈쉬리〉에서 이방희(김윤진 분)는 팜므파탈, 즉 유혹적이면서 지극히 위험한 섹시걸로 등장한 바 있다. 그녀의 야수성은 이중원(한석규 분)에 의해 처벌받고 그녀의 여성스러움만이 〈When I dream〉 곡조와 함께 여운으로 살아남는다. 그러나 〈휘파람 공주〉와 〈남남북녀〉에서 지은과 영희는 처벌받지 않는다. 그녀들은 위험하지도, 도발적이지도, 주체적이지도 않은 성적(性的) 순수함 그 자체이기 때문이다. 바로 이것이 남한 주민이 북한 여성을 상상하는 방식, 변질된 오리엔탈리즘으로 그녀들을 소환하는 방식이다. 그리고 바로 이것이 이처럼 순치된 미인도(美人圖) 위에, 스포츠 신문에 게재된 북한 미녀 응원단의 사진이 겹쳐 보이는 이유이다. 〈쉬리〉의 이방희가 드러내는 악마성과 이 두 영화의 여주인공이 보여주는 백치미(白痴美)는 얼마나 다른 것일까.

(『황해문화』, 2003년 겨울호)

국가를 바라보며 국가를 외면하기

: 〈실미도〉와 〈동해물과 백두산이〉

1. 킬링머신과 오빠 사이

2004년 〈실미도〉와 〈동해물과 백두산이〉 두 편은 각각 흥행 순위에서 높은 성적을 냈다. 특히 〈실미도〉가 스펙터클 대작인 〈반지의 제왕〉을 누르고 당당하게 박스오피스 1위에 올라섰다는 사실은 흥미로웠다. 게다가 〈동해물과 백두산이〉마저 관객몰이에 성공함으로써 한국 영화의 경쟁력을 과시했던 시기라고나 할까.

한 영화가 근과거(近過去)의 역사적 사실을 토대로 하여 어두운 톤으로 힘겹게 내러티브를 밀어가고 있다면, 다른 영화는 영화만의 판타지적 장점을 활용하여 '이보다 더 가벼울 수 없'을 정도로 경쾌하게 이야기를 끌어나가고 있다. 전혀 다른 모티브, 전혀 다른 목적과 효과를 가지고 시작한 두 영화이지만, 이 두 편의 영화를 가로지르는 키워드는 '민족'과 '국가'로 수렴된다. 사형수나 무기수로 구성된 '주석궁 폭파 부대원'들이 국가 이데올로기에 배신당해 끝내 북쪽에 가지 못하고 자폭하는 사이, 덜떨어진 북한 장교와 병장이 동해 낙산 해수욕장으로 흘러들어온다. 자의이건 타의이건, 북한이라는 '상징 지리(象徵 地理)'는 영화와 관객 사이에서 정치적 매개로 작동한다.

그러나 아직도 이 두 영화에 있어 매개체로서의 북한은 우리에게 너무 멀거나 낯선 존재이다. 〈실미도〉에서 북한은 소위 '124군 부대'라는 살인 기계를 만들어내는 지옥이고, 〈동해물과 백두산이〉에서 북한, 또는 북한군은 지나치게 엉성하고 인간적이다. 우리는 살인 기계와 마음씨 좋은 오빠들을 상대로 한바탕 난리를 치러야 한다.

2. 가까이 하기엔 너무 먼 당신

〈실미도〉는 가야만 할 곳에 가지 못하는 자들의 비극담(悲劇談)이고, 〈동해물과 백두산이〉는 가지 말아야 할 곳에 간 자들의 좌충우돌 모험담이다.

'684 북파 부대'는 그곳에 가야만 한다. 북한 주석궁에 잠입하여 김일성의 목을 따오지 않고서는 살아남을 수 없다. 따라서 이들은 이곳을 떠나야 이마 위의 주홍 글씨를 지울 수 있는 비극적 운명의 소유자들이다. 이들은 자신들의 육체 위에 각인되어 있는 수치스러운 문신을 지우기 위해, 그럼으로써 전혀 새로운 삶을 영위하기 위해 북파 훈련을 감당해야 한다. 그러나 이들에게 주석궁과 김일성은 결코 다가갈 수 없는 욕망의 대상일 뿐, 영원히 충족될 수 없는 갈증만이 지속된다. 그런 의미에서 이들이 자아내는 이야기는 그리스의 운명비극을 닮아간다. 이들은 자신들의 의지나 선택과는 무관하게 곤경에 처하며 끝내 패배하고 마는 운명의 소유자들이다. 따라서 이미 관객들은 이들이 모두 역경 앞에 무릎을 꿇어야 하는 존재임을 알아채고 있다. 그렇다면 이 영화는, 그리스 운명비극이 그랬던 것처럼, 결말의 궁금함보다는 역경에 맞서는 인간들의 투쟁과 고뇌의 과정에 기댈 수밖에 없다.

〈동해물과 백두산이〉는 최백두(정준호 분)와 림동해(공형진 분)의 예기치 못한 곳에서의 낯선 체험을 기록하는 '걸리버 여행기', '이상한 나라의 앨리스'이다. 전혀 다른 체제를 경험했을 때의 인식론적 충격과 해프닝은 이 영화를 이끌고 가는 원동력이다. 1962년작 〈와룡선생 상경기〉에서 와룡선생 윤중노(김희갑 분)는 37년간의 시골 교직 생활을 마치고 서울에 올라가 제자들을 만난다. 이 영화는 와룡선생의 시선을 통해 천박한 사회상과 관료들의 부패함을 풍자하고 있다. 올곧은 교육 정신으로 일생을 살아온 시골 훈장의 눈에 비친 서울의 어수선함과 비인간성은, 〈동해물과 백두산이〉에서 최백두와 림동해 두 북한 군사의 시선을 통해 고스란히 재생산된다. 〈간첩 리철진〉의 해피엔딩 버전이라

할 만한 〈동해물과 백두산이〉는 여름 바캉스 시기 동해 낙산 해수욕장을 가득 메운 피서객들의 천민자본주의적 풍경을 풍자한다. 공중파 방송으로 시청각적 교육이 통일되고, 고속도로와 고속철로 인해 전국이 1일 생활권으로 포섭된 시기, 시골 사람의 서울 상경 해프닝은 잘 듣지 않는 약발과 같다. 이제 우리에게 진정한 촌놈은 북한 주민으로 전이된다. 최백두와 림동해는 더이상 무시무시한 적군이거나 괴물들이 아니다. 이들은 어수룩한 촌놈, 그것도 인간미가 뚝뚝 떨어지는 오빠들일 뿐이다. 그런만큼 낯익은 캐릭터이기도 하다.

그러나 두 영화는 대상을 지나치게 경계하거나 지나치게 친화력을 발휘함으로써, '상상 속의 지리' 또는 허상으로서의 인간상만을 되새김질할 뿐이다. 가슴 저미는 슬픔으로 '684 북파 부대'의 버스 자폭 장면을 지켜보고 있거나, 아니면 얼치기 북한 병사들이 펼치는 슬립스틱 코미디에 포복절도하거나, 그들은 우리에게 너무나 먼 곳에 있다. "패도 좋고 죽여도 좋습니다. 평양에만 보내 주십시오"라고 외치는 실미도 특수 부대원들과 관객들에게 있어 평양과 김일성은 분단국가 체제가 그려낸 음화(陰畵, negative image)에 불과하다. 이때의 음화는 존재하긴 하지만 그 사실이 인정되지 않은 대상을 의미하게 된다.

3. 국가와 민족이라는 유령에 대하여

〈실미도〉는 국가, 또는 국가주의에 대한 본격적인 불신감을 보여준다. 김신조의 124군 부대 침투사건에 대한 대응으로 684 북파 부대를 급조해 냈지만, 남북관계의 변화 때문에 이 부대 전원을 제거하게 되는 국가 기관의 결정은 국가에 대한 국민의 신뢰도에 심각한 균열을 초래하게 된다. 국가의 이익과 개인의 존엄성 사이의 갈등. 이 해묵은 모티브를 강우석 감독은 휴머니즘의 칼날로 요리해 나간다. 그래서일까. 실미도 부대원들에 대한 감독의 안타까운 시선은 훔쳐볼 수 있지만, 그 부대원들이 내뿜는 내적 갈등의 깊이는 잘 간파되지 않는다. 국가 이데올로기가 개인의 존엄성을 어떻게 유린할 수 있는지에 대한 대전제는 선명하게 드러나는 대신에, 이들이 내러티브 속에서 엮어내야 하는 갈등선은 희미하게 뭉개져 있다.

국군에 포위된 버스 안에서 살아남은 부대원들이 자폭하기 직전에, 손가락에 흘러내리는 핏물로 자신들의 이름을 남기지만, 이들은 이 영화를 통해서도 그 익명성을 극복하지 못한다. 그것은 이들을 생각하는 인간이 아니라 움직이는 기계로만 파악한 영화적 시선 때문이리라. 감옥도 아니고 그렇다고 온전한 부대도 아닌 실미도는 '사건'만 서식하고 있는 무인도이다. 따라서 남는 것은 '국가'라는 정체 모를 괴물뿐이다. 그것은 남한이라는 괴물과 북한이라는 괴물이다. 부대원들이 탈취한 버스는 영화 〈실미도〉와 관객들의 정치적 무의식이 쳐놓은 북방한계선 앞에서 멈춰 선다.

〈동해물과 백두산이〉에서 남한의 공권력은 끊임없이 희화화 되고 부스러진다. 동해안 파출소 순경들, 서울에서 내려온 형사 들은 고삐 풀린 망아지처럼 우왕좌왕한다. 젊은 청춘 남녀들은 욕정에 들끓고 경찰과 군인들은 무능력에 허우적댄다. 대학 시 험을 앞두고 학교에서 도망쳐온 여고생과 낯선 타지로 흘러들어 온 촌놈들의 만남은 남한 사회의 아픈 곳을 헤집는 듯 보이기도 하지만, 그 포즈는 무책임하고 허무한 풍경에 머문다. 〈실미도〉 에서 역사만 남고 인간이 사라져 버렸다면, 〈동해물과 백두산 이〉에서는 해프닝만 남고 역사는 증발했다. 남한 사회를 풍자하 기 위한 이 영화의 상투적 내러티브는 폭소와 자지러짐 속에서 무의미하게 소비된다.

흥미로운 것은 두 영화 모두 남성의 시선에서 역사와 사회를 관음하고 있다는 사실이다. 실미도라는 지옥 같은 훈련장에는 극한의 고통을 이겨내야 하는 부대원들과 현역병들로 우글거리 고, 여름 낙산 해수욕장을 가득 채운 탐스러운 육체는 두 명의 북한 군사들에 의해 관음(觀淫)된다. 극한의 고통과 극한의 쾌락. 그러나 이것을 관찰하고 점유하고 해석하고 통제하는 것은 남성 들의 몫이다. 마치 역사의 주체가 남성들이라는 듯이. 그리고 그 역사의 질곡과 즐거움을 감당할 수 있는 자가 남성뿐이라는 듯이.

한국 영화와 관객은 아직 국가와 개인의 갈등에서 빚어지는 폭력성, 비틀어지고 뒤집힌 사회의 역겨움, 근대 국가 시민으로서의 정체성 등에 대한 성찰을 받아들일 여유가 없는 것일까.
아니면 대안 없는 절망감과 분노, 그리고 '참을 수 없는 존재의
가벼움'이라는 두 축 사이에서 갈 길을 찾지 못했기 때문인가.

(『황해문화』, 2004년 봄호)

웃음의 그림자, 비인간적인 너무나 비인간적인

사회학자 김종엽은 농담의 정치성에 대해 다음과 같이 말한 바 있다. "농담은 기존의 언어 게임에 대한 성공적 투쟁의 징후이자, 성취된 동맹의 표지이며, 해방적 실천의 계기 자체의 해방성의 증거이다. 그러므로 우리는 이렇게 말할 수 있다. 농담의 정치학은 금욕적 정치학이 아니라 즐거운 정치, 행복한 정치학이라고."[1] 프로이트가 코믹, 유머와 구별되는 농담을 강조했을 때, 그는 농담이 지니고 있는 특징, 즉 농담의 발화 내부에 존재하는 양면성과 이중성, 그리고 최소한 세 명의 사람을 필요로 한다는 점에서의 농담의 사회성을 지목했다. 그에 의하면, 농담은 발화자로서의 1인칭, 직접적 청자로서의 2인칭, 그리고 웃는 사람으

---

[1] 김종엽, 『웃음의 해석학, 행복의 정치학』, 한나래, 1994, 240쪽.

로서의 3인칭을 전제로 하는 사회적 활동이다.

군이 연극 이론의 기본 개념을 들춰내지 않는다 하더라도, 코미디의 기능은 부정적인 대상을 비꼬거나 희화화함으로써 모순과 갈등 국면을 비판하고 극복하고자 하는 것이다. 이것이 코미디(comedy: 喜劇)와 파르스(farce: 笑劇)의 차이일진대, 프로이트의 구분에 의한다면, 코미디는 농담에, 파르스는 코믹이나 유머에 비견될 수 있으리라. 우리가 채플린의 코미디를 보면서 채플린과 공범자가 되어 2인칭으로서의 '공공의 적'을 야유하게 된다는 점을 상기해 본다면, 코미디 장르가 지향하는 사회적 비판 의지를 엿볼 수 있을 것이다.

또는 코미디나 농담의 존재 방식을 출구가 막혀 버린 시대에 대한 배설 욕망으로 자리매김할 수도 있다. 가볍게 웃어넘김으로써 극한의 절망 상태를 빗겨 가기, 고통스러운 실천보다는 안이한 도피심리로 세상과 타협하기. 이때 이러한 영화 장르의 등장은 절망과 분노를 소극적 카타르시스로 해소하는 역기능을 수행하기도 한다. 엄숙함과 비장감을 무기로 삼는 〈친구〉, 〈쉬리〉, 〈공동경비구역 JSA〉, 〈태극기 휘날리며〉, 〈실미도〉 등의 블록버스터가 관객의 전폭적인 지지를 받을 때, 일련의 조폭 코미디물들과 〈동갑내기 과외하기〉, 〈내 사랑 싸가지〉, 〈첫사랑 사수 궐기대회〉, 〈동해물과 백두산이〉와 같은 '웃기는 영화'도 등장했다. 〈태극기 휘날리며〉와 〈실미도〉의 폭풍이 지나고 난 뒤, 두 편의 코미디 영화 〈어린 신부〉(2004), 〈맹부삼천지교〉(2004)가 역사의 무게를 가볍게 만들었다.

코미디 영화는 주로 현실 세계에서는 만나보기 힘든 상황의 설정, 또는 일상적인 인간관계의 역전(逆轉) 등을 통해 웃음을 유발한다. 그것은 가정법(假定法)을 이용한다. 만약 조폭들이 절 간으로 들어간다면, 만약 순진한 남편의 아내가 조폭의 우두머 리라면, 만약 고등학교 때 모범생과 불량학생이 후에 폭력배와 교사가 된다면, 만약 북한의 얼치기 군인들이 낙산 해수욕장으 로 표류해 들어온다면 ⋯ 그런 의미에서 이러한 류의 작위적인 상황 설정은 일상화된 현실을 뒤집음으로써 관객이 외부자적 시선에서 현실을 관찰하게 한다. 〈어린 신부〉와 〈맹부삼천지교〉 역시 동일한 모티브를 지니고 있다. 만약 여자를 꽤나 밝히는 대학생이 새침데기 여고생과 결혼한다면, 만약 아들을 서울대에 진학시키기 위해 강남 대치동 아파트로 이사 갔는데 맞은편 집 에 조폭이 살고 있다면? 그러나 우리나라의 코미디 영화들이 대부분 그러했듯이, 이 두 영화 역시 코미디 장르의 독특한 정치 성, 즉 조롱과 권위 해체를 통한 비판의식을 비켜 간다.

〈어린 신부〉와 〈맹부삼천지교〉는 부모 세대와 자식 세대 사이 의 웃지 못할 갈등 양상을 웃기는 상황으로 풀어가고 있다. 〈어 린 신부〉에서 발랄한 여고생 보은(문근영 분)의 할아버지와 대학 생 상민(김래원 분)의 할아버지는 전쟁터에서 생사고락을 같이 했던 전우이다. 보은의 할아버지는 이미 고인이 된 상민의 할아 버지와 맺었던 약속, 각자의 자식들끼리 혼인시키자는 약속을 지키지 못한다. 두 사람 모두 아들만을 낳았기 때문. 보은의 할아 버지는 거짓으로 위독한 상황을 연기해서 손자 손녀를 혼인시키려 한다.

영화는 보은과 상민이 등을 떠밀리다시피 결혼을 하게 된 이후의 에피소드들을 중심으로 전개된다. 같은 학교 야구부 주장을 짝사랑하는 보은, 지나가는 젊은 여성의 늘씬한 다리만을 훔쳐보던 상민의 결합. 이들의 결혼은 시작부터 잡다한 소란으로 문을 열 수밖에 없다. 남자 대학생과 여고생의 결혼. 그것도 위독함을 가장한 할아버지의 계략에 의해 강제로 부부의 연을 맺게 되는 관계. 이쯤 되면 이 영화는 유럽 코미디 연극의 관습을 고스란히 복제하는 것으로 보일 수도 있다. 그러나 〈어린 신부〉는 부정적인 인물과 상황에 대한 풍자와 고발정신을 말끔하게 지워 버린다. 프로이트가 말한 농담의 정치학은 이 영화 어느 곳에도 깃들 수가 없다. 그것은 이 영화가 비성찰적(非省察的)인 가정법에 지나칠 정도로 의존하고 있기 때문이다. 한번 웃고 넘기는 소극(笑劇)의 영역에서 맴돌고 있는 〈어린 신부〉는 낯간지러운 엔딩씬을 통해 지극히 보수적인 사회의식을 표출하고 만다.

보은의 학교로 교생 실습을 나온 상민은 결혼 사실을 숨기고 생활한다. 학교 축제 날 실내 체육관에서 심술꾸러기 여학생에 의해 전교생이 지켜보고 있는 자리에서 보은과 상민의 결혼 사실이 폭로된다. 상민은 마이크를 통해 청소년 보호 공익광고를 읊기나 하는 것처럼 보은의 처지를 이해해 달라고 학생들에게 부탁하고, 보은은 상민의 가슴에 안기면서 학생들의 우레와 같은 박수 세례를 받는다. 두 가문의 허락 하에 부부가 된 이들은 사회(학교)의 인정을 얻은 뒤에 명실공히 한 가정을 이룰 수 있게 된다. 이처럼 상투적인 해피엔딩으로 인해 이 영화가 감당해야 할 문제의식들, 즉 자유연애를 역행하는 가문의 결합으로서의 결혼, 대학생과 여고생이 누릴 수 있고 누려야만 하는 각기 다른 인생 과정의 포기, 저돌적인 노처녀 교사(안선영 분)의 연하 남성 유혹하기 장면에서 엿보이는 우리 사회의 왜곡된 여성관 등에 대한 심문(審問)은 자취 없이 휘발되고 만다.

재래시장에서 생선 장사를 하고 있는 맹만수(조재현 분)는 강북고에서 전체 1등인 아들 맹사성(이준 분)을 서울대에 진학시키기 위해 무리한 결단을 내린다. 사채를 얻어 대치동 아파트로 이사 오는데, 모의고사 전국 1위를 차지한 여학생 최현정(소이현 분)의 집 맞은편을 선택한다. 그러나 그 학생의 집에 지방에서 급히 도망쳐와 더부살이하게 된 조폭 삼촌 최강두(손창민 분)와 그의 부하들의 등장으로 맹만수의 계획에 치명적인 장애가 생긴다. 이야기는 아들 서울대 보내기 작전을 완수하기 위해, 건너편 집의 조폭을 몰아내기 위해 고군분투하는 아버지의 눈물겨운 부성애를 중심으로 전개된다. 시장에서 횟집을 열어도 서울대 자식을 두어야 큰돈을 버는 현실, 지방과 강북에서 전학 온 학생들을 본토박이 학생들이 인간으로도 대접하지 않는 현실, 아파트 주변에 러브호텔이 지어진다는 사실이 알려지자 아파트값이 폭락할 것을 주민들이 걱정하던 중 주민들의 인심을 얻기 위해 조폭 삼촌과 그 일당이 러브호텔 관계자들을 폭력으로 내쫓자 주민들이 열화와 같이 찬양하는 현실 등이 삽화처럼 스쳐 지나가고 있다.

〈첫사랑 사수 궐기 대회〉(2003)를 각색하고 〈영어완전정복〉(2003)의 원안을 썼던 김지영 감독의 이 영화는 '일류 콤플렉스'에 대한 하나의 조롱으로 보일 수도 있다. 〈첫사랑 사수 궐기 대회〉에서도 서울대 합격과 사법고시 합격을 결혼 조건으로 제시하는 주영달(유동근 분)을 통해 세태를 꼬집고 있다. 〈영어완전정복〉에서는 신분 상승을 위해 영어 회화에 목숨을 거는 우리 시대 한국인의 작태를 비웃는다. 그러나 김지영의 세 영화 속의 주인공들은 모두 세속적 가치 기준에 타협함으로써 해피엔딩을 맞이한다. 이 영화에 등장하는 청춘남녀들은 부모, 기성세대, 사회의 왜곡된 욕망 때문에 고통받는다. 그러나 김지영은 명백한 사회적 모순은 그대로 둔 채 어설픈 화해를 다급하게 끌어옴으로써 한바탕 웃고 끝내는 영화로 마감하고 만다. 맹사성은 아버지의 동의 하에 음대 진학으로 노선을 바꾸고, 최현정은 그녀의 조폭 삼촌(실제로는 그녀의 친부(親父))과 함께 캐나다로 이민 가 행복하게 학업을 계속한다. 마치 한국에는 아무 일도 없었다는 듯이. 앞으로 어떤 일도 없을 것이라는 듯이.

주연 조재현과 조연 손현주, 그리고 조폭 3인방인 김뢰하, 도기석, 최준용의 감칠맛 나는 연기만으로도 흥겹게 즐길 수 있는 영화인 것은 확실하지만, 〈맹부삼천지교〉는 희극의 기본적인 지향성인 비판의식을 끝내 도출하지 못한다. 농담의 건강한 정치성, 즉 "웃음은 존중을 파괴한다. 웃음은 상황의 뻣뻣함을 금가게 만드는, 조롱하는 감정을 제공한다. 그리고 행동의 자만(自慢)을 소진시키고, 인물의, 말의, 그리고 주제의 권위를 부식시킨다."[2)

고 했을 때의 사회적 발언으로서의 희극 정신이 영화 속에서 구현되기를 갈망하는 이 시대, 우리의 영화들은 보수주의적 세계관 속에 편안히 몸을 숨긴다.

(『황해문화』, 2004년 여름호)

---

2) 이냐시오 라모네, 주형일 옮김, 『소리 없는 프로파간다』, 상형문자, 2002, 210쪽.

〈화씨911〉의 정치학, 진짜 눈물의 두려움

1.

나는 글리세린을 약간 살 수도 있다. 그것을 여배우의 눈에 몇 방울 떨어뜨리면 그녀는 울 것이다. 나는 몇 번인가 애써 진짜 눈물을 가까스로 찍은 적이 있다. 그것은 완전히 다른 어떤 것이다. 그러나 이제 내겐 글리세린이 있다. 진짜 눈물은 두렵다. 사실 내게 그 눈물을 찍을 권리가 있는지조차도 모르겠다.[1]

마이클 무어의 〈화씨 9/11(Fahrenheit 9/11)〉(2004)은 키에슬롭

---

1) Danunsia Stok 편, 『Kieslowski on Kieslowski』, London: Faber and Faber, 1993, 86쪽(슬라보예 지젝, 오영숙 외 옮김, 『진짜 눈물의 공포』, 울력, 2004, 127쪽에서 재인용).

스키의 정반대 입장으로부터 출발한다. 다큐멘터리 영화로 시작한 키에슬롭스키가 극영화로 넘어가기로 결심하게 된 것은 지극히 윤리적인 판단에 의한다. 타인들의 내밀함에 익명으로 침투하는, 즉 침범이라는 용서할 수 없는 행위와 연루되어 있다. 이 침범은 키에슬롭스키에게 있어 마치 판사가 내밀함의 경계를 침해하는 전횡적 다큐멘터리들을 만들고 있는 것과 동일한 것이다. 그는 구약에서의 이미지들의 금지, 타락시키는 시각성으로부터 철수시키라는 명령을 영화적으로 구현하고 있다. 다큐멘터리 영화에 대한 키에슬롭스키의 불신은, 기껏해야 다큐멘터리 속의 쇼트들은 이 현실이 무척 깨지기 쉬운 것임을, 우연한 결과들의 하나임을, 거기에는 영원히 그 그림자 같은 분신들이 따라붙어 다니고 있음을 드러낼 수밖에 없다는 인식에서 시작되었을 것이다.

그러나 마이클 무어는 키에슬롭스키가 그토록 두려워했던 '진짜 눈물의 공포'를 향해 카메라를 들이댄다. 마이클 무어의 원래 의도가 조지 부시의 대통령 재선을 방해하기 위한 것이었고, 실명(實名) 배우로 출연하는 조지 부시를 미국 영화사상 가장 무능하고 우스꽝스럽고 비열한 캐릭터로 재현해 내기 위한 것이었다고 하더라도, 우리는 이 영화 속에서 '참을 수 없는 진짜 눈물의 공포'를 발견할 수밖에 없다. 따라서 이 영화는 외견상 슬랩스틱 코미디 문법을 따라가는 듯하면서도 공포영화에 속한 것처럼 보인다. 아무래도 이 블랙 코미디의 주연은 조지 부시인데, 빈 라덴 일가의 텍사스 재정 매니저인 제임스 R 베스, 사우디 정부의 수석 변호사로 고용된 제임스 베이커, 법무부 장관인 존 애시크로프트, 국방부 부장관인 폴 올포위츠 등의 뛰어난 조연도 놓칠 수 없는 부분이다. 이 조연들은 진정한 의미에서의 코미디언들이다. 왜냐하면 자신들이 얼마나 우스꽝스러운지 전혀 모르고 있다는 듯이 연기하고 있기 때문이다.

그러나 이라크에 아들을 군인으로 보냈다가 사망 통지서를 받은 어머니의 절망에 찬 얼굴, 감독의 고향 플린트에서 신병 모집관의 구인 작업에 몰려드는 흑인과 히스패닉 같은 마이너리티들의 넋 빠진 표정, 무차별적인 폭격으로 자식을 잃고 하늘을 향해 절규하는 이라크 여성의 일그러진 얼굴에서 우리는 섬뜩하고 처절한 그늘을 발견한다. 이 영화는 어떤 의미에서는 초강력 공포 영화이다.

2.

9.11 사건은 부시 행정부에게 그런 일이 없었더라면 감히 생각지도 못할 만큼 분명하게 미국의 세계 전략을 천명할 기회를 주었던 계기가 된다.[2] 마이클 무어는 이 '계기'의 기원을 찾기 위해 카메라를 들고 동분서주한다. 영화 〈화씨 911〉은 부시 부자(父子)와 빈 라덴 일가의 오래되고 친밀한 관계를 축으로 하여

---

2) 페리 앤더슨, 「강압과 동의」, 『황해문화』 Vol.40, 새얼문화재단, 2003, 64쪽.

일사불란하게 움직이는 부시 행정부의 행보를 따라가며, 이라크 침공을 결정한 부시의 더러운 배경을 들춰낸다. 감독에 의하면, 미국의 이라크 침공은 세계 전략의 일환이라기보다 부시 부자의 재정적 이윤 창출을 위한 비즈니스에 불과하다.

영화는 9.11 사건 직후, 미국 전역의 비행장에 이륙 금지 조치가 취해져 있음에도 불구하고 빈 라덴 일가를 태운 비행기만이 유유하게 미국 땅을 벗어날 수 있었던 이유를 묻는다. 그리고 이라크 침공 이후 빈 라덴이 숨어있다고 추정되는 지역을 미군이 두 달 동안 접근하지 않았던 이유를 캐묻는다. 두 대의 비행기가 쌍둥이 빌딩을 들이박던 그 시점, 플로리다의 한 초등학교에서 『내 친구 염소』라는 동화책을 아이들과 읽고 있던 부시에게 보좌관이 황급하게 들어와 귓속에 비밀 보고를 전하자 무려 7분 동안 멍청하게 하늘만 쳐다보고 있는 장면에서 우리는 쓴웃음과 허탈한 한숨만을 뱉는다.

영화는 다음과 같이 말한다. 국가의 비상사태에 대해 결단력을 내릴 판단력조차 없는 대통령, 당선된 뒤 첫 8개월의 42%를 휴가로 써먹은 무능한 대통령, 알 카에다 조직과 연계도 맺지 않았고 대량 살상 무기도 갖고 있지 않았던 이라크에게 모든 죄를 덮어씌운 파렴치한 대통령. 한 마디로 이 영화는 조지 부시에 대한 마이클 무어의 집요한 정치 공세이다. 마이클 무어는 미국 역사상 가장 멍청한 대통령이 가장 끔찍한 일을 저지르고 있음을 고발하고 있다. 게다가 그는 선무당과 같은 부시의 작태에 미국의 정치가들과 FBI, 그리고 군산(軍産) 복합체가 깊숙이 개입해 있음을 밝히고 있다.

3.

세계 평화를 위해 '악의 축'을 척결하겠다고 전쟁을 일으킨 초강대국 미국의 선택은 너무 끔찍한 블랙 코미디이다. 영화에 의하면, 부시가 외쳐대는 '세계를 넘보는 검은 무리'란 기실 부시 일가의 석유 산업에 장애가 되는 어떤 요인에 불과하다. 9.11 사태 이후 패닉 현상에 빠진 미국 국민은 아랍권에 대해 극한의 공포와 증오를 지니게 되고, 이에 따라 사우디아라비아나 빈 라덴 일가와의 밀월 관계가 끝장날 수 있는 상황, 바로 이 상황이 부시에게는 진짜 '검은 무리'의 정체였다. 전쟁의 소용돌이 속에서 부시가 뱉어내는 말들은 무책임하게 날아다닌다. 그 말은 속이 텅텅 비어 있는 기표이다.

> 어떤 개념에 대해 그 의미가 무엇인지 정확하게 설명하지는 못하면서도 "이것이 그것, 진실한 것, 진실한 의미"라고 열렬히 느낄 때 우리는 바로 "남근(男根)의 의미"와 마주친다. 가령 정치적 담론에서 "민족"이라는 주인 기표는 의미의 불가능한 충만함을 상징적으로 보여주는 텅 빈 기표다.[3]

---

3) 슬라보예 지젝, 『진짜 눈물의 공포』(앞의 책), 107쪽.

잦은 콜라주(collage)와 몽타주(montage)로 수식한 〈화씨 911〉은 현대 미국 정치사에 대한 마이클 무어의 현장 보고서이다. 감독은 기록 화면과 직접 취재한 르포를 치밀하게 풀칠하여 부시와 부시 행정부의 위선적이고 야만적인 내면세계를 드러낸다.

영화의 전반부는 부시 부자와 빈 라덴 일가와의 관계를 중심으로 전개된다. 중반 이후부터는 이라크에 참전한 병사들, 아들을 이라크에 보낸 뒤 전사 통보를 받는 어머니, 미군의 폭격으로 가족과 집을 잃은 이라크인, 이라크전을 이용해 돈을 벌려고 혈안이 되어 있는 군수업체 관계자들에 대한 이야기가 어지럽게 몽타주된다. 전의(戰意)를 높이기 위해 군인들이 노래 "The Roof is fire, We don't need no water let the mother fuckers burn, burn mother fucker burn."을 부르는 동안 미군의 무차별 폭격에 불타는 건물과 시신들이 겹쳐진다. 미군 기지에서 울려 퍼지는 크리스마스 캐럴은 폭격으로 친척을 잃고 하늘을 올려다보며 "Where are you, God?"을 외치는 이라크 여인의 절규와 난해한 불협화음을 이룬다.

이라크전에 참가했다 귀국한 병사는 이라크 출전 명령이 떨어진다면 어떻게 할 것이냐는 감독의 질문에 단호하게 거부하겠다고 답변한다. 보수적인 애국주의자를 자처했던 한 미국 여인은 그의 아들을 이라크에서 잃은 뒤 백악관 앞에서 고통스럽게 오열을 터뜨린다. 이라크전을 수행하고 있는 한 미국 병사는 카메라 앞에서 이렇게 토로한다. "자기 마음 한 부분을 죽이지 않고는 남을 죽일 수 없습니다." 이들은 모두 마음 한구석부터 파괴되고 있음을 감내해야만 한다. 마이클 무어의 〈화씨 911〉은 허무는 자와 허물어지는 자에 대한, 우리 시대의 부끄러운 비망록이다.

우리는 우리가 언제 죽을지 모를 때 두렵습니다. 우리는 사람들이 우리를 죽이려 하거나 다치게 하거나 미래를 훔치려 할 때 화가 납니다. 내일도 엄마와 아빠가 살아있기만을 바랄 때 우리는 슬퍼집니다. 그리고 마지막으로, 우리는 우리가 무엇을 잘못했는지 모를 때 혼란스럽습니다.

—이라크 소녀의 연설 「당신들은 내 모습을 떠올려야 합니다」 중에서

(『황해문화』, 2004년 가을호)

이미 지나가 버린 미래,
또는 아동을 주제로 한 레퀴엠 3편

이 황량한 사막에서 어떤 사진은 갑자기 나에게 찾아와 나를 흥분시키고, 또 나는 그 사진을 흥분시킨다. 그러므로 나는, 사진이라는 것을 존재케 하는 매력을 흥분시키기라고 불러야만 하겠다. 사진 그 자체는 조금도 흥분되지 않지만(따라서 나는 생생하게 '살아있는' 사진이라는 것을 믿지 않는다.), 그러나 사진은 나를 흥분시킨다. 모든 모험이 만들어 내는 것이 바로 이것이다.[1)

---

1) 롤랑 바르트, 조광희·한정식 옮김, 『카메라 루시다』, 영화당, 1998, 28~29쪽.

1.

16세기의 프랑스 철학자 몽테뉴는 자식을 3명이나 잃었지만 "후회하거나 애통한 마음은 없다"고 술회했다. 계몽사상가 루소는 5명이나 되는 자신의 아이를 모두 고아원에 맡겨 버리고도 전혀 죄책감을 느끼지 않았다. 이는 위대한 철학가들의 냉혹하고 무책임한 성격을 나타내는 사례가 아니다. 왜냐하면 그 당시에 어린이들은 지금의 '아동'이라기보다는 미성숙한 '성인'의 한 종류에 불과했기 때문이다. 오히려 어린이들은 '작은 악마'로까지 받아들여졌다. 독립된 인격체로서 격리되어 보호받아야 하고, 세심하게 교육받아야 한다는 인식은 근대 이후에야 가능해진 일이었다.

아리에스의 『아동의 탄생』에 의하면, 오늘날 우리가 생각하는 '아동'이 처음부터 존재했던 것은 아니다. 오늘날에 받아들이는 '아동'의 개념은 역사적으로 근대적인 사회의 발명품이다. 전근대 사회와 날카롭게 갈라서는 근대 사회의 미덕을 '배려와 관심' 또는 '안전과 평화' 등으로 이해할 수 있다면, '아동'이야말로 이러한 미덕이 실험되는 대상일 것이다. 그럼에도 불구하고 〈취한 말들을 위한 시간〉, 〈거북이도 난다〉, 〈아무도 모른다〉는 현대 속에 공생하고 있는 중세의 공포를 상기시키는 영화들이다. 이 영화들은 어른을 위한 엽기 동화(童話), 또는 '아동 잔혹사(殘酷史)'를 주제로 하는 스릴러 무비이다. '아동'의 탄생은커녕 과연 '아동'이 존재하기나 하는 것일까 하고 질문한다.

2.

이란 감독 바흐만 고바디가 〈취한 말들을 위한 시간(A Time for Drunken Horses)〉(2000)으로 찾아왔을 때, 우리는 비토리오 데 시카의 〈자전거 도둑〉(1948)의 직설화법을 다시 만나는 듯한 기분에 휩싸인다. 〈취한 말들을 위한 시간〉에서 소년 가장 아윱(Ayoub)은 돈을 벌기 위해 시장의 막노동판을 전전하거나, 국경지대의 위험한 밀수품 운반 업무 등으로 뛰어다닌다. 〈자전거 도둑〉에서 아버지 안토니오와 아들 브르노는 생활의 유일한 기반이라 할 수 있는 자전거를 잃어버리고 이를 되찾기 위해 로마 시내를 뛰어다닌다. 그러나 아윱에게는 되찾아야 할 그 무엇도 없다.

이란과 이라크의 국경 마을 바네(Baneh). 두 나라의 지겨운 전쟁 때문에 마을은 황폐해질 대로 황폐해졌다. 이곳 주민들은 먹고살기 위해 목숨을 걸고 밀수를 한다. 국경에서 밀수를 하던 아버지가 지뢰를 밟고 죽는 바람에 소년 아윱은 누나 로진(Rojin), 남동생 마디(Madi), 여동생 아마네(Amaneh), 그리고 갓난아이 막내를 책임지게 된다. 아윱은 학교까지 포기하고 돈을 벌지만 불치병에 걸린 마디의 수술비를 마련하는 것은 거의 불가능하다. 영화 앞부분, 시장에서 막노동을 하고 돌아오는 트럭 속. 동행하던 꼬마 두 명이 천연덕스럽게 노래한다.

"인생이라는 놈은 나를 산과 계곡으로 떠돌게 하고, 나이 들게 하면서 저승으로 이끄네."

이제 영화는 갑자기 중세 시대로 뒷걸음친다. 더 이상 아리에
스가 말했던 근대적 '아동'은 이 영화 속에서 찾을 수 없다. 삶에
지친 인생, 죽음의 쓸쓸한 그림자를 끌고 다녀야 하는 이들은
어떤 의미에서든지 '아동'이 아니다. 그러나 감독은 이 어린이들
을 폭력과 야만의 시간으로 내몬 장본인들을 굳이 화면 속으로
소환하지 않는다. 마치 그 화면을 보고 있는 관객들이 장본인이
라는 듯이.

누나 로진은 마디의 수술을 위해 이라크로 시집가는 길을 선
택한다. 그러나 시어머니는 애초의 약속과는 달리 마디를 절대
받아들일 수 없다면서 신부 값으로 노새 한 마리만 건네주고
아윱을 돌려보낸다. 아윱은 신부 값으로 받은 노새를 이라크에
서 팔아 그 돈으로 마디를 수술시키기 위해 어렵사리 밀수 행렬
에 낀다. 밀수꾼들은 노새들이 강추위를 이겨낼 수 있게 하기
위해 독주를 마시게 한다.

밀수 행렬은 산에 잠복해 있던 무장 강도들을 만나 줄행랑을
치게 된다. 그러나 술을 너무 많이 마신 노새들은 바닥에 쓰러지
거나 비틀거리면서 걷기조차 못한다. 위급한 상황에서 아윱은
누워버린 노새를 향해 절규한다. 결사적으로 노새를 일으켜 세
운 아윱은 철조망이 놓여 있는 국경 지대에 이른다. 아윱은 마디
를 태운 노새의 고삐를 당기며 이라크로 넘어간다.

동생의 수술을 위해 여정에 오른 아윱의 이 무모한 오딧세이는

'사랑'의 힘으로 장벽을 넘어설 수 있다는 희망의 메시지를 여운으로 남겨둔다. 그러나 감독은 아윱이 이라크에 가서 노새를 제대로 팔 수 있을지, 동생 마디를 성공적으로 수술시켜 줄 수 있을지에 대한 구체적인 대답은 유보한다. 영화는 아윱을 포함한 이 '아동'들의 삶을 책임질 수는 없다. 대신에 카메라는 비정상적일 정도로 침착하게 대상을 관찰하면서 세상의 고통에 대해 외치지 않고 영화 속에서 분노의 열기(熱氣)를 진정시킨다. 영화는 관객들에게, 당신들은 스스로 카메라가 되어 저들의 지독한 고통의 맨살을 끝까지 직시할 수 있겠는가, 하고 따져 묻는다.

3.

〈거북이도 난다(Turtles Can Fly)〉(2004)에서 바흐만 고바디 감독은 좀 더 비극적 세계관을 향해 시선을 돌린다. 동심(童心)을 경유하면서 유토피아를 꿈꾸는 것이 부질없는 짓이라는 사실을 알아차린 것일까. 감독은 앞선 작품에서보다 좀 더 직설적이고 구체적인 발언을 시도한다.

이라크 국경 지역의 쿠르디스탄에서 꼬마들의 대장인 '위성'은 TV 안테나와 위성 수신기를 설치해 주거나, 동네 아이들의 지뢰 파기를 총지휘한다. 미국의 이라크 침공이 가까워졌다는 소문에 후세인의 폭정을 피해 온 난민들이 이 마을 옆으로 몰려든다. 이 난민 중에는 지뢰로 두 팔을 잃은 소년 헹고, 그의 어린 여동생 아그린, 그리고 아그린의 아들 리가가 있다. 아그린은 전쟁 중에 군인들에 의해 집단 강간당하고 원치 않는 자식 리가를 낳는다. 리가는 눈이 멀어 앞을 볼 수 없고 몽유병을 앓고 있기 때문에 잘 때에도 발목에 끈을 묶는다. 이들은 모두 심각하게 결핍된 존재들이다. 따라서 이 영화는 야만적인 폭력을 행사하는 이들의 가슴을 조준하는 총구(銃口)임과 동시에, 국가와 민족과 이념과 제도와 종교 때문에 스러져 가는 아동들을 위로하는 진혼곡이기도 하다. 감독은 영화에 대해 다음과 같이 자평(自評)한다.

> 내 영화에서는 부시와 사담 후세인이 조연이다. 이라크 사람들과 거리의 아이들이 주인공이 된다. 독재와 파시스트 체제에서 희생되어 가는 세계의 모든 순수한 어린이들에게 내 영화가 바쳐지길 진심으로 바란다.[2]

자살을 결심한 아그린은 리가의 발목을 나무에 묶어놓고는 도망친다. 지뢰가 지천으로 깔린 이곳에서 리가를 구해내기 위해 '위성'이 다가가다 지뢰를 밟아 다리를 다친다. 리가는 안전하게 구출되었지만 아그린은 마침내 리가의 몸에 돌을 달아 물에 빠뜨려 죽이고 자신은 절벽 아래로 몸을 날린다. 그리고 후세인

---

2) 박홍규, 「'거북이도 난다', 국경지대 전쟁고아들의 슬픈 동화」, 『마이데일리』, 2005.4.7.
 (http://entertain.naver.com/read?oid=117&aid=0000007771)

정권이 미국에 의해 무너졌다는 뉴스 소식이 온 마을에 울려 퍼진다. 이 소식은 복음(福音)인가, 아니면 이들의 삶을 더욱 비극적으로 몰아갈 저주의 전주곡인가. 엔딩씬에서 마을에 진입한 미군의 탱크 행진 옆으로 목발을 짚고 지나가는 '위성'의 옆모습은 시리고 아픈 잔상(殘像)이 된다.

4.

고레에다 히로카즈 감독의 〈아무도 모른다〉(2004)는 부모로부터 버림받은 네 아이들의 슬픈 '최저 생활 고투기(苦闘記)'이다. 동경의 한 작고 낡은 아파트에 엄마와 네 명의 남매가 이사 온다. 집주인에게 아이가 한 명뿐이라고 속였기 때문에 나머지 세 명의 아이들은 아파트에 갇혀 지내야 한다. 아버지가 모두 다른 네 명의 아이들은 어머니가 새 남자와 결혼하는 바람에 졸지에 세상으로부터 버림받게 된다.

이들 남매는 공원에서 여학생 사키를 만난다. 이들 남매들이 겪는 고통을 보고 사키는 원조교제를 해서 번 돈을 아키라에게 건네주지만 아키라는 단호하게 거절한다. 그러나 아파트 베란다의 화분을 만지기 위해 의자에 올라간 막내 유키가 떨어져 죽게 되자 아키라는 사키에게 돈을 청한다. 아키라와 사키는 유키를 비행장 근처에 묻어준다.

이 영화는 1988년에 일본에서 실제로 일어났던 실화를 토대로 한다. 이 아이들의 엄마는 자식들의 출생 신고도 하지 않았고, 자식들을 학교에도 보내지 않았다. 말하자면 이 네 명의 아이들은 세상에 존재하지 않는 유령 같은 존재였다. 그러나 감독은 이 무책임한 엄마에게 비난의 칼날을 들이대지 않는다. 오히려 이 네 명의 아이들이 겪고 있는 일상의 고통을 세밀하게 관찰할 뿐이다. 따라서 영화는 이 네 명의 아이들의 존재를 아무도 몰랐다는 현대 사회의 비인간성에 초점을 맞춘다.

5.

아리에스는 근대 역사가 '아동'을 발견하는 일련의 과정이었다고 웅변한다. 더 나아가 그는 이 과정이 국가의 은유로서의 가족을 발견하기 위해 거쳐야 했던 근대성의 문법이었다고 주장한다. 말하자면, 근대 국가의 정체성을 확립하기 위해서는 '아동'이 발견되고 정의 내려져야 했다!

그러나 우리가 살펴본 세 편의 영화는 '아동'의 부재를 이야기한다. 이 영화들은 아동들을 중심으로 내러티브를 전개시키고, 그 아동들이 겪어야 하는 삶의 풍경을 미장센으로 채워 넣고 있지만, 그러면 그럴수록 아동들은 현실 속에서 계속 지연되고, 삭제되고, 왜곡된다. 어쩌면 이 세 편의 영화들은 아리에스가 그토록 힘주어 말했던 '아동의 탄생'이 애초부터 허구였다고 말하는 것일지도 모른다. 아니면 근대 사회가 애써 발견해 낸 '아동'이 멸종되어 가고 있다고 경고하는 것일지도 모른다.

〈취한 말들을 위한 시간〉에서 아윱은 이라크로 가는 국경을 넘기 위해 사선(死線)을 헤맨다. 그러나 국경은 눈 덮인 능선 위에 놓여 있는 구부러진 철조망에 불과했다. 초라한 철조망을 넘는 순간 국가와 국경의 허구성은 해체된다. 존재하는 것은 누군가에 의해 발생한 고통의 실체일 뿐. 그 고통의 실체로서의 아동들은 '취한 말'이 되어 차가운 눈 위를 나뒹굴고, 자신이 왜 무거운 짐을 지고 산을 넘어야 하는지 모르는 상태에서 채찍을 맞는다. 눈 덮인 산등성이에서 방황하고 있는 '취한 말'들, 즉 수많은 '로진'들과 '아그린'들과 '아키라'들은 몸값 받고 팔려가거나, 강간당해 아이를 낳은 뒤 자살해 버리거나, 막내 동생의 시체를 트렁크에 넣고 비행장에 묻어버리고 만다.

만약 근대인들이 '아동'을 발명한 것이 사실이었다 하더라도, 그 행동의 목적은 그들에 대해 아무것도 알고 싶지 않았기 때문이 아니었을까. 따라서 진정한 의미에서의 '아동'은 탄생한 적도 없었다고 말해야 하지 않을까. 단지 '아동'을 상상하고자 하는 근대적 욕망만이 탄생했을 뿐. 지금도 그 핍박받는 이들에 대해서는 '아무도 모른다.' 태어난 적도 없는 아이들이 '취한 말'처럼 눈밭에 쓰러지고 있다.

(『황해문화』, 2005년 여름호)

주류 영화를 관통하는 세 편의 영화

0.

세 편의 영화에 대해 이야기해 보자. 신나는 블록버스터 영화
도 아니고, 작게 만들었지만 크게 성공한 영화도 아니다. 그렇다
고 본격적인 독립영화도 아니다. 한국 영화의 대중적 코드에서
볼 때 매우 낯선 화법으로 다가오는 이 영화들은 모종의 도전의
식이라는 공통점을 갖는다. 관심을 끄는 부분은 이 작품들이 한
국의 주류 영화 장르에서 어느 정도 탈주를 시도하고 있다는
것이다. 이들은, 각기, 다른 방식으로, 세상에 대한 생각들을 고
(告)한다. 이 낯선 몸짓들은 우리들의 상투적인 감각을 다소 불안
하게 한다.

1.

〈구타유발자들〉는 2004년 영화진흥위원회 시나리오 공모전 대상 작품이 원작이다. 원신연 감독의 실제 체험을 바탕으로 하고 있는 이 영화의 중심 내러티브는 '낯섦'이다. 이는 곧 이 영화가 '소통 결함' 상태에서 얼마나 예측 불허의 오해와 폭력이 발생할 수 있는지를 집요하게 파헤치고 있다는 것을 의미한다. 영어 제목 〈A Bloody Aria〉가 암시하듯이 이 영화는 서울에서 1시간 40여 분 거리의 한적한 강가에서 벌어지는 공포 체험을 보여준다.

성악교수 영선(이병준 분)이 제자 인정(차예련 분)과 함께 흰색 벤츠를 타고 가는 장면에서 시작되는 영화는 이들이 고적한 강가에 잠시 머물게 되면서 혼란에 빠지게 된다. 영선이 인정에게 음심(淫心)을 드러내자, 인정은 차에서 나와 도망쳐버리고, 영선의 차는 강가 모래에 묻혀 움직이지 못하게 된다. 이때 돼지 도살장에서 일하는 오근(오달수 분)이 등장하고, 고등학생 현재(김시후 분)를 붙잡아 온 동네 양아치 홍배와 원룡이 가세하면서 사태가 심각해진다. 큰길로 나가 차를 얻어 타려는 인정은 착하게 생긴 봉연(이문식 분)의 오토바이에 올라타지만 영선의 벤츠가 서 있는 강가로 다시 오게 된다.

오근, 홍배, 원룡은 벤츠를 박살 내고 영선에게 폭력까지 휘두른다. 영선과 인정은 봉연 일당의 삼겹살 파티에 강제로 초대되어 불편하고 섬뜩한 환대를 받게 된다. 붙잡혀온 현재는 폭력과 수모를 당하고, 영선은 현재와의 한판 주먹다짐을 강요당한다.

게다가 봉연은 홍배와 원룡에게 인정을 겁탈하라고 명령한다. 이들의 근거 없는 적의(敵意)와 폭력은 과도한 친절과 뒤섞여서 핏빛을 드러낸다.

영화는 화려한 영상이나 편집 기술에 기대지 않고 인물들 사이의 갈등선(葛藤線) 구축과 내면 심리 묘사에 집중하고 있다. 그런 만큼 영화는 연극 무대를 닮아간다. 이들이 광기에 휩싸여 서로에게 상처를 안겨주는 강가는 폐쇄된 무대 공간이다. 어떤 의미에서 이 영화의 강가라는 공간은 이현화의 잔혹연극 〈산씻김〉(1981)의 무대 공간인 고속도로변 후미진 창고와 비슷하다. 질주와 쾌락 본능이 응축된 곳, 너무나 조용하고 평온해서 두려울 수밖에 없는 욕망의 가장 밑바닥. 따라서 영선의 흰색 벤츠, 봉연과 그 졸개들의 오토바이, 그리고 영화 전반에 등장하는 불량 경찰 문재(한석규 분)의 오토바이 따위의 운송 기구는 강변(江邊)이라는 불랙홀에 와서 그 본래의 이동 능력을 상실해 버린다.

낯선 방문자에 대한 적개심과 폭력성의 비밀은 경찰 문재의 등장으로 밝혀진다. 학창 시절 문재는 봉연을 왕따로 만들면서 끊임없이 괴롭혔고, 이에 앙심을 품었던 봉연이 문재의 동생 현재에게 똑같이 보복했던 것. 폭력의 기원에 대한 궁금증이 풀리자마자 영화의 내러티브에서 발산되던 긴장감은 갑자기 힘을 잃고 무너져 내린다. 결국 영화는 관객에게 교훈 하나만을 남겨둔 채 퇴장한다. 이 평범한 세상이란 실제로 얼마나 끔찍하고 악마적인 것인가. 이들이 모두 떠난 강가에는 굽다 만 삼겹살 고기가 아직도 붉은 핏빛으로 나뒹굴고 있다.

2.

세 개의 에피소드로 구성된 김영남 감독의 〈내 청춘에게 고함〉(2006)은 관객에게 사랑 받기에는 지나치게 칙칙하고 궁상맞다. 뮤지컬 배우를 꿈꾸는 21살 정희(김혜나 분), 남자에게 배신당한 여자의 전화 내용을 도청하는 공중 전화 박스 수리공 근우(이상우 분), 독문과 박사과정을 다니다가 늦게 군대 갔다 말년 휴가 나온 인호(김태우 분) 등은 모두 빛이 바랜 흑백사진처럼 우울한 청춘 시절을 버텨내야 하는 이들이다. 카메라는 탄력을 잃은 고무줄처럼 내러티브를 길게 늘어뜨리면서 인물들을 훔쳐본다. 이들의 적막감, 좌절감, 또는 배신감과 소외감은 그 배경설화를 상실한 채 화면을 우울하게 적신다. 뮤지컬 에비타를 꿈꾸는 정희는 사랑 없이 자신과의 섹스만을 원하는 남자 친구, 그리고 어릴 때 자식을 버리고 떠난 아버지 때문에 절망하고 분노한다. 비정규직 노동자 근우는 회사에서 노조가 파업을 일으키고 회사 간부가 해고예고통지서를 쓰라고 해도 별 관심이 없다. 그는 오로지 유부남과 몰래 사귀다 채인 여자(양은용 분)에게만 향해 있다. 그러나 그녀를 훔쳐보고 그녀의 통화를 도청하기만 하는 근우는 사랑을 쟁취할 수 없다. 인호가 군대에 있는 동안 아내(백경림 분)는 바람이 났고, 그는 군 제대 후 취직 걱정 때문에 불안하다.

이 영화 속의 청춘남녀들은 모두 욕망을 성취하지 못하는 낙오자들이다. 이들은 뮤지컬 여주인공이 될 수 없고, 연상녀의 사랑을 얻을 수 없고, 가정과 직장을 보장받을 수 없다. 기껏해야 이들이 할 수 있는 것들이란, 여관방에서 이불에 불을 지르거나, 그 옆방에서 유부남과 불륜을 저지르거나, 친구의 결혼식장에서 처음 만난 여인과 여관으로 가는 것이 전부이다. 이들의 청춘은 지리멸렬하다. 감독은 영화를 통해 이렇게 말하고 싶었다. "부디, 이 영화가 숨 가쁘게 지나친 청춘들에게는 잠시 뒤돌아볼 수 있기를, 지금의 현실을 잊고 싶어 애써 무시하며 방황하며 달리기만 하는 청춘들에게는 잠시 멈추기를, 이제 곧 거쳐 갈 청춘들에게는 여전히 희망의 한 자락을 잡을 수 있다는 작은 위안을 줄 수 있기를 희망한다." 감독의 이러한 희망은 결국 영화 속 김보연의 노래 〈약속〉의 가사를 통해 전달된다. "생각하고 생각해봐도 진정으로 당신만 사랑했던 마음을 그댄 아는가요. … 후회 없도록 사랑을 했지만 돌아보고 돌아보는 나의 마음을 그댄 모를 거야. 진정으로 사랑했네. 그대만을 사랑했네." 결국 아무리 구차하고 빛바랜 청춘이라도 '후회 없도록 사랑'을 했던 아름다운 시절이었다고.

그러나 영화는 끝내 감독의 희망 사항을 성공적으로 전달하지 못한다. 정희는 에비타가 되기 힘들고, 근우는 직장에서 쫓겨난 채 연상의 여인과 사랑을 나눌 수 없고, 인호는 떠나버린 아내의 등을 쳐다보며 취직 걱정으로 날을 소비할 것이다. 회사 폐쇄 조치에 반대하는 파업에 동참하라는 노조의 전화를 받고 근우는 "절 좀 이제 놔두세요. 제가 뭘 할 수 있겠어요."라고 말할 수밖에 없다. 근우는, 정희는, 그리고 인호는 희망을 불태울 만한 여력을 모두 소진해 버렸기 때문이다. 그런 의미에서 영화의 영문 제목

〈Don't Look Back〉은 내동댕이쳐지는 청춘들과, 그 청춘들을 길거리로 내모는 사회에 대해 인도주의적 면죄부를 건네주는 것은 아닐까. 뒤돌아보지 않는다고 앞으로만 나아가는 것은 아닐진대.

3.

남기웅 감독의 〈삼거리 무스탕 소년의 최후〉(2005)는 관객에게 충격을 주었던 〈대학로에서 매춘하다가 토막 살해당한 여고생 아직 대학로에 있다〉(2000)와 〈우렁각시〉(2001)의 연장선에 서 있다. 그의 영화적 상상력은 엽기적이고 만화적이며 디스토피아적이다. 그 감각은 이재용 감독의 〈다세포 소녀〉와 같은 키치적 취향으로부터 그리 멀리 떨어져 있지 않다. 그러나 남기웅 감독은 섹스와 남근(男根)에 대한 문제의식을 끈질기게 물고 늘어짐으로써 사회적 발언의 가능성을 어느 정도 열어두고 있다.

〈삼거리 무스탕 소년의 최후〉는 현실과 설화, 과거와 현재와 미래, 실재와 비실재 사이를 혼란스럽게 넘나들고 있다. 호랑이 인간이 나올 때에는 〈전설의 고향〉 특집극 〈구미호〉였다가, 사이보그가 등장할 때에는 〈블레이드 러너〉였다가, 성기총(性器銃)에서 총알이 발사될 때에는 여지없이 주성치의 엽기적인 무협영화가 된다. 그러나 이 영화가 관심을 집중시키고 있는 부분은 성기(性器)에 대한 과도한 집착증이다. 영화는 주인공 건태(강현

중 분)의 성기를 통해 희망과 공포를 동시에 말한다. 건태는 사이보그 여자 친구인 향수(예수안 분, 본명 김정은)의 소개로 성기를 총으로 개조하는 수술을 받는다. 흥분하면 정자가 총알로 변하는 신종 무기를 장착하고 건태는 복수에 나선다. 건태는 아무런 이유 없이 자신의 손가락을 못 쓰게 만들고, 향수를 강간하고 길거리의 여인으로 만든 건달 3형제를 제거한다. 그러나 자신의 복수를 위해 건태를 이용한 향수는 그의 곁을 떠나고, 그 상실감 때문에 건태는 아무 여자와 만나 관계를 맺고 결국 그녀들을 죽일 수밖에 없는 굴레에 빠져든다. 이때 남근(男根)은 여성에 대한 폭력임과 동시에 악을 소탕할 수 있는 정의의 총이라는 양면성을 띤다.

감독이 보기에 이 사회는 남근적(男根的) 폭력으로 얼룩진 수렁이다. 그의 영화가 새디즘적이라면 아마 이 시대가 그렇기 때문일 것이다. 건태는 끝내 자신의 성욕을 주체하지 못하고 죄 없는 시민들을 죽이고 자신도 죽어버린다. 그러나 필름 느와르와 디스토피아적 SF 영화 문법을 두서없이 차용하고 있는 이 영화는 관객들을 혼란스럽게 한다. 관객들은 엽기적이고 만화적인 상상력과 특이한 영상 이미지를 즐길 것인지, 또는 남근주의적 폭력 사회에 대한 감독의 사회적 시선에 몸을 얹을 것인지, 도통 감을 잡지 못하고 어리둥절할 수밖에 없다. 서사가 증발한 뒤에는 이미지만 꽃을 피우는 것인가. 내러티브와 이미지의 혼돈 상태는 더 이상 관객들을 성찰로 유도하지 못한다.

4.

"관객은 관습적으로 표상하는 것만을 보려 하지는 않습니다. 상당한 대중들은 분명 새로운 영화로 향합니다. 그렇지만 그것을 실천하는 사람들이 엘리트적 스타일에서, 완벽하게 관객과 단절될 혹은 완전히 선동적인 의미에서 벗어나는 조건에서 그러합니다."[1]

(『황해문화』, 2006년 겨울호)

---

1) 펠릭스 가타리, 윤수종 옮김, 『분자혁명』, 푸른숲, 1998, 233쪽.

〈비상(飛上)〉, 마이너리티의 상상력 또는 낮에 꾸는 꿈

    동굴 안에 한 사람이 포박되어 있다. 그 사람 앞에서 군중들이 움직이며 떠들고 있다. 묶인 사람은 자기 뒤에 있는 모닥불 빛에 의해 군중들의 움직임을 바라볼 수 있다. 그러나 그가 지각할 수 있는 것은 동굴 벽에 투사(投射)된 군중들의 그림자와 동굴 안을 웅웅거리며 떠돌아다니는 소음뿐이다. 플라톤은 '동굴의 우상(偶像)'이라는 메타포를 통해 실재와 가상 사이의 차이점을 강조한다. 그에 의하면, 인간이 지각할 수 있는 대상이란 왜곡되고 부풀려진 거짓 정보일 뿐이다. 우리가 보고 듣고 만지는 것들은 실재가 아닌, 실재의 모양을 하고 있는 그림자에 불과하다. 그렇다면 우리가 지각할 수 있는 대상을 촬영한 대상은 '그림자의 그림자'가 된다.

    여기에서 우리는 다큐 영화와 극영화 사이의 차이점에 대해 심각한 혼란을 느낀다. 우리 눈앞에 있는 대상들이 '실재의 그림자'에 불과한 것이라면, 다큐멘터리 영화와 극영화가 각기 표방하고 있는 '실재/가상'의 구분은 모호한 의미만을 띠게 된다. 그러나 다큐멘터리 영화와 극영화 사이의 경계선을 아예 지워버리는 행위는 너무나 무책임하고 비관론적이다. 우리들이 바라보고 있는 대상이 실재인지, 아니면 실재의 그림자인지에 대한 판정은 철학자들에게 맡겨두자. 다큐멘터리 영화나 극영화가 대상(플라톤이라면 '그림자'라고 부르겠지만)과 맺는 태도의 차이점을 시작으로 논의를 풀어나가도록 하자.

굳이 플라톤의 '동굴의 우상' 메타포를 떠올릴 필요도 없이, 다큐멘터리 형식의 영화라고 해서 그 영화가 '실재' 그 자체일 수는 없다. 물론 일반적으로 다큐멘터리 영화는 극영화와는 달리, 사전 기획된 시나리오와 이에 따라 움직이는 전문 배우를 필요로 하지 않는다. 극영화의 배우는 자신의 실제 신분을 숨기고 가공의 이야기 속 캐릭터로 연기를 한다. 말하자면 극영화 속의 인물, 시간, 공간, 상황 등은 모두 사전에 계획되고 꾸며진 작업의 결과물에 불과하다. 반면에 다큐멘터리 영화는 실제 인물, 실제 시공간, 실제 상황을 기록하기 때문에 가상현실을 꾸미는 것이 아니고, 이에 따라 '현실성', '사실성', '진실성'과 같은 의미를 생산해 낼 수 있는 것으로 인식된다. 보편적으로 다큐멘터리 영화는 현실의 영화, 진실의 영화로 받아들여지고 있다. 그러나 이때의 현실과 진실은 카메라 렌즈와 피사체 사이의 관계망 속에서만 가능한 것일 뿐, 스크린에 재현되고 있는 영상

기록 그 자체가 현실이 될 수는 없다.

아무리 현실 속의 인물을 있는 그대로 촬영한다 하더라도, 그 인물은 카메라에 포착되자마자 비일상적인 상황에 구속될 수밖에 없다. 피사체로서의 등장인물은 카메라가 자신을 바라보고 있다는 사실을 끊임없이 의식해야 하기 때문이다. 또한 피사체로서의 현실적 인물이 카메라를 인식하고 있지 못하다 할지라도, 그 기록으로서의 영상은 감독에 의해 편집되고 수정됨으로써 촬영 당시의 실재를 온전히 재현하지 못한다. 더 나아가 스크린으로 재현되는 대상은 카메라의 욕망, 즉 대상을 바라보고 있는 관찰자의 욕망과 끊임없이 긴장 관계를 형성하면서 채택되고, 누락되고, 편집된다.

그렇다면 우리에게 다큐멘터리 영화 〈비상〉은 무엇이겠는가. 이 영화가 우리에게 주는 의미는 무엇인가. 다시 말해 영화 〈비상〉은 관객과 만나면서 어떤 의미를 생산해 낼 것인가.

〈비상〉이 선사하는 감동의 원인 중에는 거짓말 같은 성공담이 큰 몫을 차지한다. 애초에 영화 감독이 K리그 인천 유나이티드 FC(인천 UTD)를 대상으로 삼은 이유는 이 구단이 그야말로 '골때리는' 구단이었기 때문이다. 이름을 알 수 있는 스타 선수도 없고, 무명의 신인 감독에 전용 연습 구장도 없는, 그야말로 '싹수가 노란' 구제 불능의 꼴찌 구단이었던 인천 UDT는 영화 감독에게 묘한 매력으로 다가섰다. 그러나 영화 감독은 2년 동안 선수들과 함께 생활하면서 전혀 예기치 못했던 드라마를 만나게 된다. K리그 최하위팀이었던 인천 UDT가 창단 이후 처음으로 플레이

오프에 진출하고, 2005년에는 K리그 전후반기 통합 순위 1위라는 놀라운 성적을 냈기 때문이다. 그것은 만화 〈공포의 외인구단〉이 선사했던 휴먼 드라마의 '리얼(real)' 버전이었던 것이다.

관객은 영화 감독이 포착해 낸 장면 이외에는 아무것도 볼 수 없다. 영화 속의 장면은 카메라의 욕망에 따라 선택된 것이기 때문이다. 그렇다고 해서 〈비상〉 속에 등장하는 장면들이 실재 존재했던 사건들의 기록이라는 사실이 부정되는 것은 아니다. '그때-거기'에 실제로 K리그 최하위의 축구팀이 있었고, 그들은 놀랍게도 인간 승리의 대역전 드라마를 보여주었고, 영화는 그들의 삶의 궤적을 가능한 한 있는 그대로 찍었던 것이다. 이때 영화 감독이 영화 속에 결정적으로 관여하는 것은, 실제로 벌어졌던 사건(역사)에 대한 영화 감독의 영화적 해석 작업이다. 영화 감독은 카메라의 시선을 통해, 그리고 포착된 장면들의 편집에 의해 인천 UDT가 겪어왔던 역사를 해석하려 한다. 관객이 감동을 받는 것은 바로 인천 UDT의 역사에 대한 영화 감독의 해석에 공감을 하기 때문일 것이다. 인천 UDT의 각 선수들과 축구 감독, 또는 서포터즈들은 관객에게 직접 말을 걸거나 감동을 선사할 수 없다.

우리는 이 영화에서 각기 다른 이미지를 추출하여 의미화할 수 있다. 그것은 프로 축구팀의 생리일 수도 있고, 서울 외곽 도시 인천의 문화적 낙후성일 수도 있고, TV의 다큐 프로그램처럼 진득한 휴머니즘일 수도 있다. 그러나 이 글에서는 이 작품을 '마이너리티의 삶의 존재 방식' 또는 '주류 문화에 대한 삐딱한 시선' 정도로 독해하고자 한다. 사실 〈비상〉은 주류에 편입하지 못한 주변부 인생의 꿈과 좌절을 그리고 있다. 이것은 마치 〈슈퍼스타 감사용〉에서 연습생 출신 감사용의 도전과 좌절에 대한 내러티브를 연상시킨다. 그러나 〈슈퍼스타 감사용〉이 주인공의 애환을 중심으로 한 극영화였음에 비해, 〈비상〉은 축구팀의 전 스텝을 주인공으로 하는 다큐멘터리 영화라는 근본적인 차이점을 가진다. 이는 곧 영화 감독이 숱한 마이너리티들의 집합, 즉 무명(無名)의 군중 또는 불균질한 사회 집단을 통해 '대중적 상상력'을 전개하고 있음을 짐작케 한다.

〈비상〉은 주동 인물의 승리를 노리지 않는다. 이 영화는 가공의 결말을 향해 돌진하는 극영화의 내러티브 전략을 허용하지 않는 기록영화이다. 현실은 '시작-중간-끝'이라는 폐쇄적 내러티브로 포착될 수 없는 대상이다. 초월적 화자로서의 작가나 영화 감독이 자의적으로 통제하는 가공의 내러티브에서는 '다가오지 않는 미래'를 꿈꾸며 화해를 가져오는 결말을 끌어올 수 있다. 그러나 현실의 초월적 자아는 작가나 영화 감독 따위가 아니다. 그것은 오히려 제도이며, 권력이며, 다양한 계급의 욕망이며, 결국 어떤 완고한 '구조'일 것이기 때문이다. 〈비상〉에서 인천 UDT는 끝내 우승하지 못한다. 아니 할 수가 없다. 인천 UDT에게는 자본의 논리를 충족시킬 수 있는 힘이 없었기 때문이다. 또한 민족이나 국가와의 동일시를 상상하며 영웅들에 열광하는 대중의 욕망을 채워줄 수 없다. 따라서 인천 UDT의 우승 실패는 현실의 내러티브상에서 자연스럽고 논리 정합적이다. 바로 이 대목이 〈비상〉이 감동을 유발시키는 최종심급(最終審級)의 지점이다.

우리는 그 최종심급의 지점을 마이너리티의 상상력이라 불러도 좋으리라. 현실의 체계 내에서 실질적인 승리를 거둘 수 없다 하더라도, 그 패배가 궁극적으로는 작고 소중한 승리를 의미한다는 역설의 논리, 이 역설이 가능할 수 있는 마이너리티의 상상력이야말로 〈비상〉의 내러티브를 추동시키는 힘인 것이다. 그 힘은 독일 철학자 에른스트 블로흐(Ernst Bloch)가 말한 바 있는 '낮에 꾸는 꿈' 즉 '백일몽'이 아니었을까. 블로흐는, 프로이트의 꿈의 분석이 '과거'를 재해석하고 재구축함으로써 과거 회귀적임에 비해 자신의 '낮에 꾸는 꿈'은 노동하는 자, 투쟁하는 자, 미래를 위해 개척하고 창조하는 자를 전제로 하는 미래지향적 실천이라고 말한다. 그는 『희망의 원리』 서문에서 "우리는 꿈을 꾸어야 한다."고 외친다. 이 외침은 영화감독 임유철이 꼴찌 인생들의 삶을 통해 우리에게 말하고자 했던 바로 그것이 아니었을까.1)

이 영화가 축구 감독이나 특정 스트라이커에 초점을 맞추었다면 텍스트의 의미망은 매우 다른 방식으로 구성되었을 것이다. 영화는 무명의 인물들을 관찰함으로써 이들이 열악한 현실을 어떻게 버텨내는가에 관심을 기울인다. 인천 UDT의 멤버들은

---

1) 이 작품의 제목 '비상'이 '공중을 날아다님'의 뜻을 지닌 '飛翔'이 아니라 '높이 날아오름'의 뜻인 '飛上'임을 상기해 보자. 〈비상〉은 공중에 뜬 채 부유(浮游)하는 자들을 위한 영화가 아니라, 낮꿈을 꾸면서 미래를 향해 돌진하는, 또는 어떤 한계점을 뛰어넘어 목표점을 향해 위로 날아오르는 자들을 위한 영화이다.

집단으로 '자본주의 패러다임'에서 빗겨 간다. 인천 UDT는 자신들에게 던져진 삶의 조건과 한계에 타협하지 않는다. 그러한 의미에서 〈비상〉은 매우 강력한 프로파간다 영화이다. 이 영화는 자본주의의 논리로부터, 그 자본주의 논리에 따라 움직이는 대중의 욕망으로부터 벗어난 지점을 상상하게 하는 힘을 갖는다. 인천 UDT는 꼴찌들의 절대적인 동조를 얻으며, 스포츠 자본주의에 대한 대안 이데올로기를 선동한다. 민족과 국가, 또는 자본이라는 초월적 자아에 애써 동일시하려는 대중들의 욕망에 칼자국을 낸다. 그만큼 이 영화는 불온하고 공격적이다.

영화 감독은 대학생 시절 각종 시위 장면을 비디오카메라와 함께 쫓아다녔다. 그 후 방송사 프리랜서 PD로 일하면서 많은 다큐멘터리 작품을 방영했다. 그는 민노당에 대한 다큐멘터리를 통해 이 사회에서 희망과 가능성을 꿈꾸기를 소망했다. 그는 항상 긍정적인 미래를 꿈꿔왔다. 이제 영화 감독은 K리그 꼴찌 팀을 통해 또 다른 희망을 상상하고자 한다. 영화 감독은 〈비상〉을 만들 때 카메라맨들에게 마치 '동물 다큐'를 찍듯이 촬영하라고 주문했다. 그는 '동물의 왕국'을 상상하면서 삶의 투쟁성 그 자체를 성찰하고자 했던 것은 아닐까. 영화 감독은 '동물의 왕국' 속 먹이사슬의 제일 윗자리보다는 가장 아래쪽에 시선을 고정시켜 놓았던 것일 게다. 아마 그것은, 정글의 법칙에서 항상 포식자의 먹잇감이 될 수밖에 없지만 그래도 생존을 위해 포식자와 치열하게 투쟁하는 약자들에 대한 격려사일 것이다.

이 영화는 관객으로 하여금 매스컴의 정보들이야말로, 또는 월드컵과 올림픽 영웅들만 숭배하는 국민, 민족 이데올로기야말로 허무한 '그림자'일 것이라고 속삭인다. 대중들이 기대고 있는 신념과 욕망이 무분별한 민족, 국가, 자본의 이데올로기로부터 구성되었을지도 모른다고 영화는 넌지시 중얼거린다. 이 동굴 안의 영상들은 우리 뒤에 있는 모닥불에 의해 생긴 사물의 그림자일 뿐이고, 동굴 밖에는 또 다른 가치와 진리 체계와 해석이 기다리고 있다는 희망을 던져준다. 그러기 위해서는 낮에 꾸는 꿈, 백일몽을 꾸어야 하고, 꿀 수 있다고, 이 영화는 말해주고 있는 것일지도 모른다.

(『황해문화』, 2007년 봄호)

희미한 옛 투쟁의 그림자

: 임상수의 〈오래된 정원〉

4.19가 나던 해 세밑
우리는 오후 다섯 시에 만나
반갑게 악수를 나누고
불도 없이 차가운 방에 앉아
하얀 입김을 뿜으며
열띤 토론을 벌였다.

어리석게도 우리는 무엇인가를
정치와는 전혀 관계없는 무엇인가를
위해서 살리라 믿었던 것이다.
결론 없는 모임을 끝낸 밤
혜화동 로우터리에서 대포를 마시며

사랑과 아르바이트와 병역 문제 때문에
우리는 때 묻지 않는 고민을 했고
아무도 귀 기울이지 않는 노래를
누구도 흉내 낼 수 없는 노래를
저마다 목청껏 불렀다.

돈을 받지 않고 부르는 노래는
겨울밤 하늘로 올라가
별똥별이 되어 떨어졌다.

—김광규의 〈희미한 옛사랑의 그림자〉 전반부

　누구나 추억을 지니고 있다. 그 추억들은 우리 모두의 공적
추억일 수도 있고, 그 누구와도 공유할 수 없는 자신만의 사적
추억일 수도 있다. 그러나 그것이 공적인 것이든 사적인 것이든
현재와 긴밀하게 밀착되어 있다는 점에서는 차이가 없다. 영화
〈블레이드 러너(Blade Runner)〉(1982)에서의 인조인간 로봇 리플
리컨트(Replicants)는 타이렐 주식회사에서 주입한 기억을 내장한
채 만들어진다. 영화 〈토탈리콜(Total Recall)〉(1990)에서 독재자
코하겐은 자신에게 반역하려는 부하 하우저에게 퀘이트라는 인
간의 기억을 이식시킨다. 이들, 리플리컨트와 하우저처럼 이식
된 기억을 지니고 있는 경우가 아니라면, 모든 인간은 자신의
실제 과거의 산물로서의 기억을 지닐 수밖에 없다. 그런 의미에
서 영화라는 매체는 그 기계적 속성으로 말미암아 '기억'에 대한

성찰로 유도하게 해준다. 왜냐하면 영화는 특정 대상을 찍는 그 순간에 그 대상을 이미 과거의 것으로 만들기 때문이다. 따라서 영화는 과거를 만드는 기계이자 그 과거를 성찰하게 만드는 기계이다.

김광규의 시 〈희미한 옛사랑의 그림자〉는 4.19 혁명 직후의 자신의 청춘 시절을 기억하면서 시작한다. "때 묻지 않은 고민과 누구도 흉내 낼 수 없는 노래"를 목청껏 불렀던 젊은 시절의 몸부림은 아무도 귀 기울이지 않는 것이었지만 별똥별처럼 찬란한 빛을 발한다. 시인은 순수하고 열정적이었던 시절의 기억을 현재로 불러옴으로써 과거와 현재의 충돌을 야기한다. 어쩌면 과거를 기억한다는 것은 현재에 무엇인가 결핍이 발생했을 때 나오는 행위일지도 모른다. 이것은 부정적인 현재를 반성하고 교정하기 위해 대립항으로서의 과거를 소환하는 것이다. 이때 과거는 현재의 결핍을 보충하는 매개물 역할을 수행한다. 물론 부정적인 과거로서 현재에 소환되는 경우도 많다. 다시는 반복되어서는 안 될 과거로서 현재에 소환되는 경우도 많다. 다시는 반복되어서는 안 될 과거의 폭력성을 환기함으로써 현재의 삶을 벼리게 하는 작용을 맡기도 한다. 결국 과거는 양면성을 지닌다. 그것은 현재를 반성하고 교정하기 위한 이상향으로 제시되기도 하지만, 반대로 현재에서 절대로 모방하거나 반복해서는 안 될 악몽으로 드러나기도 한다.

임상수의 〈오래된 정원〉은 과거가 가지고 있는 이 양면성의 한가운데를 위태롭게 걸어가고 있는 영화이다. 〈오래된 정원〉은 현재의 삶을 반성하게 해주는 이상향으로서의 과거를 제시하면서 동시에 다시 반복되어서는 절대로 안 되는 상처로서의 과거를 보여주고 있다. 따라서 임상수가 1980년대를 바라보는 시선은 매우 복합적이고 다층적이다. 그에게 과거는 부정적이면서 긍정적인 것이다. 또한 감독은 과거가 현재에 끊임없이 간섭하고 조종하고 있음과 동시에 현재가 과거에 완전히 환원될 수도 없다고 생각한다.

황석영의 동명 소설을 영화화한 〈오래된 정원〉은 '과거를 기억하기'에 대한 지극히 인식론적인 접근 태도를 보여주고 있다. 소설 〈오래된 정원〉이 "당대적 문맥에서의 급진적 이념의 건설과 그것의 해체 과정에 대한 성찰에서 비롯된 것이기보다는, '한계상황' 속에서 인간다움을 향한 투쟁이 어떻게 눈물겨운 정당성을 획득할 수 있는가에 대한 성찰"[1]을 제공한다는 평가를 받을 수 있다면, 영화 〈오래된 정원〉은 원작 소설과는 어떤 차별성을 생산하는 것일까.

당신은 그곳을 찾았나요?

윤희가 내게 묻는다. 집으로 돌아오는 중이오, 라고 나는 대답할 것이다. 인가를 찾아서 산을 넘고 언덕을 내려오는 중이라고. 멀리 마을의 불빛이며 연기 나는 굴뚝이 보인다고. 당신이 살고 겪어온

---

1) 이명원, 「대안적 이념 모색을 향한 내적 고투: 『오래된 정원』론」, 『창작과 비평』, 2000년 가을호, 323쪽.

길을 따라서 나는 휘적휘적 걷기 시작했다고. 나는 젊은 내 얼굴 뒤편에 떠오른 그네의 눈길 이쪽에 서서 중얼거렸다.[2]

소설 〈오래된 정원〉에서 오현우는 1980년 광주 민주화 운동 때 도청에서 탈출하여 숨어 살다가 체포되어 17년 동안 수감된다. 현우의 도피 생활 중 그를 숨겨주었던 한윤희는 현우가 수감되어 있던 중에 사망한다. 소설은 현우가 윤희와 함께 도피 생활을 했던 '갈뫼'로 가서 그녀의 흔적을 찾아보면서 사건을 진행한다. 자유의 몸이 된 현우는 17년이라는 시간의 단절이 그의 모든 것을 빼앗아갔다는 사실을 깨닫고 혼돈과 무기력함에 빠진다. 1980년대를 채우고 있었던 혁명 정신, 분노, 신념, 그리고 한윤희와 같이 했던 '화양연화(花樣年華)'는 자취도 없이 증발했다. 이 소설은 알아볼 수 없을 정도로 변해버린 시대 상황 속에서 과거와 현재의 화합을 도모한다. 현우는 고통스러웠던 과거로부터 걸어 나와 "인가(人家)를 찾아서 산을 넘고 언덕을 내려오는 중"이다. 이제 그는 "멀리 마을의 불빛이며 연기 나는 굴뚝"을 발견함으로써 현재와 친해지려고 안간힘을 쓴다. 결국 소설 〈오래된 정원〉이 "비결정적 주체의 위기를 새롭게 극복하려는 강렬한 윤리적 충동에 기초"[3]하고 있기 때문에 이 소설의 내러티브는 독자들에게 현재와 미래에 대한 희망을 선사한다.

---

2) 황석영, 『오래된 정원』(하), 창비, 2000, 309쪽.

3) 최원식, 「나와 우리, 그리고 세상」, 『창작과 비평』, 2001년 봄호, 51쪽.

영화는 원작 소설을 대체로 충실하게 따르고 있지만 몇 가지 지점에서 중요한 변화를 보인다. 그 차이는 과거를 바라보는 시선과 한윤희(염정아 분)의 캐릭터 구축에서 드러난다. 영화는 전반부에서 현우(지진희 분)가 17년 만에 세상으로 돌아온 후 겪게 되는 혼란감을 비중 있게 처리하고 있다.

출감한 뒤 가족과 재회한 현우는 현재(現在)로부터 외면 당한다. 현재는 과거의 자식인 현우에게 너무나 낯설고 불친절한 시대이다. 현우는 어머니(윤여정 분) 집에서 쌈 싼 고기를 씹다가 뜨거운 눈물을 흘린다. 어머니가 현우를 명품 옷가게에 데리고 가서 1,000만 원짜리 양복을 사 입히자 현우는 어리둥절한 표정으로 양복 소매에 달린 가격표를 들여다본다. 강남에서 '빨간 바지'라는 이름으로 한창 잘 나갔던 부동산 투기업자 어머니로서는 1,000만 원짜리 양복 정도는 아무것도 아니다. 사회주의자 오현우와 1,000만 원짜리 명품 양복은 서로를 뜨악한 표정으로 노려본다.

현우는 광주에 내려가 1980년 5월 17일까지 광주 도청에서 함께 투쟁했던 옛 동지들과 만난다. 현우는 그들과 망월동 묘역을 참배하고 술자리를 갖는다. 그러나 17년 만에 재회한 혁명 동지들은 그때의 투사들이 아니다. 현우와 술잔을 나누고 있는 옛 동지들 사이에는 17년이라는 시간의 강이, 결코 복원될 수 없을 정도로 변질된 세월의 그림자가 가로놓여 있다. 현우의 옛 동지들은, 바람을 피우다 가정이 파탄 지경에 몰리고, 세상을 저주하는 알코올 중독자가 되고, 땅 투기를 통해 한밑천 잡아보려고 하는 시정잡배들일 뿐이다. 영화는 현우의 현실 복귀 과정을 뚫어지게 노려보면서 타락한 천민자본주의의 속성을 비웃고 있다.

그로부터 18년 오랜만에
우리는 모두 무엇인가 되어
혁명이 두려운 기성세대가 되어
넥타이를 매고 다시 모였다.

회비를 만 원씩 걷고
처자식들의 안부를 나누고
월급이 얼마인가 서로 물었다.
치솟는 물가를 걱정하며
즐겁게 세상을 개탄하고
익숙하게 목소리를 낮추어
떠도는 이야기를 주고받았다.

모두가 살기 위해 살고 있었다.
아무도 이젠 노래를 부르지 않았다.
적잖은 술과 비싼 안주를 남긴 채
우리는 달라진 전화번호를 적고 헤어졌다.
—김광규의 〈희미한 옛사랑의 그림자〉 중간 부분

그렇게 현우의 가족들과 옛 동지들은 시간이라는 바람 속에서 풍화되어 바스러졌다. 임상수는 혁명과 이념이라는 것이 얼마나 쉽게 변질되고 휘발될 수 있는 것인지에 대해 냉정한 관찰자 입장에서 말하고 있다. 그래서 감독은 관객에게 이렇게 말하고 싶었던 것일 게다. "영화 결말에는 그 남자가 어떤 살아갈 힘을 얻는 건데, 그것은 한윤희가 보여준 사랑이랄까, 타인에 대한 태도, 세상에 대한 태도, 이런 것에서 힘을 얻었고, 깨달음을 얻었기 때문이라고 생각하는데요, 오현우가 이념을 위해서 일단 전두환 정권을 무너뜨려야겠다, 민주주의를 얻어야겠다, 그 다음에 사회주의를 얻어야겠다는 목표가 있었을 텐데, 그 목표를 이룬 다음에 어떻게 살고 싶었는지, 그게 오히려 제일 중요한 궁극적인 목표였는데, 그 중간 목표들을 이루려는 싸움에 몰두하다 보니까 어떻게 살고 싶었던 것인가에 대한 것을 잃어버린 게 아닌가."

임상수는 '갈뫼'라는 공간에서의 과거 시간을 환기함으로써 몇 가지 질문을 던진다. 1980년대 오현우의 노선과 선택은 과연 올바른 것이었는가, 현재를 살아가고 있는 자들은 너무도 쉽게 과거를 배신한 것은 아닌가, 그렇다면 한윤희의 삶의 태도야말로 우리가 거주해야 할 '오래된 정원'이 아니겠는가. 이미 과거가 아닌 현재에서 고집스럽게 과거의 망령에 붙들려 사는 것도 어리석지만, 과거에 가졌던 정당한 이념과 실천을 깡그리 망각하고 천민 같이 살아가는 것은 얼마나 부끄러운 일인가, 하고 감독은 질문한다.

몇이서는 포우커를 하러 갔고
몇이서는 춤을 추러 갔고
몇이서는 허전하게 동숭동 길을 걸었다.

돌돌 말은 달력을 소중하게 옆에 끼고
오랜 방황 끝에 되돌아온 곳
우리의 옛사랑이 피 흘린 곳에
낯선 건물들 수상하게 들어섰고
플라타너스 가로수들은 여전히 제자리에 서서
아직도 남아 있는 몇 개의 마른 잎 흔들며
우리의 고개를 떨구게 했다.

부끄럽지 않은가
부끄럽지 않은가
바람의 속삭임 귓전으로 흘리며
우리는 짐짓 중년기의 건강을 이야기했고
또 한 발짝 깊숙이 늪으로 발을 옮겼다.

—김광규의 〈희미한 옛사랑의 그림자〉 후반부

영화 〈오래된 정원〉은 관객에게 끊임없이 말을 건다. 천박하
고 이기적인 현재의 삶이 "부끄럽지 않은가, 부끄럽지 않은가",
그리고 한윤희가 타인과 세상에 대해 가졌던 배려와 포용이 "아
름답지 않은가, 아름답지 않은가"라고. 이렇게 영화는 찬란한

빛을 잃은 현재의 삶에 대해 비아냥거리고, '갈뫼'의 '오래된 정원'을 추모함으로써 역사적 시간 밖으로 떨어져 나간다.

수많은 오현우'들'이 그때 그곳에서는 그 선택밖에 할 수 없었다는 사실을, 그 선택이 자신의 삶을 옥죄고 속박하는 것임을 알고 있었음에도 불구하고 신념대로 선택했었다는 사실을, 영화는 애써 외면하고 있다. 어제의 투사가 오늘의 추악한 부동산 투기자로 변질되었다고 해서, 어제의 투사가 선택했었던 노선마저 그른 것이었다고 말할 수는 없다. 올바르다고 생각하는 것을 위해 끊임없이 선택하고, 실천하고, 시행착오를 겪은 과거를 토대로 현재가 출생했다는 사실에 대해서 감독은 영화에게 충분히 발언할 수 있는 기회를 주지 않는다. 에른스트 블로흐는 낮꿈을 꾸는 자는 결코 한 자리에 머물지 않고 다른 곳을 향해 나아간다고 말했다. 적어도 과거의 수많은 오현우'들'은 보다 나은 미래를 위해 낮꿈을 꾸었던 자들이다. 따라서 영화 〈오래된 정원〉은 현재가 과거의 한윤희'들'에게 보내는 찬사와 추모사를 오현우'들'에게도 공평하게 배려해야 한다. 이것이야말로 감독이 말한 바 있는, 역사에 대한 '사랑이랄까, 타인에 대한 태도, 세상에 대한 태도'일 것이기 때문이다.

(『황해문화』, 2007년 여름호)

유괴의 사회학, 또는 죄와 벌에 대한 성찰

1.

유괴 사건을 소재로 한 영화들에 대해 생각해 보자. 우선 〈친절한 금자씨〉, 〈복수는 나의 것〉, 〈잔혹한 출근〉, 〈그놈 목소리〉 등을 떠올릴 수 있고, 〈밀양〉, 〈권순분 여사 납치사건〉 등을 들 수도 있겠다. 인질을 통해 자신의 목적을 달성하려는 유괴 행위는 가장 비열하고 비인간적인 선택이라는 점에서, 최근 일련의 유괴 소재의 영화들은 이 시대의 가장 어두운 지점을 들춰내고 있다. 이들 영화 속에서 유괴 소재는 극중 사건을 유발하는 서사적 동기(動機)로, 또는 작품의 시대적 배경을 위한 밑그림으로, 또는 등장인물들의 내적 풍경을 드러내기 위한 상황 설명으로 작용한다.

그동안 한국 영화는 통상적인 폭력 행위, 즉 강도나 강간, 개인적인 린치 행위나 조직 간의 집단 패싸움, 또는 방화와 같은 범죄 행위를 통해 이 사회의 일그러진 무의식을 표출해오곤 했다. 그러나 유괴는 돈을 얻기 위해, 또는 개인적인 복수심 때문에 아무런 죄도 없는 사람을 억류, 살해함으로써 유괴된 사람뿐 아니라 그 가족을 모두 파괴해버리는 가장 비인륜적인 범죄 행위라는 점에서 본격적으로 발언하는 것이 조심스러웠다. 그것은 가장 지저분하고 반윤리적인 범죄 행위 중의 하나이기 때문이다. 이 유괴 모티브는 조폭 영화나 스릴러 장르의 잔인한 폭력 장면과는 비교가 되지 않을 만큼 관객의 인내심을 요구한다. 그런 의미에서 일련의 유괴 소재 영화들은 단순한 트랜드라고 보기는 어려울 것 같다.

2.

　한국 영화에서 박찬욱만큼 유괴나 인질 모티브를 줄기차게 고집해온 감독도 드물 것이다. 그의 소위 '복수 3부작'인 〈복수는 나의 것〉(2002), 〈올드보이〉(2003), 〈친절한 금자씨〉(2005)뿐 아니라 〈믿거나 말거나, 찬드라의 경우〉(2003), 〈쓰리 몬스터〉(2004)에서도 유괴, 인질, 억류 등의 사건들이 주요 모티브로 사용되었다. 박찬욱은 죄와 벌의 문제를 물고 늘어짐으로써, 이 사회가 안고 있는 '어둠의 핵심'을 건드리면서 인간의 원죄와 구원에 대한 성찰을 시도하고 있다. 이 중에서 〈복수는 나의 것〉과 〈친절한 금자씨〉는 아동 유괴 사건이 영화 서사 진행의 동기로 작동하고 있다는 점에서 주목할 만하다.

〈복수는 나의 것〉은 아들이 유괴된 후 살해당하자 그 아버지가 인질범들을 잔혹하게 복수하는 내용의 영화이다. 선천성 청각 장애인 류(신하균 분)는 신부전증을 앓고 있는 누나(임지은 분)와 단 둘이 살고 있다. 누나의 병이 악화되어 당장 신장을 이식하지 않으면 죽게 되는 상황에 이르자 류는 그의 애인 영미(배두나 분)와 모의해서 중소기업체 사장 동진(송강호 분)의 딸을 유괴한다. 그러나 우연한 사고로 동진의 딸이 익사하게 되자 동진이 유괴범들을 직접 찾아내서 복수한다.

유괴범에 관한 한 박찬욱은 '법보다 주먹'이 더 적합하다고 주장하고 있는 듯하다. 유괴당한 아이의 부모가 겪어야 할 엄청난 고통과 공포, 그리고 유괴범에 의해 자식이 살해당했을 때의 좌절감은 한 가족의 운명을 송두리째 파괴해버린다는 의미에서, 유괴 행위는 가장 잔인한 범죄 행위 중의 하나일 것이다. 감독은 그 원죄를 복수로 해결하려 한다.

〈친절한 금자씨〉에서 이금자(이영애 분)는 스무 살 때 '동부이촌동 박원모 어린이 유괴 사건'의 용의자로 감옥에 갇힌다. 이금자는 출소하자마자 복수를 시작한다. 그녀는 영어학원 강사 백선생(최민식 분)을 찾아가 13년 전에 자신에게 저지른 죄의 대가를 갚으려 한다. 13년 전 백선생은 자신의 유괴 살해 범죄 행위를 이금자에게 덮어씌웠다. 백선생은 이금자의 어린 딸을 볼모로 삼아 이금자가 거짓 진술을 하고 감옥에 대신 들어가게 한 것이다. 그리고 이금자의 딸을 해외로 입양시켜 버렸다.

이금자는 출소하자마자 백선생에게 복수하기 위해 일을 꾸민다. 그녀에 의해 백선생은 그동안 자신이 저질러왔던 아동 성폭력 및 유괴와 살해 행위가 밝혀지고, 유괴되어 살해당한 어린이들의 부모들에 의해 징벌당한다. 〈복수는 나의 것〉에서처럼 박찬욱은 유괴 및 아동 살해 행위에 대해 '사적(私的) 처벌'의 윤리적 정당성을 지지하는 듯하다. 그만큼 감독에게 있어 아동 유괴 및 살해 행위는 법이 해결할 수 없는 가장 심각한 범죄 행위인 것이다. 그 죄는 인과응보의 이름으로, 정의의 이름으로, 그리고 정당한 복수의 이름으로 처단되어야만 하는 대상이다.

박찬욱이 끈질기게 추적하고 있는 모티브는 '억류, 감금, 감시' 등과 같은 한국적 폭력 상황의 위기의식이다. 이 위기의식과 공포심은 1970~80년대의 폭력적 군사 문화 시대와는 또 다른 야만성을 드러내고 있다. 이 시대의 폭력성은 불특정 다수를 향한, 특별한 명분이나 이데올로기적 목적을 벗어난, 지극히 우발적이면서 개인적인 동기에 의해 발생한다. 그러나 이때의 폭력은 '아동 유괴 및 살해'에서 알 수 있듯이, 개인과 한 가족의 영혼을 송두리째 파괴하는 아주 고약하고 더러운 범죄 행위인 것이다.

3.

〈잔혹한 출근〉(2006)에서, 주식 투자로 돈을 날린 샐러리맨 동철(김수로 분)과 월급을 제 때에 못 받아 생활이 어려워진 만호(이선균 분)는 악덕 사채업자로터 돈을 빌린 후 이자를 갚느라 허덕인다. 막다른 절벽으로 내몰린 동철과 만호은 인생 역전을 위해 유괴를 도모한다. 그러나 첫 번째 유괴는 아이의 부모가 전화를 받지 않는 바람에 수포로 돌아가고, 두 번째로 부잣집 여고생 태희(고은아 분)의 유괴에 성공한다. 그러나 태희를 납치했을 때, 동철은 동철의 딸을 유괴했다는 범인의 전화를 받게 된다.

영화는 태희와 태희의 아버지(오광록 분)를 화해시키고, 동철에 의해 딸을 유괴당했던 아버지가 동철을 용서하면서 원만한 결말을 맺는다. 동철은 유괴범으로 감옥에 갇히고, 태희의 아버지는 3억 원을 동철의 집에 두고 떠난다. 영화는 용서와 화해로 끝난다. 그러나 영화의 고민은 끝나지 않는다. 유괴당했던 태희와 태희 아버지, 동철과 만호가 유괴했던 어린 여자아이의 부모의 마음속에는 아직도 씻지 못할 고통과 공포가 선연하게 남아 있을 것이기 때문이다. 그 상처는 영원히 지워지지 않은 트라우마로 존재할 것이다.

〈권순분 여사 납치사건〉에 와서는 유괴 모티브가 아예 노골적으로 희화화된다. 도범(강성진 분), 근영(유해진 분), 종만(유건 분), 이 세 명의 남자들은 별 볼 일 없는 인생들이다. 도범은 수감 중인 아내가 출산을 앞두자 보석금이 필요해지고, 근영은 우즈베키스탄 처녀와 결혼하기 위한 돈을 사기당해 빚을 지게 되고, 종만은 뭣도 모르면서 이들을 따라나선다. 이들은 도범의 제안대로 장사가 잘 되는 소머리국밥의 사장 할머니(나문희 분)를 유괴한다. 그리고 할머니의 인질값으로 5,000만 원을 요구한다. 그러나 자식들로부터 버림받은 할머니는 유괴범들에게 자신의 몸값으로 500억 원을 받아내라고 가르쳐준다. 이때부터 인질 협상은 세 명의 유괴범과 가족들 사이의 갈등이 아니라, 망나니 자식들과 할머니 사이의 줄다리기로 급반전된다. 그리고 할머니의 계획대로 사건이 종료된다.

이 영화의 메시지는 유괴 사건으로 집약되지 않는다. 이 영화에서 유괴는 단지 가족의 의미를 되새겨볼 수 있는 하나의 계기로 작용할 뿐이다. 할머니의 자식들은 유괴 사건 이후에도 자신들의 과오를 반성하지 못하고 여전히 불성실한 삶을 살고 있다. 반면 할머니를 유괴했던 범인들은 대오각성하고 성실한 삶을 영위한다. 결국 이 영화에서 유괴는 방황하는 인생 낙오자들이 삶의 진정성을 찾게 되고, 가족의 참다운 의미를 되새겨보는 계기로만 작용한다. 그런 만큼 유괴는 가족에 대한 비유가 되고 가볍게 일상화된다. 그 사건은 평범한 사람들이 힘겹게 살아가다가 우연히 마주칠 만한 사소한 해프닝에 불과하다. 애초부터 유괴범들이나 유괴당한 할머니나, 또는 할머니의 자식들 모두 유괴 사건 때문에 심각한 상처를 받지 않는다.

4.

〈그놈 목소리〉(2007)의 시대 배경은 1990년대 노태우 정권 시기이다. TV에서는 대통령의 입을 통해 '범죄와의 전쟁'이 선포되고, 9시 뉴스에서는 그를 비웃기나 하듯이 하루가 멀다 하고 강력 범죄 사건이 보도된다. 방송국 9시 뉴스 앵커 한경배(설경구 분)는 최고의 인기를 누리고 있는 유명 앵커이다. 정치권으로 진출한다는 소문이 돌 정도로 한경배의 사회적 위상은 대단하다. 그런데 그의 9살 아들 상우가 유괴된다. 1억 원을 요구하는 유괴범(강동원 분)의 협박 전화가 시작된다. 현상 수배 영화답게 영화는 범인의 실제 목소리를 끊임없이 내보내며 황폐해지는 부부의 내면을 세밀하게 포착한다. 아내 오지선(김남주 분)의 신고로 부부에겐 전담 형사(김영철 분)가 붙고, 이 때문에 유괴범의 협박 수위가 점점 험악해진다. 과학수사를 표방하는 수사본부를 비웃기라도 하듯이 유괴범은 아무런 흔적도 남기지 않고 돈을 챙겨 사라진다. 그리고 사건 발생 40여 일 후 한경배의 아들이 한강변에서 변사체로 발견된다. 경악할 만한 사실은, 유괴되었던 상우는 유괴 당일에 이미 질식사했다는 점이다. 결국 유괴범은 상우를 유괴하자마자 살해하고 그 후 40여 일 동안 부모와 경찰들을 속이면서 돈을 요구했던 것이다.

영화의 메시지는 한경배가 생방송 뉴스 도중에 외치는 절규에서 클라이맥스를 이룬다. 무슨 일이 있어도 사악한 유괴범은 체포되어야만 한다는 그의 외침은 곧 이 영화가 관객들에게 전하고 싶었던 궁극적인 메시지이다. 전 국민을 대상으로 유괴범에 대한 법적인 징벌과 복수를 행해야 한다는 감독의 요청은 관객의 구체적인 실천을 권유하는 것이다. 그런 의미에서 이 영화는 박찬욱 영화들에 대한 '공적(公的)인 복수' 버전이라 할 만하다. 그러나 이전의 박찬욱의 영화가 복수와 구원의 문제를 제기하고 있는 반면, 이 영화는 구원의 문제까지는 나아가지 못한다.

영화 〈밀양〉(2007)은 매우 분석적인 영화이다. 이 영화는 유괴로 인해 어린이들을 잃은 한 과부의 절망과 복수심, 그리고 구원과 증오심에 대한 성찰을 시도한다. 교통사고로 남편을 잃은 신애(전도연 분)는 아들 준을 데리고 남편의 고향인 밀양에 내려와 산다. 신애는 피아니스트의 꿈을 접고 결혼했는데, 남편은 외도를 하다 교통사고로 세상을 떠난다. 신애로서는 밀양에서의 삶이야말로 상처를 딛고 새 삶을 시작하는 전환점이 된다. 그리고 그 새 삶의 조건에는 남편을 빼닮은 아들 준과의 생활이 절대적이다. 말하자면 아들 준은 신애에게 유일한 생존의 이유이다. 그런 아들이 유괴되어 살해 당한다.

제목 '밀양(密陽)'의 뜻, '비밀스러운 햇빛(Secret Sunshine)'은 무엇을 의미하는가. 교회 전도사인 약국 여주인에 의하면, 하나님의 은총은 눈에 보이지 않는 햇빛이다. 시각으로 감지되지 않는 '삶의 진경(眞景)', 그 비밀스러운 진리가 숨 쉬고 있는 곳이 '밀양'이었을지도 모른다. 신애는 밀양에서 그 삶의 비경(秘境)을 찾기 위해 삶을 영위한다. 그러나 유괴범에 의해 아들이 살해된 뒤, 하나님의 은총으로서의 '비밀스러운 빛'을 찬양하게 된다. 그러나 신의 은총도 신애가 갈구하던 삶의 진경은 아니었다.

어떤 의미에서 신애 주변을 서성거리는 밀양의 속물 카센터 사장 종찬(송강호 분)이야말로 신애에게 있어 '비밀스러운 빛'일지도 모른다. 그의 속물스러움, 천박함, 촌스러움, 그렇지만 악의(惡意) 없는 순진함은 또 하나의 '하나님의 은총'처럼 신애의 곁을 채우고 있는 비밀스러운 빛이었을지도 모른다. 이창동은 신애의 영혼이 황폐해지는 모습을 세밀하게 포착하면서 인간에게 있어 용서와 구원이 얼마나 어려운 일인가를 묻는다.

5.

일련의 유괴 영화들이 단순히 흥행 코드에 맞춰 영화를 제작했든, 아니면 사회의 병적 징후에 대한 비판과 고발 의식에 의해 만들어졌든 이 시대의 우울한 무의식을 그림자처럼 드리우고 있는 것만은 확실하다. 유괴범죄 자체를 소리 높여 성토하기도 하고, 유괴 사건을 통해 인간의 근원적인 죄와 벌을 고민하기도 하고, 유괴 모티브를 빌려 이 사회의 요지경을 풍자하기도 하는 이 영화들은 공통적으로 어떤 강박증에서 자유롭지 못한 것은 아닐까.

이 영화들은 21세기의 한국, 또는 한국의 주민들이 모종의 억류 의식에 사로잡혀 있음을 시사하고 있다. 그 강박증의 실체가 경제적 압박인지, 아니면 정치적 긴장감인지, 그도 아니면 현대

사회 전반의 억압적인 시스템인지는 명확하지 않다. 어쩌면 일련의 이 유괴 영화들은 우리들의 어두운 무의식, 자신의 육체와 정신마저 누구에겐가 차압 당했다는 강박증의 재현일지도 모른다. 영화들은 각기 다른 어법을 통해 우리에게 이렇게 속삭이고 있다.

우리들은 감금 상태에서 감시당하고, 우리의 몸과 정신을 차압 당하고, 궁극적으로 우리를 유괴한 자로부터 우리들 삶의 몸값을 강요받고 있다고. 영화 〈밀양(密陽)〉의 제목처럼 그 음흉한 폭력은 우리 눈에는 보이지 않는다고.

(『황해문화』, 2007년 겨울호)

'어둠의 핵심(Heart of Darkness)'을 향한 두 개의 여정(旅程)

1. 노래하는 '바리' 공주의 성장담: 〈님은 먼 곳에〉(2008)

대학교를 나온 인텔리 남편은 애인에게 정신이 팔려 아내에게 눈길조차 주지 않는다. 시어머니는 고리타분한 양반 가문의 안주인답게 후사(後嗣)를 보지 못한 며느리를 구박하고 내쫓는다. 친정아버지는 "죽어도 그 집 귀신이 되라"면서 쫓겨 온 딸에게 대문을 열어주지 않는다. 그녀는 갈 곳이 없다. 여기까지는 완전히 신파극의 판박이다. 신식 여성과 애인 관계이기 때문에 구식 여성인 본처와는 냉담한 부부 관계를 유지하며, 외아들과 홀시어머니 사이에서 고통받는 시골 아낙네의 고난 서사는 그대로 신파적 상상력 속에 묶여 있다. 가부장주의 하의 비련의 여주인공이 집을 떠나 베트남이라는 전쟁 지역으로 향할 때 영화 〈님은 먼 곳에〉도 신파극을 떠나 여성주의적 로드무비의 길로 발을 내딛는다.

영화 〈님은 먼 곳에〉에서 시골 아낙네 순이(수애 분)가 택한 곳은 베트남이다. 시가(媤家)에서도 친정에서도 발붙일 수 없게 된 순이에게는 도망치듯 베트남으로 떠난 남편(엄태웅 분)을 만나러 가는 수밖에는 다른 선택권이 없다. 아들을 만나러 베트남으로 가겠다는 시어머니를 만류하고 대신 길을 떠나는 순이는, 따라서 자발적인 선택을 하는 여성이 아니라 시댁이라는 가부장주의에 의해 등 떠밀려 길을 떠나는 가련한 시골 아낙네에 머무는 존재이다. 여기에서 그녀는 위독한 아버지를 살리는 약을 구하러 죽음의 장소로 홀연히 떠나는 바리공주를 닮았다. 바리공주가 그랬던 것처럼 순이는 남편을 만나기 위해(결국은 남편을 살리기 위해) 사선(死線)으로 걸어 들어간다.

그녀는 남편을 면회하기 위해, 시어머니의 안부를 전하기 위해 적진(敵陣)을 뚫고 전진해야만 한다. 그리고 그 여정에서 순이는 모종의 내적 변화를 겪는다. 그런 의미에서 이 영화는 로드무비, 또는 여성 성장영화라 할 만하다. 감독이 의도했던 것처럼, 이 영화는 남성의 시각이 아닌 여성의 시각으로 들여다보는 전쟁의 무의미함, 또는 가부장주의의 불합리함과 어리석음을 깨우쳐주기 위해 순례(巡禮)하는 순이의 모험담을 위해 여정(旅程)을 진행시킨다. 영화는 전쟁터에서 실종된 남편을 구하기 위해 시골 아낙네와 얼치기 위문단을 베트남으로 파병한다. 여기에 주목해 어느 평론가가 이 영화를 〈라이언 일병 구하기〉에 비유하기도 했지만, 기실 이 영화는 〈지옥의 묵시록〉 쪽에 더 가까이 다가서고 있다.

2. 〈님은 먼 곳에〉와 〈지옥의 묵시록〉

프란시스 코폴라 감독의 영화 〈지옥의 묵시록(Apocalypse Now)〉 (1979)은 윌라드 중위(마틴 쉰 분)가 커츠 대령(말론 브란도 분)을 제거하라는 군의 명령을 수행하기 위해 베트남의 밀림 속으로 이동하는 플롯의 영화이다. 윌라드 중위는 반역자를 처단하기 위해 '어둠의 핵심'에 다가가지만, 커츠가 있는 곳에 가까워질수록 그는 커츠와의 동질성을 자각한다. 윌라드는 커츠의 광기(狂氣)를 통해 전쟁의 구역질 나는 위선과 무의미함, 그리고 인간에 내재한 선과 악의 혼종성을 깨닫는다. 결국 윌라드를 잡아끄는 강(江), 밀림(密林), 커츠 대령 등은 윌라드의 내면 깊숙이 숨어있는 무의식으로의 여정(旅程)을 위한 모티브가 된다.

사이공에 있던 윌라드가 캄보디아 국경 밀림의 커츠 대령을 찾아 눙(Nung)강을 거슬러 올라가듯이, 우리의 순이도 남편이 있는 격전지 호이안(Hoi An)을 향해 길을 떠난다. 남편과 만나겠다는 일념으로 위문공연단의 보컬로 합류한 순이는 써니(Sunny)라는 예명으로 인기 있는 가수로 거듭난다. 고향 논 앞의 나무 그늘 밑에서 동네 아줌마들을 대상으로 노래 부르기를 즐겨 했던 시골 아낙네, 애인에게 정신을 뺏긴 남편으로부터 눈길조차

받지 못했던 촌스러운 아내, 이 별 볼 일 없던 '순이'는 '써니'가 되면서부터 수많은 군인들의 환호와 시선을 한 몸에 받는 가수로 탄생한다. 이제 그녀는 대를 잇기 위해 애를 잉태해야 하는 가임여성(可姙女性)이 아니라 전쟁으로 몰려간 군인들의 여신(女神)으로 변신한다.

남편을 만나기 위해 그녀는 기꺼이 자신의 이름을 버리고, 군인들 앞에서 야릇한 복장으로 노래와 춤을 선보이고, 심지어는 미국 중령에게 몸까지 허락한다. 한마디로 그녀는 남편을 향해 무조건 돌진하는 최전방 돌격대이다. 총알이 난무하는 격전지까지 달려간 그녀는 마침내 남편과 해후하고, 아내는 아무런 말도 하지 않고 남편의 뺨을 보기 좋게 후려친다. 남편은 아내 앞에서 무릎을 꿇고 흐느껴 운다. 순이/써니는 남편/남성의 뺨을 때리면서 이렇게 말하고 싶었던 것일 게다. 무의미한 전쟁을 일으켜 서로 죽이고 죽는 싸움질이나 해대는 남성들이란, 면회 간 아내에게 '니 내 사랑하나?' 하면서 등지고 드러눕는 매정한 남편들이란, 매 맞아도 싼 것들이라고.

그러나 이 영화의 남편 찾기 작전(作戰)은 아무래도 뒷맛이 개운치 않다. 거칠고 폭력적인 군인들과 위험한 전쟁터를 거쳐야만 하는 순이의 여정은 여성의 자아 찾기 프로젝트나, 한국의 가부장주의 비판이나, 국가 이데올로기의 위선을 비판하는 작업과는 거리가 있다. 노래 부르기 좋아하던 순이가 써니라는 이름으로 군인들 앞에 섰을 때 그녀는 자신의 일을 즐기는 것처럼 보인다. 그녀는 가부장주의라는 고약한 이데올로기에 의해 은폐되었던 자신의 자아를 찾은 것일까. 그러나 그녀의 자아 찾기 프로젝트는 그리 성공적으로 보이지 않는다. '써니'라는 예명은 '순이'가 남편을 만나기 위해 필요했던 위조여권의 가명(假名)이었기 때문이다. 숨겨졌던 자신의 능력을 발휘하는 성취감과 자아 만족보다는, 남편과 재회해야 한다는 대의명분이 더 급하고 중요한 사안이었기 때문이다. 더 중요한 것은, '순이'가 남편을 만나기 위해서는 '써니'라는 이름으로 자신의 정체성을 바꾸고, 수많은 병사들 앞에서 노래하며 춤을 추어야 하며, 급기야는 미군 장교에게 몸을 주어야 하는, 고통스럽고 굴욕적인 통과제의(通過祭儀)를 거쳐야만 했다는 사실이다. 따라서 순이가 남편을 만나자마자 뺨을 한 대 때리는 것만으로는 가부장주의와 남성중심주의가 그녀에게 가했던 파렴치한 폭력에 대한 응징이 될 수는 없다. '순이'가 때려야 하는 것은 남편의 뺨이 아니라 가부장주의를 유지하려고 애쓰고 있는 시스템 그 자체일 것이기 때문이다.

3. 끝내 이유를 말해주지 않는 순이/써니

감독이 이 영화를 순이의 관점에서 풀어나갔다고 설명했지만, 남편과의 재회라는 최종심급이 감독의 의도를 충족시켜주지는 못한다. 차라리 그녀는 3대 독자 아들의 후손을 얻지 못했으니 첩이라도 들여야겠다는 시어머니, 쫓겨난 딸을 다시 시댁으로 몰아내는 친정아버지, 애인 때문에 면회 온 아내를 무시하고 급기야는 야반도주하듯이 베트남으로 도망쳐버린 남편, 거짓말을 밥 먹듯이 하고 오로지 돈만 밝히는 위문단 단장 정만(정진영 분)을 도덕적으로 응징하기 위해서 전쟁터로 내달려갔던 것은 아니었을까. 그리하여 엔딩씬, 총알과 포탄이 쏟아지는 격전지에서, 뺨을 맞고 무릎 꿇은 채 오열하는 남편을 바라보는 아내와 그 장면을 지켜보는 정만의 모습은, 이 영화가 아내로서의 순이가 남편을 찾아다니는 여정의 드라마이기보다는 어머니로서의 순이가 집 나간 아들을 찾아다니는 여정의 드라마처럼 보이게 만든다.

그렇다면 우리는 이 영화를 이렇게 해석할 수도 있을 것이다. 〈지옥의 묵시록〉이 윌라드의 베트남 밀림 탐험이라는 자아로의 여정을 통해 명분 없는 베트남 전쟁에 대한 미국의 도덕적 결함을 각인시키고자 하는 영화라면, 〈님은 먼 곳에〉는 신식 여성에게 넋이 나가 있는 남편으로부터 무시당하는 시골 아낙네가 위험한 전쟁터를 휘저으면서 부부애를 발견하는 영화이다. 순이는 윌라드가 커츠 대령을 만나고 자기 자신의 모순을 발견한 것과는 달리 남편을 만나고 난 뒤 자아 성찰을 추구하지 않는다.

그녀는 영화 속 줄거리를 통해 점점 당당해지는 가수로의 성장 과정을 관객에게 보여주었고, 엔딩씬에서 남편에게 자신의 어리석음과 과오를 뉘우치게 만듦으로써 자신의 소임을 다한다. 결국 순이/써니는 관객과 남편을 교화시키고 각성시킬 수는 있었지만, 정작 자신의 내면을 깊이 들여다볼 여유는 갖지 못했다.

왜 그녀는 가수로서의 자신의 적성과 능력, 그리고 순이가 아닌 써니라는 이름의 상징성에 대해 깊은 성찰을 하지 못했을까. 남편을 내려다보고 있는 순이/써니는 끝내 그 이유를 말해주지 않는다.

4. 남성들은 뛰고 달린다. 고로 존재한다: 〈추격자〉(2008)

〈추격자〉에는 영화에서 흔히 볼 수 있는 플래시백이 없다. 이 영화 속 주인공은 실종된 여직원을 찾기 위해, 나중에는 그 여직원의 실종과 관계있다고 믿는 범인을 잡기 위해 뛰고 달린다. 연쇄살인을 저지르는 자와 이를 잡으려는 자 사이에 벌어지는 도주와 추격. 영화 도중에 도주자와 추격자의 개인적인 과거 사정은 참조되지 않는다. 따라서 이 영화는 두 인물 간의 원한(怨恨) 관계나 과거의 상처 같은 장치를 설정하지 않은 채 잡으려는 자와 잡히지 않으려는 자 사이의 숨 막히는 달리기 경주만 허용한다.

전직 경찰이었다가 뇌물 사건에 연루되어 쫓겨난 엄중호(김윤석 분)는 보도방을 운영하는 사장이다. 그는 전화를 건 손님과 소속 여직원을 연결시켜 성매매를 알선하는 현대판 뚜쟁이이다. 따라서 그에게는 보도방에 데리고 있는 여자 직원들의 몸이 유일한 재산이다. 그런데 그의 보도방에 소속되어 있는 여직원들과의 연락이 연달아 두절된다. 그녀들의 잠적 때문에 엄중호는 사업상 커다란 손실을 맞게 된다. 그러니 엄중호의 입장에서 도망친 여직원들을 붙잡아 오는 것이 사업의 사활이 걸려 있는 절대 절명의 프로젝트일 수밖에 없다.

그 와중에 김미진(서영희 분)마저 일하러 나간 뒤 소식이 끊긴다. 엄중호는 미진을 납치한 연쇄살인범 지영민(하정우 분)을 잡아 경찰에 넘기지만 그는 증거 불충분으로 풀려난다. 이때부터 지영민을 향한 엄중호의 끈질긴 추격이 본격화된다. 그러나 전적으로 이 영화를 연쇄살인범을 잡기 위한 전직 경찰관의 고군분투로 이해해서는 안 된다. 왜냐하면 엄중호는 전직 경찰로서가 아니라 사업의 손실을 막기 위해 실종된 여직원을 찾는 보도방 사장(社長)으로서 움직이는 자이기 때문이다.

엄중호는 한국 경찰이 해결하지 못하는(또는 애초부터 해결할 의지조차 없었던) 범인 검거에 성공하지만, 한국 경찰로부터 자신의 사적(私的) 재산을 보호받지 못한다. 따라서 엄중호의 역동적인 '추격'은 실패한 도전에 불과하다. 그러나 이때의 '도전'은 철저히 엄중호의 입장에서만 제한적으로 의미를 확보한다. 왜냐하면 그녀를 고용한 보도방 사장 엄중호나, 그녀를 납치해서 결국에 죽여 버리는 지영민이나, 납치된 미진의 생사보다는 연쇄살인범의 체포에만 혈안이 되어 있는 경찰 기구는 미진의 입장에서 거의 유사한 가해자일 것이기 때문이다.

몸살이 나서 집에 누워있던 미진에게 엄중호는 전화를 걸어 당장 일하러 나가라고 호통 친다. 미진은 아픈 엄마를 걱정하는 어린 딸의 시선을 애써 피하며 사장의 명령대로 매춘을 하러

나간다. 한편 여자를 부른 지영민은 오로지 연쇄살인에만 몰두하는 자이다. 그에게 젊은 여성의 육체는 자신의 쾌감을 위해 훼손되어야 할 물건에 불과하다. 엄중호와 지영민은 한국의 수많은 '미진'의 영혼과 육체를 갉아먹는 벌레들이다.

그런데 이 영화에서 미진의 딸 은지(김유정 분)의 존재는 연쇄살인범과 그를 쫓는 전직 형사와의 추격전에 새로운 해석을 가능하게 해준다. 이를테면 엄마를 잃고 혼자 남게 된 은지의 처지는 이 영화가 한국 가족의 위기의식에 대한 하나의 알레고리로 읽힐 수도 있음을 암시한다. 무책임하고 무능력한 가장으로서의 아버지, 그런 가장을 대신하여 가정 경제를 책임져야만 하는 어머니, 그리고 불우한 가정 속에서 힘겹게 버텨나가는 어린 딸. 그런 의미에서 이 영화의 엔딩씬을 은지가 입원해 있는 병실에서 침상 옆을 지키고 있는 엄중호의 장면으로 처리한 것은 이 영화가 해체되는 가족의 은유로 읽힐 수도 있다는 가능성을 열어두는 것이다. 병상을 지키고 있는 지친 모습의 한 남자는 보도방 사장보다는 가장의 역할을 수행하지 못하는 무능한 가장의 이미지를 더 강하게 구축하고 있다.

5. 한국 사회와 한국인의 어둠

거대한 가부장으로서의 국가 또는 국가기구(경찰 또는 군대), 임직원을 대표하는 고용주로서의 사장, 또는 가정을 통솔해야 하는 주체로서의 가장. 이들은 남근(男根)으로서의 책임과 의무를 다하지 못함으로서 막강한 권력과 명예를 지켜내지 못한다. 국가와 사장과 가장의 명예는 양면성을 지녔다. 이들의 심연 속에는 연쇄 살인범 지영민의 심연 속에 드리워져 있는 폭력의 일상화와 인간에의 비성찰성(非省察性)이라는 어두운 그림자가 겹쳐져 있을 것이기 때문이다.

그럼에도 불구하고 추격자는, 즉 엄중호와 한국 경찰은 인간과 사회의 '어둠의 핵심'에서 맞닥뜨린 지영민 앞에서 진지한 자아 성찰을 행하지 못한다. 엄중호는 지영민이야말로 '어둠의 핵심'에서 마주한 엄중호 자신의 거울상(像)이라는 사실을 깨달을 수 없다. 물론 영화의 엔딩씬은 엄중호가 가혹한 사장으로서의 과거사를 반성하고, 이에 따라 그가 여직원의 남겨진 딸을 보호하기로 결심했다는 암시를 주고는 있다.

윌러드 중위는 커츠 대령과 마찬가지로 자신도 미친 전쟁에 깊숙이 연루되어 있음을 뼈저리게 느낀다. 남편 앞에 선 순이/써니는 남성의 전쟁을 관통하면서 가문의 대를 잇는 것을 의무로 알고 살아온 시골 아낙네로부터 자신의 목소리를 찾은 여성 주체로 거듭나지 못한다. '바리공주' 순이는 남편을 (상징적인 의미에서) 살려냈지만 정작 자신의 삶을 구원했을까. 한편 엄중호는 '원초적 본능'의 살인자 지영민 앞에서 김미진을 죽인 살인자에 대한 복수심에 사로잡힌다. 그는 김미진에 대한 미안함 때문에 그녀의 딸을 돌본다. 그런 의미에서 그는 순이/써니 앞에 무릎 꿇고 잘못을 속죄하는 남편(엄태웅 분)을 닮았다.

순이/써니의 남편이 순이에게 사죄했던 마음처럼, 상처투성이의 엄중호는 은지가 누워 있는 병상 옆에 앉아 깊은 자책감에 사로잡힌다. 과연 그는 어둠 속에 묻혀 있는 집안에서 그 끔찍한 '어둠의 핵심'을 보았을까. 그가 쫓던 사악한 연쇄살인범이 무의식 속에 숨어있던 자신의 또 다른 모습일 수도 있었다는 사실을 깨달은 것인가. 그가 욕해대던 한국 경찰이나, 비인간적인 폭력을 자행하는 연쇄살인범의 모습이 실은 깨진 거울 속에 비친 자신의 모습'들'이었음을 알아챈 것일까.

　고개 숙인 엄중호는 연쇄 살인범의 마수(魔手)로부터 그녀를 구해내지 못했다는 죄책감과 함께, 자신이 그녀를 죽음으로 몰아넣고 홀로 남겨진 그녀의 딸을 세상에 내팽개치게 만든 공범이었다는 섬뜩한 죄책감을 지녀야 한다. 왜냐하면 엄중호야말로 직원들의 몸과 영혼을 빨아먹던 악덕 고용주였기 때문이다. 그는 진정 한국 사회와 한국인의 '어둠의 핵심'을 본 자일까. 살인범을 쫓아 쉴 새 없이 달려온 탓에, 그는 그것을 볼 여력이 없는 것처럼 보인다.

(『황해문화』, 2008년 가을호)

연쇄살인의 일상성, 또는 탈국가적 허무주의

1. 거대한 역사의 수레바퀴 밑에서

경제적 위기와의 깊고 은밀한 관계를 통해, 그리고 특히 관객의 가장 비밀스러운 환상과 연관되며 근본적인 감정 상태(버려지는 것에 대한 공포, 정체성의 상실, 소외, 거세, 분해에 대한 두려움, 죽음의 충동 …)라고 일컬어지는 것들을 건드리기 때문에, 공포영화는 아마도 특혜받은 '위기의 픽션'을 구성한다.[1]

〈실미도〉(2003), 〈태극기 휘날리며〉(2004), 〈화려한 휴가〉(2007)와 같이 집단에 대한 폭력을 사실주의 기법으로 표현한 영화들

---

1) 이냐시오 라모네, 주형일 옮김, 『소리 없는 프로파간다』, 상형문자, 2002, 110쪽.

에 비한다면, 일련의 연쇄살인 영화들은 죽음의 '양적' 규모에 있어서 상대적으로 빈약할 것이다. 세 영화 모두 국민-국가 (nation-state)의 광기와 폭력성에 대한 비극을 계몽주의적으로 전달하고자 했기 때문에 대량 학살의 스펙터클 욕망에서 자유롭지 못하다. 그런 만큼 이 세 영화들 속에서 구현되고 있는 대량 학살은 그 자체로 물신화되어 '죽음의 공포'에 대한 핍진성이 약화될수도 있다. 대량 학살 신(scene)은 스펙터클의 시각적 쾌감에 집중하는 것 때문에 '죽음의 공포'에 대한 관객의 깊이 있는 성찰을 유도하지 못한다. 그것은 이미 추상화된 '비극성'으로 환원되기 십상이기 때문이다.

이 세 편의 영화들은 〈태극기 휘날리며〉로 대표되듯이 명실상부 전쟁영화의 장르적 욕망에서 자유롭지 못하다. 우리는 이 대목에 〈쉬리〉를 끼워놓아도 좋으리라. 이때 전쟁 영화적 욕망이란, 불합리한 전쟁 속에서 빚어질 수밖에 없는 영웅의 희생이나 무의미하게 살해되는 민중들의 참상, 전쟁이라는 광기 그 자체의 부조리함, 비인간적인 도발과 정의의 이름으로 행해지는 항전 사이의 갈등과 같은 모티브들을 지향하는 것이다. 따라서 이런 부류의 영화들은 어쩔 수 없이 휴머니즘의 강력한 구원 능력에 기대게 된다. 나아가 휴머니즘에의 신뢰감은 곧이어 집단의 정체성을 확인시켜주고 국민-국가로의 귀속 의지를 강화한다.

그런 의미에서 〈텔미썸딩〉(1999), 〈살인의 추억〉(2003), 〈우리동네〉(2007), 〈추격자〉(2007) 등과 같은 연쇄살인 소재의 영화들은 집단의 학살과는 이질적인 지형도를 그려내고 있다. 이 영화들에서도 죽음, 살인, 공포, 비인간성 등이 주요 모티브로 사용되고 있지만 앞의 영화들이 국가 차원의 광기를 통해 공포심과 연민 의식을 유발했던 경우와는 변별성을 지닌다. 이를테면 연쇄살인 모티프 영화들은 '신역사주의'가 지향하는 '두꺼운 묘사', 즉 미세한 일상사를 세밀하게 파헤침으로서 거대역사의 기술 방식이 놓쳐버린 지점들을 재현한다고 볼 수도 있을 것이다.

2. 부조리한 일상을 통해 역사를 기억하기: 〈살인의 추억〉

봉준호 감독의 〈살인의 추억〉은 1980년대라는 한국의 현대사에 대한 섬세하고 풍부한 알레고리이다. 이 영화는 본격적인 추리 영화도 아니고, 장르적 의미에서 경찰 영화나 탐정 영화로 분류되기도 힘들다. 그렇다고 이 영화는 할리우드식의 스릴러 장르나 호러 장르에 속한다고 보기도 쉽지 않다. 수사관들의 추리력은 비논리적이고 비이성적인 상태에서 머물며, 연쇄살인 사건은 끝내 미궁에 빠짐으로써 이 영화는 기존의 추리 서사물의 관습을 비껴간다.

누가 살해될 것인가, 어디에서 어떤 방식으로 살인이 벌어질 것인가, 범인은 누구인가, 그 범인의 정체를 어떻게 추리해나갈 것인가, 등의 영화적 호기심은 이 영화 속에서 제대로 처리되지 못한다. 중요한 것은 갈피를 잡지 못하고 좌충우돌하는 한국의 경찰 조직, 이를 비웃듯이 벌어지고 있는 원인 불명의 연쇄살인,

데모대와 시위 진압 경찰의 대치 상황, 등화관제(燈火管制) 실시와 같은 준전시(準戰時) 상황, 군사정권의 절대권력 등과 같은 정보들이 환기해주는 시대적 알레고리이다.

1980년대는 취약한 군사정권을 유지하기 위해 국가의 모든 공권력을 시위 진압과 같은 반정부 투쟁 억제에 투입할 때였다. 부천 성고문 사건(1986), 박종철 고문 치사 은폐사건(1987)으로 대표되는 폭력 정권의 무모함과, 아시안 게임(1986), 서울 올림픽(1988)으로 대표되는 대외적인 국가 이미지 홍보라는 정치적 제스처가 착종되던 시대였다. 결국 화성 연쇄살인 사건은 부도덕하고 무능력한 정권(또는 사회 시스템)의 탐욕과 위선 때문에 생긴 국가 체제의 틈, 민생과 치안의 부실한 시스템 하에서 유래한 것이라 할 수 있다. 따라서 화성이라는 변두리의 작은 농촌에서 벌어졌던 연쇄적인 강간 살인 사건은, 국가의 존립을 위협하는 반정부 투쟁을 뿌리 뽑기 위해서, 그리고 대한민국의 위상을 전세계에 널리 알리기 위해서 유보되어야만 했다.

그렇다면 이 영화는 국민의 안위를 위해 권력을 행사한다는 국가야말로 국민의 일상을 좀먹어 들어가 마침내는 존재 근거까지 뽑아버리는 당사자라고 암시하는 작품일 것이다. 국가가 국민을 보호한다는 명분으로 실시하는 등화관제로 온 마을이 소란에 빠질 때 빨간색의 옷을 입은 여성이 또 한 명 살해당한다.

봉준호는 〈살인의 추억〉을 통해 연쇄살인범의 검거 실패에 대한 아쉬움을 토로하고자 하지 않는다. 마지막 엔딩씬에서 소녀가 말했듯이 용의자는 매우 평범한, 그저 그런 사람이었다는

말은 곧 폭력의 일상성, 폭력의 편재성을 우의적으로 표현하고
자 한 것으로 이해할 수도 있다. 매일같이 반복되는 일상의 사소
한 것들, 언제 어디에서나 만나볼 수 있는 그저 그런 현상들.
영화는 연쇄살인의 범인은 다른 사람이 아니라 바로 1980년대라
는 '괴물' 그 자체였다고 말하고 싶었던 것이다. 결국 그 '괴물'은
언제 어디에서나 출몰하는 우리 일상 속의 유령 같은 것이라고
말하고 싶었던 것이다.

3. 가족이라는 지옥, 가해와 피해의 혼종성(混種性): 〈우리 동네〉

원한과 복수의 모티브는 서사 문학에 있어서 아주 오랜 전통
을 지닌 장치이다. 그것은 사적(私的)인 억울함을 해결하거나 공
적(公的)인 정당성을 회복시킴으로써 정서적이고 윤리적인 대리
만족을 제공했다. 영화의 경우에 무협 영화, 스릴러나 호러 영화,
범죄 영화 등은 기원으로서의 원한과 귀결로서의 복수 내러티브
를 대중적 문화 코드로 애용해왔다. 최근 한국 영화의 예를 든다
면, 장윤현 감독의 〈텔미썸딩〉, 양윤호 감독의 〈리베라메〉(2000),
박찬욱 감독의 소위 복수 3부작인 〈복수는 나의 것〉(2002), 〈올드
보이〉(2003), 〈친절한 금자씨〉(2005) 등의 영화는 과거의 원한을
복수로 푸는 내러티브를 공유하고 있다.
가해자들은 가족으로부터 받은 고통 때문에, 또는 가족에게
행한 누군가의 폭력에 대해 복수를 시도한다. 이 복수극 속에서

온전하다고 믿어왔던 가족의 평안함 따위는 사정없이 깨져 버린다. 이제 살인과 같은 극단적인 폭력 행위는 동족 간의 전쟁이나 국가의 냉전 이데올로기나 또는 군부의 민간인 학살과 같은 민족 서사의 틀 속에 머물지 않는다. 가족이야말로 살인의 기원이 된다. 그런 의미에서 정길영 감독의 〈우리 동네〉 역시 가족과 관련된 트라우마에서 기인하는 연쇄살인 사건을 주요 모티브로 차용한 영화라 할 만하다. 특히 제목에서 '동네'를 제한하고 있는 '우리'라는 수식어는 역사나 국가 차원의 살인 사건이 아니라 바로 '우리'의 일상사 속에서 벌어지고 있는 살인을 강조하고 있다.

실제 살인 사건을 소재로 추리소설을 쓰고 있는 경주(오만석 분), 선량한 인상의 문방구 주인이자 연쇄살인범인 효이(류덕환 분), 그리고 강력계 형사이면서 경주와 오랜 동네 친구인 재신(이선균 분)은 모두 한 동네에 살던 인물들이다. 경주와 재신이 고등학생이던 시절, 집에서 행패만 부리던 경주의 아버지를 재신의 실수로 불태워 죽이고, 경주는 자신의 집을 몰락시킨 채권업자였던 효이의 어머니를 목 졸라 죽이고 십자가 모양으로 묶어놓는다. 어린 효이는 어머니의 살해 장면을 목격하면서 경주의 범죄에 대한 고마움과 존경의 마음을 갖게 되지만 짝사랑하던 여자 친구가 자신을 외면하자 연쇄살인을 시작한다. 이 영화에서는 가해자와 피해자가 명확하게 구분되지 않는다. 세 명의 주인공들은 서로가 서로의 가해자이면서 피해자이기 때문이다.

어쩌면 이 영화는 추리소설 작가인 경주의 꿈, 또는 소설 창작을 위한 작가의 상상 속 아이디어에 대한 이야기일지도 모른다. 경주가 추리소설을 창작함으로써 가상 살인을 제조하듯이, 영화 〈우리 동네〉 역시 영화적 내러티브를 통해 살인을 상상한다. 그런 의미에서 주인공 경주는 영화 〈우리 동네〉, 또는 감독 정길영의 자기반영적 페르소나(persona)라 할 만하다. 경주의 내면에서 상상 속의 살인과 실제의 살인은 경계가 지워진 채 착종되어 있다. 연쇄살인에 대한 경주의 모방 범죄는 또 하나의 상상적인 글쓰기이다. (효이 역시 자기 어머니를 살해한 경주의 수법을 모방하면서 연쇄살인 행각을 시작한다.) 경주와 효이, 그리고 이들에게 연루되어 있는 재신, 이 세 명의 트라우마에는 공통된 기원이 있다. 그것은 가족이다.

이들에게 가족은 훼손되고 오염되고 일그러진 집단이다. 세 명의 아들들은 누추한 가족사 속에서 각기 '가족 로망스'에 대한 허망한 꿈을 극복하지 못하고 부스러진다. 〈우리 동네〉는 살부(殺父) 욕망에 대한 죄책감에서 벗어나지 못한 아들들의 퇴행 심리 보고서이다. 치유되지 못한 이들의 트라우마는 현실로 귀환하여 서로를 파괴하는 상극(相剋)의 리비도로 작동한다. 영화는 결국 해체되는 가정에의 공포감과 정상적인 가정으로의 복귀라는 소망으로 봉합된다.

4. 사업가의 추격, 재산과 생명을 위한 질주: 〈추격자〉

국가는 국민의 사유재산을 보호할 책임이 있다. 그러나 나홍진 감독의 〈추격자〉에서, 전직 형사였다가 뇌물 때문에 쫓겨난 주인공 엄중호(김윤석 분)는 자신이 운영하고 있는 보도방(輔導房)2)의 재산을 보호받지 못한다. 그는 보도방에서 일하고 있던 여직원들이 연달아 실종되면서 입은 경제적 손실 때문에 전전긍긍한다.

영화는 전반부에 중호가 범인 지영민(하정우 분)을 잡아서 경찰에 인계함으로써 범인 찾기의 추리 서사를 더 이상 전개하지 않는다. 중호는 증거 불충분으로 풀려나온 지영민을 다시 잡아 실종 당한 미진(서영희 분)을 구하고자 고군분투하지만 국가기구로서의 경찰은 미진의 생명을 지켜내지 못한다. 비록 불법으로 매춘을 알선하는 뚜쟁이에 불과하지만 자본주의 사회에서 중호는 엄연히 여자 직원과 고객들을 관리해야 하는 업주(業主)이다. 고객에 대한 신뢰 구축과 여자 직원의 몸을 관리하는 것은 그의 사업을 지키는 필수조건이다. 따라서 그가 지영민을 그토록 집요하게 쫓는 것은 그의 사업 손실을 회복하기 위한 경영자의 필사적인 노력이라 할 만하다.

그런데 〈추격자〉에서 미진의 딸은 엄중호의 동선(動線)에 새로

---

2) "원래는 직업소개소라는 의미로 사용되었다. 하지만 사회와 언론에서 윤락여성의 퇴폐업 일거리를 소개하는 업소라고 빗대어 자주 쓰기 시작하면서 질 나쁜 단어로 각인되었다." 『나무위키』(https://namu.wiki/w/%EB%B3%B4%EB%8F%84%EB%B0%A9)

운 의미를 부여하기 때문에 주목할 만하다. 악덕 경영주인 중호는 실종된 미진 때문에 홀로 남게 된 은지(김유정 분)에 대해 어슴푸레 부성애(父性愛)를 갖게 된다. 엔딩씬을 은지가 입원해 있는 병실 침대 옆에서 은지를 지켜보는 중호의 모습으로 가져간 것은 악덕 경영자 중호를 가족을 책임져야 하는 아버지로 변화시키고자 한 것으로 보인다.

그러나 이 영화는 사업주로서의(또는 가장(家長)으로서의) 중호에게 윤리적인 변화를 예감하게 하면서 끝을 맺음으로써 보수주의적인 세계관 속으로 빨려 들어간다. 영화 속에서 연쇄살인범이 체포됨으로써 중호는 더 이상의 경제적 손실을 받지 않고 사업을 계속할 것이고, 미진의 남겨진 유족을 사업주로서(또는 의사(擬似) 가장(家長)으로서) 사후 보상을 해주어야 할 것이다. 또한 경찰은 살인범을 검거하고 살해의 물증을 확보함으로써 공을 세울 수 있게 될 것이고 사회는 안도의 한숨을 내쉴 수 있게 될 것이다.

감독은 연쇄살인범을 용서하기 싫어서 범죄의 동기를 부여하지 않았다고 말한 바 있다. 이는 연쇄살인이라는 사건의 사적(私的)이거나 사회적인 동기를 지워버림으로써 특정한 사건의 기원을 묻어버린 것처럼 보인다. 결국 영화는 추격 자체의 현재성에 카메라를 들이댐으로써 미래에 대한 전망도 봉인해버린다. 연쇄살인만큼이나 앞으로도 계속 보도방에서 일해야 하는 여직원들의 비인간적인 노동 조건도 끔찍한 것이기 때문이다. 그리고 한국 영화가 우리 사회의 부끄러운 질병을 극복(치유/외면/물신화)

하기 위하여 지속적으로 여성 희생자들을 발명해 나가는 것도 끔찍한 일일 것이기 때문이다.

5. 연쇄살인, 또는 전망 부재의 공포

세 영화에서 살해된 육체들은 전시(展示)되거나 훼손된다. 〈살인의 추억〉의 경우 살인범은 피해 여성을 강간 후 목 졸라 죽인 후 그녀의 몸속에 담배꽁초나 복숭아씨 같은 오물을 채워 넣는다. 〈우리 동네〉에서 효이는 집에서 키우던 개의 머리를 잘라 박제해서 식탁 의자에 올려놓거나, 연쇄적으로 살해되는 여성들을 십자가 모양으로 매달아 전시한다. 〈추격자〉에서 지영민은 미진의 머리를 잘라 응접실 수족관 속에 넣어 관상(觀賞)한다.

연쇄살인범들에 의해 피해자들의 육체는 욕망의 폐기물이 되거나, 죽음의 미학화의 대상이 된다. 훼손되거나 감상되는 여성들의 육체는 시선의 대상이 됨으로서 다시 한 번 훼손당한다. 세 영화에서 경찰 조직은 살인범을 검거하지 못하거나 실종자의 생명을 지켜내지 못한다. 이 영화들은 권선징악적 해피엔딩이라는 스릴러 영화의 관습을 어김으로써 현대 한국 사회에서의 "존재적 불안에 대한 일종의 냉소적이고 찌푸린 대답"3)을 건네준다. 무능하거나 무책임한 국가기구는 '우리' 동네 사람들의 생명

---

3) 필립 루이에, 윤현두 옮김, 『고어 영화』, 정주, 1999, 212쪽.

을, 특히 사회적 타자로서의 여성들의 육체를, 끝내 지켜내지 못한다.

6.25전쟁, 실미도 684 부대의 비극, 광주에서의 민간인 학살 등 엄청난 사건들은 현대사에 깊은 상처를 남겼다. 그리고 그 사건들은 민족 서사의 매우 중요한 내러티브로 각인되었다. 이 서사에 기초한 영화들은 주로 민족이나 국가라는 공동체를 전제로 하는 공적(公的) 담론의 물질적 결과물이었다. 이들 영화는 대량의 죽음이 전경화되고 역사와 민족과 국가라는 거대담론을 구축한다. 그러나 〈살인의 추억〉, 〈우리 동네〉, 〈추격자〉는 현대사라는 거대담론을 직접 소환하지 않고 동네(또는 특정 지역)에서 벌어지고 있는 일상 속의 폭력을 영상화하고 있다. 죽음에 대한 클로즈업(close-up)이라고나 할까. 역사에 대한 롱 숏(long shot)과 일상 속 살인에 대한 클로즈업 중에 어떤 시선이 더 올바른가를 단정하기는 어렵다. 그런데 우리 주변에서 벌어지는 살인을 클로즈업한 이 세 영화들의 서사적 욕망이 다분히 냉소적이고 허무주의적이라는 사실은 쓸쓸한 뒷맛을 남긴다. 이들 영화들이 보여주는 연쇄살인에 대한 미시적 분석은 어쩔 수 없이 미래에 대한 전망 부재의 우울함을 흔적처럼 남겨두기 때문이다.

(『실천문학』 통권 91호, 2008년 가을호)

영화로 보는 선거와 민주주의

　　민주주의 국가에서 선거가 중요하다는 사실은 상식에 속한다. 대한민국 헌법 제1조 2항은 "대한민국의 주권은 국민에게 있고, 모든 권력은 국민으로부터 나온다."고 적고 있다. 선거는 국민들이 이러한 주권을 행사할 수 있는 매우 소중한 기회이다. 정치에 대한 냉소주의가 퍼질수록 선거의 중요성이 재확인되어야 하는 이유가 여기에 있다. 이 글에서 언급하고자 하는 영화들은 〈비밀투표〉, 〈스윙보트〉, 〈웩더독〉 그리고 〈킹메이커〉이다. 이 영화들에 의하면, 선거는 분명히 민주주의의 가능성이면서 동시에 현실 정치의 모순과 냉혹함을 역설적으로 드러내는 기표이기도 하다. 이 영화들은 직설법, 또는 풍자 기법을 통해 민주주의와 선거의 의미를 되새기게 한다.

1. 사막 위에서 길을 찾기

바박 파야미 감독의 〈비밀투표〉(2001)는 민주주의적인 선거가 얼마나 어려운 것인지 비유적으로 표현한 영화이다. 궁극적으로 이 영화는 민주주의가 국민 개개인의 한 표에 의해 성립될 수 있음을 말하는 것처럼 보인다. 〈비밀투표〉는 판타지적인 상황 설정을 통해 현재 이란의 선거 풍토와 민주주의의 현실에 대해 간접화법으로 접근한다. 이란의 외딴 섬. 사막 저편으로 푸른 바다가 보이는 곳 초소에 한 병사가 보초를 서고 있다. 그러던 어느 날 하늘의 비행기로부터 선거용지가 떨어진다. 그리고 그 직후 도시 출신의 젊은 여자 선거 요원이 섬에 도착한다. 그녀의 임무는 이 외딴 섬의 주민들이 투표를 하도록 유도하는 것이다. 민주주의에 대한 신념이 투철한 이 여성은 선거를 통해 주민들이 그 민주주의에 다가설 수 있음을 의심하지 않는다. 그러나 병사는 자신에게 여성을 호위해야 하는 임무가 떨어진 사실부터가 불쾌한 일이다. 게다가 그는 선거나 민주주의 따위에는 아예 관심도 없다.

여자 선거 요원에게 허락된 시간은 단 하루. 그녀는 병사의 지프차를 타고 온 동네를 돌아다니며 선거를 독려한다. 그러나 남편 이외의 남자 얼굴을 보면 안 된다면서 선거를 거부하는 여인들, 자신의 물건을 사 주지 않으면 선거하지 않겠다고 버티는 상인, 게다가 신(神) 이외에는 아무도 선택할 수 없다며 거부하는 노인까지, 여자 선거 요원의 임무는 쉽게 성사되지 못한다.

게다가 여자 선거 요원과 병사가 이동하는 사막 한가운데에는 신호등마저 이들의 신속한 움직임을 가로막는다. 마치 부조리극을 보는 듯한 이 장면은 이란의 선거 제도와 민주주의가 헤쳐나가야 할 길이 만만치 않음을 우화적으로 보여주고 있다.

여자 선거 요원과 병사는 처음부터 사사건건 말다툼을 하게 되지만, 영화는 끝을 맺기 전에 이들에게 극적인 화해의 기회를 선사한다. 병사가 선거 활동을 끝내고 섬을 떠나려는 여자에게 선거가 몇 년마다 열리는지 물어본다. 여자가 4년에 한 번씩 선거가 있다고 하자 병사는 아쉬운 듯이 매년 있으면 좋았을 거라고 말한다. 병사의 변화는 이 영화가 관객에게 전해주고 싶었던 메시지였을 터, 민주주의로 가는 사막길이 멀고 험해도 신념과 열정이 그 길로 인도해 주리라는 희망을 남겨둔 채 영화는 마무리된다.

2. 선거와 미디어

대선 후보자들의 이미지 구축 과정은 엔터테인먼트의 그것과 비슷하다. 베리 레빈슨 감독의 〈웩더독(Wag The Dog)〉(1997)은 대선주자들의 이미지가 어떻게 만들어지고, 대선에서 승리하기 위해 미디어가 어떻게 국민들을 기만할 수 있는지를 세밀화법으로 보여준다. 대선 2주 전, 백악관을 방문한 걸스카우트 여학생이 대통령 집무실에서 성추행을 당했다고 대통령을 고소하자, 대통령 측 대선 캠프에서는 대선 특수 전문가 브린(로버트 드 니로 분)을 부른다. 그는 할리우드 영화 제작자 모츠(더스틴 호프만 분)과 함께 존재하지도 않는 '알바니아와의 전쟁'을 미디어로 제작, 유포해서 대통령의 성 추문에 대한 관심을 가라앉히려 하고 그 작전은 그대로 먹힌다. (미국을 대표하는 연기파 배우 로버트 드니로와 더스틴 호프만을 한 영화에서 만나볼 수 있는 것도 관전 포인트라 할 만하다.) 이 영화에서 정치와 선거판은 단지 연예 사업에 불과하다. 브린은 모츠에게 미디어의 힘에 대해 다음과 같이 역설한다.

> 브린: 슬로건은 기억하면서 전쟁은 기억 못해요. 왠지 아시오? 연예계 사업이었으니까. 그래서 당신을 찾아온 거요. 네이팜을 맞은 벌거벗은 소녀. 승리의 V자. 깃발을 들고 있는 다섯 명의 해병. 50년이 흘러 전쟁은 잊어도 사진은 기억하는 법이죠. 걸프전 굴뚝으로 떨어진 폭탄, 100일 동안 매일 2,500개의 작전을 폈죠. 비디오 하나로 전 국민이 전쟁을 믿었어요. 전쟁은 연예 사업입니다.
>
> 《웩더독》 중

이 영화는 '꼬리가 개를 흔드는(wag the dog)' 형국, 즉 사소한 사건으로 본질적이고 중요한 사건을 흔들어버리는, 본말이 전도된 상황을 시니컬하게 바라보고 있다. 정치적으로 조작된 미디어의 이미지 전략은 국민의 소중한 주권을 우민(愚民) 정치의 도구로 타락시킨다. 다음과 같은 대사는 현대 정치와 선거에 있어서 매스컴의 역할이 얼마나 절대적인 것인지를 풍자적으로 보여주고 있다.

> 정치 평론가1: 대중에게 먹혀 들어간 이유는 두려움을 자극했기 때문입니다.
> 정치 평론가2: 그렇죠. 광고가 중요한 거죠.
> 여자 앵커: 결국 대통령도 상품인 거죠.
> 정치 평론가1: 그래요, 대통령도 광고를 해야 해요. 그것이 우리가 사는 오늘인 것입니다. 광고가 모든 것이에요. 이젠 국민도 그것을 생각할 때가 되었습니다.
>
> 《웩더독》 중

한편 조슈아 마이클 스턴 감독의 〈스윙 보트(Swing Vote)〉(2008)는 현실적으로 발생하기 어려운 상황을 주요 모티브로 선거판의 아이러니를 풍자하고 있다. 뉴멕시코주의 작은 마을 텍시코의 주정뱅이 버드(케빈 코스트너 분)는 초등학생 딸 몰리(매들린 캐롤 분)와 함께 살고 있다. 아내는 가출한 지 오래. 버드는 인생의 목표나 계획 같은 것은 없이 하루하루 술로 시간을 보낸다. 대통령 선거 마지막 날 몰리는 만취한 아버지를 대신하여 투표한다. 그러나 투표하는 순간 전기가 끊겨 투표는 무효 처리가 되고, 이 한 표가 차기 미국 대통령을 결정할 수 있는 마지막 한 표임이 밝혀진다. 이때부터 여당과 야당 캠프 진영을 포함하여 온갖 매스컴 관계자들이 버드의 집 앞에 몰려들어 북새통을 이룬다.

여당과 야당 후보들은 경쟁적으로 버드에게 접근하여 표심을 얻으려 하고, 버드가 TV 앵커와 인터뷰한 내용에 따라 자신들의 고유한 정책들을 내팽개치고 버드의 관심을 받을 만한 퍼포먼스를 벌이게 된다. 여기에서 공화당 후보가 동성애를 옹호하게 되고, 민주당 후보가 환경보호를 주장하게 되면서, 정당의 정체성을 잃어버린 채 오히려 상대방 정당의 정책을 선전하게 되는 난센스가 벌어진다. 아마 이 영화가 가장 공들여 찍은 상황일 법한 이 장면들은 대선 후보들의 공약이 얼마나 허무하고 의미 없는 기표들의 놀음인가를 여실하게 보여주고 있다. 그러나 영화는 인생 낙오자였던 버드로 하여금 재투표 하루 전 대선 후보들과의 대선 토론회에 나가 성숙한 시민의식을 보여주고 마침내 다음날 선거장에 가서 투표를 함으로써 해피엔딩을 맞는다. 그러나 이러한 할리우드식의 해피엔딩은 '참을 수 없는 정치의 가벼움'을 너무 안이하게 봉합한 것이 아닐까. 이 영화가 말하듯이 미국의 현실 정치계가 한 판의 엔터테인먼트에 불과하다면 미래를 향한 진보의 프로그램은 한낱 백일몽에 불과한 것일지도 모르겠다. 한국의 정치 세계는 합리적이고 정의로운가. 이 영화의 뒷맛이 한국에서도 씁쓸하게 받아들여질 수밖에 없는 이유가 그것일 것이다.

3. 대선 주자의 도덕성

조지 클루니가 감독하고 출연한 〈킹메이커(The Ides Of March)〉 (2011)는 대선 주자의 위선과, 대선 후보 경선을 치루는 정치판의 냉혹함에 대해서 말하고 있다. 원제(原題) 'The Ides Of March'는 기원전 44년 3월 15일 줄리어스 시저가 브루투스의 배반에 의해 살해당한 날을 뜻한다. 제목에서 알 수 있듯이, 이 영화는 대선을 치루는 과정에서 벌어지는 일련의 음모와 배신을 냉소적으로 묘사하고 있다.

민주당 대선후보인 모리스 주지사(조지 클루니 분)는 청렴하고 도덕적인 이미지로 경쟁자와의 여론조사에서 우월한 위치를 점한다. 캠프의 젊고 유능한 인재인 선거 캠프 홍보관 스티븐(라이언 고슬링 분)은 모리스를 존경하며 그를 위해 헌신한다. 그 와중에 캠프에서 인턴으로 일하고 있는 몰리(에반 레이첼 우드 분)와 사랑에 빠진다. 그러나 그녀의 전화기에 모리스 주지사의 전화번호가 찍혀 있는 것을 발견하고 그녀를 추궁하게 된다. 그녀는 모리스 주지사와 부적절한 관계에 빠진 적이 있고, 원치 않는 임신을 하게 되었는데 수술비를 요청하기 위해서 후보자와 연락을 했다고 답한다. 스티븐은 모리스에 대한 인간적인 배신감 때문에 번민에 빠지게 되고, 예전에 상대 캠프 요원과의 만남을 이유로 캠프에서 해고된다. 그리고 그 시간에 몰리는 호텔방에서 과도한 약물 투여로 죽은 채 발견된다. 스티븐은 모리스와 몰리와의 과거를 빌미로 모리스를 압박한다. 스티븐은 그를 해

고했던 캠프 책임자를 물러나게 한 뒤 그 자리에 올라선다. 결국 스티븐의 요구대로 모리스는 그동안 자신이 거부했었던 거물 정치인과의 어두운 정치적 거래를 하게 된다.

이 영화는 정치인의 위선과 정치판의 무정함을 담담한 어조로 묘사하고 있다. 그런 의미에서 이 영화는 앞의 두 영화에 비해 현실 비판적이다. 이 영화는 캠프의 인턴 여사원을 농락하면서도 선거 유세에서는 도덕적으로 청렴한 것을 내세웠던 정치인의 생태에 대해서 예리한 칼날을 들이대고 있다. 대선주자와 그의 킹메이커는 야합을 통해 재기에 성공하는데, 그런 만큼 이 영화는 정치 세계나 선거 풍토에 대해서 매우 시니컬한 입장을 취하고 있다.

우리는 TV 드라마 〈추적자〉(SBS, 2012)에서 대선에 출마하는 후보자의 도덕적 위선을 경험한 바 있다. 다소 과장되고 거친 방식으로 주제의식을 드러내고는 있지만, 〈추적자〉는 한국의 정치 현실에 대해 불편한 감정을 지니고 있는 많은 시청자들의 호응을 받았다. 〈대물〉(SBS, 2010)이 다소 낙관적이고 만화적인 상상력으로 민주주의의 구축을 꿈꾸고 있다면, 〈추적자〉는 대선 후보자의 비리와 위선, 그리고 뿌리 깊은 정경 유착의 고리를 세밀하게 묘사함으로써 그 길이 결코 수월한 것만은 아님을 돌려 말하고 있다. 선거판에 대한 국민의 정서는 반복되는 것인가. 정치인들의 위선에 속아 넘어갔던 유권자들은 선거철이 되면 다시 작은 희망을 품고 유세장이나 투표장으로 몰려간다. 우리는 얼마나 많은 거짓말들을 망각하고 사는가. 그런 의미에서 〈스윙보트〉의 어린 몰리가 한 다음과 같은 열변은 우리들에게 아픈 충고로 다가온다.

> 몰리: 세계의 모든 위대한 문명들은 같은 길을 따라왔습니다. 속박에서 자유로, 자유에서 번영으로, 번영에서 만족으로, 만족에서 무관심으로, 무관심에서 다시 속박으로. 우리가 이런 역사에서 벗어나려면 순환 고리를 깨야만 합니다. 과거를 기억하지 못하면 반복할 수밖에 없습니다.
>
> (〈스윙보트〉 중에서)

(웹진 『문화多』, 2012.11)

죽음과 구원에 대한 영화적 성찰

: 베리히만의 영화

잉마르 베리히만(Ingmar Bergman)은 우리에게는 일종의 요령부득인 암호처럼 다가서기 힘든 존재이다. 유럽 북구 스웨덴의 감독이라는 점, 대중적인 취향과는 관계없이 신과 운명에 대한 철학적인 영화를 만들어 왔다는 점에서 그의 이름은 우리에게 어떤 완강한 배타성을 띠고 있는 듯이 보인다. 블록버스터 영화들에 익숙해진 우리나라의 관객들에게 베리히만이라는 이름은 분명히 낯설고 불친절한 대상임이 틀림없다.

1918년 7월 14일 스웨덴의 웁살라에서 탄생한 베리히만은 이미 10대부터 연극, 무대 연출, 극작, 오페라, 라디오극 등 다양한 분야에서 활동했다. 그가 처음으로 만든 영화는 〈우리의 사랑에 비가 내린다〉(1946)이었는데 이후 20여 편의 문제작을 남겼다. 그는 극작가 스트린드베리의 사실주의와 몽환극에서 영향을 받게 되는데, 베리히만의 영화에 나타나는 소외, 고립, 우수, 고뇌 등은 이미 스트린드베리가 그의 연극을 통해 드러내 보였던 '개인의 억압된 내면 풍경'을 닮았다.

베리히만의 초기작들은 19세기 단막극의 분위기와 스타일을 많이 차용하고 있다. 〈모니카와의 그 여름〉(1953), 〈광대들의 밤〉(1953), 그리고 셰익스피어의 희곡을 각색한 〈한여름밤의 미소: 어느 로맨틱한 희극〉(1955) 등이 그 예이다. 그의 영화는 〈제7의 봉인〉(1957)에서부터 분기점을 이루게 되는데, 이 시기부터 영화는 신학과 철학을 깊이 있게 성찰한다. 자서전적인 영화 〈산딸기〉(1957), '신의 침묵' 3부작인 〈어두운 거울에 비치듯이〉(1961), 〈겨울빛〉(1962), 〈침묵〉(1963), 그리고 〈페르소나〉(1966) 등의 영화는 인생과 영화의 본질에 대한 본격적인 질문을 가한다. 또한 〈늑대의 시간〉(1968), 〈수치〉(1968), 〈정열〉(1969) 등의 '악마의 유혹' 3부작에서는 당대의 정치적인 사건이었던 베트남 전쟁, 중국의 문화혁명, 유럽의 68혁명 등에 대한 영화적 알레고리를 시도함으로써, '탈정치적인 감독'이라는 비난에 대응하기도 한다. 1970년대에 와서 지나치게 영화적 형식 실험에 탐닉함으로써 답보 상태에 있던 베리히만은 〈화니와 알렉산더〉(1983)를 통해 다시 관객들의 관심을 회복한다. 그러나 그는 곧이어 영화에서 은퇴 선언을 함으로써 〈화니와 알렉산더〉는 공식 은퇴작으로 남게 된다.

그의 대표작으로는 〈제7의 봉인〉, 〈산딸기〉, 〈처녀의 샘〉, 〈페르소나〉, 〈화니와 알렉산더〉 등을 들 수 있다. 그의 작품 중에서

〈제7의 봉인〉(분도시청각), 〈산딸기〉(분도시청각), 〈화니와 알렉산더〉(우일), 〈가을 소나타〉(스타맥스), 〈여름밤의 미소〉(분도시청각)는 국내에 비디오로 출시된 바 있다. 간략한 그의 필모그라피를 통해서 알 수 있듯이, 베리히만은 영화 속에 형이상학적 성찰, 즉 신과 인간의 관계라든지, 인간 사이의 소통 가능성, 영화의 자기 반영성 등을 모티브로 차용한다. 말하자면 그의 영화는 스크린 속에 담아둔 철학 서적과도 같다. 따라서 베리히만의 영화는 관찰되는 대상으로서의 영화가 아니라, 영화 자체가 사색하고 꿈꾸는 당사자이다.

그의 대표작이라 할 수 있는 〈제7의 봉인(The Seventh Seal)〉이 나온 시절은 이탈리아의 네오리얼리즘이 시들어가고, 프랑스의 누벨바그와 영국의 프리 시네마 운동이 막 등장하려는 때였다. 이미 2차 세계대전의 상처가 아물기 시작하면서 새로운 세대의 목소리가 실험 정신에 실려 전달되기 시작할 때, 〈제7의 봉인〉의 신학적 탐구는 돌발적이기까지 했다. 14세기 중엽 십자군 전쟁에서 돌아온 기사 안토니우스 블록이 고향 스웨덴으로 돌아오면서 겪게 되는 이야기를 중심으로 하는 이 영화는, 주인공 블록이 죽음의 사자(使者)와 바닷가에서 체스 게임을 하는 장면으로 세간에 널리 알려진 작품이다.

블록은 죽음의 땅으로 변한 고향에서 사자의 방문을 받는다. 사자는 그에게 목숨을 건 체스 게임을 제안하고 블록은 동의한다. 죽음의 사자가 이기면 블록이 그를 따라가야 하고, 블록이 이기면 죽음을 물리칠 수 있다. 그러나 블록이 게임에 동참하기로 결정한 이유는 자신의 죽음을 두려워해서가 아니라 신으로부터 세상의 구원에 대한 확신을 구하기 위해서이다. 마을에는 페스트가 휩쓸고 공포에 질린 사람들은 집단광기에 빠져 마녀사냥을 저지른다. 블록의 눈에 비친 세상은 그 어디에도 구원받을 가능성이 없어 보인다. 그러나 블록은 여행길에서 광대 요프, 그의 부인 미아, 아들 미카엘을 만나게 되고, 이들로부터 평화를 경험한다. 블록과 그의 시종 옌스는 이들 가족과, 대장장이 플로크와 그의 아내를 이끌고 블록의 아내 카린이 있는 성으로 간다. 블록이 마지막으로 신에게 기도를 올리지만 이들 모두에게 죽음이 찾아온다. 그러나 일행 중 광대 가족만이 죽음으로부터 탈출하게 되는데, 여기에서 베리히만의 깊은 성찰이 드러나고 있다. 단순하고 평범한 인물인 광대 가족을 구원받게 함으로써, 소박하고 자연스러운 삶 속에 구원이 깃들고 있음을 암시하고 있다. 베리히만은 요한계시록에 나오는 '제7의 봉인', 즉 인류의 종말을 의미하는 7개의 봉인 중 마지막 봉인을 제목으로 설정하고, 인간들 사이의 진정한 의사소통 단절이야말로 고통스러운 삶의 가장 근본적인 원인임을 말한다. 그의 의도는 중세를 빌려 현대의 비극을 들춰내는 것이었다.

베리히만의 뇌리에는 냉전 체제와 핵전쟁에 대한 원초적인 불안과 공포가 깊숙하게 박혀 있었다. '흑사병, 집단 광기, 죽음과의 게임' 등의 모티브들은 미래를 전망할 수 없는 현대인들의 실존적 절망감을 상징화한다. 따라서 베리히만의 일생을 따라다니는 화두는 '죽음과 구원'에 대한 질문이다. 그가 노려보고 있는 이 세상은 '침묵' 그 자체이다. 신이 인간에 대해서 침묵하고, 인간은 인간끼리 입을 닫아버리고 단절되어 버린다. 베리히만이 보기에 신과 인간은 공통적으로 실어증 환자이다. 〈페르소나〉에서 주인공인 여배우는 아예 실어증 환자로 등장한다. 베리히만은 이것을 다음과 같이 해설한다.

"나는 내 목소리의 억양마다, 내 입에서 나오는 단어 마디마다 거짓이고 그건 공허와 슬픔을 고작 덮어버릴 뿐인 유희에 불과하다는 것을 발견했다. 절망과 몰락을 피하는 길은 한 가지밖에 없었다. 입을 다무는 것. 이 침묵 뒤에서 빛에 도달할 길을 찾는 것, 혹은 최소한 내가 아직 내어놓을 수 있는 자원들을 긁어모으는 것이다."

말하자면 베르히만에게 있어 침묵과 실어증이란 인간 사이의 의사소통 불가능성, 또는 가면으로 상징화된 상호 간의 단절과 오해를 의미한다.

1957년 베를린 영화제 금곰상, 보딜 영화제 최고 유럽영화상을 수상한 〈산딸기〉 역시 〈제7의 봉인〉처럼 로드무비 형식을 띤 영화이다. 주인공 아이작은 명예학위를 받기 위해 며느리 마리안과 룬드로 떠난다. 도중에 이탈리아로 가는 세 명의 젊은이들과 합승하게 된다. 아이작은 끊임없이 과거 속으로 여행을 하면서 옛날에 사랑했던 여자, 부모, 그리고 죽은 자신을 만난다. 〈산딸기〉의 장면들은 베리히만 영화의 특징이라 할 수 있는 꿈과 현실의 넘나듦을 통해 플래시백으로 오버랩된다. 결국 아이

작의 여행은 자신의 과거와 죽음을 향해 떠나가는 여행이며, 이 죽음에 대한 본원적인 공포와 이로부터 벗어나려는 인간의 몸부림을 암시한다. 〈제7의 봉인〉에서처럼, 죽음 앞에 직면한 인간에게 신은 어떠한 구원의 말이나 제스처를 드러내지 않는다. 게다가 함께 여행길에 오른 며느리는 아이작의 위선에 대해 가차 없는 비판을 가하기까지 한다.

"나이든 이기주의자이시지만 이 사실을 박애주의적인 가면과 사람 좋아 보이는 분위기 뒤에 잘도 감추고 계십니다."

베리히만은 목사의 아들로 태어나 엄격하고 규율에 얽매인 생활을 하였다. 그는 어린 시절 소외와 고독, 그리고 제대로 이루어지지 않는 의사소통 속에서 자신의 내면에 탐닉하게 된다. 그의 영화에 꿈, 환상, 무의식, 신의 구원 등과 관련된 모티브들이 나오는 것은 어린 시절에 대한 정신적 상처로부터 기인한다. 그러나 그의 영화가 자폐적인 개인주의적 내러티브에만 기대고 있는 것은 아니다. 그의 영화 속에는 냉전 체제, 미국의 패권주의, 유럽의 경쟁 관계에서 상대적으로 소외당한 조국 스웨덴의 정치적 현실 등에 대한 불안감과 공포심이 짙게 배어 있다. 베리히만의 영상적 포커스는 인간의 삶에 깊숙이 개입해 있는 죽음과 구원의 문제에 맞춰져 있다. 〈산딸기〉에서 아이작이 꿈속의 여행을 통해 지속적으로 만나게 되는 죽음의 이미지는 중세적 신학에 기대고 있는 것만은 아니다. 그것은 사람과 사람 사이에 원만한 소통이 이루어지지 않는 상황 속에서 표출하는 내면의 절규이자 몸부림이다. 그의 자전적인 반영물이라 할 수 있는 〈산딸기〉에 대해서 감독은 다음과 같은 말을 남겼다.

"이 영화의 꿈 장면들은 대부분이 실제로 내가 꾸었던 것들이다. 장의 마차가 뒤집어지자 관이 활짝 열리는 꿈, 처참했던 학교 졸업시험 꿈, 공개 장소에서 아내가 간음하는 꿈 … 따라서 〈산딸기〉의 원동력은 신화적일 정도로 거대한 모습을 하고 있는, 또한 나에게서 등을 돌려버린 부모님께 내 자신을 정당화하려는 결사적인 시도였다고 할 수 있다."

감독 자신이 스스로 마지막 작품이 될 것이라고 말한 바 있는 〈화니와 알렉산더〉는 이전의 난해했던 주제에서 많이 벗어나 쉽게 다가설 수 있는 영화이다. 40여 년의 감독 인생을 정리하듯 만든 이 영화는 다른 작품들처럼 심각하고 우울한 세계관을 펼쳐 보이지 않는다. 오히려 감독은 이 영화에서 세상과 삶에 대해 따뜻한 시선을 보내고 있으며 낙관론적인 견해마저 보이고 있다. 에카달 가족의 행복한 가정과 성직자의 위선적인 종교가 날카롭게 대조를 이루고 있는 이 영화는 결국 인간의 행복이란 규율적인 종교가 아니라 평범한 인간들의 사랑이라고 설파한다.

베리히만은 자신을 실패한 사람으로 여겼다. 그는 부모, 아내, 자식들과 원만한 인간관계를 유지하지 못했는데, 그의 영화 속에 드리워져 있는 인생의 그림자, 죽음의 공포, 처절한 고독 등은 자신의 평범하지 못한 삶에 대한 일종의 메타포이다.

그는 소통으로부터 소외당한 사람, 진리와 부조리 사이에서 해답을 얻지 못하는 사람들을 위해 소박한 석공이 되고자 했다. 투박한 바윗돌을 깨는 그의 행위는 곧 현대인들의 폐쇄되고 단절된 내면으로 항해하려는 구도자의 고행을 닮았다.

"나는 그 거대한 평원에 서 있는 대사원의 예술가가 되고 싶다. 돌을 쪼아 용의 머리, 천사, 악마 혹은 성자를 만들지도 모르겠다. 나는 그 대사원의 집단 건물 속에 들어가 내 역할을 다하고 싶다."

베리히만의 영화가 우리에게 낯설고 거북한 존재이면서 동시에 부박하고 거친 일상을 성찰하게 만드는 맑은 거울로 다가서고 있는 이유는 이 시대가 그만큼 절망적이기 때문은 아니었을까. 어쩌면 그의 영화들은 우리에게 너무 늦게 왔거나 너무 일찍 온 것일지 모른다.

6부 영화 스케치, 짧은 생각들

이창동의 〈박하사탕〉
: 내러티브의 힘, 역사를 성찰하는 카메라

　우리 앞에 두 개의 폭력이 놓여 있다. 천민자본주의의 경제적 탐욕이 하나이고 정치적 야만성이 그 다른 하나이다. 감독 이창동은 한쪽에 〈초록 물고기〉(1997)를, 그리고 다른 한쪽에 〈박하사탕〉(2000)을 배치한다. 〈초록 물고기〉가 폭력에 대한 계보학적 탐사라면 〈박하사탕〉은 고고학적 질문에 속한다. 감독은 〈박하사탕〉에서, 마치 지층(地層)을 한 꺼풀씩 벗겨내는 고고학자의 세심한 삽질처럼 묻힌 시간을 퍼낸다. 이것은 또한 기억의 지하실을 향해 한 계단씩 내려가는 정신분석학자의 조심스러운 발걸음과도 닮았다. 이때 플래시 불빛에 모습을 드러내는 과거의 잔해들은 지하 무덤의 해골처럼 고통스러운 미소를 보이기 시작한다.

산업 근대화이건 정치적 격변기이건 〈박하사탕〉이 되새김질 하는 우리의 현대 20년사는 숨 가쁘게 달려온 역사였다. 이창동은 이처럼 미친 듯이 달려온 20년을 괄호 안에 묶고 정리한다. 시간 은 잠시 정지되고 피딱지를 한 장씩 벗겨낼 때마다 선혈 진 상처가 모습을 드러내기 시작한다. 그리하여 광주의 기차역에서 자신의 실수로 죽어버린 여학생의 시신을 부둥켜안고 절규하는 고통의 '기원'을 향해 뒷걸음질 친다. 이 핏빛으로 얼룩진 여학생의 모습 은 강가에서 하늘거리는 들꽃의 싱그러움과 노골적인 적대감을 표출한다. 박하사탕처럼 알싸하고 새하얀 들꽃이 선혈로 더럽혀 졌을 때, 착했던 손에 고문당한 자의 대변을 묻혔을 때, 주인공 '영호'는 이미 이 세상이 카메라에 담을 수 있는 미적 대상이 아님을 깨닫는다. 이때 왜 그가 폭력의 구렁텅이에서 벗어날 용기 를 보여주지 못했는가 질책하는 것은 무의미하다. 감독은 우리로 하여금 이 시대의 화려함이 얼마나 천박하고 폭력적인 과거를 먹이로 먹어치웠는가를 깨우치려 하기 때문이다.

철학자 알튀세르가 말했던가. 자연스럽고 아주 당연한 듯이 여기고 있던 우리의 주체란, 알고 보면 사회와 역사의 명령에 의해 만들어진 것일 뿐이라고. 이때 남는 것은 사회와 역사가 안고 있는 폭력성의 구조뿐, 이 폭력성을 벗어나려는 인간의 의 지는 삭제되어 있다. 이창동은 섣불리 낭만적인 영웅상을 주조 해 내지 않음으로써 이 시대의 폭력이 얼마나 가증스러웠던 것 인가를 보여주려 한다.

〈박하사탕〉의 영호가 권총으로 누군가를 사살하지 못한 이유는 무엇인가. 그것은 이 세상에 죽일 놈이 너무나 많았기 때문이다. 모든 사람들이 죽어야만 한다는 것은 이 세상에는 죽일 만한 사람이 한 명도 없다는 역설. 그것은 김수영이 "그것은 우리들의 집안 안인 경우도 있고/우리들의 직장(職場)인 경우도 있고/우리들의 동리(洞里)인 경우도 있지만/보이지는 않는다"(〈하…그림자가 없다〉)라고 노래했던, 그림자 없는 적(敵)의 존재와 같다. 이 적은 광주로 병력 이동하는 군 트럭 속에, 용의자의 머리를 처박는 경찰서 취조실의 욕조 속에, 또는 부하 여직원과 정사를 나누는 자동차 시트에 숨어 있다. 그러나 그림자가 없는 이 적(敵)은 어디에도 없지만 엄연히 존재한다. 그런 의미에서 시간 이동의 연결 쇼트에 등장하는 기찻길 씬은 보이지 않는 적(敵)을 찾아가는 카메라의 시선과 섬세하게 일치한다.

영호는 시간을 거슬러 올라가 천신만고 끝에 강변 철교 밑에 선다. 그곳은 물신주의와 고문과 학살의 지옥을 거쳐 간 뒤에 도달한 빛바랜 유토피아이다. 영호가, 또는 관객이 다다른 이곳은 어디인가. 친구들과 20년 전에 소풍을 나왔던 곳, 그리고 20년 뒤 목살이 적당히 붙은 중년들이 가라오케를 틀고 오후를 즐기는 곳, 그래서 세상은 안녕하다고 외칠 수 있는 곳. 질감이 틀린 이 두 장소는 가장 순수했던 시절의 애잔함과, 세파(世波)에 소중한 추억들을 지워버린 중년의 느끼함이 봉합되는 지점이다. 그러나 군화발에 짓이겨진 박하사탕 부스러기처럼 이 봉합은 결코 하나가 될 수 없다. 따라서 오프닝씬에서 영호가 달려오는 기차를 향해 부르짖는 절규, "나, 다시 돌아갈래!"는 관객에게 "나, 어떡해. 돌아갈 곳이 없어!"로 환치된다. 무엇을 어떻게 살아왔 기에 우리에게는 박하사탕 향기가 풍기는 그곳에 도착할 수 없을까. 과연 우리는 과거로 여행할 수 있는 기차의 승차권을 가지고 있기나 한 것일까.

(『중대신문』, 2000.3.6)

〈여고괴담: 두 번째 이야기〉와 〈올란도〉
: 섹슈얼리티, 혼란스러운 여성의 역사 쓰기

그곳 〈여고괴담 두 번째 이야기〉의 교사(校舍)에는 두 개의 공간이 존재한다. 교실, 교무실, 음악실로 대표되는 상징계의 공간과, 지붕으로 상징되는 상상계의 공간이 그것이다. 시은을 향한 효신의 사랑은 건물 안에서는 금지된다. 선생의 주먹질로 입술에 피가 흘러내리는 시은에게 입을 맞추는 효신의 행동은 획일성과 통제에 대한 전면적인 저항을 뜻한다. 이들의 꺾인 영혼들은 지붕이라는 해방구에서 비로소 맨살을 드러낼 수 있다. 두 공간 사이에는 '출입금지'라는 금기의 표지판이 장승처럼 세워져 있고, 음습한 이 경계선을 넘어서면 그림같이 아름다운 옥상 프레임이 나온다. 이들의 역사는 부드러운 빛과 그림자의 미장센 속에서 꿈결같이 흘러간다.

여성들의 육체를 조사하고 수치화하는 건물 안. 이들의 신장

(身長)과 가슴둘레는 숫자라는 기표를 통해 숏다리와 절벽 가슴으로 냉정하게 정의된다. 이들의 성 정체성은 관찰과 기록에 의해 구성되고 통제됨으로서 자신들만의 역사를 상실한다. 이때 학교 공간은 원형감옥(Panopticon)이 지켜보고 있는 폐쇄적 사회 공간의 환유로 작용한다. 그러나 효신과 시은은 신체검사 중에 옥상에서 그들만의 역사를 기록한다. 비디오테이프와 교환일기에는 경계선 밖으로 쫓겨난 인생의 자서전이 기록되어 있다.

슬프고 아름다운 이들의 역사에 국어교사 고형렬 선생이 틈입하는데, 효신은 시은을 갈망하면서도 고선생의 애를 밸 수 있는 존재이다. 특히 시은은 효신과 고선생을 동시에 사랑함으로써 양성애(兩性愛, bisexuality)적 주체성을 드러낸다. 그녀는 남성적인 단성애(單性愛, monosexuality)에 틈을 내고 비웃으면서 다양성과 복합성의 여성적 정체성을 지킨다.

시은이 타임캡슐을 타고 250년의 시간을 여행하면서 남성/여성으로 윤회한다면 어떻게 될까. 샐리 포터 감독의 〈올란도〉라는 영화로 부활한 바 있는 버지니아 울프의 소설 〈올란도〉에서 여주인공 올란도는 두 개의 성(性)으로 번갈아 환생하면서 사랑을 체험한다. 그녀는 여자/남자의 옷으로 갈아입었을 뿐이지 자신의 정체성에 변화가 왔다고는 생각하지 않는다. 인간이란 본래 모호한 존재이거늘, 올란도(Orlando)라는 이름은 '남자 혹은 (or) 여자', '남자 그리고(and) 여자'인 '그/그녀'의 혼융된 정체성을 상징한다. 올란도는 양성적인 쉘머다인과 결혼하고 그의 아이를 낳으면서 이상적인 관계를 찾게 된다. 남편이 항해를 떠나

자 그녀는 혼자 남아 글을 쓰며 살아간다. 이 글은 여성의 정체성 탐험을 기록한 자서전이다.

올란도와 쉘머다인은 서로를 향해 외친다. "쉘, 당신은 여자예요. 올란도, 당신은 남자요. 인간의 세상이 있어 온 이래 이런 항변과 시위의 장면이 나타났던 적이 있었던가." 이렇게 버지니아 울프는 문학과 인생, 현실과 꿈, 여성과 남성 등 서로 다른 것들의 화합과 공존을 노래했다.

엘렌 식수스(Hélène Cixous)가 양성애를 두고 인간의 기원일 뿐 아니라 목표이며, 우리들 가운데 영웅적인 사람만이 되찾을 수 있다고 말한 것은 폭력적인 성 정치학에 대한 불만에서였다. 시은과 올란도의 성적 혼란은 획일적 남근주의에 억압되어온 무의식의 귀환을 이야기한다. 공포, 또는 판타지의 목소리로.

(『중대신문』, 2000.3.27)

〈감각의 제국〉
: 광기 어린 집착에 숨은 육체의 슬픈 아우성

"그는 우리를 우롱합니다. 그는 우리의 조직을 유린했습니다. 그의 영혼의 부정함과 그의 실제 생활에 있어서의 패륜은 자연에 위배되는 영상들에 책임을 지어야 하고, 또 우리는 오늘날 그런 탈선한 도덕으로부터 우리를 보호해야 합니다."

1978년 2월 27일, 동경 지방재판소 검사는 외설물 유포 용의로 적발된 오기마 나기사(大島渚)를 이렇게 비난한다. 무죄로 판명되는 이 지루하고 우스꽝스러운 재판은 7년을 끌었고, 〈감각의 제국(In the Realm of the Senses)〉은 얼굴 없는 가수처럼 영화광들의 입을 오르내렸다.

동네 꼬마들은 일장기로 걸인의 성기를 희롱하고, 주인공 이시다 키치조우는 일본군의 행렬 옆으로 무관심하게 스쳐 지나간다. 그렇다면 이시다 키치조우를 목 졸라 죽이고 그의 남근을 잘라내 간직했던 아베 사다의 행위는 제국주의의 은유인가. 육체에 대한 끝없는 집착과 감시, 발작 행위와도 같은 사디즘, 그리고 죽음으로 밀어붙이는 그녀의 광기는 1930년대 일본 군국주의를 향한 오시마 나기사의 정치적 해석으로 읽힐 만하다.

장정일의 단편 소설 〈제7일〉에서 남자와 여자는 가학과 피학을 반복하면서 서로의 존재를 확인하려 한다. "도시에서 이루어지는 두 사람의 대화는 늘 섹스에 대한 주제로 시작해서 섹스를 정의하는 것으로 끝났다. 그들에게 섹스 이외의 주제는 있지도 않았고, 섹스를 이야기하는 것이 아니라면 대체 대화가 필요한 것이기나 한지 의심이 드는 정도였다. 섹스는 그들에게 유일한 커뮤니케이션 기제였다."

이들에게 육체는 금기와 위반을 초월하는 불온한 탈주선. 이때 이들의 에로스와 타나토스는 〈클라인의 병(Klein's Bottle)〉처럼 안과 밖이 뒤엉켜 있다. 남자와 여자는 희열의 클라이맥스에서 서로의 심장에 돌칼을 박는다. 이쯤 되면 장정일에게 있어 육체란, 후기 산업사회에서 가장 강력한 무기이자 가장 처참한 전쟁터가 된다. 오시마 나기사와 장정일이 만나는 지점이 바로 이러한 육체의 정치성에서가 아닐까.

　파시즘, 또는 국가 사회주의는 '정신 부재의 몸(mindless body)'을 숭배했고, 이는 바람직한 사회적 몸에 대한 그들의 명백한 입장에서 비롯된 터. '죽음에 이르는 병'으로서의 육체적 욕망. 이 육체들이 절단되고 뚫리는 것은, 프레임(frame) 외부의 힘에 의해 커뮤니케이션을 탈취당한 몸에게 조사(弔辭)를 읊어주는 행위일지 모른다. 그래서 이시다 키치조우와 아베 사다의 정사를 옆에서 바라보고 있는 게이샤의 하얗게 분칠한 얼굴과 단조로운 악기 연주는 마치 죽은 자를 위한 미사를 연상케 한다.

　〈감각의 제국〉의 아름다운 미장센은 두꺼운 일본 근현대사의 그늘을 뒤집어쓰고 있다. 육체 위에 광기 어린 집착이 날인(捺印)될 때, 그 육체는 미치도록 슬프게 보인다. 〈박하사탕〉의 이창동 감독이 장선우 감독의 〈거짓말〉을 두고 지독하게 슬픈 영화라고 말한 것은, 카메라도 미처 숨기지 못한 어두움, 육체에 각인된 슬픔을 뜻한 것이 아니었을까. 제도와 편견이 묶어놓은 육체가 말하기 시작했을 때, 그것은 아우성이거나 수화(手話)로 답하는 무언(無言)의 대화이다. 오시마 나기사와는 지금 이렇게 묻고 있을지 모른다. "몸이시어, 안녕하세요?(오뎅키데스카, お元氣ですか?)"

(『중대신문』, 2004.4.10)

〈인터뷰〉와 〈도난당한 편지〉
: 기표는 기의 밑을 미끄러져 간다

　에드가 앨런 포우의 추리 소설 〈도난당한 편지(The Purloined Letter)〉에서, 어느 날 왕비는 한 통의 편지를 배달받는다. 아무에게도 들키면 안 되는 그 편지를 읽을 때 왕이 등장하고, 왕비는 엉겁결에 편지를 책상 위에 놓는다. 뒤늦게 들어온 D 장관은 편지의 필체와 왕비의 표정을 간파하고, 왕비를 곤경에 빠뜨리기 위해 자신이 가지고 있던 비슷한 편지와 바꿔치기한다. 왕비는 아무 말도 하지 못하고 고스란히 자기의 편지를 도난당한다. 왕비의 의뢰를 받은 탐정 오귀스트 뒤팡은 D 장관의 저택에 들어가 편지를 되찾아온다.

　자크 라캉은 논문 「〈도난당한 편지〉에 관한 세미나」에서 세 개의 시선을 이야기한다. 모든 것을 보지만 자신이 보는 것의 참된 의미를 파악하지 못하는 '순진무구한 제3자'(왕의 시선), 그저 벌어지고 있는 사회적 게임의 규칙을 따르는 것인 양 가장함으로서 적에게 결정적인 타격을 가하는 '대리자'(D 장관의 시선), 수동적인 구경꾼의 역할에 그침으로써 비난을 받는 '무력한 관찰자'(왕비의 시선)가 그것이다. 이때 중요한 것은 편지 속에 적혀 있는 '내용'이 아니라, '도난당한 편지'라는 형식 또는 기표 그 자체이다. 숭고하게 빛나던 대상이라는 것이 손에 넣는 순간 그 빛을 잃고 사라지는 것이라면, 과정 그것이 진실이고 삶의 전부가 아니겠는가. 진실은 여로의 끝에서 얻게 되는 대상이 아니라 그것까지 가는 여로 그 자체일 것이기 때문이다.

변혁의 〈인터뷰〉는 '편지(인터뷰한 테이프)'가 맥락에 따라 어떻게 다른 의미들을 가질 수 있겠는가, 그리고 인터뷰한 인물들의 말들이 얼마나 진실일 수 있는가를 집요하게 탐구한다. 사랑에 대한 다큐멘터리를 촬영하고 있는 은석(이정재 분)의 비디오테이프에는, 낮에는 미용실 보조로 일하고 밤에는 24시간 편의점에서 아르바이트한다고 거짓으로 인터뷰하는 전직 발레리나 영희(심은하 분)의 독백이 담겨 있다. 여기에 세 개의 시선이 존재한다.

자신의 인터뷰가 거짓임을 알고 있는 영희, 이 인터뷰가 사실 그 자체라고 믿고 있는 스탭진, 그리고 나중에야 이 인터뷰가 지어낸 허구임을 알면서도 어쩌지 못하는 감독과 관객들. 영희의 인터뷰 내용은 다큐멘터리의 형식을 취하고 있지만, 끊임없이 사실로부터 빗겨 간다. 그럼으로써 인터뷰의 진실은 도난 당한다. 기표로서의 비디오테이프는 현실과 허구의 틈바구니를 조롱하듯이 넘나들며 응시의 불확정성을 강조한다. 그런 의미에서 이 영화는 미켈란젤로 안토니오니 감독의 〈욕망(Blow Up)〉이 드러낸 바 있는, 시선 주체와 대상 사이의 믿지 못할 관계를 연상시킨다.

이 영화는 영화에 대한 영화, 관찰하는 자와 관찰당하는 자 사이의 경계선을 지워버리는 내러티브, 또는 영화 속 은석이 안드레이 타르코프스키의 묘지 사진을 소중하게 보관하고 있듯이, 타르코프스키의 '공간과 기억과 시간' 메시지를 오마주한 영화이다. 관객이 영희의 인터뷰를 보고 있는 것인가, 아니면 화면 속의 영희가 관객들을 응시하고 있는 것인가.

(『중대신문』, 2000.4.17)

〈세기말〉과 〈오발탄〉
: 서울의 유령들, 질병의 임상학(臨床學)

한 집안의 가장이자 계리사 사무실 서기인 송철호는 해방촌에 산다. 서울의 산비탈을 깎아 판잣집들을 무질서하게 세워놓은 동네. 다 쓰러져 가는 그의 누추한 집에는 치매에 걸려 밤낮없이 "가자! 가자!"를 읊조리는 노모, 생활고로 처녀 때의 미모가 닳아 없어진 아내, 제대한 지 2년이 넘도록 취직하지 못한 남동생 영호, 그리고 양공주로 전락한 여동생 명숙이 유령처럼 살고 있다. 이범선의 소설 〈오발탄〉(1959)은 전후 암담하고 모순에 찬 사회 현실을 섬뜩하게 묘사한 작품이다.

양심을 버리지 않고 성실하게 살아가려는 철호에게 돌아오는 것은 치명적인 궁핍과 고통스러운 치통(齒痛)뿐. 동생 영호는 이러한 형이 미련하게 보인다. 따라서 영호의 다음과 같은 절규는 사회에 대한 깊은 증오와 경멸을 대변한다. "양심이란 손끝의 가십니다. 빼어버리면 아무렇지도 않은데 공연히 그냥 두고 건드릴 때마다 깜짝깜짝 놀라는 거지요. 윤리요? 윤리, 그건 나일론 팬티 같은 것이죠. 입으나마나 속이 덜렁 비쳐 보이기는 매한

가지죠." 그러나 철호는 인간에게는 지켜야 되는 가치들이 있음을 믿는다.

결국 영호는 권총 강도 사건으로 체포되고, 아내는 애가 거꾸로 서는 바람에 병원에 입원한다. 철호는 명숙이가 몸 팔아서 번 돈을 손에 쥐고 병원에 가지만 이미 아내는 죽은 뒤. 서울 거리를 헤매던 그는 주머니에 든 돈으로 치과에 가서 충치를 두 개 뽑는다. 택시 뒷자석에 앉아서 그는 운전사에게 해방촌으로, 병원으로, 경찰서로 가자면서 행선지를 계속 바꾼다. 철호는 유령 같은 노모의 넋두리, "가자! 가자!"를 외치지만 정작 그가 갈 수 있는 곳은 어디에도 없다. 소설은 이렇게 끝난다.

철호의 입에서 흘러내린 선지피가 홍건히 그의 와이셔츠 가슴을 적시고 있는 것은 아무도 모르는 채 교통 신호등의 파란 불 밑으로 차는 네거리를 지나갔다.

이로부터 정확하게 40년 뒤. 서울은 변한 것이 아무것도 없다. 다만 더 처참하게 무너졌다는 것뿐. 송능한의 〈세기말〉은 3류 시나리오 작가인 두섭, 원조교제로 생활비를 벌고 있는 여대생 소령, 한국 현대사를 온통 저주하고 있는 만년 강사 상우, 그리고 충무로 길거리에서 요요를 팔고 있는 익명의 사내를 통해 한국 사회의 모순과 그에 대한 좌절감을 직설법으로 그려내고 있다. 우리는 타락한 유학생 현일의 머리통을 깨버리는 요요 사내의 분노에서 영호의 찡그린 얼굴을 발견하고, 도시 뒷골목 더러운 쓰레기더미에 누워서 마약 주사를 맞고 있는 소령에게서 피를 흘리며 뒷자석에 쓰러지는 영호의 좌절을 읽는다. 여관 옆방 신음 소리를 들으면서 억지로 작성한 시나리오가 컴퓨터 바이러스로 고스란히 날아가 버린 뒤 두섭은 만화 가게에서 손님이 먹고 놓아둔 컵라면을 치운다. 따라서 다음과 같은 두섭의 독백은 동화 속 이야기처럼 허무맹랑하게 들린다. "그래도 사람에게 희망을 걸고 살아야 되지 않을까?" 그의 목소리 뒤로 한영애의 시니컬한 노래 〈말도 안 돼〉가 스쳐 지나간다. 마치 철호의 귓전을 떠나지 않았던 노모의 넋두리 "가자! 가자!"의 후렴구처럼. 모라토리움, 무도덕, 모럴해저드, Y2K … 전망 없음.

〈세기말〉에서 카메라는 비틀거리는 소령의 뒷모습을 물끄러미 쳐다본다. 카메라는 알고 있다. 그녀에게는 딱히 갈 만한 곳이 없다는 사실을. 〈오발탄〉에서 철호의 독백. "그래 난 아마도 조물주의 오발탄인지도 모른다. 정말 갈 곳을 알 수가 없다. 그런데 지금 나는 어디건 가긴 가야 한다." 서울은, 아니 현대사는 유령들이 판을 치는 난장(亂場)인가. 〈세기말〉은 〈오발탄〉의 우울한 유령들을 불러내서 서울의 여관방, 쓰레기가 쌓여 있는 뒷골목, 철거되고 있는 판자촌, 진지함이 사라져 버린 대학 강의실을 배회하게 한다. 아직도 서울은 안녕하지 못한가.

(『중대신문』, 2000.5.8)

〈봄날〉과 〈꽃잎〉
: 아무도 미워하지 않은 자의 죽음을 위한 씻김굿

> 오, 난파당한 조국이여
> 아직도 우리는 애국가를 부르고 있음.
> 바다에 빼앗기지 않는 시신을 싣고
> 바람의 궐기를 기다리고 있음.
> 어떤 배도 근처를 지나지 않음….

위의 시는 임철우의 소설 〈봄날〉의 전체를 관통하는 화두로 사용되는 임동확의 〈긴급송신 S.O.S〉라는 시이다. 1980년, 그해 5월 그 도시 한복판에 소설가 임철우는 소심하고 비겁한 대학 4학년생으로 서 있었다. 두려움에 이불을 뒤집어쓰고 떨기만 했던 저주받은 청춘. 살아남은 자의 슬픔을 치유하기 위해 작가는 10년간의 세월을 죽음보다 깊은 절망 속에서 원고지와의 치명적인 투쟁을 벌인다.

시민군에 참여했다 도청에서 사살되는 한무석, 공수부대 하사로 광주에 투입되는 한명치, 시위에 참여했다 광주를 탈출하는 한명기, 이 세 명의 형제들은 비극적인 현대사의 상징으로 작용한다. 작가는 소설을 소제목 단위로 단락을 나누고, 동일한 시간대에 다른 장소에서 발생한 사건을 병렬시키고, 같은 사건을 두 사람 이상의 시선을 통해 중복 서술하기도 함으로써 다큐멘터리 양식을 지향한다. 임철우는 자신과 독자들이 그 역사에 대해 심

미적 타협으로 접근하기를 거부한다.

작가의 이러한 고해성사는 과거에 대한 채무의식이기도 하며, 무심하게 현재를 돌아다니는 '살아남은 자들'에게 보내는 절규 또는 화해의 제스처이기도 하다. 정찬의 〈완전한 영혼〉, 이순원 의 〈얼굴〉, 최윤의 〈회색 눈사람〉이 현재를 억누르고 있는 과거 의 흔적에 주목하고 있다면, 〈봄날〉은 〈박하사탕〉의 거꾸로 가 는 기차처럼 우리를 그때 그곳으로 데려간다. 그곳, 기차가 다다 른 종착역엔 총성과 그리고 쉬어버린 듯한 절규가 있다.

흑백 다큐멘터리 필름, 삼청교육대와 제5공화국 헌법 공포식 뉴스가 흘러나오는 텔레비전, 애니메이션, 눈치 없이 흘러나오 는 김추자의 노래 〈꽃잎〉. 장선우의 영화 〈꽃잎〉은 이렇게 산만 할 정도의 표현 양식으로 콜라쥬된다. 장선우는 광주 체험을 두 가지 방식으로 개입시킨다. "첫째는 시점쇼트가 강조되는 경우 에 항상 환유적으로 개입하며, 둘째는 모든 내러티브의 논리적 층위를 무시하고 개입한다는 것이다."[1] '그때 그곳'의 원체험은 유령처럼 시도 때도 없이 관객에게 달려든다.

감독은 자신의 내면에 왜곡되고 짓눌린 기억들, 부채 같은 것 을 씻어내고 싶었다. 따라서 그는 영화의 내러티브와 미장센을 씻김굿의 구도로 만들고자 했다. 악령의 그늘 속에서 신음하고 있는 '소녀'와 '장'과 '우리들'을 위해 감독은 경쾌하면서도 슬픈 난장(亂場)의 이미지를 틈입시킨다. 엔딩씬에서 소녀에 대한 관

---

1) 박성수, 『들뢰즈와 영화』, 문화과학사, 1998, 153쪽.

심을 촉구하는, 보이스 오버(voice-over)로 처리된 '우리들'의 독백. 여기에서 지식인의 나약함에 대한 감독의 차가운 시선은 그들에 대한 화해의 미소를 살짝 내보인다. 이 영화의 원작 소설인 최윤의 〈저기 소리 없이 한 점 꽃잎이 지고〉는 다음과 같이 시작되고 있다.

당신이 어쩌다가 도시의 여러 곳에 누워있는 묘지 옆을 지나갈 때 당신은 꽃자주빛깔의 우단 치마를 간신히 걸치고 묘지 근처를 배회하는 한 소녀를 만날지도 모릅니다. 그녀가 당신에게로 다가오더라도 걸음을 멈추지 말고, 그녀가 지나간 후 뒤를 돌아보지도 마십시오. 그저 그녀의 얼굴을 잠시 관심 있게 바라보아 주시기만 하면 됩니다.

폭력의 역사가 찢어놓은 소녀의 영혼, 그 붉게 충혈된 영혼은 구원될 수 있을까. 그리고 우리는 정말 용서할 수 있을까. "모든 것이 용서받을 수 있다. 어쩌면 살인까지도. 그러나, 그러나 정신을 파괴하는 것은! …"(웨르코올, 〈밤의 무기(武器)〉)

(『중대신문』, 2000.5.15)

김기덕 감독의 〈섬〉과 김영하의 〈나는 아름답다〉
 : 그 섬이 흉포하다... 죽음, 야생적인 또는 미학적인

　잔잔한 동양화 위에 핏방울을 떨어뜨리면 어떤 느낌을 줄까. 물안개가 피어오르는 저수지, 그 위로 백일몽처럼 떠 있는 방갈로, 무심(無心)을 건져 올리는 낚싯줄. 그리고 뜬금없이 삽입되는 피와 살점들. 김기덕의 '섬'은 불편할 정도의 대조적인 이미지로 그만의 독특한 미장센을 구축하고 있다.

　어두운 수면 위에서 출렁거리고 있는 방갈로는 마치 무의식의 그늘을 헤집고 나온 욕망의 암종(癌腫)처럼 보인다. 불륜에 빠진 아내와 그 정부를 죽이고 자신도 죽기 위해 흘러들어온 한 남자(김유석 분), 이 남자의 치명적인 절망과 고독에 낚시터 주인인 한 여자(서정 분)가 동행한다. 이때 '섬'을 가득 채우고 있는 '물' 이미지는 두 갈래로 흐른다. 타나토스와 에로스의 관계처럼 죽음과 삶의 기표들로 충만한 소용돌이. 어두운 구멍으로서의 이 저수지는 살과 피로 뒤범벅이 된 점액질의 늪이다.

　방갈로의 방바닥에 설치된 간이 화장실 구멍. 남자, 그리고 그 남자와 몸을 섞기 위해 찾아온 다방 여종업원이 똥과 오줌을 싸는 곳이기도 하고, 이들이 서로 엉켜있을 때 여자가 훔쳐보는 곳이기도 하다. 이를테면 이 구멍은 무의식의 저 깊은 쾌락과 세속의 일상을 연결해 주는 욕망의 출구이다. 그러나 이 출구는 위험하다. 남자가 낚시바늘을 목구멍으로 삼키고, 여자가 낚시바늘을 그녀의 성기 안에 집어넣음으로써 열리는 소통의 문이기

때문이다.

무성영화처럼 과묵한 엔딩씬. 남자는 물 한가운데의 섬 모양의 수풀로 들어가고, 그 수풀은 목선(木船) 안에서 나체로 누워있는 여자의 음모(陰毛)로 환치된다. 방갈로의 끈을 끊어서야 비로소 얻게 되는 그들만의 자유, 그리고 원시적인 죽음. 인위(人爲)와 문명과 제도를 끔찍이 혐오하는 감독의 탈사회적 에필로그.

소설 〈나는 아름답다〉에서 죽음을 찍고 싶은 '나'(사진작가)와 멋지게 죽고 싶은 여자가 섬으로 간다. '나'는 산부인과 의사인 아내가 죄책감 없이 낙태 수술을 하고 불륜에 빠지자 이혼하고 떠난다. "방주를 채울 마지막 한 가지를 찾아야 한다는 것을. 그리고 어쩌면 그것을 저 섬에서 채울 수 있을지 모른다는 것"을 확인하고 싶어서이다. 여자도 섬으로 간다. 남편의 잦은 학대 때문에 그를 독살한 뒤 자살하기 위해서 간다. 그녀는 로댕의 조각 다나이드가 되기 위해, 결혼 첫날밤 남편을 죽인 여자 다나이드처럼 아름답게 죽기 위해 섬으로 간다. 김영하의 소설 〈나는 아름답다〉의 섬에서의 정사는 죽음의 냄새를 진하게 풍긴다.

점멸하는 초라한 불빛 사이로 나, 죽음을 본다. 쾌락의 절정에는 죽음이 있었다. 일체의 욕망이 자진하는 지점, 일체의 사고가 정지하는 지점, 일체의 행위가 그 의미를 잃는 지점, 그곳에 죽음이, 살아있었다.

(김영하, 〈나는 아름답다〉)

그녀는 자신의 죽음을 '나'가 찍어주길 원했고, '나'는 바닷가 늙은 소나무에 나체로 목을 매고 죽어 가는 그녀의 '아름다운 소멸'을 카메라에 담는다. 60분의 1초 동안, 그녀의 나신을 비추던 빛이 렌즈를 통해 벌려진 조리개 사이로 달려와 필름에 부딪혀 감광된다. 그렇게 함으로써 그녀는 또 하나의 조각, 로댕의 '다나이드'가 된다. '나'는 섬을 떠날 때 배 위에서 필름을 바다로 내던지며 중얼거린다. "방주 따위는 아무래도 좋은 것이다. 그것을 타고 끝내 이르러야 할 약속의 땅이 없는 세상에서는 말이다." 이렇게 '나'는 '아름다운 죽음'을 찍고 섬을 떠나고 욕망으로부터 탈출한다. '나'가 버리고 떠나온 그 섬 절벽의 소나무와 물에 잠긴 목선에는 아름답게 죽고 싶었던 한 여자의 나체와, 자신의 살점을 뜯어내면서까지 남자와 소통하고 싶었던 다른 한 여자의 벗은 시신(屍身)이 남겨져 있다. 욕망은 진정 죽음에 이르는 병인가.

(『중대신문』, 2000.5.22)

김국형의 〈구멍〉과 최인호의 〈구멍〉
: 나는 훔쳐본다, 고로 존재한다

바라본다는 것, 특히 훔쳐본다는 것은 지극히 근대적이다. 그것은 대상과 관찰 주체와의 가차 없는 분절과 가공할 만한 소유욕을 상징하기도 한다. 혹은 소통하기를 거부하거나 거절당한 자의 폭력적 점유 행위일 수도 있다. 최인호의 장편소설 〈구멍〉

을 원작으로 한 김국형 감독의 〈구멍〉은 한 뿌리 뽑힌 영혼의 관음증(voyeurism)을 세밀하게 다루고 있다.

외과의사인 그(안성기 분)는 숨 막히는 여름날 자가용을 몰고 서울 시내를 누빈다. 그가 보는 것은 지옥도(地獄圖) 같은 서울의 아수라장일 뿐. 그는 차 안에서 목욕하는 여인네, 발톱 손질하는 미장원 점원, 옷을 벗고 베란다에 나온 그녀(김민 분)를 관음한다. 그는 모든 것을 바라보되 모든 것으로부터 단절된 자이다. 이런 사정을 소설에서는 다음과 같이 말한다. "우리는 지금 거대한 감옥 속에 갇혀 있다. 보이지 않는 울타리가 우리들의 삶을 가로막고 있으며, 우리들의 자유는 속박받고 있다. 우리는 보이지 않는 망루 위에서 보이지 않는 조직으로 철저하게 무장된, 보이지 않는 감시병들에 의해서 24시간 감시당하고 있는 것이다." 최인호는 서울에서의 삶을 마치 푸코의 판옵티콘(Panopticon)처럼 끔찍하게 묘사한다.

최인호가 '그'의 생리를 끈적끈적한 '동물적 상상력'에 의해 풀어나가고 있다면, 영화는 건조하면서도 다소 몽환적인 미장센으로 처리하고 있다. '그'(혹은 카메라)의 시선은 고집스럽게 한곳을 응시하다가도 미친 듯이 흔들리기도 하고, 심지어는 현실과 환상이 겹쳐지기도 한다. 카메라는 기름기 빠져 퍽퍽해진 고깃덩어리처럼 무감각하게 대상 앞에서 서성거린다. 이러한 카메라의 불안감은 감독이 그려낸 주저함, 즉 세상에 다가서지 못하는 '그'의 내면 풍경을 외화(外化)한 것이 아닐까.

히치콕의 〈이창(Rear Window)〉이나 키에슬로프스키의 〈사랑

에 관한 짧은 필름(A short Film about Love)〉에서의 훔쳐보기와도
거리를 두고 있는 '그'의 관음 행위는 "우리 사회가 가지고 있는
광기의 표현이고 그의 폭력은 우리 사회에 존재하는 폭력이며
그의 분노는 우리 현실에 대한 분노이면서 그 자신에 대한 분노"
(김치수)로 읽힌다. 따라서 〈이창〉에서 남성의 거세공포 혹은 영
화 찍기에 대한 환유, 〈사랑에 관한 짧은 필름〉에서 바라봄의
관계를 통한 사랑의 상상과는 달리 〈구멍〉은 도망칠 '구멍'을
전혀 마련하지 않는다.

〈구멍〉에서 '그'의 훔쳐보기에 포착된 여성들의 육체는 천민자
본주의의 물신(物神)들과의 경계선을 지운다. 즉 '그'에게 있어
'양장점, 쇼 윈도우, 마네킹, 술집 간판, 레스토랑, 햄버거 가게,
병원 간판, 카페, 전자대리점, 약방, 미장원, 목욕탕, 안마 시술소,
사우나, 휴게실, 구둣방, 양품점' 등은 특정한 경제적 착취를 위해
교란하고 은폐하는 기표이며 가치로서의 노동력을 삭제하는 물
신이다. 그리고 벗은 여자의 육체가 이 물신들과 교접(交接)한다.

'그'의 성적 학대에 못이긴 '그녀'는 곁을 떠나고 카세트 테이
프에 음성만 남긴다. '그'는 차 속에서 '그녀'의 음성을 무의미하
게 들으며 '죽음의 도시'를 방황하고, 자신이 살아있어야 한다는
어떤 근거도 발견하지 못한다.

죽은 줄도 모르고 그는
황급히 일어난다
묘비들이 즐비한 거리를 바람처럼 내달린다.

죽은 줄도 모르고 그는

다시 죽음에 들면서 내일 묘비에 새 길 근사한

한 마디 쩝쩝거리며

관 뚜껑을 스스로 끌어올린다.

(김혜순, 〈죽은 줄도 모르고〉)

김국형 감독은 최인호가 말하고자 한 '존재론적 구멍'을 '시간의 구멍'으로 변형시켜 사자(死者)의 회상으로 내러티브를 진행시킨다. 부감(俯瞰) 쇼트를 쓴 것은 망자(亡者)가 내려다본 소돔을 표현하기 위함인가.

지옥의 오디세이를 낭송하는 죽은 자의 회고록. 그렇다면 우리가 훔쳐보는 이 세상은 생전의 추억이란 말인가. 환상이라 하기엔 이 세상의 아수라가 지독하게도 선명하고 고통스러울진저.

(『중대신문』, 2000.5.29)

〈오! 수정〉
: 오! 우연, 그들은 기억하고 싶은 것만 본다

리들리 스콧의 〈블레이드 러너〉에서는 기억의 유무 여부로 인간과 비인간을 구분한다. 그러나 복제인간이 인간보다 더 인간답게 그려짐으로 인해, 인간의 기본 조건인 기억의 유효성이 심하게 손상 받는다. 미켈란젤로 안토니오니의 〈욕망(Blow up)〉 엔딩씬에서 사진작가 토마스는 사진에 찍힌 영상이 실제 현실과 일치할 수 없다는 사실을 깨닫는다. 경험을 기억에 등록시키는 시선이 불확실성을 지닐 수밖에 없음을 이 영화들은 항변하고 있다. 그러면 과연 우리가 매일 마주하고 있는 현실이란 허구인가.

한 시시한 남자 재훈(정보석 분)이 수정(이은주 분)을 만난다. 5부로 구성된 영화에서 1부〈온종일 기다리다〉와 2부 〈어쩌면 우연〉는 재훈의 기억에 의해, 3부 〈매달린 케이블카〉와 4부 〈어쩌면 의도〉는 여자의 기억에 의해 재구성된 내러티브를 보여준다. 홍상수는 〈오! 수정〉에서 우리가 사실이라고 기억하고 있는 과거란 실은 자의적인 선택, 보고 싶은 것만 선택한 장면일 뿐이라고 말한다. 따라서 인생은 보기에 따라서 우연적이기도 하고 필연적(의도적)이기도 하다. 이쯤 되면 흑백 화면 위에 펼쳐지는 두 사람의 기억은 현실의 견고함을 조롱하기에 이른다. 반(反)영웅담으로서의 건조한 멜로. 결국 5부 〈짝만 찾으면 만사형통〉의 베드신에서, 재훈과 몸을 합치는 수정의 비명은 영화적 과장과 허풍을 걷어낸 우리의 신산(辛酸)한 삶을 응시하게 한다. 홍상수는 이렇게 말하고 싶었는지 모른다.

사실이란 무엇이고, 의도란 무엇이며, 구조란 무엇이고, 본질이란 무엇인가? 이상도 하다. '역사'의 영향, 역사가 우리에게 미치는 힘은. 그럼에도 불구하고 역사는 말 외에 아무 것도 아니다. 대부분은 우연히 첨가되고 대부분의 사건은 제외되는. 만일 우리가 모든 법칙들을 무시하고 증거를 가지고 놀이를 하며, 언어 자체를 조종하여 '역사'

를 하나의 반체제 동맹으로 만든다면 어찌 될 것인가?

(로버트 쿠버, 〈공개화형〉)

현실보다 더 현실감 나는 가상세계. 극장을 나오며 우리는 진정한 현실을 그곳에 남겨 두고 온 것은 아닐까. 시뮬라시옹이 현실을 잠식하고 극장 밖 세계가 비현실적으로 보인다. 섞이지 않는 두 세계의 이질감. 그러나 홍상수는 이 깊은 골에 누추하고 일상적인 맨얼굴을 채워둠으로써 극장 문을 나섰을 때의 당혹감을 지우려 한다. 즐겁지 아니한가. 프레임 밖의 길거리에도 수많은 재훈과 수정이 분주하게 걸어다니고 있으니.

프레임 안이나 밖에서 만나는 이들이란, "당신도, 나도, 그도, 아닌 …, 그들도, 당신들도, 아닌, … 우리도, 아닌 …, 우리들도, 너희도, 너희들도, 아닌 …, 누가, 무엇이 …, 그러니까, 어, 어떤 …, 그래, 그 어떤 …, 그런데, 모르겠어 …, 말로, 끄집어, 내길, 갈망해 …, 말밖에, 달리, 어쩔 수, 없으니 … 어떻게든 …, 그런데 모르겠어 …, 그냥, 그 어떤 무엇이, 혹은, 그 어떤 누가 …, 이미 우리가, 아닌 …, 너희도, 저들도, 이들도, 멀리 아닌 …, 애당초 아닌 …,"(이인성, 〈한없이 낮은 숨결〉) 떠다니는 존재, 또는 우연으로 잠시 만난 존재. 그러나 참을 수 있는 존재의 가벼움.

우연을 가장한 필연, 필연을 가장한 우연, 제멋대로 짜깁기한 기억의 낡은 천 조각, 그리고 존재의 지리멸렬함. 영수(문성근 분)와 재훈의 집요한 유혹에도 문을 열지 않다가 끝내 재훈에게 몸을 맡긴 수정. 궁상스러울 정도로 집요했던 재훈은 그녀를 안은 채 멍청한 어조로 다짐을 한다.

"내가 가진 모든 결점들, 목숨 걸고 고칠게요. 약속해요, 수정 씨!" 오, 수정! 그대는 아는가. 그의 말이 얼마나 허무맹랑하고 우연적이라는 사실을. 세상사란 그런 것. 먼지같이 작은 욕망이라도 얻을 수만 있다면 '만사형통'.

(『중대신문』, 2000.6.5)

〈와이키키 브라더스〉와 〈고양이를 부탁해〉
: 한국영화의 어떤 기류에 대하여

그람시는 텍스트에 있어서 '재미'는 이미 예술의 범주를 넘어 문화의 한 요소가 된다고 말한 적이 있다. 그는 큰 성공을 거둔 상업 문학의 중요한 가치를 발견했는데, 이른바 대박을 터뜨린 작품은 그 자체로 '시대의 철학'을 보여주며 '침묵하는' 다수에게 우세한 정서와 세계관을 나타내는 지표라고 지적한다. 동시에 그람시는 '도덕적' 재미가 없이는 이러한 예술이 민중의 아편이나 마취제에 불과하다는 사실을 상기시키는 것을 잊지 않았다.

임순례 감독의 〈와이키키 브라더스〉와 정재은 감독의 〈고양이를 부탁해〉는 평론가들의 극찬 속에 개봉했지만 〈조폭 마누라〉와 〈킬러들의 수다〉의 폭발적인 흥행에 밀려 쫓기듯이 막을 내렸다. 평론가들과 영화 관계자들은 자신들의 평가가 극장으로 연결되지 못한 현실에 당황했고, 관객들은 이들의 기대를 비웃듯이 철저하게 자신들의 욕망을 따라갔다. 평론가들이 대중의 취향과 동떨어진 고답적이고 오만한 자기만족에 빠져 버린 것인가, 아니면 한국 영화의 관객들이 욕망을 자신 있게 추구하고 있는 것인가.

악화가 양화를 구축하듯이, 자본주의와 대중문화가 발전할수록 작품성 있는 영화보다는 흥행성 있는 영화가 대중의 환호를 받기 마련인 것. 기실 이러한 현상은 특별하게 생소한 것도 놀랄 만한 것도 아니다. 어찌 대중의 대하(大河)와 같은 욕망의 흐름을 한낱 지식인들의 알량한 펜으로 거스르게 할 수 있으랴. 조폭 영화에 대한 모방 범죄의 발생이나, 흥행 영화에만 몰리고 있는 관객들의 저속 취미를 지적하는 것은 효과적이지 않다. 이제 이 시대는 모든 엄숙함과 비장함을 떨쳐버린, 그야말로 소위 자유와 다양성을 구가하는 시대가 아니던가. 그 어떤 멋지고 웅장한 거대담론도 우리들을 환원시키지 못하는 세상이 우리 앞에 버티고 서 있다.

그러나 우리는 그람시의 말투를 빌려 다음과 같이 물어보아야 한다. 침묵하는 다수가 보여주는 시대의 철학은 어떤 도덕을 담지하고 있는가. 대중은 이상한 나라의 앨리스가 문을 통해 들여다본 것처럼 '우리가 꿈꿀 수 있는 것보다 더 아름답고 사랑스러운 정원'을 원했을지도 모른다. 그러나 시대의 관객들은, 문을 통해 판타지의 세계로 뛰어 들어간 앨리스가 목이 길어지면서 외친 말, "점점 더 나쁘게 되고 있어. 이제 나는 세상에서 가장 긴 망원경처럼 늘어나 버리고 말았어. 내 발들아, 안녕!"을 무심하게 중얼거리고 있을 뿐이다. 그리하여 대중은, 시대의 욕망은 살아있되 철학 따위는 멸종한 지 오래라고 강변하고 있는 것은 아닐까.

〈와이키키 브라더스〉와 〈고양이를 부탁해〉의 조기 종영을 안타깝게 여긴 쪽에서 연장 상영을 추진하고 있는 사태는 일종의 희비극(tragicomedy)에 속한다. 그것은 골리앗을 향한 다윗의 돌팔매질, 또는 〈모던 타임즈〉에서 기계 톱니바퀴에 낀 채 지어보이는 찰리 채플린의 표정을 상기시킨다. 실직한 30대 악단 멤버들의 쓸쓸한 연주 소리나, 지방 여상을 졸업하고 막막한 세상을 맞이해야 하는 소녀들의 서늘한 눈초리는 이미 이 시대 대중의 코드가 될 수는 없을 터. 어찌 과묵하고 진지한 카메라의 시선이 전망 부재의 대중들에게 감정 이입될 수 있겠는가. 현실과 일상에 대한 구질구질한 내러티브와 미장센은 가볍고 매혹적인 재미에 기선을 제압당했다. 영화 속 고개 숙인 30대 실직자들과 10대 소녀들의 쓸쓸한 목소리는 조폭과 킬러들의 수다 속에 묻혀 버린다.

만델이 『즐거운 살인』에서, 현대 범죄소설에서 개인적인 복수와 폭력을 이상적으로 그린다는 것은 극도로 불길한 징조이고, 이러한 상상력의 산물들이 폭력의 가공할 만한 확산에 부합할 뿐더러 폭력을 정당화한다고 경고한 것을 여기에서 강조할 필요까지는 없다. 만델의 완고한 사회주의적 비전은 또 하나의 도덕적 견결성으로 귀착될 수 있기 때문이다. 그보다는 차라리 여러 가지 경제적, 정치적 위기가 심리적 위기를 유발하고, 심리적인 비상사태가 재현의 위기를 불러오는 국면에 시선을 돌리는 것이 나을 것이다.

한국 영화, 그리고 한국 관객의 무의식은 제어장치가 풀린 수레처럼 욕망의 비탈길을 내달리고 있는 것처럼 보인다. 앨리스의 머리와 발이 멀어질수록 앨리스의 정체성이 '은유'의 동일시 욕망을 닮아가듯이, 우리 관객은 '감상 주체/텍스트/현실'의 삼각관계를 인접성의 '환유'로 받아들이지 못하고 끝없이 의미가 지연되는 판타지로 소비하고 있다.

(『교수신문』, 2001.11.26)

〈똥개〉

곽경택에게 사나이들의 삶은 '사각(四角)의 정글'에서 죽을 때까지 싸워야 하는, 그 어떤 비장감을 뜻한다. 이때 온갖 위험이 도사리고 있는 '사각의 정글'은, 소년이 사나이로 거듭 나기 위해 반드시 거쳐야만 하는 입사식(入社式)의 공간이다. 입사식, 또는 성인식(成人式)은 일련의 고된 시련을 통해 성인 공동체의 방식과 관습을 익힘으로써 공동체 구성원으로 인정받는 의식이다. 소년들은 생명을 잃을 수도 있는 여러 가지 시험 단계를 통과해야 한다.

데뷔작 〈억수탕〉(1997)이 부산 목욕탕에서 벌어지는 인간 군상의 에피소드들을 코믹하게 다루었다면, 〈닥터K〉(1999)는 감독 자신의 의과대학 시절을 바탕으로 병원 진료와 관련된 미스터리를 판타지로 그린다. 초기의 두 작품 다 흥행에서 참패하고 말았는데, 곽경택적인 영화 세계를 만나기 위해서 관객은 몇 년을 더 기다려야 했다. 〈친구〉(2001), 〈챔피언〉(2002), 〈똥개〉(2003)와 같은 일련의 남성 영화에 와서야 그의 독특한 색깔이 자리 잡기 시작했다. 곽경택 영화 속의 소년들은 사회의 일원으로 편입되기 위해 피 튀기는 전투를 벌여야 한다.

재미있게도 뒤의 세 작품들은 주인공의 소년 시절에 대한 회고담으로부터 내러티브를 풀어나간다. 세 영화는 폐타이어 튜브를 타고 바다에서 놀던 네 명의 소년들, 바다를 보며 챔피언을 꿈꾸던 소년, 어머니의 상여 행렬에서 철없이 굴던 소년의 모습으로 시작한다. 이 소년들은 사나이가 되기 위해 각기 다른 방식으로 입사식을 치러야 하는데, 조폭과의 칼부림이건 사각 링에서의 주먹다짐이건 동네 깡패와의 패싸움이건, 그것은 중요하지 않다. 이들은 모두 이 사회의 당당한 전사(戰士)로 승인받기 위해 투쟁해야 하는 외로운 승냥이들이다.

〈친구〉, 〈챔피언〉에서 보여준 바 있던 과도한 마초이즘(machoism)은 〈똥개〉에 와서 어깨의 힘을 약간 뺀 듯이 보인다. 그러나 〈똥개〉의 철민(정우성 분)은 곽경택이 개발한 또 하나의 사나이일 뿐이다. 〈친구〉의 동수(장동건 분)나 〈챔피언〉의 김득구(유오성 분)처럼 극단적 투쟁을 벌이는 비극적 영웅상은 아니지만, 똥개 철민은 나름대로 대한민국 사나이의 또 다른 남성적 매력을 발산시킨다. "내는 한 번 물면 절대 놓지 않는다."라는 똥개 철민의 신조는 그대로 이 나라 사나이 정신의 한 줄기를 이루고 있다.

세상에 대한 감독의 시선이 따뜻해진 것일까. 가족의 끈끈한 정이 존재하지 않던 그의 영화에 가족 냄새가 풍기기 시작한다. 무뚝뚝하긴 해도 수사과장인 아버지(김갑수 분)는 아들과의 끈을 놓지 않는다. 게다가 아버지가 경찰서에서 데려온 정애(엄지원 분)는 퍽퍽한 두 남자의 세계에서 가정주부의 빈 공간을 채워준다. 정애는 똥개와 똥개 아버지를 온전한 가족으로 만들어 줄 것이다. 감옥 면회실에서 아버지가 철민에게 부정(父情)을 고백함으로써 헛돌던 부자 관계를 회복하고, 철민이 유치장에서 깡패 두목과 결투해 승리함으로써 훼손된 남성성을 회복한다. 아버지와 아들, 이들은 변하지 않는다. 다만 잃었던 것을 되찾을 뿐이다. 이들이 평화를 구가하기 위해서는 한 명의 여성, 정애가 변화되어야 한다.

(『인천일보』, 2003.7.25)

〈도그빌〉

라스 폰 트리에 감독의 이름을 떠올리는 것은 우리에게 어느 정도 낯설다. 그 이유는 그의 영화 문법이 항상 우리의 감각을 조롱하는 듯이 빗나가고 있기 때문이다. 〈유로파〉(1991), 〈킹덤〉(1994), 〈백치들〉(1998) 등의 필로그라피를 떠올린다면 그의 영화가 왜 우리에게 낯선 것인지, 왜 우리가 기억하고 싶지 않은 감독인지에 대한 생각이 피어오른다. 라스 폰 트리에는 장선우가 우리에게 했던 것처럼, 모든 것을 뒤집고 비웃고 도망치고 우리들의 뒷덜미를 급습한다. 라스 폰 트리에는, 만약 영화에 사교술이라는 게 있다면, 관객과의 교제가 지나치게 서툴고 거칠기까지 한 불친절한 감독으로 비유되리라.

1995년 덴마크 코펜하겐에서 4명의 영화 감독들이 현대 영화에 대해 사망을 선고하고 '도그마 95'를 선언한다. 라스 폰 트리에는 '도그마 95'의 주도적 인물로서 영화적 테크닉을 포기하고 현실에 대한 카메라의 솔직한 시선을 찬양하게 되는데, 이러한 작가적 의지의 결과물로 〈백치들〉이 탄생하게 된다. 우리는 이 영화에서 이미 장선우의 〈나쁜 영화〉(1997), 임상수의 〈눈물〉(2000)의 생경한 영화적 이미지를 미리 훔쳐보게 된다.

'도그마 95' 선언의 핵심 중 하나는 '올 로케이션'. 이는 모든 영화적 테크닉과 감독의 인위적인 삽입을 배제하려는 선언이라 할 만한데, 그렇다면 '도그빌'의 경우는 어떠한가.

1930년대 공황기에 미국 록키산맥 오지의 '도그빌(Dogville)'이라는 동네는 분필로 도로와 집을 그어놓고 장난감 같은 가구들로 배치한 연극적 무대로 재현된다. '도그빌'은 1막 9장의 연극 무대를 카메라로 기록한 형식을 취함으로써 변형된 '올 로케이션'을 시도하는데, 이때의 '올 로케이션'은 극도로 은유화된 '현장'을 지시한다. 이 '현장'은 '인간관계', 또는 '인간 내면'이라고 부를 만한 그것 자체를 의미한다.

'도그빌'은 연극 무대 안에 영화 공간을 가두어 둠으로써, 이 마을을 채우고 있는 인간들의 내밀한 욕망을 보다 세밀하게 파헤쳐 보고자 한다. 카메라에 포착된 중심 장면은 외부의 마을 풍경과 겹쳐 보이게 되고, '도그빌'은 투명한 생물체처럼 한 몸으로 움직인다. 말하자면, '도그빌'은 살아 움직이는 괴물이다.

인간의 선한 의지를 믿었던 미모의 신비로운 여인 그레이스(니콜 키드먼 분)는 이 작고 순수한 마을에서 끝내 인간의 악마성과 야만성의 편이 된다. '수용(受容)의 미덕'을 마을 사람들에게 설교하던 청년 톰(폴 베타니 분)마저 유약함과 이기심에 굴복해 버리고, 그레이스는 이 '개 같은' 주민들을 모두 학살한다.

이 영화를 미국을 비판하기 위해 만든 것이라 이해하기는 어렵다. 오히려 이 영화에서 채택된 미국은 선과 악, 용서와 처벌, 이성과 야만에 대한 어려운 철학적 난제들을 성찰하기 위한 하나의 비유일 뿐이다. 이 어렵고 지루하고 '오만'하기까지 한 영화를 우리가 어떻게 받아들여야 하는지에 대해서는 아무도 말할 자격이 없다. 어쩌면 우리는 이 '오만'하고 솔직한 영화를 보게 되었을 때, 우리 안에 숨어있는 추악한 본능을 들키지 않을까 두려워하며 도피하고 있는 중일지도 모른다.

(『인천일보』, 2003.8.8)

〈바람난 가족〉

〈바람난 가족〉(2003)은 두 가지 면에서 흥미롭다. 배우 문소리, 황정민이 감독 임상수와 만났다는 사실, 그리고 〈처녀들의 저녁식사〉에서 〈눈물〉을 거쳐 온 임상수의 집요함이 〈바람난 가족〉까지 이어지고 있다는 사실. 문소리는 이창동 사단에서 '박하사탕'처럼 청순한 여공(女工)으로, 삼류 인생에게 '오아시스'를 선사하는 장애 여성으로 살아왔다. 다시 말해 그녀는 1980년대라는 무거운 옷으로 포박되거나, 사회적 편견에 짓눌린 육체성을 질질 끌고 다니다가, 드디어 그 거추장스럽고 칙칙한 겉옷을 훌훌 벗어 던진다. 그녀는 주체할 수 없는 욕망의 덩어리, 길들일 수 없는 아내 은호정으로 다시 태어난다. 임순례 감독의 〈와이키키 브라더스〉(2001)에서는 순진하지만 약간 모자라는 드러머 강수로, 김인식 감독의 〈로드무비〉(2002)에서는 마초적인 동성애자 대식으로 등장했던 황정민은 〈바람난 가족〉에서 앞의 두 캐릭터를 적당히 섞어놓은 듯한 남편 주영작 역할을 맡는다. 두 배우의 만남은 임상수 영화의 행보에 날카로우면서도 강렬한 흔적을 남긴다.

위악적(僞惡的)이기까지 한 임상수 영화의 뻔뻔함은 문소리와 황정민이 새겨놓은 좌표 위에서 다시 빛을 발한다. 〈바람난 가족〉에서 남편과 아내는 서로 성욕을 느끼지 못한다. 남편은 젊은 애인과 격렬한 섹스를 하고, 아내는 옆집 사는 고등학교 중퇴생(봉태규 분)과 장난 같은 사랑을 나눈다. 이 부부가 입양해 온

아들은 자신이 친자식이 아니라는 사실 때문에 정체성의 혼란을 겪는다. 시어머니(윤여정 분)는 알코올 중독 후유증으로 간암 말기에 처한 그녀의 남편(김인문 분) 대신 동창생과 정을 나눈다. 이들은 형식상 가족으로 분류되지만 실질적으로 가족이 아니다. 그들의 의지와 관계없이 그들을 가족이라 불렀기 때문에 가족이 된 것이다. 남편과 시어머니는 시아버지의 죽음에 대해 특별히 슬픔을 느끼지 못한다. 시아버지가 죽자마자 시어머니는 재혼하여 떠나버리고, 남편은 애인과의 섹스에 굶주려 있다. 아내는 아들의 급작스런 죽음 뒤에 옆집 총각과 섹스를 나눈다. 가족은 결코 이들을 구원하지 못한다!

송능한의 〈세기말〉(1999)이 인간의 좌절을 심문하고 그 원인을 분석함으로써 희미한 구원을 탐색했다면, 〈바람난 가족〉은 이를 구경하고 있을 뿐이다. 임상수는 도덕주의자나 계몽주의자가 결코 아니다. 오히려 그의 영화는 서글프고 쓸쓸하다. 그의 영화들이 감싸고 있는 뻔뻔함 속에는 아주 민감한 상처들이 움츠리고 있기 때문이다.

그러나 〈바람난 가족〉에서 남편과 아내는 완전하게 자유로운 영혼은 아니다. 입양해온 아들이 납치되어 죽은 뒤, 남편은 아내와의 결합을 꿈꾸고 있으며, 아내는 옆집 총각의 애를 밴 채 남편과 갈라선다. 남편은 아내가 필요하고 아내는 자식이 필요하다. 임상수는 한국 영화에서는 드물게 여성 캐릭터를 가부장주의에 온전히 귀속시키지 않는 경향의 감독이다. 아내와 그녀의 시어머니는 기존의 가족을 해체하고 새로운 가족을 생산한다. 이것은 '시할아버지→시아버지→남편'으로 이어지는 '가족 이데올로기'에 대한 반란이다. 그러나 임상수가 제시하는 대체가족은 모호하다. 가족 이외의 대안은 아직 없는 것일까.

(『인천일보』, 2003.8.21)

〈오! 브라더스〉

2000년 단편 영화 〈자반고등어〉로 로체스터 국제영화제에서 수상한 김용화 감독의 데뷔작 〈오! 브라더스〉(2003)는 훼손된 가족애를 복원시킨다는 낯익은 주제를 담고 있다. 추석 연휴 바로 전에 개봉한 이 영화는 말 그대로 추석 특수용(特需用) 기획 상품이라 할만 했다. 그런 의미에서 이 영화는 TV 방송국의 추석 특집 단막극을 닮았다. 우연의 일치인지 그 해 추석 특집극으로 방영한 〈보름달 산타〉(KBS2)는 지체 장애인 동생과 정상적인 형 사이에 벌어지는 갈등과 형제애의 복원을 중심 내용으로 하고 있다.

눈치가 있는 관객이라면 〈오! 브라더스〉가 미국 영화 〈레인맨〉(1988)의 줄거리와 거의 흡사하다는 사실을 간파해낼 것이다. 그러나 〈오! 브라더스〉가 환기하는 이미지와 감정들은 〈레인맨〉과 날카롭게 갈라선다. 조로증(早老症) 환자이자 배다른 동생 오봉구(이범수 분)와, 불륜 관계 사진을 찍어 돈을 요구하거나 채무자들로부터 빚은 받아내는 일을 하는 형 오상우(이정재 분)가 꾸

며나가는 형제애의 구축, 여기에 증오하던 아버지에 대한 용서
는 가장 한국적인 정서를 건드리고 있다.

흥미로운 사실은 동생의 캐릭터가 지니고 있는 복잡함이다.
그는 12살의 나이에도 불구하고 30대 후반의 신체 연령을 갖고
있다. 그는 성(性)에 대한 호기심과 집착이 남다르고, 자신의 의
사와 관계없이 타인들에게 공포심을 불러일으킨다. 봉구는 상우
의 배다른 동생이면서, 기실은 상우에게 있어 죽은 생부(生父)의
환생이다. 미성숙한 정신과 초고속으로 성장하는 육체 사이의
부조화는 그 자체로 우리 자신의 그로테스크한 자본주의를 연상
시킨다. 이 우스꽝스러운 부조리의 틈새에서 아버지의 주검이
쓸쓸하게 웃고 있다.

그러나 이러한 상상력은 이 영화가 허용하고 있는 잡다한 모방
과 짜깁기 때문에 끊임없이 방해받는다. 이 영화는 추석용 종합선
물세트처럼 충무로 상업영화가 욕망하는 거의 모든 장치들을
끌어모으고 있다. 폭력, 멜로, 남성적 우애, 휴머니즘, 코믹 캐릭
터, 가족애 등 우리나라의 관객들이 선호하는 인기 상품 목록이
총동원된 듯하다. 그러나 정작 아쉬운 것은 인간에 대한 감독의
시선이다. 선천적으로 험악한 용모를 지닌 봉구의 신체, 게다가
정상인과 너무 다른 그의 행동거지는 불량 채무자들로부터 빚을
챙기는 데 악용된다. 또한 감독은 이 시대의 아픔과 질곡은 남성
들 사이의 관계 정립을 통해 해결될 수 있다고 믿는 듯하다.

이문식, 이원종, 박영규 등 조연들의 코믹 캐릭터는 내러티브
의 전체 틀과는 상관없이 제멋대로 놀고 있으며, 상우의 형제애

복원은 개연성 없이 성급하게 이루어진다. 〈달마야 놀자〉(2001)에서의 해피엔딩처럼 이 영화도 따뜻한 해결 방식으로 끝을 맺고 있는데, 이러한 결말 구조야말로 이 어지러운 시대에 가장 무책임한 임시 처방전이 아닐까. 그런 의미에서, 세상에 대한 감독의 대응 방식은 신인답지 않게 조로(早老)의 징후마저 보이고 있는 것처럼 보인다. 상우가 봉구의 고통을 진정으로 받아들일 때까지 우리는 좀 더 기다려야 할 것 같다.

(『인천일보』, 2003.9.19)

〈방탄승〉

오우삼과 주윤발이 다시 만났다는 사실 하나만으로도 영화 〈방탄승〉은 관객의 호기심과 기대감을 불러일으킬 만하다. 그들이 누구인가. 〈영웅본색〉 시리즈로 소위 '홍콩 느와르'의 시대를 화려하게 개막했던 영웅들이 아니던가. 그러나 성냥을 씹으며 묘한 미소를 지은 채 사정없이 총알을 날려대던 킬러 주윤발의 냉소적인 모습을 이 영화에서 기대했다면 오산이다. 킬러 주윤발의 냉소주의적인 몸부림은 오우삼과 주윤발이 독해한 홍콩의 비유법이었다. 폭죽같이 터지는 총알들은 그 화려한 미장센 효과에도 불구하고 깊은 좌절감과 허탈감을 숨길 수는 없었다. 이안 감독과 함께 이루어낸 〈와호장룡〉의 우아한 율동과 철학적 깊이도 〈방탄승〉에서 찾기는 힘들다. 이 영화는 '홍콩 느와르'의 옛 명성을 잊지 못한 두 남자의 어설픈 미련 같다.

1943년 티벳 사원에는 오래 전부터 내려오는 신통한 능력의 비전(秘典)이 있다. 무명승(無名僧) 주윤발에게 그의 스승이 비전을 건네 주며 60년 안에 비전을 지킬 후계자를 찾으라고 말한다. 비전의 절대권력을 탐한 나치 장교의 총에 무명승은 절벽 아래로 추락하고, 그로부터 60년 뒤의 미국. 미국에서 비전을 지킬 후계자를 찾아다니는 무명승과, 60년 동안 무명승을 추격해 온 나치 장교 일당의 쫓고 쫓기는 이야기다. 우리는 이 영화의 내러티브에서 오우삼과 주윤발이 그 동안 구축해 왔던 그들만의 캐릭터를 제대로 지켜내지 못하고 있음을 발견한다. 이 영화는 〈반지의 제왕〉에서의 절대반지, 〈미션 임파서블〉의 와이어 액션, 〈인디애나 존스〉에서의 추격 모티브, 〈쿵후〉에서의 동양적 신비주의 등이 어지럽게 인용되고 짜깁기된 작품이다. 배우들의 화려한 몸 동작과 만화적인 상상력은 가히 영화 〈메트릭스〉의 오마주라 할 만하다.

홍콩의 중국 반환에 대한 무의식적 질병이 치유된 것일까. 이제 오우삼과 주윤발에게서는 세상에 대한 공포와 끝 모를 불안감이 포착되지 않는다. 홍콩을 떠나 할리우드에 안착(安着)한 두 남자의 버라이어티쇼는 믿지 못할 정도로 미국적인, 아니 국적 불명의 페이소스를 발산한다. 미국 감독들이 동양을 우스꽝스럽게 희화화하고 신비화했던 시행착오를 두 중국인은 아무렇지도 않은 듯이 천연덕스럽게 재연한다.

〈방탄승〉은 티벳을 신화 속의 가상 국가처럼 과장되게 묘사함으로써 티벳의 고유한 역사성과 현재성을 휘발시켜 버린다. 게다가 나치 잔당의 악마적 캐릭터화는 〈인디애나 존스〉의 망령을 다시 불러낸 듯한 착각을 일으킨다. 그런 의미에서 오우삼과 주윤발의 재회는 매우 불길하고 실망스러운 것이었다. 그것은 동양인이 미국적 시선을 내면화했을 때, 미국인이 동양을 타자화(他者化)한 것보다도 더 심각한 오리엔탈리즘에 빠질 수 있다는 경고를 해준다. 인류를 지켜낼 수 있는 비법(秘法)을 가진 티벳의 무명승이 미국의 두 젊은 남녀(남자는 소매치기이고 여자는 갱단 두목의 딸이다)를 후계자로 임명하는 것은 여러모로 씁쓸한 결말이다. 이들에게 인류의 미래를 맡기고 인파 속으로 사라지는 주윤발의 뒷모습은 〈영웅본색〉에서의 킬러의 외로움보다 훨씬 고통스럽게 다가온다.

(『인천일보』, 2003.10.3)

〈스캔들〉

〈스캔들〉은 1782년에 출간됐던 프랑스의 쇼데르로 드 라클로(Choderlos de Laclos)의 소설 〈위험한 관계〉를 원전으로 한다. 〈스캔들〉 이전에 이미 로제 바딤의 〈위험한 관계〉(1959), 스티븐 프리어즈의 〈위험한 관계〉(1988), 로스 포먼의 〈발몽〉(1989), 로저 컴블의 〈사랑보다 아름다운 유혹〉(1999)과 같은 작품들도 이 소설을 영상화했다. 그렇다면 〈스캔들〉은 또 하나의 그렇고 그런 번안극에 불과할지도 모른다. 프랑스 혁명 전 귀족 사회의 문란하고 퇴폐적인 내부 사정을 냉소적으로 풍자했던 원작 소설을 조선 정조 시대로 옮겨왔을 뿐 별 새로운 내용이 없을 법도 하다. 그러나 〈스캔들〉은 다른 지점에서 영화 보기의 재미를 준다.

영정조 시기. 조선에는 두 명의 천재 화가가 있었다. 신윤복과 김홍도. 이들은 풍속 화가임과 동시에 춘화(春畵)를 남긴 화가이기도 했다. 호색한 바르몽 자작을 조선의 바람둥이 한량 조원(배용준 분)으로 옮겨왔을 때, 감독이 첨가한 춘화 작가로서의 조원 모티브는 매우 선동적이다. 춘화는 그 자체로 유교 사회의 엄숙주의와 위선을 뿌리부터 까발리는 반항심을 대표하며, 도(道)보다는 육(肉)에의 탐닉을 전면화시키기에 그렇다. 춘원 이광수가 소설 〈무정〉에서 그러했듯이 감독 이재용은 조선 시대의 완고한 유교주의를 통렬하게 비난한다. 따라서 조원의 춘화 그리기는 일종의 근대적 계몽주의자의 몸부림으로 읽힌다. 조원은, 술집·매음굴·뮤직홀 등의 정경을 그림으로 남겼던 '무랭루즈' 화가 로트렉에 비견된다.

18세기 프랑스 상류사회의 풍경을 조선으로 옮기면서 발생하는 내러티브적 어색함은 이 영화의 운명적 한계였을 것이다. 그럼에도 불구하고 우리는 〈스캔들〉에서 시각적 쾌락을 얻는다. 이 쾌락은 많은 관객들이 기대했음 직한 관음적 에로티시즘에서 나오지 않는다. 그것은 카메라가 잡아낸, 조선 후기 양반가의 다양한 색채감에서 나온다. 이재용은 조선 후기 풍경화와는 또 다른 매력의 미장센을 구축한다. 이 영화는 카메라의 섬세하고 모던한 시선만으로도 영화 보기의 즐거움을 얻을 수 있다는 하나의 예를 선사한다. 또한 이병우의 우아하고 감미로운 음악은 규방(閨房)의 농익은 분위기와 함께 묘한 여운을 남겨둔다. 한마디로 〈스캔들〉은 식욕을 한껏 돋우는 퓨전요리라 할 만하다. 적포도주로 볶은 김치볶음밥이라고나 할까.

그리고 갈증이 남는다. 원작의 완성도와 문학성이 영화의 품격을 좌우하는 법. 이 영화는 프랑스 소설을 번안함으로써 손대지 않고 코를 푼 셈이다. 이처럼 발칙하고 도발적이며 매력적인 내러티브를 충무로는 아직도 제 손으로 만들 수 없다는 말인가. 조선 후기의 천주교 모티브, 춘화도, 양반 가문 의상과 가재도구 등의 시각성 등이 긴밀하게 엮이지 못하고 따로 노는 듯한 이유는 딴 나라의 이야기를 빌어 와 우리의 지나간 삶을 들여다보려고 했기 때문이 아닐까. 그러나 얼치기 상업영화들과 비교한다면 〈스캔들〉의 뛰어난 영상미와 감각적이면서 우아했던 배경음악은 칭찬할 만하다.

(『인천일보』, 2003.10.17)

〈실미도〉

1971년 8월 23일 새벽 6시. 영종도 인천국제공항 부근 잠진항에서 배를 타고 20분 정도 나가면 나타나는 작은 섬 실미도에서 현대사의 묻혔던 비극이 시작된다.

북파를 목적으로 조직된 실미도 특수부대. 이 부대의 정식 명칭은 2325 전대 209 파견대였다. 또는 1968년 4월에 창설되었다고 해서 684부대라고도 불렀다. 이 특수부대의 창설은 1968년 김신조가 이끄는 북한 무장공비 31명의 청와대 습격 기도 사건이었던 소위 1.21 사태의 대응책의 일환이었다. 남한의 대통령과 요인을 암살하기 위해 남파시킨 1.21 사태로 박정희는 격노했고, 당시 권력의 실세였던 김형욱 중앙정보부장과 대북 공작책 제1국장 이철희에 의해 실미도 특수부대가 만들어졌다. 이 부대의 목적은 주석궁에 침투하여 김일성의 목을 따오는 것이었다.

주로 사형수들을 중심으로 구성된 684부대는 사회에서 존재하지 않는 유령들의 집단이었다. 분명히 살아서 존재하고 있지만 사회 내에서 철저하게 지워진 사람들. 우리는 이들을 철학자 자크 데리다가 유령을 설명할 때 사용한 '부재(不在)하는 현존(現存)'이라고 부를 수 있다. 그런 의미에서 684부대는 온전하게 '유령'이다. 그리고 흥행의 마술사 강우석은 이 영화를 통해 구천을 떠돌아다니는 유령을 불러내는 무당이 된다. 우리는 갑자기 진지해진, 강우석이라는 무당을 통해 유령의 넋두리를 듣게 된다. 그리고 부끄러워 고개를 숙인다. 그들의 역사가 우리의 현대사에서 말끔하게 지워져 있었다면, 우리가 살아온 현대사는 과연 실존했던 시간이었을까. 어쩌면 샤말란(M. Night Shyamalan) 감독의 영화 〈식스센스(The Sixth Sense)〉(1999)에서의 엔딩씬의 반전(反轉)처럼, 실제는 우리가 유령이고 684부대가 살아남은 자는 아닐까.

영화 텍스트 자체는 역사를 가르치는 교과서가 아니다. 아니, 그보다는, 영화 텍스트 자체가, 또는 영화를 만들고 영화를 관람하는 그 자체가 하나의 역사이다. 엉뚱하게도 우리는, 이 영화를 보면서 역사는 인간을 무엇으로 정의 내리고 있는가에 대해 성찰하게 된다. 인간은 폭력에 의해 결코 지워질 수 없는, 그 어떤 엄숙한 가치. 강제로 지워버려도 유령의 모습으로 반드시 우리 앞에 되돌아오는 의미가 아니겠는가. 그런 의미에서 영화의 결말부, 탈취한 버스 안에서 684 부대원들이 피 묻은 손가락으로 각자 자신의 이름을 써서 남기는 것은 감상적이다. 역사는 이름 따위 같은 껍데기로 남는 것이 아니다. 역사는 존재의 떨림, 희망과 절망과 용서와 분노의 몸짓으로 흔적을 남기는 것이다.

그러나 강우석은 과거의 시간을 오늘로 호출하여 끊임없이 넋두리를 늘어놓게 만든다. 그가 불러낸 유령들, 인찬(설경구 분), 상필(정재영 분), 찬석(강성진 분) 등은 지치지도 않고 우리들에게 하소연한다. 이들은 침묵 속에서 꿈틀거리는 인간의 욕망을 제대로 보여주지 못한다. 강우석과 그의 유령들은, 극장 안에 틀어박혀 있는 우리들이야말로 유령이었음을 미처 간파하지 못한다. 유령끼리는 말이 아니라 오히려 침묵으로 대화한다는 사실을, 관객이 그들의 침묵 위에 무언가를 새롭게 기재할 때 역사가 구성된다는 사실을 영화 〈실미도〉는 미처 모르고 있는 것일지도 모른다.

(『인천일보』, 2003.12.26)

〈동해물과 백두산이〉

극장 로비에 비치되어 있는 〈동해물과 백두산이〉 팸플릿에는 〈걸리버 여행기〉를 패러디한 그림이 맨 앞장을 장식하고 있다. 배우 정준호와 공형진은 모래밭에 드러누워 있고 소인(小人)들이 이들을 밧줄로 꽁꽁 매고 있다. 두 작품의 어울릴 것 같지 않은 대비는, '항해와 난파, 그리고 기이한 체험'이라는 공통 모티브를 가지고 있다. 조나단 스위프트의 〈걸리버 여행기〉는 18세기 영국 사회와 인간에 대한 통렬한 풍자 문학이다. 이 작품은 위선적인 정치와 종교, 권위적이고 맹목적인 복종 등을 신랄하게 비웃고 있다. 이때의 '항해와 난파'는 '여행' 모티브를 빌려 삶과 사회에 대한 내적 성찰의 과정을 상징하기도 한다.

영화 〈지옥의 묵시록〉에서 미 특수부대 윌라드 대위는 커츠 대령을 처단하기 위해 캄보디아 정글 속으로 들어간다. 이때 윌라드 대위의 탐험과 여행은 그 자신의 어두컴컴한 내면으로의 고통스러운 성찰 과정을 의미한다. 그러나 〈동해물과 백두산이〉는 〈걸리버 여행기〉에서의 격렬한 비판의식이나 〈지옥의 묵시록〉에서의 정치적 무의식에 대한 성찰의 내러티브 방식을 따라가지 않는다. 그 대신 이 영화는 장진 감독의 〈간첩 리철진〉이 그랬듯이 타자(他者)의 시선을 빌려 우리의 모습을 비틀어보기를 시도한다. 〈간첩 리철진〉과 〈동해물과 백두산이〉는 풍자보다는 농담의 길을 걷는다.

북한 장교 최백두(정준호 분)와 병장 림동해(공형진 분)는 고무

보트 위에서 술에 취해 잠든 사이에 동해 낙산 해수욕장 바닷가에 떠밀려온다. 이 두 명의 북한 군인들은 낙산 해수욕장을 가득 메운 피서객들의 모습에서 문화 충격을 받는다. 이 충격은 영화 〈쉬리〉의 남파 특수대원 박무영(최민식 분)이 명동 거리의 인파를 보며 저주를 퍼부었을 때의 충격이 아니다.

어리숙한 경찰들, 여주인공 한나라(류현경 분)와 그의 날라리 친구들, 그리고 해수욕장에 우글거리는 불량배들. 이들은 낯선 이의 시선에 비친 남한 사회의 주요 코드들로 코미디 영화의 단골 메뉴이다. 이는 시골 출신 촌놈이 서울로 상경하여 벌이는 한바탕 좌충우돌 드라마와 닮은꼴이다. 따라서 이 영화를 통해 남북관계라든지, 남한 사회의 모순이라든지, 타자(他者)와의 진정한 관계 복원과 같은 엄숙한 주제를 연상해서는 안 된다. 그러한 태도는 이 영화에 대한 예의가 아니다. 이 영화는 요절복통, 황당무계, 포복절도를 무기로 하는 본격 코미디물일 뿐이다. 북한 병사라고 하는 무시무시한 캐릭터를 우스꽝스러운 멍청이로 역전시켰을 때의 즐거움, 이 영화의 미덕은 '생각하지 않고 웃기만 하는' 천진무구함을 집요하게 추구한다는 점이다.

두 북한 병사는 남한을 떠나 북으로 갔지만 결국 태평양의 어느 섬에 도착하게 되고, 북적대던 동해안의 피서 인파들은 언제 그랬냐는 듯이 도시로 돌아가고, 해수욕장에는 한 여름 이들이 남기고 간 소란스러움과 쓰레기만 굴러다닌다. 변한 것은 아무것도 없다. 우리는 아주 유쾌한 '한여름 밤의 꿈'을 꾼 것이었을까.

(『인천일보』, 2004.1.9)

〈태극기 휘날리며〉

영화 〈쉬리〉(1998)로 한국 영화 흥행 역사를 새롭게 썼던 강제규 감독, 그리고 장동건, 원빈, 이은주 등 스타들이 함께 만들어 낸 〈태극기 휘날리며〉(2003)는 그 자체로 대중의 관심과 기대를 집중시키기에 부족함이 없다. 게다가 아름다운 멜로 영화에나 어울릴 법한 세 명의 배우들을 6.25 전쟁 소재 영화에 캐스팅한 것은 관객의 호기심을 잔뜩 부풀리게 만드는 요인이었다.

1950년 6월 어느 일요일. 전쟁은 예고 없이 들이닥쳤고, 이 전쟁은 모든 삶의 구조를 황폐하게 만들어버렸다. 서울 종로 거리에서 구두 수선을 하며 가족의 생계를 꾸려나가는 진태(장동건 분), 서울대학교 진학을 꿈꾸고 있는 고등학교 3학년 수재 진석(원빈 분), 그리고 진태의 약혼녀 영신(이은주 분). 영화는 전쟁이 평범하고 선량한 이 세 명의 관계를 어떻게 철저하게 파괴시키는가에 초점을 맞추고 있다. 특히 인정 많고 속이 깊던 진태가 전쟁 때문에 얼마나 처참하게 인간성을 잃어버리게 되는가, 황폐해진 진태의 영혼이 뜨거웠던 형제애를 얼마나 유린하는가에 카메라의 시선이 집중되어 있다.

그렇다면 이 영화는 기존의 수많은 전쟁영화의 기본 플롯을 다시 꺼내 되뇌고 있는 것일 수도 있다. 카메라는 행복했던 가정이 전쟁으로 인해 파괴되는 과정을 그려내고 있으며, 전쟁 과정 중에 발견되는 처참한 살육 장면을 사실적으로 묘사하고 있다. 다만 이 영화가 기존의 전쟁영화와 차별성을 지니게 되는 장면은 전쟁을 이데올로기적으로 판단하려고 하지 않았다는 점, 대신에 영화적 시각성의 완성도에 공을 들였다는 점이 눈에 띈다.

그러나 영화의 내러티브를 잘 들여다보면, 진태와 진석의 비극은 전쟁 그 자체 때문이 아니다. 진태가 용감하고 잔인한 살인 기계로 변하는 것, 국방군이었다가 인민군의 영웅으로 변신하는 것은 동생 진석에 대한 진태의 절대적인 사랑 때문이었다. 이때 진태는 진석의 형이라기보다는 그의 아버지이다. 진태가 목숨을 아끼지 않고 전선을 누비는 것, 인민군을 잔인하게 살육하는 것, 전쟁 영웅으로 훈장을 수여 받는 것, 이 모두는 그의 정신적인 아들 진석의 무사 제대를 위한 희생에 불과하다. 진태에게 진석은 그들의 가정을 일으켜 세울 수 있는 상징적인 장손(長孫)이다. 진태에게 전쟁의 이데올로기나 사상 따위는 중요하지 않다. 그에겐 오로지 가정이 중요하다. 그 가정을 지키고 키울 수 있는 방식이 중요하다. 그렇기 때문에 그는 학업을 포기하고 길거리에서 구두나 닦으면서 진석의 서울대 진학을 꿈꾸는 것이다. 상징적인 부자(父子) 관계로서, 아버지인 진태는 아들인 진석의 목숨을 지켜주어야 한다.

〈태극기 휘날리며〉는 놀라울 정도로 〈실미도〉의 뉘앙스를 고스란히 반복한다. 국가, 민족, 이데올로기, 전쟁은, 작지만 가장 소중한 가족의 평화를 파괴하는 원인이다. 여기에는 자본주의도 공산주의도 별 의미가 없다. 〈태극기 휘날리며〉는 한국판 〈라이언 일병 구하기〉이다. 강제규는 휴머니즘 가족 영화와 스펙터클

전쟁 영화 사이에서 아슬아슬하게 곡예를 한다.

(『인천일보』, 2004.2.6)

〈여섯 개의 시선〉

국가인권위원회가 기획하고 제작한 옴니버스 영화 〈여섯 개
의 시선(If you were me?)〉(2003)은 실상 대단히 불쾌한 영화이다.
우리의 마지막 자존심과 우월감을 여지없이 짓뭉개기 때문이다.
6명의 감독이 '함께, 그러나 따로!'의 원칙 아래 인권과 차별에
대해 각기 다른 어법으로 발언했을 때, 우리는 미셸 푸코가 말한
바 있는 '신체 규율' 사회를 목격하게 된다. 폭력의 정치학은 신
체를 통해 영혼까지 파고든다.

임순례의 〈그녀의 무게〉는 취업을 위해 다이어트와 성형수술
에 모든 것을 걸어야만 하는 여상 졸업반 선경(이설희 분)의 고군
분투 과정을 그리고 있다. 한국에서 대다수 여성들은 자신의 육
체에 관한 한 타자(他者)들이다. 왜냐하면 그녀들의 육체란 자신
이 아닌 타자들, 특히 남성들의 시선에 의해 소비되어야 할 상품
에 불과하기 때문이다.

박진표의 〈신비한 영어나라〉에서는 왜곡된 욕망 때문에 어린
아이의 육체가 어떻게 유린될 수 있는가를 충격적인 영상으로
제시된다. 명문 영어 유치원에 다니는 여섯 살 남자아이 종우는
R 발음을 잘 내지 못한다는 이유로 엄마 손에 끌려 혀 하단 근육

절개 수술을 받는다. 카메라는 혀 밑을 도려내는 수술 장면을 집요하게 클로즈업으로 잡아냄으로써 마치 금연 비디오처럼 충격 요법을 시도한다.

박광수의 〈얼굴값〉은 미모 때문에 곤경을 겪게 되는, 병원 장례식장의 지하 주차장 직원(정애연 분)의 이야기이다. 장례식장에 왔다가 술을 먹고 다음 날 아침 차를 빼던 남자(지진희 분)는 주차장 여직원을 보자 이런 곳과는 어울리지 않는 미모의 소유자라고 생각하여 시비를 건다. 남자는 퉁명하게 대하는 그녀에게 '얼굴값한다'면서 모욕을 준다. 실랑이 끝에 주차장을 나온 남자는 영안실 앞 영구행렬에서 주차장 여직원의 영정을 발견한다.

이상의 세 영화는 사회의 편견과 그릇된 욕망에 의해 인간의 육체와 영혼이 어떻게 유린될 수 있는가를 고발하고 있다. 폭력은 일상생활의 아주 미세한 부분까지 스며들어 있고, 눈치 채지 못하는 사이에 우리의 삶을 굴욕적으로 만든다.

정재은의 〈그 남자의 사정〉은 오줌싸개 어린이와 성범죄자를 대위법적으로 전개시키면서 근미래(近未來) 사회의 전체주의 폭력을 풍자한다. 여균동의 〈대륙횡단〉은 실제 뇌성마비 1급 장애인을 등장시켜, 장애인의 시선에서 이 사회가 얼마나 폭력적이고 비인간적일 수 있는가 폭로한다.

이 중에서 박찬욱의 작품은 주목할 만하다. 흑백톤으로 전개되는 중심 줄거리는 네팔 여성 노동자 찬드라의 고행기(苦行記)이다. 라면값을 못내 경찰서로 끌려간 그녀는 경찰서에서, 정신병원에서, 부녀 보호소에서 미친 여자 취급을 당한다. 그녀의 네팔 언어가 마치 미친 사람의 넋두리 같다는 이유에서였다. 엔딩씬에서 카메라는 실제 인물인 찬드라를 총천연색으로 촬영하면서 대한민국의 흑백톤 지옥도(地獄圖)와 대조시킨다.

〈여섯 개의 시선〉은 우리의 현재와 미래에 속하는 부끄러움을 끊임없이 환기한다. 그래서였을까. 이 영화는 관객의 기억에서 희미하게 멀어져갔다. 이 영화의 조용한 절규를 '듣는 법을 배우는 일'이 애초부터 '불가능한' 일이었기 때문일까.

　　타자의 고통이 국가의 고통으로 전유되고 타자의 상처가 국가의 손상된 피부로 물신화되는 일에 대해 타자의 고통을 잊어버리는 방식으로 대응하지 말아야 한다. 오히려 우리가 해야 하는 일은 불가능한 것을 듣는 법을 배우는 일이다. 이는 우리가 우리의 것이라고 주장할 수 없는 고통에 응답할 때 비로소 가능해진다.[1]

(『인천일보』, 2004.3.5)

팀 버튼의 〈빅 피쉬〉
: 꿈이라는 그림자

팀 버튼의 필모그래피를 살펴보면 그의 독특한 영화 세계의

---

1) 사라 아메드, 시우 옮김, 『감정의 문화정치』, 오월의봄, 2023, 89쪽.

면모를 한눈에 알아챌 수 있다. 〈유령수업(BeetleJuic)〉(1988), 〈배트맨(Batman) 1,2〉(1989, 1992), 〈가위손(Edward Scissorhands)〉(1990), 〈크리스마스 악몽(The Nightmare Before Christmas)〉(1993), 〈슬리피 할로우(Sleepy Hollow)〉(1999), 〈유령 신부(Corpse Bride)〉(2005) 등의 영화를 통해 알 수 있듯이, 그의 영상과 내러티브는 음울하고 기괴한 그로테스크 미학 세계를 장기로 한다. 물론 〈에드우드(Ed Wood)〉(1994), 〈화성침공(Mars Attacks!)〉(1996)의 경우에는 장난기 넘치는 감각으로 가벼움의 미학을 선보이기도 했다. 말하자면 그의 영화들은 '어른을 위한 괴기 동화(童話)', 또는 '만화적 상상력'이라는 호칭을 받을 만한 것들이다.

그런데 〈빅 피쉬(Big fish)〉(2003)에서는 그의 악동(惡童) 취향이 자제되고 삶에 대한 성찰을 시도하고 있다는 점에서 주목을 끌게 한다. 환상성과 동화(童話)의 세계에서 완전하게 이탈해 버린 것은 아니지만, 이 영화에서 팀 버튼은 현실과 꿈, 삶과 죽음, 희망과 절망의 떼어낼 수 없는 인연을 그려내고 있다.

아버지가 위독하다는 전갈을 받고 파리에서 아내와 함께 귀향한 윌(빌리 크루덥 분)은, 자신이 어렸을 때부터 지겹도록 들었던 아버지(알버트 피니 분)의 허무맹랑한 무용담을 다시 듣게 된다. 집 밖으로만 떠돌던 아버지, 지어낸 모험 이야기를 끊임없이 쏟아놓는 아버지를 윌은 허풍쟁이로 무시한다. 아버지는 아들의 핀잔에도 불구하고 황당한 이야기를 풀어놓는다. 이는 마치 샤리야르왕(王) 앞에서 매일 하나의 새로운 이야기를 들려줌으로써 또 하루 생명을 연장하는 샤라자드의 모습을 연상시킨다. 서정주가 시 〈자화상〉에서 "스물 세 해 동안 나를 키운 건 팔 할이 바람"이라고 노래했던가. 월의 아버지를 키운 건 팔 할이 거짓말이었다.

이완 맥그리거가 연기한 아버지의 청년 시절은, 소위 '영화 속의 영화', '극중극(劇中劇)', 또는 '액자형식의 이야기' 방식으로 묘사된다. 마을 강(江)의 빅피쉬(Big fish), 동굴 속의 거인, 무릉도원 같은 마을, 전쟁에서의 활약 등이 꿈결처럼 영화의 중간중간에 쉴 틈 없이 끼어든다. 청년 시절의 아버지는 동화 속 영웅처럼 모험을 즐기고 좌절을 두려워하지 않는다. 직업 때문에 집에 머물 수 없었던 아버지가 그의 아들과 연결될 수 있는 수단은 오직 이야기, 황당무계하고 과장된 무용담일 뿐이다. 따라서 아들에게 아버지는 '이야기'로 매개되고 기억되고 현현(顯現)된다. 아버지는 '이야기' 그 자체이다.

팀 버튼은 인생은 공허한 것이라고, 기껏해야 가공의 이야기에 불과한 것일 뿐이라고 말하고 싶었던 것일까. 아니면 인생은 한바탕 꿈일 뿐이라고 엄살을 부리는 것일까. 삶이 사실(事實)로만 채워지는 그릇이라 한다면, 이 삶은 얼마나 퍽퍽하고 지겨운 것인가. 엄연한 현실과 반복적인 일상만으로는 가득 메울 수 없는 삶의 그릇에 꿈, 상상, 빛바랜 기억, 허무맹랑한 이야기로 채울 때 사람의 소리를 낸다. 피터 팬이 발바닥에 자신의 그림자를 묶어놓고 다니듯이, 인간은 현실의 발가락에 꿈이라는 그림자를 동여맨 채 방랑하는 존재는 아닐까.

(『인천일보』, 2004.4.2)

〈미트 페어런츠 2〉

　제이 로츠 감독의 〈미트 페어런츠(Meet the Fockers) 2〉(2004)는 결혼이라는 유서 깊은 모티브를 소재로 삼은 코미디 영화이다. 결혼은 두 남녀만의 결합으로 끝나는 것이 아니라, 두 가문 사이를 끈으로 묶어주는 사건. 서로 다른 두 가문의 문화가 합쳐지는 와중에 어찌 갈등이 생기지 않을 수 있겠는가. 주변의 방해와 상호 간의 오해로 고통받다가 극적으로 결합을 성취하는 멜로드라마에 비한다면, 두 가문의 만남에서 발생하는 온갖 잡다한 불협화음에 대한 이 영화는 보다 현실적이다. 비록 이 영화가 코미디 장르 문법에 지나칠 정도로 충실하고, 다소 억지스럽게 해피엔딩을 맞이하고는 있지만, 결혼이라는 인생 대사(大事)에 숨어 있는 현실의 잔인함을 몽땅 숨길 수는 없기 때문이다.

　이 영화의 갈등 구조는 매우 연극적이다. 연극의 갈등이 특정 인물 대 인물의 물리적인 싸움이 아니라, 그 인물들을 통해 구현되는 세계관, 이념, 욕망, 이데올로기 사이의 투쟁이라고 보았을 때 〈미트 페어런츠 2〉는 이 공식에 잘 맞는다. 외면적으로 번즈 가문(家門)과 퍼커 가문(家門) 사이에서 벌어지는 문화적 갈등처럼 보이지만, 실은 이 두 가문이 지향하고 있는 각기 다른 욕망이 불꽃을 일으키며 만나고 있는 형국이라 할 만하다. 예비 신부의 아버지 잭(로버트 드 니로 분)이 이성, 질서, 규율, 조직 등을 상징하는 기호라 한다면, 신랑의 아버지 버니 퍼커(더스틴 호프만 분)와 어머니(바브라 스트라이샌드 분)는 육체, 일탈, 자유, 개인의 욕망

등을 지향하는 각기 다른 기호들이다. 말하자면 이 영화는 리비도 (libido)를 둘러싸고 적대적인 두 개의 세력이 맞붙어 벌이는 한 판 승부에 대한 영화이다. 물론 영화는 리비도 찬양론자인 버니 퍼커의 손을 들어주면서 막을 내린다. 이때 이름 퍼커(focker)는 미국식 성적(性的) 욕설의 대명사인 'fuck you'를 연상시킨다. '퍼커 가문'의 리비도 찬양론은 CIA 요원이었던 잭의 엄숙주의를 해체시킨다.

잭은 예비 신랑 엠 퍼커(벤 스틸러 분)가 사위로 마음에 들지 않는다. 이 예비 사위의 부모도 잭이 볼 때에는 정신 나간 사람들이다. 사돈이 될 사람들 앞에서 끈적끈적한 성적 농담과 애무를 서슴지 않는 자들이다. 게다가 이들이 키우는 강아지조차 낯뜨거운 짓만 한다. 말하자면 '퍼커 가문'의 구성원들은 리비도의 화신(化身)이다. 이들의 뜨거운 리비도적 욕망은 마침내 잭의 청교도주의마저 굴복시킬 정도로 막강하다. 엠 포커에게 15살 난 숨겨진 아들이 있다고 믿고 있던 잭은, 자신의 의심이 틀렸음을 깨닫고 집으로 몰고 가던 차를 돌려 딸의 결혼을 승낙한다.

결혼식 날. 잭은 성 치료사인 엠의 어머니로부터 자신의 성적 문제를 자문받아 잃어버렸던 리비도를 되찾는다. 따라서 이 영화는 두 청춘남녀의 결혼 성공기라기보다는, 금욕주의에 갇혀 있었던 한 중년 남자의 리비도 회복 모험담이라 할 만하다. 그러나 상투적인 메시지와 만화적인 상상력에 동원되기에는 이들 연기파 배우들의 내공이 아까웠던 영화였다.

(『인천일보』, 2005.4.14)

〈효자동 이발사〉

경무대 앞에 위치한 '효자 리발관'은 우리나라의 1960년대와 1970년대를 풍자하기 위한 우화(寓話)의 공간이다. 이발사 성한 모(송강호 분)는 무식하지만 마음씨 착한 소시민이다. 그의 일생 중에서 가장 용감한 행위는 면도사(面刀士) 김민자(문소리 분)를 건드려 임신시킨 일이다.

역사 속에서 그의 존재는 '국민, 대중, 소시민, 민중'과 같이 추상적이고 선험적인 용어로 언급되었다. 어떤 경우에는 혁명의 주체로, 또 어떤 경우에는 역사 발전의 걸림돌로 싸잡아서 명명 (命名)되기도 했다. 그러나 임찬상 감독의 〈효자동 이발사〉(2004) 에서 성한모는 역사책이나 사회학 교과서에서 언급되는 어떤 개념이 아니다. 그는 역사를 가장 섬세하고 치열하게 바라볼 수 있는 하나의 현미경이다. 성한모는 역사를 둘러싼 무겁고 두꺼 운 치장을 걷어버리고 가장 낮은 자세로 역사를 응시한다.

역사 속에 이름 석 자도 남길 수 없는 소시민 성한모는 3.15 부정선거, 4.19 혁명, 5.16 쿠데타, 유신정권, 대통령 시해사건 등을 관통하면서 스스로 역사가 된다. 감독은 더할 나위 없이 평범하고 시시한 이발사를 통해 힘이 잔뜩 들어간 역사의 뒷목 을 풀어준다. 감독은 격렬하고 고통스러웠던 1960~70년대의 시 간대를 〈이상한 나라의 앨리스〉 쓰듯이 살짝 비튼다. 가장 선명 했던 '역사적 사건'과 가장 비역사적인 소시민의 '일상사'가 만나 면서 새로운 역사 쓰기가 시작된다. 유럽의 역사학자들은 이것을 일컬어 미시사(微視史)라 했던가. 지극히 사소하고 작은 일로부터 큰 역사의 흐름을 재해석하기.

청와대를 습격하기 위해 잠입한 북한 간첩단은 '마루구스' 설사병 때문에 실패한다. 정부는 '마루구스' 설사병에 걸린 국민은 간첩과 연루되어 있기 때문에 기관에 신고하라고 방송한다. 효자동 주민들은 서로 화장실을 염탐하고 설사하는 이웃을 고발한다. 성한모의 아들 성낙안(이재응 분)도 설사를 하게 되고, 청와대 이발사라는 직책 때문에 성한모는 아들을 직접 파출소에 데려간다. 성낙안은 중앙정보부에 끌려가 전기 고문을 받고 풀려나지만 더 이상 걷지 못하게 된다. 여기에서 '마루구스' 설사병은 군사정권이 그토록 증오했던 사상범, 즉 마르크스주의 신봉자들에 대한 비유이다.

이쯤 되면 감독은 역사의 질곡이란 탐욕스런 정권과 무능하고 판단력이 없는 국민과의 이중주(二重奏)에서 빚어지는 것이라고 보는 듯하다. 그런 의미에서 정권에 의해 무기력하게 이용당하고 모욕당하는 국민은 역사에 대한 반성에서 결코 자유롭지 못하다. 그러나 감독은 아들에 대한 아버지의 한결같은 부성애를 통해 면죄부를 주고자 한다. 그렇다고 감독이 역사 허무주의자에 불과하다는 판단을 해서는 안 된다. 비록 우화적으로 처리되기는 했지만, 감독은 성한모가 산골 도사의 지시대로 대통령 영정의 눈동자를 긁어낸 가루와 국화꽃을 아들에게 달여 먹여 다리를 낫게 함으로써 국민의 의미를 재성찰하게 유도한다. 독재자의 죽음을 딛고 두 발로 서는 아들. 영화는 엔딩씬으로 함께 자전거 타는 부자의 모습을 담으면서 아주 작은 희망을 남겨둔다.

〈베틀로얄2-레퀴엠〉

공포와 폭력을 소재로 하는 영화는 현실보다 과장된 비유법으로 화면을 채우기 십상이다. 영화학자들은 피가 튀고 사지가 절단되는 하드고어 양식의 영화는 대중의 폭력 욕망에 대한 야합으로 분석하기도 하고, 사회적 폭력에 의해 억압된 대중의 무의식적 표출로 받아들이기도 한다.

후카사쿠 킨지(Kinji Fukasaku) 감독은 〈베틀로얄2(Battle Royale II)〉(2003)를 통해 잔혹한 화면의 진면목을 후회 없이 보여주고 있다. 피터 잭슨(Peter Jackson) 감독의 〈데드 얼라이브(Dead Alive)〉(1992), 존 카펜터(John Howard Carpenter) 감독의 〈할로윈(Halloween)〉(1978), 장윤현 감독의 〈텔미썸딩(Tell Me Something)〉(1999) 등의 영화만 떠올려도 우리는 하드고어 장르의 특징을 한눈에 알아챌 수 있다. 〈베틀로얄〉(2000) 1편의 흥행 성공을 기반으로 만든 〈베틀로얄2〉는 전편보다 잔혹성의 수위가 더 높다.

일본에서 가장 심각한 문제아들만 모여 있는 시카노토리데 중학교 3학년 B반의 학생 42명은 크리스마스를 맞아 학급 여행을 가는 도중 특수부대에 납치되어 BR2(베틀로얄2)에 강제 투입된다. 3년 전 BR에서 생존한 슈야와 노리코가 이끄는 테러단체에 의해 테러의 시대가 시작된다. 42명의 불량학생들은 슈아를 처단하기 위한 당국의 결정에 의해 원치 않는 전투에 참가해야 한다. 남녀 학생 한 조가 되어 50미터 이상 거리를 두거나 조원(組員) 중 한 명이 죽어도 목에 채운 목걸이가 폭발하여 죽게 된다. 이 설정은 명백하게 루이스 티그(Lewis Teague) 감독의 〈개목걸이 (Deadlock)〉(1991)를 모방한 것이다. 게다가 학생들이 테러 조직의 대장인 슈야를 찾아가는 장면은 〈죽음의 묵시록〉에서 커츠 대령을 제거하기 위해 밀림 속으로 들어가는 윌라드의 여정을 닮았다.

시도 때도 없이 피가 튀고 사지가 분해되는 영상 속에서, 영화는 엉뚱하게도 미국과 그 적대국과의 갈등, 기성 사회와 청소년 사이의 갈등, 젊은이들에 대한 기성계층의 무관심과 청소년의 일탈 행위 등 잡다한 문제의식을 백화점 진열장처럼 펼쳐놓는다. 이는 감독이 사회적 메시지를 일관되게 표출하고 있다기보다는 영화적 흥행성을 노린 얕은 의도로밖에 이해할 수 없다. 관객의 뇌리에 남는 것은 선명한 핏자국과 엉키는 비명소리뿐.

영화의 속성상 공포물과 폭력물은 그 영상이 잔혹할수록 효과가 크기 마련이다. 일상에 찌들고 스트레스에 억압된 대중은 극장 안에서 폭력의 잔치를 질리도록 감상하면서 쾌감을 느낀다. 살인마와 귀신이 출몰하는 영화의 끔찍함은 관람 내내 관객의 마음을 서늘하게 만들고, 관객은 비명을 지르면서 극한의 공포감에 몸을 맡긴다. 생각하기도 싫을 정도로 구역질나는 잔혹 영화들을 관객이 지속적으로 찾는 이유는, 영화관을 나서면서 안도감을 느끼기 때문이기도 하다. 아무리 세상이 험악하고 폭력적이라 하더라고, 방금 경험했던 영화 속 장면들보다는 훨씬 살아볼 만한 세상이라고 생각하게 된다. 영화의 과잉 폭력에 비한다면 우리가 살고 있는 이 세상은 얼마나 안전하고 평화로운가. 그런 의미에서 잔혹 영화는 삶에 지친 사람들에게 작은 위안을 주기도 한다.

그러나 이제 우리는 극장 문을 나서기가 두렵다. 어떤 잔혹 영화보다도 이 세상이 더 구역질나고 잔혹한 것 같기 때문이다. 진정 현실의 공포가 영화의 이미지를 압도하는 시대가 도래했는가.

(『인천일보』, 2004.6.25)

〈화씨 911〉
: 마이클 무어의 정치성

마이클 무어 감독의 〈화씨 911〉은 우리에게 복잡한 의미로 다가온다. 감독은 명백하게 부시 대통령의 재선을 방해하기 위해 이 영화를 만들었다고 하지만, 한반도에 있는 우리로서는 우선 이라크 파병 문제와 함께 해석되는 작품이다. 2000년대 벽두부터 상종가를 치고 있는 한국 영화의 행진 속에서 이 영화와 같은 다큐멘터리물이 관심을 끄는 것은 다분히 이례적인 일이다. 이 영화가 SF도 멜로물도 액션물도 아닌 현장 보고서에 불과하기 때문에 더욱 그러하다. 김동원 감독의 〈송환〉과 같은 다큐멘터리가 우리 관객에게 관심을 끌지 못한 것을 생각해 본다면, 〈화씨 911〉를 둘러싼 우리 사회의 대응은 놀랄 만하다.

따라서 이 영화는 애초부터 텍스트 그 자체만을 위해 감상하기 위한 작품으로 다가서지 않는다. 그보다는 이라크 파병 문제와 관련하여, 미국의 강권에 제 목소리를 내지 못하는 우리 자신에 대한 열패감, 명분 없는 전쟁을 밀어붙이고 있는 부시에 대한 거부감이 이 영화로 이끄는 원동력이 되고 있다.

〈서편제〉 관람이 우리에게 민족 정체성과 상상적 공동체를 체감할 수 있게 만든 계기로 작용했다면, 〈화씨 911〉은 냉엄한 세계 현대사에 노출되어 버린 한국 국민의 선택을 성찰할 수 있게 해준다. 그만큼 이 영화는 우리에게 정치적인 영화이다. 하지만 동시에 이 영화는 우리에게 가장 기초적인 윤리 교과서로 다가설 수도 있을 것이다. 이 영화는 '살아남은 자의 부끄러움'을 끊임없이 불러일으키고, 비로소 우리 자신의 남루한 정체성을 마주 대하게 만들기 때문이다.

〈화씨 911〉은 크게 두 부분으로 나뉜다. 전반부는 부시 일가와 빈 라덴 일가 사이의 오래되고 밀접한 친분관계를 주로 파헤친다. 이 부분에서 영화는 이라크 침공이 아무런 명분도 없이 부시의 개인적인 이익 때문에 벌어진 것임을 주장한다. 영화는 지속적으로 부시를 형편없는 건달로 묘사하고 있으며, 그의 선택이 얼마나 어처구니없는 일이었는지 밝힌다. 후반부는 이라크에 파병된 미군 병사들과의 인터뷰, 위선적이고 탐욕스러운 미국 정치가들과 무기 산업 관련자들에 대한 자료 화면을 통해 전쟁의 비인간성을 폭로한다.

미래를 향한 행보에서 좌충우돌하고 있는 한국 상황을 염두에
둔다면 마이클 무어의 선명한 당파성은 신선하게 느껴질 정도이
다. 그러나 우리는 다큐멘터리 영화가 실재하는 현실 그 자체가
될 수 없음을 이해해야 한다. 다큐멘터리는 극영화의 문법과는
매우 다른 방식으로 현실을 재구성하고 편집하는 또 하나의 픽
션일 뿐. 〈화씨 911〉은 마이클 무어의 시선에 포착된, 또는 그가
보고 싶어하는 장면만으로 편집된 '해석'에 불과하다. 그러므로
이 영화는 '사실' 그 자체가 아니다. 감독이 전하고 싶은 '진실'에
대한 영화적 표현이다. 따라서 이 영화는 우리 관객에 의해 전혀
새롭게 해석되고, 그 해석으로 영화의 빈틈들이 채워져야 한다.
혹시 우리는 우리 자신의 선택에 대해 이중적인 잣대를 적용해
왔던 것은 아닐까에 대해 고민해야 한다.

(『인천일보』, 2004.7.31)

〈리딕〉
: 심각하지 않은 묵시록

데이빗 토히 감독의 〈리딕: 헬리온 최후의 빛〉(2004)은 액션
영화 스타 배우 빈 디젤이라는 터프가이의 매력과 화려한 컴퓨
터 그래픽으로 승부수를 던진 영화다. 화면은 웅장한 스펙터클
과 격렬한 전투 장면으로 풍성하게 채워지고 있다. 줄거리는 잔

인한 정복자와 이에 맞서는 영웅의 대결이라는 매우 상투적인 구조를 지닌다. 이른바 킬링타임용 SF 영화의 일종이라고 간주해도 크게 벗어나는 분류는 아니다.

이 영화는 시각적 쾌락을 선사하고는 있지만 여기에 견줄 만한 내러티브의 무게감은 상대적으로 없다. 물론 침략자가 지배하는 곳의 모든 주민들의 개종(改宗)을 강요한다는 것이라든지, "죽은 자의 것은 죽인 자가 갖는다."라는 대사는 마치 이라크전에 임한 미국의 모습을 보여주는 것 같기도 하다. 이쯤 되면 관객은 이 영화가 미국의 패권주의를 풍자하는 것이 아닐까 상상해 볼 수도 있을 것이다.

로드 마샬이 이끄는 군대 네크로몬거는 행성들을 정복하며 모든 인종의 종교를 개종시킨다. 이에 복종하지 않는 사람은 죽음을 내놓아야 한다. 네크로몬거는 평화의 행성 헬리온마저 피비린내 나는 파괴를 자행한다. 이에 맞설 수 있는 자는 퓨리언족의 마지막 후예인 주인공 리딕뿐.

재미있는 것은 네크로몬거 군대가 정복하는 행성마다 세워놓는 죽음의 조각상, 그리고 로드 마샬이 쓰고 있는 투구의 모양이다. 네 개의 얼굴 모양을 하고 있는 조각상과 투구는 분열된 정체성, 또는 인격의 다중성을 상징하고 있다. 그러나 이러한 영화적 장치는 주제의식까지 연결되지는 않는다. 기껏해야 주인공 리딕이 우주 최악의 죄수이자 최고의 영웅이라는 캐릭터 설정 정도까지이다. 안티 히어로서의 리딕의 캐릭터는 선과 악의 상투적인 구분법에 대한 성찰을 유도할 수도 있었을 것이다. 하지만 영화는 그러한 고민까지는 나아가지 않고 쉬운 길을 택한다. 약간 모호한 형태의 권선징악.

우리는 이미 〈블레이드 러너〉, 〈에이리언〉, 〈브라질〉 등과 같은 SF 영화에서 화려한 비주얼뿐만 아니라 깊이 있는 주제의식도 만끽한 바 있다. 이들 영화는 인간 정체성에 대한 본질적인 질문을 통해 영화가 단순히 오락물이 아님을 증명한다. SF 영화는 미래라는 하나의 상징을 빌려 현재의 문제점을 고민해 보는 장르라 할 수 있다. 그런 의미에서 SF 영화 속에서 그려지고 있는 암울한 미래상은 기실 현재의 심층에 숨어있는 문명의 비극성을 은유하는 것이다. 〈리딕〉에게 부족한 것은 바로 이 점이다.

〈리딕〉은 미래상을 통해 현재의 어두운 그림자를 성찰하지도 않고, 인간의 본질적 정체성에 대한 질문도 제기하지 않고, 화려한 CG와 터프가이 주인공의 매력으로 관객에 다가선다. 그런만큼 아쉽다. 영화는 컴퓨터 그래픽이나 특수 음향 등의 진보를 선전하는 공산품(工産品)으로 그치지 않기 때문이다. 영화는 마치 장인의 혼이 담긴 자기(瓷器)를 닮았다. 그것은 장인의 놀랄 만한 솜씨를 뽐내기도 하지만 장인의 깊은 사색의 결과를 담아야 하는 예술작품인 것은 아닐까.

(『인천일보』, 2004.8.21)

〈터미널〉

톰 행크스의 주연작 〈터미널(The Terminal)〉(2004)은 〈캐스트 어웨이(Cast Away)〉(2000)의 스필버그 버전이다. 〈캐스트 어웨이〉에서 톰 행크스가 불의의 비행기 사고로 무인도에 흘러들어와 거친 바다에 포위되었듯이, 〈터미널〉에서 그는 조국 크로코지아가 내전 상태에 빠지자 나라 없는 국민이 되어 뉴욕 JFK 공항에 억류된다.

생전에 재즈광이었던 빅터 나보스키(톰 행크스 분)의 아버지는 미국 재즈 뮤지션들의 사인을 수집하는 것이 꿈이었다. 마지막 한 명의 사인을 받아 아버지의 유언을 받들려고 미국을 찾은 빅터는 JFK 공항 입국 심사에서 거부된다. 그의 조국 크로코지아에 쿠데타가 벌어져 유령국가가 되고 이에 따라 빅터의 신분도 무국적자가 되었기 때문이다. 빅터는 지구상에서 사라져 버린 자신의 조국으로 귀국할 수도 없고 미국으로 한 발짝도 들여놓을 수 없는 처지가 되어 공항 청사 내부에 갇히게 된다.

폐쇄된 공항 내부에서 빅터는 처절한 생존 전략을 펼치게 되는데, 이는 〈캐스트 어웨이〉에서 이미 '무인도에서 살아남기' 전략을 보였던 경험을 다시 보여주는 것이다. 〈캐스트 어웨이〉에서 페덱스 직원인 척 놀랜드(톰 행크스 분)는 무인도에서 철저한 고독의 시간을 보내면서 삶과 시간의 진정한 의미를 성찰하게 된다. 이 성찰은 마치 동양의 도교적 깨달음을 연상시키기도 하는데, 거친 바다와 황량한 섬, 그리고 인간을 한없이 작게 만들어

버리는 시간과 자연이 삶의 진면목을 다시 생각하게 해준다. 그러나 〈터미널〉에서 빅터의 곤경과 해피엔딩은 무언가 간지럽고 상투적인 문법에 기대고 있다.

〈라이언 일병 구하기〉(1998)에서 톰 행크스가 연기한 존 밀러 대위는 적진에 고립되어 있는 라이언 일병을 구하기 위해 사선 (死線)으로 뛰어 들어간다. 고립된 라이언 일병과 그를 구하기 위해 사투를 벌여야 하는 존 밀러 대위의 위기의식은 〈터미널〉에서도 유사하게 재현된다. 〈라이언 일병 구하기〉과 〈캐스트 어웨이〉를 교묘하게 비벼버린 듯한 〈터미널〉은, 그러나 현대인의 삶에 대한 뼈아픈 성찰도, 그렇다고 절대 자유를 향한 인간 본능의 의연함도 보여주지 못한다. 게다가 승무원 아멜리아(캐서린 제타 존스 분)와의 멜로드라마적 연가(戀歌)마저 곁들여져 먹기 좋게 차려놓은 공항의 패스트푸드처럼 얕은맛을 내고 있다.

굳이 이 영화를 흥미 있게 만드는 요인은, 톰 행크스라는 실력 있는 배우의 연기와 스티븐 스필버그의 뛰어난 대중 영화적 감각의 조화일 것이다. 그럼에도 불구하고 이 영화 속에는 국가 상황이 불투명한 수많은 제3세계 국민들의 아슬아슬한 운명이 공항 면세점 쇼윈도에 전시된 상품들처럼 관객 앞에 진열되고 있을 뿐이다. 톰 행크스와 스티븐 스필버그는 쿠데타에 의해 유령국가의 무국적 국민이 된 한 외국인의 절박한 처지를 뼛속 깊숙이 들여다보지 못한다. 빅터는 낯선 미국의 한 공항에 억류되어 있으면서도 자신의 조국과 가족에 대한 통한보다는 미국의 아름다운 여승무원 아멜리아와의 사랑 때문에 전전긍긍한다. 그

리고 아멜리아와의 결별의 아픔도 아버지의 꿈이었던 재즈 뮤지
션 사인 한 장으로 모두 날려버린다. 톰 행크스와 스티븐 스필버
그는 뛰어난 휴머니스트이지만, 그러나 그들은 미국식 휴머니스
트일 뿐이다.

(『인천일보』, 2004.9.18)

〈스텝포드 와이프〉
: 미완성의 블랙 코미디

캐스팅된 배우들의 이름만으로도 주목을 받기에 부족함이
없는 프랭크 오즈 감독의 〈스텝포드 와이프(The Stepford Wives)〉
(2004)는 괴기스럽고 공포에 찬 이야기를 블랙 코미디 문법으로
풀어나간다. 단지 톰 크루즈의 요정 같은 아내라는 이미지로밖에
는 다가오지 않았던 니콜 키드먼은, 이혼 후 〈아이즈 와이드
셧〉(1999), 〈물랑 루즈〉(2001), 〈디 아더스〉(2001), 〈디 아워스〉
(2002), 〈도그빌〉(2003) 등의 영화를 통해 독특한 연기파 배우로
다시 태어나 〈스텝포드 와이프〉까지 달려왔다. 여기에 남편 역으
로 〈형사 가제트〉에서 코믹하고 선한 인상을 주었던 매튜 브로데
릭, 〈101마리 달마시안〉에서 유머러스하고 괴팍한 캐릭터로 연
기했던 글렌 클로즈, 가수이자 연기자인 베트 미들러, 〈디어 헌
터〉에서 섬세한 내면 심리 연기를 펼쳐 보였던 크리스토퍼 워켄
까지 가세하여 명실상부 '별들의 잔치'처럼 보이는 영화이다.

1972년에 출판된 아이라 레빈의 동명소설을 기초로 한 이 영화는 이미 1975년에 브라이언 포브스(Bryan Forbes) 감독에 의해 영화화된 적이 있다. 1975년 작품은 섬뜩하고 소름끼치는 공포 영화였지만, 프랭크 오즈(Frank Oz) 감독 작품은 유머와 위트를 잔뜩 얹어 놓은 애플파이처럼 부드럽다.

방송국의 진행자로 성공한 조안나(니콜 키드먼 분)는 모든 면에서 완벽한 커리어우먼이다. 그녀는 여성 우월적인 프로그램을 진행하며 큰 인기를 얻지만, 이 프로그램 때문에 아내를 잃은 남자가 아내와 그의 정부들을 총으로 쏘고 방송국 행사장에 난입해 조안나에게도 총을 겨눈다. 이 사건으로 방송국으로부터 해고된 조안나를 위해 남편 월터(매튜 브로데릭 분)는 아이들과 함께 평안한 시골 '스텝포드'로 이사한다. 지상낙원 같은 이 시골 마을은 아름답고 친절한 아내들, 행복한 삶을 만끽하는 남편들로 동화 속 유토피아처럼 보인다. 아내들은 한결같이 아름답고, 우아한 복장과 상냥한 미소로 남편들을 위해 봉사한다. 조안나는 이곳에서 여류 작가인 바비 마코비츠(베트 미들러 분)와 함께 지극히 이상적인 이 여성들에게서 심상치 않은 음모를 예감한다. 이곳에 모인 아내들은 모두 예전에 사회에서 성공한 지도급 여성들이었고 이 마을의 남편들이 아내들을 로봇으로 개조했다는 사실을 깨달았을 때 이미 바비도 로봇으로 개조된다. 남편 월터도 이곳 남성들의 음모에 서서히 동화되어 결국 조안나마저 로봇으로 만들어 버린다. 그러나 월터가 로봇 조정 장치를 작동하여 모든 여성들의 뇌 속에 입력된 정보를 지워버린다.

이 영화는 이미 30년 전에 선보였던 남성 중심주의 비판을 그대로 반복함으로써 주제의식의 참신한 재해석을 보여주진 못했다. 게다가 소름 끼치는 상황을 코미디로 풀어버림으로써 진지한 문제의식마저 희석해 버린다. 음울한 디스토피아 영화도 아니고 유쾌한 코미디 영화도 아닌, 어정쩡한 소재 불명의 작품이 되어 버렸다. 차라리 감독이 이 영화의 주제를 패권주의를 추구하고 있는 미국의 히스테리에 대한 풍자로 설정했더라면 관객들에게 선명하게 기억될 작품으로 남았을지도 모르겠다.

(『인천일보』, 2004.10.16)

〈인크레더블〉
: 사이보그 가족의 판타지

〈토이 스토리〉, 〈벅스 라이프〉, 〈몬스터 주식회사〉, 〈니모를 찾아서〉로 관객의 호응을 이끌었던 픽사(PIXAR) 제작진이 이번에는 인간을 주인공으로 한 〈인크레더블〉(2004)로 찾아왔다. 섬세하고 화려한 영상이 이전의 애니메이션보다 진일보한 면을 지니고 있지만, 정작 눈에 띄는 차이점은 기존의 '장난감, 개미, 몬스터, 물고기'와 같은 주인공이 일상의 현실적인 인간으로 변했다는 것이다.

한 가족이 있다. 부부, 그리고 딸 하나와 아들 둘. 아버지 '밥파'는 중년에 접어들면서 뱃살이 나오고 보험회사 직원 생활에 지쳐가고 있다. 어머니 '헬렌 파'는 스위트 홈을 지상 명제로 여기는 평범한 가정주부이다. 사춘기 딸 '바이올렛'은 학교 남학생에게 자신의 감정을 전하지 못하는 수줍고 내성적인 성격이다. 아들 '대쉬 파'는 담임 선생님 의자에 압정을 놓는 등 말썽만 부리다 교장실로 학부모를 소환시키는 장난꾸러기이다. 막내 '잭잭'은 옹알이를 하는 갓난아이이다. 이들 5명의 평범한 인물들이 선사하는 중산층 가정의 모습은 미국의 가장 보편적이고 상투적인 스위트 홈을 대표한다.

'밥 파'는 15년 전 시민의 추앙을 받던 슈퍼 영웅 'Mr. 인크레더블'로 악의 무리를 퇴치했던 정의의 사도였다. 그의 아내는 '엘라스티걸'이란 이름으로 'Mr. 인크레더블'과 선의의 경쟁자로 악의 세력을 물리쳤던 여성 전사였다. 달려오는 전차를 두 손으로 막는 괴력의 남자와, 온몸이 고무줄처럼 늘어지는 재능을 지닌 여성의 결혼은 그 자체로 사건이 된다. 이들의 자녀들 역시 비범한 능력을 타고나기 때문이다. 딸은 투명인간이 되기도 하고 방어벽을 쏠 수 있기도 하다. '대쉬 파'는 총알보다도 더 빨리 달릴 수 있다. 이쯤 되면 이 영화는 기존 영화를 사정없이 비벼 만든 비빔밥이 된다. 〈스파이 키드〉, 〈엑스맨〉, 〈스파이더맨〉, 〈007〉 등등을 버무린 비빔밥.

그러나 〈인크레더블〉은 애니메이션에서는 드물게 각각의 인물에 섬세하고 설득력 있는 캐릭터를 부여함으로써 내러티브의 탄탄한 완성도를 구축하고 있다. 슈퍼 영웅임에도 불구하고 아버지는 보험사 직원 일에 치여 피곤한 일상을 보내고, 어머니는 화목한 가정을 꾸리기 위해 모든 것을 희생한다. 여기에서 딸 '바이올렛'의 캐릭터가 가장 인상적이다. '바이올렛'의 투명인간 되기와 방어벽 쏘기 기술은 사춘기 소녀의 내성적인 성격을 성공적으로 표현하고 있다.

완성도 높은 구성과 캐릭터, 뛰어난 영상과 같은 장점에도 불구하고 이 영화는 '미국적 무의식'이라는 굴레에서 벗어나지 못한다. 가정의 평화를 국가의 안보로 환원하려는 욕망, 그러한 평화를 위해서는 일심동체가 된 강력한 팀웍이 불가피하다는 주장 등은 못내 이 판타지 영화가 남겨놓은 흔적으로 마음속에 남는다. 〈터미네이터 2〉에서 어린 존 코너와 어머니 사라를 지키기 위해 미래에서 온 터미네이터는 인간을 죽이지 않는다. 그러나 〈인크레더블〉에서 막강 파워 가족은 끊임없이 인명을 살상한다. 그런 의미에서 이 영화는 〈람보〉 시리즈의 애니메이션 버전이라 할 만하다.

(『인천일보』, 2004.12.18)

〈모터싸이클 다이어리〉

에르네스토: 저 사람들이 당신들의 시중을 들고, 당신들이 어질러놓은 것을 뒤치다꺼리하는 게 아무렇지도 않단 말인가요? 그들도 우리와 같은 인간이고 그들 역시 태양 빛을 음미하며 바닷물 속에 몸을 담그고 싶어 할 텐데도 말입니다!1)

에르네스토 체 게바라(가엘 가르시아 베르날 분)는 남미 여행 중 들른 치치나의 집에서 그녀에 아버지에게 거칠 것 없는 비판을 가한다. 영화 〈모터싸이클 다이어리〉(2004)에서는 표현되지 않았지만, 여행을 떠나기 전 에르네스토는 이미 '평등'이 실현되지 못하는 세계에 대한 비판 의식을 내면 깊숙이 지니고 있는 청년이었다. 이를테면 에르네스토와 알베르토(로드리고 데 라 세르나 분)의 남미 여행은 그들의 내면에 숨어있었던 열정을 구체적으로 체험하는 여정이었던 셈이다.

이 영화에서 이상주의적 혁명가 체 게바라의 투쟁 정신을 기대했던 관객이라면 그 기대를 충족하지 못할 것이다. 이 작품은 그보다는 순수한 청년이 삶의 현장에서 숱한 민중들의 애환을 접하고, 가장 기본적인 의미에서의 휴머니즘을 자각하는 과정에 대한 보고서이다. 감독 월터 살레스(Walter Salles)는 이미 〈중앙역〉(1998)으로 우리에게 친숙해진 바 있다. 그리고 그가 여류 화가의 불꽃 같은 삶을 그렸던 〈프리다〉(2002)의 각본을 맡았었다는 것을 상기해 보면 월터 살레스의 작품 경향을 짐작할 수 있다. 그는 남아메리카의 정체성을 끈질기게 모색하는 철학자이다.

광활한 남미 대륙이 아름답게 스크린을 채우고, 이 풍경을 가로질러 질주하는 모터싸이클 '포데로사' 뒤로 서정적인 남미 음악이 흐른다. 만약 '문제적인 개인'인 체 게바라를 떠올리지만 않는다면 이 영화는 청년들의 성년식(成年式)을 주제로 한 로드

---

1) 장 코르미에, 김미선 옮김, 『체 게바라 평전』, 실천문학사, 2000, 65~66쪽.

무비로만 받아들여질 것이다. 그리고 아름다운 영상과 음악만으로도 관객의 눈과 귀를 만족시킬 것이다. 그러나 에르네스토의 발길이 퇴락한 잉카 유물에 이르고, 추끼까마따 광산의 쫓기는 젊은 부부와 산 빠블로의 나환자들과 만나면서 영상은 깊은 고뇌에 빠진다. 그런 의미에서 이 영화는 두 개의 시선을 가지고 있다. 그림같이 아름다운 남미의 자연을 바라보는 카메라의 시선과, 그 자연 속에서 버려진 채 고통에 신음하는 민중을 바라보는 체 게바라의 시선. 영화가 끝날 즈음, 체 게바라가 만났던 남미 민중의 얼굴들이 흑백 스냅 사진처럼 스쳐 지나감으로써 시선의 정체성을 정립한다.

긴 여정이 끝나고 에르네스토와 알베르토는 비행장에서 헤어진다. 에르네스토가 탄 비행기를 쳐다보는 청년 알베르토의 얼굴에 이제는 노인이 되어 버린 실존 인물 알베르토의 얼굴이 겹쳐지면서 영화가 끝난다. 이 장면은 논란이 일어날 법한 엔딩씬이다. 다소 감상적인 톤의 이 엔딩씬 처리 방식은 감독이 체 게바라에 대한 감상적인 추억에 갇혀 있는 것은 아닌가 하는 의혹과 불만의 대상이 될 만하다. 체 게바라는 과거에 봉합된 어떤 낭만성이 아니라 지금도 지속되고 있는 치열한 운동이자 정신일 것이기 때문이다.

(『인천일보』, 2004.11.13)

〈노 맨스 랜드〉
: 절망을 위한 웃음

다니스 타노비치(Danis Tanovic) 감독의 〈노 맨스 랜드(No Man's Land)〉(2004)는 웃음으로 치장한 비극이다. 그러나 이때의 웃음은 매우 독특한 색채를 지닌다. 박장대소도 아니고 차가운 비웃음도 아니고 그렇다고 입가를 자극하는 미소도 아니다. 그것은 피에로의 처연한 웃음을 닮았다.

보스니아와 세르비아 사이에 벌어진 보스니아 내전. 두 진영 사이에 위치한 참호 속에 세 병사가 유폐된다. 두 명의 보스니아 병사 치키(브랑코 쥬리치 분)와 체라(필립 쇼바고비치 분), 그리고 한 명의 세르비아 병사 니노(르네 비또라야쯔 분)가 긴장과 이완을 거듭하며 전쟁에 대한 성찰로 관객을 인도한다. 등 밑에 지뢰를 깔고 있는 체라는 꼼짝도 못하고 누워 있어야만 한다.

치키와 니노는 서로 살의(殺意)를 느끼는 적군 관계였다가, 치키의 옛날 여자 친구가 니노의 학교 동창임을 확인하는 친구 관계였다가, 다시 상대방을 공격하는 적대 관계로 바뀌는 등 어수선한 난장(亂場)을 선보인다. 말하자면 치키와 니노의 관계는 보스니아 내전이 품고 있는 본질적인 모순, 웃을 수만은 없는 우스꽝스러움에 대한 상징이다. 총탄과 포탄이 쏟아지는 참호 안은, 보스니아와 세르비아 청년들이 우연하게 모인 선술집이나 다름없다.

보스니아와 세르비아 진영, 그리고 유엔평화유지군 본부에서는 이들을 구출하기 위한 의지를 보이지 않는다. 유엔평화유지군

소속 중위가 동료를 끌고 구출 작전을 펼치는데, 참호로 가는 도중 현지 군인들과의 의사소통 때문에 계속 정보가 헛돌게 된다. 장엄하거나 비참한 전쟁의 풍경이 아니라, 마치 여러 나라에서 모여든 관광객들이 현지 상인들과 시끄럽게 상품 흥정을 벌이는 시장을 연상시킨다. 어떤 전쟁도 그럴듯한 명분이 없음을, 그리고 전혀 합리적이지 않음을 날카로운 시선으로 풍자하고 있다.

여기에 각국에서 모여든 기자들의 소란스러움이 가세하면서 참호는 전쟁터가 아니라 하나의 거대한 난장(亂場)이 된다. 참호를 바라보는 가벼움의 시선이야말로 감독이 말해주고 싶었던 전쟁의 참모습이 아니었을까. 카메라는 전쟁터에 내던져진 병사들의 극한적인 불안과 공포를 포착하지 않는다. 카메라는 전쟁 중의 사소한 일상을 섬세하게 잡아냄으로써 일상을 잔인하게 찢어놓는 전쟁의 잔인함을 드러낸다.

이 영화의 비밀 병기(兵器)는 클라이맥스 이후에야 등장한다. 유엔평화유지군과 각국의 기자들이 모인 뒤에 독일 부대에서 온 지뢰 제거 전문가가 찾아오지만 끝내 지뢰를 제거하지 못한다. 치키는 니노를 권총으로 죽이려다가 유엔평화유지군에게 사살되고 참호에 체라만 남겨놓고 모두 철수한다. 카메라는 절망적으로 누워있는 체라의 모습을 극단적 하이앵글(high angle)로 내려보면서 전쟁의 의미에 대한 최종 결론을 내린다. 전쟁은 자신의 육체(지뢰를 누르고 있는 체라의 몸무게) 때문에 자신을 죽이는 불가항력적 자살행위라고.

(『인천일보』, 2004.12.4)

〈내셔널 트레저〉
: 유쾌하지만 슬기롭지 않은 미국의 판타지

주인공 벤자민 플랭클린 게이츠(니콜라스 케이지)는 대대로 미국에 숨겨진 고대 보물을 찾아 헤매는 집안의 후손이다. 미국의 '독립선언서'의 기초를 작성한 바 있는 벤자민 클랭클린과 현재 전세계의 컴퓨터를 지배하고 있는 빌 게이츠의 합성어인 주인공의 이름은 미국의 과거와 현재를 관통하는 영웅상의 표본이다.

유럽이나 아시아의 유구한 전통에 열등감을 지니고 있는 미국 영화는, 문명과 이성의 상징으로 미국을, 신비로움과 원시성(原始性)의 징표로 유럽과 아시아를 이미지화했다. 그런 의미에서 〈내셔널 트레져(National Treasure)〉는 영화를 통해 풀어본 미국의 상징적 독립선언서이다. 왜냐하면 이 영화는 미국이 갖지 못한 역사와 전통의 결핍을 채우기 위해 나라 밖으로 눈을 돌리지 않기 때문이다. 주인공 게이츠는 인디아나 존스 박사(헤리슨 포드)처럼 외국에 보관되어 있는 보물에 눈독들이지 않는다. 뉴욕 트리니티 교회 지하에는 그 동안 미국 영화가 그토록 동경하던 고대 문화가 숨어 있기 때문이다.

게이츠는 보물 사냥꾼도 고예술품 수집가도 아니다. 그는 자신의 가문이 추구해 왔던 희망이 거짓이 아니고 사실임을 인정받기 위해 목숨 걸고 모험에 뛰어들었을 뿐이다. 카메라는 게이츠의 발길을 좇아 미국이라는 국가의 기원(起源)을 탐색해간다.

〈내셔널 트레져〉는 현대판 〈국가의 탄생〉이다. 그런 만큼 민족주의적이다.

그에 비해 〈월드 오브 투모로우(Sky Captain and the World of Tomorrow)〉는 가장 미국적인 대중문화의 집합체이면서도 덜 노골적이다. 고전 만화 영화 시리즈, 만화책, SF 소설, 필름 누아르, 킹콩 등 잡다한 대중문화 이미지의 짬뽕인 이 영화의 서사구조는 컴퓨터로 조작된 블루 스크린 배경 속에서 치기 어린 상상력을 발산해낸다. 극중 인물 스카이 캡틴(쥬드 로)과 폴리(귀네스 팰트로), 프랭키(안젤리나 졸리) 등의 배역에서 볼 수 있듯이 최고 호화 캐스팅에 의한 본격 대중 SF물로서의 〈월드 오브 투모로우〉는 유명 배우들이 나온다는 점만으로도 관객의 호감을 살수 있다.

소문난 잔치에 먹을 것이 없다고 했던가. 과학과 문명에 대한 비판적 반성이라거나, 비이성적인 광기(狂氣)를 통한 폭력성에 대한 성찰 등은 애초부터 기대할 수 없다. "훌륭한 스토리가 이영화의 품격을 높여주고 있다."고 호평한 미국 비평계의 시각을 포함해 미국 내에서 전반적으로 좋은 평가를 받고 있는 이 영화는, 그러나 저녁 시간대에 편성된 초등학생 대상 연속극 수준에서 한발도 더 나아가지 못한다. 우리의 '독수리 오형제'처럼 미국에는 '스카이 캡틴(Sky Captain)'이 있다. 뉴욕은 정체불명의 로봇들로 인해 초토화되고, 그들의 영웅 스카이 캡틴은 애인이자 신문기자인 폴리와 함께 이 로봇을 조종하고 있는 토튼코프의 본거지 네팔로 쳐들어가 '악의 축'을 뿌리 뽑는다. 이때 하늘에 떠

있는 항공모함의 지휘관 프랭키의 지원으로 임무를 수행한다. 스카이 캡틴의 애국주의, 폴리의 언론 정신, 덱스(지오바니 리시비)의 과학 기술, 프랭키의 군사력이 빚어낸 승전보이다.

(『인천일보』, 2005.1.13)

〈샤크〉

애니메이션 〈샤크〉의 세계관은 지극히 몽환적이다. 왜냐하면 이 영화는 '먹이사슬'이라는 자연의 법칙이라든지 '적자생존'이 지배하는 현실 세계 논리를 무시하기 때문이다. 이 영화가 제시하는 풍경은 마치 어린이용 그림 성경책에 나오는 에덴동산의 삽화를 닮았다. 따라서 바닷속 생물들은 자신들의 독특한 육체성을 삭제하고 계몽주의적이고 인위적인 유토피아의 기호로 작동한다.

바다 나라의 마피아 대부인 상어 돈 리노(로버트 드니로 분)와 고래 세척장에서 일하는 작은 물고기 오스카(윌 스미스 분)와의 한 판 승부. 돈 리노는 그의 아들 레니(잭 블랙 분)를 자신의 후계자로 키우고 싶어하지만 레니는 천성적으로 채식주의자이다. 어느 날 우연한 사고로 돈 리노의 장남이 닻에 깔려 비명횡사하고, 마침 현장에 있던 오스카는 뜻하지 않게 상어 사냥꾼이라는 오해를 받게 된다. 평소 상류계급을 동경하던 오스카는 이 사건으로 돈과 명예를 거머쥐게 되고, 화류계 여성 롤라(안젤리나 졸리 분)와 가까워지면서 애인이었던 앤지(르네 젤위거 분)와 멀어진다. 아버지의 강요가 싫어 집을 떠난 레니는 오스카와 친구 사이가 되고, 아들의 복수를 위해 쳐들어온 리노 일당과 오스카가 접전을 벌인다. 애니메이션의 끝이 거의 그렇듯이 이 영화는 리노가 레니의 채식주의를 이해하게 되고 상어와 작은 물고기들과의 평화협정이 맺어지면서 해피엔딩을 맞는다.

이 영화는 신분 상승을 꾀하는 하층 계급의 청년이 뜻하지 않게 마피아와 연루되어 고초를 겪다가 오해를 풀고 평화를 되찾고 진정한 사랑을 발견하게 된다는 상투적인 내러티브를 그대로 반복하고 있다. 앤지가 할머니로부터 받은 핑크빛 진주를 주면서 "작은 모래에서 시작해 참고 견디면 나중엔 큰 보배가 된다"고 말하는 것이 이 영화의 주제라고나 할까. 허무맹랑한 꿈을 버리고 자신이 처한 상황에 충실하라는 메시지일진대, 그러나 이 주제는 리노와 네리 부자 사이의 갈등과는 서로 다른 맥락에서 겉돌고 있다.

드림웍스사는 이미 〈슈렉〉에서 일상의 뒤집기 효과로 큰 재미를 본 바 있다. 그것은 현실의 법칙, 세상사의 상식 등을 역전시킴으로써 상큼한 쾌감을 맛보였다. 〈샤크〉도 마피아 조직과 세차장 노동자 사이의 대결이라는 비현실적 상황을 제시하면서 일상에서 경험할 수 없는 판타지를 생산해 낸다.

그러나 영화가 그려내는 미장센들은 미국의 번화한 대도시 풍경을 그대로 재현함으로써 굳이 애니메이션으로 만들 필요까지 있었을까하는 의문을 자아내게 한다. 말하자면 이 애니메이션은 로버트 드니로, 윌 스미스, 안젤리나 졸리, 르네 젤위거의 목소리 연기, 거기에 〈대부2〉의 감독이었던 마틴 스콜세지에 〈형사 콜롬보〉로 유명한 피터 포크의 목소리까지 합세한 코미디 버전의 영화 '대부'와 다름이 없다. 영화의 음악을 담당한 한스 짐머의 이름만 떠올려도 이 영화가 얼마나 스타 시스템에 충실했는가 한 번에 알아챌 수 있다.

그러나 진수성찬임에도 불구하고 딱히 젓가락이 가는 음식이 없는 잔칫상처럼 매력적인 요소가 드물다. 바다의 폭군 상어를 채식주의자로 커밍아웃시킴으로써 평화를 도모하고 있지만, 정작 채식으로 식성을 바꿔야 할 대상은 이 영화를 만든 나라, 미국이 아니었던가.

(『인천일보』, 2005.1.27)

〈클로저〉
: 천국보다 낯선

마이크 니콜스 감독의 〈클로저(Closer)〉(2004)는 반어법(反語法)의 영화이다. 불꽃같은 감정에 충실한 연인들의 사랑은 제목 (Closer)과는 달리 점점 멀어져만 간다. 이들의 영혼은 런던의 하늘처럼 칙칙하고 우울하고 지리멸렬하다. 그러나 이들의 상처받은 영혼은 홍상수의 〈돼지가 우물에 빠진 날〉이나 〈오! 수정〉에서처럼 인공적으로 수식되지 않는다. 〈클로저〉의 카메라는 좀 더 뻔뻔스러울 정도로 대상을 직시한다. 그런 만큼 역겹고 허탈한 감정이 찌꺼기로 남는다.

영국의 런던 한복판. 사진가 안나(줄리아 로버츠 분), 신문사에서 부고 전문 기자로 일하는 댄(주드 로 분), 미국에서 런던으로 일하러 온 스트립 댄서 앨리스(나탈리 포트만 분), 피부과 의사 래리(클라이브 오웬 분)가 엮어내는 애증의 내러티브는 진실이 무엇인지, 사랑의 의미가 무엇인지 처절할 정도로 탐색해 간다. 출근길 런던의 횡단 보도에서 운명적으로 만난 앨리스와 댄은 사랑에 빠진다. 댄은 앨리스의 이야기를 글로 써서 소설가로 데뷔한다. 책 표지 사진을 찍기 위해 안나를 찾아간 댄은 첫눈에 그녀에게 반한다. 댄은 안나의 아이디로 래리와 음란 채팅을 즐기고, 댄의 장난으로 수족관에서 댄과 안나가 만나 결혼하게 된다.

이 네 명은 각자 서로에게 '낯선 자(stranger)'이다. 이들의 '낯섦'은 영화가 끝날 때까지 결코 극복되지 않는다. 런던의 회색빛 날씨처럼 이들의 정체성은 자신들만의 고유한 색채를 잃은 채 겉돌기만 한다. 안나는 끊임없이 '낯선 자'들의 얼굴을 사진 찍고, 댄은 남의 이야기로 소설을 써댄다. 앨리스는 자신의 벌거벗은 육체를 손님들에게 구경시켜 주면서 생계를 유지하고, 래리는 환자의 피부를 치료하면서 의사 생활을 영위한다. 이들은 어느 누구하고도 마음 속의 대화를 나누지 못한다. 특히 댄과 래리는 연인들에게 병적으로 집착하며 그들의 영혼을 사납게 할퀸다. 이 두 남자는 진실을 빌미로 여인들을 궁지로 몰아넣고 끊임없이 고문한다. 이 두 남자가 사랑과 진실을 대하는 태도는, 마치 댄이 부고 기사를 쓸 때 활용하는 '완곡어법'처럼 가식적이고 허무한 것이다. 결국 앨리스는 댄을 떠나 미국으로 돌아가고, 안나는 래리의 아내로 남지만 영혼이 삭제된 사진이 되어 침대 한쪽을 장식하고 있을 뿐이다.

스티븐 소더버그 감독의 영화 〈에린 브로코비치(Erin Brockovich)〉(2000)에서의 에린(줄리아 로버츠 분)을 다시 보는 것 같아 반갑다. 그녀의 우울하고 피곤한 표정 연기를 감상할 만하다. 〈엑시스텐즈(eXistenZ)〉(1999), 〈A.I(Artificial Intelligence)〉(2001), 〈월드 오브 투모로우(Sky Captain And The World Of Tomorrow)〉(2004)의 주드 로는 명실공히 연기파 배우로 자리 잡았다. 〈킹 아더(King Arthur)〉(2004)에서 주인공 아더왕으로 나왔던 클라이브 오웬의 연기도 자연스럽다. 〈레옹〉(1994)에서 당돌하면서도 사랑스러운 소녀 살인 청부업자 마틸다 역을 했던 나탈리 포트만의 성숙한 여인 연기도 주목을 요한다. 그녀의 청순하면서도 요부 같은 이미지는 영화 속 앨리스의 내면 연기에 적절하게 배치되고 있다. 〈레옹〉의 엔딩씬에서처럼, 나탈리 포트만은 과거의 격정과 상처를 가슴에 안고(또는 훌훌 털어 버리고) 뉴욕 길거리를 걸어간다. 이제 그녀의 가슴에는 화분과 인형 대신에 아픔을 포용하는 성숙한 여인의 쓸쓸함이 안겨져 있다. 그리고 영화 〈클로저〉는, 진정한 사랑은 희생이 아니겠는가 하면서 조용히 막을 내린다.

(『인천일보』, 2005.2.11)

⟨사이드웨이⟩

두 남자가 여행을 떠난다. 영어 교사인 마일즈(폴 지아매티 분)는 그의 친구 잭(토마스 헤이든 처치 분)의 총각파티를 겸해 와인 투어를 시도한다. 이혼한 지 2년이 지났지만 그 후유증에서 벗어나지 못한 마일즈는 알콜 중독증에 걸린 사람처럼 와인에 젖어 산다. 부자집 딸과의 결혼을 앞둔 잭은 한물간 영화배우이다. 이 둘은 각자의 내밀한 아픔을 품은 채 포도밭과 와인 시음장을 거치면서 삶의 한 단면을 통과한다.

마일즈는 여행 내내 이혼의 상처 때문에 우울해하고, 출판사로 보낸 자작 소설의 출간 결정을 기다린다. 타고난 바람둥이인 잭은 와인 시음장에서 일하는 스테파니(샌드라 오 분)와 뜨거운 관계에 빠진다. 마일즈는 웨이트리스 마야(버지니아 매드센 분)와 만나면서 서서히 변화를 맞는다. 이성과의 접촉만을 원하는 잭과는 달리 마일즈는 와인, 문학, 토론을 즐긴다. 마야와 사랑을 나눈 마일즈는 그녀에게 잭의 결혼 계획을 털어놓게 되고, 이를 전해 들은 스테파니가 잭을 폭행하고 떠난다. 마야도 마일즈에게 실망하여 차갑게 그를 대한다. 게다가 마일즈는 출판사로부터 출간 계획이 거부당했다는 소식을 전해 듣게 되고 절망에 빠진다.

잭의 결혼식. 들러리로 선 마일즈는 이혼한 전 아내와 그녀의 새 남편을 만난다. 임신 중인 그녀는 새로운 결혼 생활에 행복해한다. 소설 출간의 꿈도 무산되고 전 아내와의 재결합도 물거품이 된 마일즈는 마야와의 결별이 못내 고통스럽다. 다시 일상으로 돌아온 마일즈는 교실에서 문학을 가르치며 지리멸렬한 시간을 보내고 있는데, 그의 집 전화기에 녹음된 마야의 목소리가 그에게 새로운 희망을 선사한다. 마야는 그의 소설을 끝까지 읽어보았고, 너무 좋은 소설이었기 때문에 출간되지 않았지만 보람 있는 일이라고 격려한다. 마일즈가 마야의 집 현관 벨을 누르면서 영화가 끝난다.

일종의 로드 무비 형식의 이 영화는 두 중년 남자의 쓸쓸하고 가난한 영혼을 담담하게 그려내고 있다. 지루하다고 느낄 만큼 영화적 재미를 자제하고 있지만, 대신에 이 영화는 와인 투어를 통해 포도의 숙성과 인생의 의미를 교차시킴으로써 삶에 대한 성찰을 유도하고 있다. 전혀 어울리지 않을 것 같은 정반대 성격의 두 남자가 여행을 통해 서로의 차이점을 보듬어 가는 과정이 잔잔한 감동을 선사한다. 특히 폴 지아매티의 소심하고 우울한 중년 남자 연기는 자연스럽고 설득력을 지녔다. 한국계 캐나다 배우 산드라 오의 육감적인 연기도 눈여겨볼 만하다.

〈사이드웨이〉는 2005년 골든 글로브 최우수 작품상과 각본상을 수상했고, 비평가협회 최우수 작품상도 거머쥔 작품이다. 〈어바웃 슈미트〉로 삶에 대한 진지하고 폭넓은 성찰을 선보였던 알렉산더 페인의 연출은 이 작품에서도 잘 숙성된 포도주처럼 농익은 삶의 철학을 펼쳐 보인다. 샛길(sideway)로 빠져나간 일상으로부터의 일탈. 마일즈는 상투적인 일상의 늪을 벗어나 생소한 샛길을 걸으면서, 와인으로 숙성되어 가는 포도의 일생을 통해 삶의 진정한 의미를 탐색해 간다. 진정한 인생은 포도주가 술병이나 포장지로서가 아니라 그 속에 담긴 내용물의 숙성도에 따라 평가되는 것처럼 삶의 질이 문제라는 낯익은 명제를 또다시 꺼내 든다.

(『인천일보』, 2005.2.24)

〈밀리언달러 베이비〉

1970년대 〈더티 해리(Dirty Harry)〉 시리즈의 주인공 클린트 이스트우드와 감독으로서의 그를 연결시켜 생각해 보는 것은 역설적 비약을 허용해야 한다. 서부 활극의 현대판 흥행물이었던 〈더티 해리〉에서 이스트우드는 폭력적이고 단세포적인 마초(macho)의 전형으로 도시의 대로를 종횡무진한다. 이 영화 속 주인공인 형사 칼라한은 〈황야의 무법자(A Fistful Of Dollars)〉(1964)에서 두 집단 사이의 갈등 사이에서 자신의 이익만을 냉혹하게 챙기는 무명의 총잡이로부터의 변신이다. 어쨌든 이스트우드는 황야에서, 도시 한복판에서 '피도 눈물도 없이' 악당을 제거하는 킬러로 각인된다.

그러나 그에게 아카데미 감독상을 안겨준 〈용서받지 못한 자(Unforgiven)〉(1992)에 와서는 더 이상 액션 영화배우가 아닌 작품성 있는 영화 감독으로서의 이스트우드가 다가오기 시작한다. 이 영화는 일테면 장르 영화 자체에 대한 비판적인 성찰, 또는 자신이 헌신해 왔던 액션 영화 문법과 세계관에 대한 뼈아픈 자성과 조롱으로 읽힌다. 권총의 차가운 감촉과 화약의 매캐한 냄새에 취해 있던 총잡이는 이제 삶을 지혜롭게 관조할 수 있는 철학자로 거듭나게 된다.

〈밀리언달러 베이비(Million Dollar Baby)〉(2004)는 삶에 대한 깊이 있는 성찰이 담긴 철학시(哲學詩)이다. 이 영화는 스포츠 영화도 아니고 영웅의 성공담도 아니다. 이 작품은 인간의 '관계 맺기'라고 하는 해묵은 철학적 화두를 평이한 문체로 풀어놓은 명상록이다.

프랭키(클린트 이스트우드 분)는 한물간 권투 트레이너이다. 그는 딸로부터 외면당한 아버지로서 변변치 못한 노후를 이어나가고 있다. 그는 왕년의 권투 선수 출신 스크랩(모건 프리먼 분)과 허름한 권투 도장을 지키고 있다. 이들에게 권투 도장은 인생의 황혼기를 정리하는 양로원과 같다. 이들 앞에 31세나 된 여성 매기(힐러리 스웽크 분)가 권투 지망생으로 들어온다. 프랭키는 여자 제자를 두지 않겠다고 거절하지만 매기의 열성에 굴복하여 마침내 그의 트레이너가 된다. 매기는 나가는 경기마다 1회전 KO승을 거두며 승승장구한다. 그러나 세계 챔피언 벨트를 놓고 겨누는 결투에서 매기는 불의의 사고로 목뼈를 다치게 된다. 그녀는 이 사고로 하반신을 전혀 못 쓰는 것은 물론 자신의 힘으로 호흡을 할 수 없는 처지가 된다.

매기는 자신의 인생에서 가장 행복하고 황홀했던 승리의 시간들을 간직할 수 있도록 자신을 안락사시켜 달라고 프랭키에게 요청한다. 처음에는 거부했던 프랭키는 매기의 진정한 행복을 위해 안락사시켜 주고 흔적 없이 사라져 버린다. 이 영화는 이 두 남녀의 어려운 선택, 그리고 이 선택 뒤에 숨어있는 교감의 의미를 성찰하게 만든다.

딸로부터 외면당한 프랭키와, 철저하게 자신을 이용만 하려고 달려드는 가족들로부터 소외당한 매기는 새로운 부녀 관계를 형성하면서 가족의 진정한 '관계'를 그려낸다. 이 '관계'를 지탱하고 있는 그들의 '사랑'은 답답할 정도로 잔잔하고 조용하게 펼쳐진다. 이제 우리는 황야의 무법자 이스트우드를 더 이상 기억하는 것이 어렵게 된 듯하다. 그는 세상을 통달한 도인처럼 깊은 생각에 잠긴 채 우리 옆에 앉아 있다.

(『인천일보』, 2005.3.17)

〈아무도 모른다〉

88 올림픽으로 전국이 떠들썩할 때, 일본에서는 전혀 엉뚱한 사건 때문에 일본열도를 뜨겁게 달군다. 동경의 변두리 허름한 임대 아파트에서 어머니로부터 버림받고 힘겹게 지내온 4남매의 비극적인 이야기가 일본인들을 전율케 했다. 4 명의 어린이들은 모두 아버지가 다른 남매였는데, 이들의 어머니는 출생 신고조차 하지 않고 학교에도 보내지 않은 채 아파트 안에서만 생활하도록 방치했다. 막내 여자 아이 유키가 사고로 죽게 됨으로써

이들의 곤궁한 삶은 비극적인 결말을 맞이하게 된다.

일본판 〈저 하늘에도 슬픔이〉(1984)라고도 할 수 있는, 남겨진 아이들의 '잔혹 이야기' 〈아무도 모른다(Nobody Knows)〉(2005)는 관객의 눈물샘을 자극하여 가슴속에 무거운 돌을 남겨놓는다. 고레에다 히로카즈(是枝裕和) 감독은 이 충격적인 실화를 사회 비판극이나 교훈극으로 설정하지 않고, 지루할 정도로 반복되는 곤궁한 일상을 섬세하게 관찰함으로써 '만연체 문장의 수필'을 적어 내려간다. 이 아이들을 철저하게 무관심으로 방치한 어머니와 사회에게 돌팔매질을 하는 것도 아니고, 소년 가장의 애환을 과장하여 값싼 동정심을 유발하는 것도 아니다. 카메라는 르포르타주를 찍듯이 이들의 일상을 가감 없이 그려낸다. 영화는 어른들의 섣부른 감상주의가 끼어들 틈을 주지 않고 '빨간 매니큐어, 장난감 피아노, 찍찍대는 여아용 샌들, 컵라면, 초콜릿 볼' 등과 같은 '정서적 등가물(等價物)'을 화면에 채워 넣음으로써 이들만의 세계를 담담하게 포착해 내고 있다.

12세의 남자아이 아키라(야기라 유라 분), 그 밑에 여자아이 쿄코(기타우라 아유 분), 말썽꾸러기 사내아이 시게루(키무라 히에이 분), 그리고 천사처럼 귀여운 막내 여자아이 유키(시미즈 모모코 분)가 펼치는 자연스럽고 천진난만한 연기는 지루한 내러티브를 상쇄할 수 있을 정도로 인상적이다. 여기에다 원조교제까지 하며 세상과 담을 쌓고 살아가는 여고생 사키(칸 하나에 분)의 청순하면서도 우수에 찬 연기마저 보탠다면 이 영화가 이들의 연기력으로 지탱해 나가는 것이 아닐까 하는 생각마저 들게 된다.

아키라 역을 맡았던 야기라 유야는 강력한 남우주연상후보 〈올드보이〉의 최민식을 따돌리고 칸느 영화제 사상 최연소 남우주연상을 차지하게 됨으로써 연기력을 인정받게 된다.

다카하타 이사오(高畑勳) 감독의 기념비적인 애니메이션 〈반딧불의 묘(墓)(Grave Of The Fireflies)〉(1988)에서 세이타와 세츠코 남매는 전쟁 통에 어머니를 잃고 어른들의 철저한 무관심 때문에 죽음을 맞이한다. 이 작품은 순수한 어린이들의 비극을 통해 어른들이 일으킨 전쟁, 그리고 어른들의 속물적인 이기심과 탐욕을 준열하게 꾸짖는 영화이다. 그런 만큼 이 영화에서 죽음의 이미지는 종말의 이미지를 연상시킨다. 그러나 〈아무도 모른다〉는 유키의 죽음을 딛고 힘차게 걸어가는 아키라, 쿄코, 시게루, 사키의 뒷모습을 바라보며 삶의 희망을 놓지 않는다. 이 희망은 히로카즈 감독이 〈원더플 라이프(After Life)〉(1988)에서 추구했던, '가장 행복했던, 단 하나의 기억'과 동음이의어(同音異議語) 관계에 있다.

아아, 그러나 지워지지 않는 '살아남은 자의 슬픔'이여. 어른들의 비굴함이여.

(『인천일보』, 2005.3.31)

〈남극일기〉

프란시스 포드 코폴라 감독의 〈지옥의 묵시록〉(1979)에서 월라드 대위는 커츠 대령을 제거하기 위해 정글 속으로 들어간다. 월라드가 커츠 대령에게 가까워질수록 공간은 점점 더 음습하고 폐쇄적으로 변한다. 월라드가 다가가는 정글 속은 인간의 내면 깊숙이 숨어있는 어두운 심연, 그야말로 '어둠의 핵심'을 상징한다. 그 핵심에는 인간의 광기(狂氣)가 살고 있다. 그리고 공수창 감독의 〈알포인트(R-Point)〉(2004)에서 최태인 중위(감우성 분)도 정글의 핵심 속으로 들어간다. 최태인 중위가 배회하는 밀림 속에는 한 맺힌 귀신들이 산다.

어디론가 떠난다는 것은 양면성을 지닌다. 그것은 자신을 얽매고 있는 모든 사슬로부터 벗어난다는 의미를 갖지만, 그 벗어남의 귀착지가 결국 자기 자신의 내면에 불과하다는 의미도 지닌다. 그래서 떠남은 '낡은 나'를 버리고 '새로운 나'를 맞이하러 발길을 옮기는 행위이다. 임필성 감독의 〈남극일기(Antarctic Journal)〉(2005)는 그러한 탐색의 고통스러운 경험을 암울한 톤으로 이야기한다.

최도형(송강호 분)을 탐험대장으로 하는 6명의 대원들은 남극의 '도달 불능점' 정복을 위해 일생일대의 모험을 감행한다. 해가 지지 않는 시간은 6개월, 해가 지기 전에 '도달 불능점'에 다녀와야 하기 때문에 이들에게 남은 시간은 60일밖에 남지 않았다. 이들은 '6'의 저주로부터 벗어날 길이 없다. 이들이 남극으로 향하는 것이 아니라, 저주받은 남극으로부터 강제로 초대받은 꼴이다.

인간의 접근을 거부하는 '도달 불능점'으로의 탐험에서 그들은 80년 전에 실종된 영국 탐험대의 '남극일지'를 발견한다. '남극일지'에 기록되어 있는 내용은 그대로 탐험대의 비극적인 여정을 예언하고 있다. 마침내 6명의 탐험대는 예정된 운명대로 파멸을 맞이하게 되고, 영화는 그들이 어떻게 희생되는가에 초점을 맞추게 된다. 저주의 힘이 너무 강력하기에 주동인물인 최도형의 의지 따위는 눈보라에 묻혀 보이지 않게 된다.

결국 영화는 차례차례 소멸되어 가는 인물들의 허무한 인생을 얼음 위에 펼쳐놓음으로써, 이룰 수 없는 꿈을 향해 돌진하는 남성들의 이상에 대해 차가운 웃음을 보낸다. 최도형과 김민재(유지태 분) 등의 극중 캐릭터는 자연의 압도적인 세력 앞에서 동결된 채 납작해진다. 이때 6명의 대원들이 종말을 맞이하게 되는 남극의 얼음 벌판은 윌라드 대위나 최태인 중위가 헤매고 다니던 정글이 아니다. 남극의 '도달 불능점'은 인간의 과욕과 강박증과 광기가 빚어낸 '무(無)'의 세계이다. 그곳에는 아무것도 없다. '무(無)'만 존재할 뿐이다.

남극이라는 공간을 영화사에 기입함으로써 소재의 영역을 개척했다는 점은 주목할 만하다. 게다가 실감 나는 화면 구성과 송강호의 열연만으로도 볼 만한 작품이라는 사실을 외면할 수는 없다. 그러나 영화는 이들이 왜 그곳으로 떠났는지, 이들이 왜 파멸되어야 하는지, 최도형 대장과 김민재가 '도달 불능점'에서 발견한 것은 무엇인지 설명하는 데에 매우 불친절하다. 정체를 알 수 없는 남극의 귀신들이 그 해답을 말해 줄 것인가. 아니면 숨어있는 크레바스가 답변해 줄 것인가. 6명의 대원들은 실어증 걸린 환자들처럼 할 말을 못한 채 사라진다. 운명과 환경 앞에서 인간 존재란 한 톨의 먼지라고 말하려는 듯이.

(『인천일보』, 2005.5.26)

〈모던보이〉
: 식민지 도시의 판타지

우리에게 식민지라는 단어는 무겁고 어두울뿐더러 칙칙한 느낌으로 다가온다. 그 단어는 우리 민족에게는 지우고 싶어도 결코 지워버릴 수 없는 깊은 상처로 남아있다. 그것은 으레 민족이나 국가 또는 인종과 연루된 감정으로 받아들여진다.

투쟁, 고문, 감금, 살해 등과 같이 섬뜩한 분위기로만 환기되는 식민지는 일종의 '유령'이다. 현재에는 우리 눈에 포착되지는 않지만 언제, 어디에서나 우리들 주변을 맴돌고 있는 '유령'이다. 여기에서는 그 유령을 '부재(不在)하는 원인(原因)(absent cause)'이라 부르기로 하자. 분명히 존재하고 있지만 부재하는 존재처럼 각인되는 그 대상은 요령부득의 신기루일 것이다. 그러나 부재하는 원인으로서의 '역사성'은 그 시대의 사회구성체에 대한 분석과 비판으로 인도한다.

어떤 한 수준의 현존(現存)은 다른 수준의 부재(不在)이며, '현존'과 부재의 이러한 공존은 전체의 구조가 그 접합된 분산성 속에서 갖는 효과에 불과하다. 따라서 하나의 국지화된 현존 속에서 부재로 파악되는 것은 전체의 구조의 비국지화이며, 좀 더 정확하게 말하자면 전체 구조가 그 '수준들'과 이 심급들의 '요소들'에 갖는 고유한 효과성의 유형인 것이다. 이러한 본질적 단면의 불가능성은 그 부재 속에서조차 부정적으로 하나의 결정적 생산양식으로부터 나오는 하나의 사회구성체에 고유한 역사적 실존의 형태를 폭로한다.[1]

정지우 감독의 〈모던보이〉(2008)는 그 '유령'과 벌이는 한 판의 굿거리 같다. 그러나 이때 감독이 불러낸 유령은 더 이상 기괴하거나 두려운 존재로서의 유령이 아니다. 이를테면 그것은 희화화(戲畫化)되고 세속화된, 지극히 명랑하고 쿨한 성격의 유령이다.

"반드시 찾아야 한다! 모든 사건은 그녀로부터 시작되었다."

1937년 일제 강점기의 경성 한복판. 이곳에서 조선총독부 1급 서기관인 바람둥이 이해명(박해일 분)과 비밀구락부의 가수 조난실(김혜수 분)의 운명적인 만남이 이루어진다. 거부(巨富)이자 적극적인 친일파 아버지(신구 분)를 둔 이해명은 조선총독부 관리이다. 그러나 그는 민족이나 국가와 같은 거대담론에는 전혀 관심이 없다. 그의 관심은 그림같이 예쁜 서구식 저택에서 살며,

---

1) 루이 알튀세르, 김진엽 옮김, 『자본론을 읽는다』, 두레, 1991, 132~133쪽.

매일 멋진 의상과 패물로 치장을 하며, 신여성들을 유혹하는 것에만 몰려 있다. 이처럼 한심한 모던보이와 신분을 속이고 밤무대의 가수로 활동하고 있는 비밀 독립투쟁 운동원 조난실의 만남은 그 자체로 극적이다.

이해명은 조난실의 여성적 섹슈얼리티를 탐해서, 그리고 조난실은 조선총독부 관리 이해명을 이용해 폭탄 테러를 감행하기 위해 서로에게 접근한다. 이 대목에서 영화는 느와르 영화의 전통적인 문법을 따라가는 듯하다. 이들의 치명적인 만남, 비밀 독립투쟁 단체가 제국에 대해 폭탄 테러로 독립투쟁을 펼치려는 위험한 도시 경성, 그러나 카메라는 이 만남과 경성 공간을 우울하거나 불안에 찬 시선으로 바라보지 않고 히죽거리며 쳐다본다. 말하자면 이 영화는 느와르 영화를 로맨틱 멜로드라마 풍으로 풀어낸다고 할 수 있다.

이제 1937년이라는 식민지 시기와 식민지 도시 경성은 어깨에서 힘을 빼버리고 모던한 표정으로 다가선다. 한국의 대중가요 〈개여울〉에 일본어 가사를 붙인 노래를 조난실이 부를 때 이미 〈모던보이〉는 역사를 온전하게 재현하려는 욕망에서 벗어나고 있다. 따라서 이 영화는 식민지 시기를 말하기보다는 식민지 시기를 빌어 현재적 욕망을 풀어간다. 그 욕망은 회고 취미일 수도 있고, 시대적 엑조티시즘일 수도 있고, 아니면 역사의 탈물질화일 수도 있다.

〈모던보이〉는 식민지시기를 현재로 호명하여 지금 우리들의 욕망들을 표현하려고 시도한다. 그 시도는 산뜻하고 섬세하지만, 아슬아슬하게 보이기도 하는 영화적 발언이다.

〈블레이드 러너 2017〉
: 아무것도 아닌 것의, 아무도 아닌 자의 장미들을 위하여

'인간이란 무엇인가?'에 대한 객관적이고 합리적인 정의는 철지난 철학적 문제일지 모른다. 20세기 후반 이후 철학자들이 '인간'과 '주체성'에 대한 불확정성과 가변성(可變性)을 주장해 왔기 때문이다. 리들리 스콧 감독의 영화 〈블레이드 러너〉(1982)는 그런 의미에서 무척 선구적인 SF영화라 할 만하다. 물론 이 영화는 SF 소설가 필립 K. 딕의 소설 〈안드로이드는 전기양의 꿈을 꾸는가?〉(1968)를 각색한 작품이기 때문에 미래 사회에 대한 성찰력은 원작자의 몫으로 돌릴 만하다.

원작을 뛰어넘는 각색 영화는 드물다고 하지만, 〈블레이드 러너〉의 영화사적 가치를 부정하기는 어렵다. 여러 평자들이 이 영화를 '저주받은 걸작'이라고 말하곤 했다. 영화가 부당하게 저평가되어왔다는 뜻이다. 물론 영화는 원작 소설과 많이 다르다. 그러나 〈블레이드 러너〉가 20세기 SF영화의 새로운 장을 연 작품이라든가, 여러 가지 철학적 고민을 촉발시키는 의미심장한 명작이라는 평가를 외면할 수는 없다.

〈블레이드 러너〉는, 영화는 지나치게 통속적인 상업영화와 지루하기 짝이 없는 예술영화로 구분된다는 편견을 깨게 만드는 작품이다. 대중적이면서 흥미진진한 SF영화 문법과 함께 완성도 높은 영상미를 통해 '인간'과 '정체성'의 본질에 대해 성찰하도록 유도한다는 점에서 높은 평가를 받을 만한 영화이기도 하다.

인간성과 비인간성, 기억과 망각, 주체성과 타자성. 풀기 어려운 철학적 주제들이다. 그러나 〈블레이드 러너〉는 이러한 문제들을 애써 설명하거나 강요하지 않고 자연스럽게 화면과 내러티브, 그리고 캐릭터 사이에 녹여놓는다. 이 영화의 기본적인 갈등 축은 복제인간 로이와 복제인간들을 폐기 처분하는 전직 경찰 데커드와의 관계이다. 그런데 재미있는 것은 영화가 진행되면서 로이가 데커드보다 더 인간답게 보인다는 사실이다. 로이에게는, 최소한, 연민과 공포와 기억이 있기 때문이다.

영화의 후반부, 건물 옥상에서 추락하는 데커드를 구해준 후, 가슴에 흰 비둘기를 안은 로이가 말한다. "난 네가 상상도 못할 것을 봤어. 전투에 참가했고, 기지에서 빛으로 물든 바다도 봤어. … 그 기억이 모두 다 사라지겠지. 빗속의 … 내 눈물처럼." 그리고 로이는 4년의 제품 수명이 다해 기능을 멈춘다. 데커드를 구해주기 직전 그는 이렇게 말했었다. "공포 속에서 사는 기분이 어때? 그게 노예의 기분이야." 로이와 데커드, 아니면 '우리들' 중 누가 진정한 인간인가? 영화는 끊임없이 인간의 오만함을 괴롭히고 뒤흔들고, 질문한다. 도대체 인간이란 무엇인가?

　"아무것도 아니었
　다네 우리는, 우리는 아무것도 아니며, 아무것도

아닌 것으로 남으리니, 활짝 피어서.

아무것도 아닌 것의,

아무도 아닌 자의 장미."

(파울 첼란, 〈찬미가〉 중)

(『중대신문』, 2017.8.27)

지은이 **박명진**

중앙대학교 국어국문학과 교수
1998년 『월간문학』으로 희곡 등단
1999년 『동아일보』 신춘문예 영화평론으로 등단
저서로는 『한국희곡의 이데올로기』(1999 문화부 우수학술도서), 『한국 전후희곡의 담론과 주체구성』(2002 대한민국학술원 우수학술도서), 『리허설』(창작 희곡집), 『한국희곡의 근대성과 탈식민성』(2002 문화관광부 우수학술도서), 『한국 극예술과 국민/국가의 무의식』(2006 서울문화재단 공연예술우수도서), 『욕망하는 영화기계』, 『한국영화의 존재방식과 광학적 무의식』(2013 대한민국학술원 우수학술도서) 등이 있다.

영화, 현실과 상상의 클리나멘

© 박명진, 2024

1판 1쇄 인쇄__2024년 09월 25일
1판 1쇄 발행__2024년 09월 30일

지은이__박명진
펴낸이__양정섭

펴낸곳__경진출판
　　　등록__제2010-000004호
　　　이메일__mykyungjin@daum.net
　　　경진출판예서의책 스마트스토어__https://smartstore.naver.com/kyungjinpub/
　　　사업장주소__서울특별시 금천구 시흥대로 57길(시흥동) 영광빌딩 203호
　　　전화__070-7550-7776　팩스__02-806-7282

값 30,000원
ISBN 979-11-93985-34-2 03810